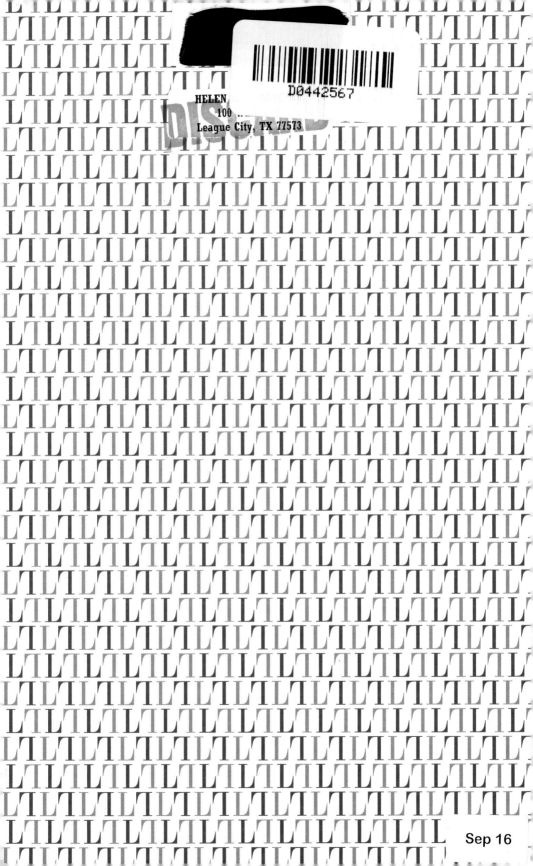

D0442567

Sep 16

El hilo azul

El hilo azul

Anne Tyler

Traducción de
Ana Mata Buil

Lumen

narrativa

Título original: *A Spool of Blue Thread*
Primera edición: octubre de 2015

© 2015, Anne Tyler
© 2015, de la presente edición en castellano para todo el mundo:
Penguin Random House Grupo Editorial, S.A.U.
Travessera de Gràcia, 47-49. 08021 Barcelona
© 2015, Ana Mata Buil, por la traducción

Printed in Spain – Impreso en España

ISBN: 978-84-264-0214-1
·Depósito legal: B-18.796-2015

Compuesto en M.I. maqueta, S.C.P.
Impreso en Egedsa
Sabadell (Barcelona)

H 4 0 2 1 4 1

Penguin
Random House
Grupo Editorial

PRIMERA PARTE

No me iré hasta que muera el perro

1

Una noche de julio de 1994 Red y Abby Whitshank recibieron una llamada telefónica de su hijo Denny mientras se preparaban para acostarse. Abby estaba junto al tocador, quitándose las horquillas una por una del despeinado moño alto de color arena. Red, un hombre moreno y demacrado, con el pantalón del pijama a rayas y una camiseta blanca, acababa de sentarse en el borde de la cama para quitarse los calcetines. Por eso, cuando sonó el teléfono de la mesita de noche que tenía al lado fue él quien contestó.

—Sí, ¿dígame? —Y después—: Ah, hola. ¿Qué tal?

Abby se volvió y dejó de mirarse al espejo, con las manos levantadas a la altura de la cabeza.

—Qué pasa —dijo, sin entonar una pregunta.

—¿Ah, sí? —preguntó Red—. ¡Joder! ¡Y qué más, Denny!

Abby bajó los brazos.

—¿Sí? —preguntó Red—. Espera. ¿Sí? ¿Hola?

Se mantuvo en silencio unos segundos y después colgó el auricular.

—¿Qué? —le preguntó Abby.

—Dice que es gay.

—¡¿Qué?!

—Me ha dicho que tenía que contarme una cosa: es gay.

—¡Y le has colgado!

—No, Abby. Él me ha colgado a mí. Lo único que le he dicho es «¡Y qué más!», y me ha colgado. Clic. Así de sencillo.

—Pero Red, ¿cómo has podido? —le preguntó suplicante Abby.

Se dio la vuelta y alargó la mano para coger la bata, una prenda de felpilla de color indeterminado que en el pasado había sido rosada. Se arropó y ató el cinturón con un nudo fuerte.

—¿Qué mosca te ha picado? ¿Por qué le has contestado eso? —le preguntó.

—¡No lo he dicho con mala intención! Alguien te suelta algo inesperado y es normal decirle «y qué más», ¿no?

Abby agarró un mechón de pelo que le caía sobre la frente.

—Lo único que quería decirle era: «¿Y qué será lo próximo que hagas, Denny? ¿Qué chorrada se te ocurrirá para preocuparnos?» —se justificó Red—. Y él sabía que me refería a eso. Créeme, lo sabía. Pero ahora puede decir que es todo culpa mía, porque soy un estrecho de mente o un carca o como quiera llamarlo. Se ha alegrado de que le dijera eso. Lo he notado por lo rápido que ha colgado; era como si esperase desde el principio que yo dijese lo que no correspondía.

—Muy bien —le interrumpió Abby, y muy práctica le preguntó—: ¿Desde dónde llamaba?

—¿Cómo voy a saber desde dónde llamaba? No tiene una dirección fija, no ha dado señales de vida en todo el verano, ya ha cambiado de trabajo dos veces que nosotros sepamos, y probablemente otras tantas que no sepamos… Un crío de diecinueve años

¡y no tenemos ni idea de en qué parte del planeta está! Habría que empezar a plantearse qué falla.

—¿Sonaba como si llamase desde el extranjero? ¿Has oído algún ruido de fondo? Piensa. ¿O crees que podría estar aquí mismo, en Baltimore?

—No lo sé, Abby.

Ella se sentó a su lado. El colchón se inclinó hacia donde se había sentado; era una mujer ancha y robusta.

—Tenemos que encontrarlo —dijo Abby. Y añadió—: Deberíamos tener eso, cómo se lla…, un identificador de llamadas. —Se inclinó hacia delante y desafió al teléfono con la mirada—. ¡Por Dios, quiero un identificador de llamadas ahora mismo!

—¿Para qué? ¿Para devolverle la llamada y que se limitase a dejar sonar el teléfono?

—No me haría eso. Sabría que era yo. Contestaría si supiera que era yo.

Abby se levantó de la cama de un salto y empezó a deambular por la alfombra persa alargada, tan desgastada que estaba casi blanca en la parte central, de tantas veces como la había recorrido arriba y abajo. Era un dormitorio llamativo, espacioso y bien diseñado, aunque tenía ese aire cómodo pero algo descuidado que adquieren los lugares cuando sus inquilinos llevan mucho tiempo sin fijarse en los detalles.

—¿Qué voz tenía? —le preguntó a su marido—. ¿Estaba nervioso? ¿Estaba triste?

—Estaba bien.

—Eso lo dices tú. ¿Crees que había bebido?

—No sabría decírtelo.

—¿Estaba con más gente?

—No sabría decírtelo, Abby.

—O quizá... ¿estaba con otra persona?

La miró con severidad.

—¿No pensarás que hablaba en serio? —le preguntó Red.

—¡Pues claro que hablaba en serio! ¿Por qué iba a decirlo si no?

—Denny no es gay, Abby.

—¿Cómo lo sabes?

—Pues porque no lo es. Escúchame bien. Un día te sentirás ridícula y pensarás: «Ostras, me pasé de la raya».

—Bueno, claro, eso es lo que te gustaría creer.

—¿La intuición femenina no te dice nada o qué? ¡Estamos hablando de un crío que dejó embarazada a una chica antes de acabar el instituto!

—¿Y? Eso no significa nada. A lo mejor era un síntoma.

—¿Cómo dices?

—Nunca se puede saber a ciencia cierta cómo es la sexualidad de otra persona.

—No, gracias a Dios —contestó Red.

Se inclinó hacia delante y, soltando un gruñido, alargó el brazo por debajo de la cama para coger las zapatillas. Mientras tanto, Abby dejó de deambular y volvió a mirar fijamente el teléfono. Apoyó la mano en el auricular. Dudó un momento. Luego agarró el auricular y se lo puso en la oreja medio segundo antes de volver a colgarlo con un golpe seco.

—Lo que pasa con el identificador de llamadas —dijo Red, casi como si hablara consigo mismo— es que me parece una trampa. Cuando contestas al teléfono, tienes que estar preparado para arriesgarte a no saber quién llama. Esa es la idea general que hay detrás de los teléfonos; por lo menos en mi opinión.

Se puso de pie y se dirigió al cuarto de baño. Abby habló a su espalda.

—¡Eso explicaría muchas cosas! ¿No crees? Si ahora resultara que es gay.

A esas alturas Red estaba a punto de cerrar la puerta del cuarto de baño, pero asomó la cabeza una vez más para mirarla a los ojos. Las finas cejas negras del hombre, que normalmente estaban rectas como reglas, se fruncieron hasta quedar casi juntas.

—Algunas veces lamento y detesto el día en que me casé con una asistenta social.

A continuación cerró de un portazo.

Cuando volvió al dormitorio, Abby estaba sentada en la cama con la espalda muy recta y los brazos cruzados sobre la pechera de encaje de camisón.

—No irás a echar la culpa de los problemas de Denny a mi profesión, ¿verdad? —le preguntó.

—Solo digo que a veces la gente puede ser demasiado comprensiva. No sé, demasiado empática y comprensiva. Lo de intentar meterse en la mente de un crío…

—Es imposible ser «demasiado comprensiva», eso no existe.

—Bueno, esa es la opinión de una asistenta social.

Abby soltó un bufido de exasperación y después miró una vez más el teléfono. El aparato estaba en el lado de la cama en el que dormía Red. Este levantó la colcha y se acostó, con lo que Abby dejó de ver el teléfono. Luego Red alargó el brazo y apagó de un manotazo la lamparita de la mesilla de noche. La habitación quedó a oscuras, a excepción del débil resplandor que entraba por las dos ventanas altas y diáfanas que daban al jardín delantero.

Red estaba tumbado, pero Abby seguía sentada en la cama.

—¿Crees que volverá a llamar?

—Sí, mujer. Tarde o temprano.

—Ha tenido que reunir valor para llamar la primera vez —dijo Abby—. A lo mejor lo ha gastado todo y ya no le queda…

—¡Valor! ¿Qué valor? ¡Somos sus padres! ¿Por qué iba a necesitar valor para llamar a sus propios padres?

—Necesita valor para hablar contigo —contestó Abby.

—Eso es ridículo. Nunca le he puesto la mano encima.

—No, pero desapruebas lo que hace. Siempre le sacas faltas. Con las chicas eres un blandengue, y luego está Brote, que se parece más a ti. ¡Pero Denny! Las cosas son más difíciles con Denny. A veces creo que no te gusta.

—Abby, por el amor de Dios. Sabes que no es cierto.

—Bueno, claro que lo quieres. Pero he visto cómo lo miras, como si pensaras: «¿Quién es esta persona?», y no creas que él no se ha dado cuenta.

—Pues si es así —contestó Red—, ¿por qué de quien siempre quiere huir por todos los medios es de ti, eh?

—¡No quiere huir de mí!

—Cuando tenía cinco o seis años, ya no te dejaba entrar en su habitación. ¡El chaval prefería cambiarse él las sábanas antes de dejar que se lo hicieras tú! Casi nunca traía a sus amigos a casa, no nos decía cómo se llamaban, no nos contaba qué había hecho en el colegio en todo el día. «Mamá, no te metas en mi vida», decía. «Déjame en paz, no cotillees, no me espíes, no me respires en el cogote.» ¿Te acuerdas de cuál era el libro que menos le gustaba, ese que aborrecía tanto que le rompió todas las páginas? ¿Eh, te acuerdas? Era el que tenía a una cría de conejo que quiere ser un pez y una nube y tal para poder escapar, y entonces la mamá conejo no para de decir que ella también cambiará de forma para ir a buscarlo. ¡Denny le arrancó todas las páginas al libro! ¡No dejó ni una!

—Eso no tiene nada que ver con…

—¿Y te preguntas por qué se ha vuelto gay? No es que se haya vuelto gay, pero si lo hubiera hecho, si se le ha pasado por la cabeza tocarnos las narices con ese tema, ¿quieres saber por qué ha sido? Pues yo te lo diré: es por la madre. Siempre tiene que ver con la madre asfixiante.

—¡Bah! —exclamó Abby—. Eso está pasado de moda, trasnochado y es… falso. Tanto que no me voy a dignar responderte.

—Desde luego, has empleado un montón de palabras para no responder.

—¿Y qué me dices del padre, ya que quieres volver a la Edad Media para apoyar tus teorías? ¿Qué me dices del padre machista de estilo albañil que manda a su hijo que saque pecho, que muestre agallas, que deje de lloriquear por chorradas, que se suba al dichoso tejado y clave la tejas, eh?

—Abby, las tejas no se clavan.

—¿Qué me dices de ese padre? —insistió ella.

—¡De acuerdo! Hacía esas cosas. Fui el peor padre del mundo. Ya está. No hay vuelta atrás.

Se hizo un breve silencio. El único sonido provenía del exterior: el susurro de un coche al pasar.

—Yo no he dicho que fueses el peor —dijo Abby.

—Bueno.

Otro momento de silencio.

—¿No hay alguna tecla que se pueda marcar para que el aparato recupere el número de la última persona que ha llamado?

—Almohadilla y sesenta y nueve —dijo Red al instante. Carraspeó—. Pero no irás a hacerlo, ¿verdad?

—¿Por qué no?

—Ha sido Denny quien ha decidido zanjar la conversación, si me permites recordártelo.

—Porque has herido sus sentimientos. Ha sido por eso —contestó Abby.

—Si hubiera herido sus sentimientos, habría tardado un poco en colgar. No me habría dejado con la palabra en la boca ni se habría dado tanta prisa. Me ha colgado como si ya lo tuviese decidido. Vamos, ¡si prácticamente debía de estar frotándose las manos mientras me daba la noticia! Me suelta a bocajarro: «Quiero contarte una cosa».

—Antes has dicho que era «Tengo que contarte una cosa».

—Bueno, una de las dos —contestó Red.

—¿Cuál de las dos?

—¿Y qué importa?

—Pues claro que importa, y mucho.

Red recapacitó un momento. Intentó repetir las frases en voz baja.

—«Tengo que contarte una cosa.» «Quiero contarte una cosa» —repitió— «Papá, quiero…» —Se dio por vencido—. De verdad, no me acuerdo.

—¿Podrías marcar almohadilla y sesenta y nueve, por favor?

—No sé de dónde ha sacado esas ideas. Sabe que no estoy en contra de los homosexuales. Si tengo a un tío gay encargado del pladur, por el amor de Dios. Y Denny lo sabe. No se me ocurre por qué ha pensado que eso me afectaría. A ver, claro que no me he puesto como unas castañuelas. Siempre quieres que la vida de tus hijos sea lo más fácil posible. Pero…

—Pásame el teléfono —dijo Abby.

Entonces entró otra llamada.

Red agarró el auricular en el mismo instante en el que Abby se cruzaba por encima de la cama para cogerlo ella. Él fue más rápido, pero hubo un leve forcejeo y, sin saber cómo, al final fue Abby quien acabó con el aparato en la mano. Se sentó con la espalda erguida y contestó.

—¿Denny? —Luego añadió—. Ah, hola, Jeannie.

Red volvió a tumbarse.

—No, tranquila, aún no estábamos en la cama —dijo. Se produjo una pausa—. Pues claro. ¿Qué le ha pasado al tuyo? —Otra pausa—. No me importa en absoluto. Nos veremos mañana a las ocho. Buenas noches.

Le acercó el auricular a Red, que lo colocó encima del soporte del teléfono.

—Quiere que le deje el coche —aclaró.

Se hundió en su lado de la cama. Luego dijo con voz baja y tristona:

—Supongo que ahora ya no sirve de nada pulsar almohadilla y sesenta y nueve, ¿verdad?

—No —contestó Red—. Creo que no.

—¡Ay, Red! Pero ¿qué vamos a hacer? ¡Jamás volveremos a saber de él! ¡Seguro que no nos da otra oportunidad!

—Vamos, vida mía… Claro que sabremos de él. Te lo prometo.

Y alargó la mano hacia ella para acercarla a su cuerpo. Recostó la cabeza de Abby sobre su hombro.

Permanecieron así un rato, hasta que poco a poco Abby dejó de juguetear con los dedos y su respiración se volvió más pausada y regular. Por el contrario, Red continuó con los ojos como platos en la oscuridad. En un momento dado, empezó a murmurar palabras para sí mismo, como si hiciera experimentos: «Tengo que contarte una cosa», dijo moviendo los labios, sin llegar siquiera a susurrarlo. Después: «Quiero contarte una cosa». Y luego: «Papá, quiero…», «Papá tengo que…». Meneó la cabeza sobre el almohadón, impaciente. Volvió a empezar: «… contarte una cosa: soy gay»; «… contarte una cosa: creo que soy gay». «Soy gay.» «Creo que soy gay.» «Creo que a lo mejor soy gay. » «Soy gay.»

Sin llegar a ninguna conclusión, se dio por vencido y por fin concilió el sueño.

Por supuesto, volvieron a saber de él. Al fin y al cabo, los Whitshank no eran una familia melodramática. Ni siquiera Denny era del tipo de personas que desaparecen de la faz de la tierra, o que cortan de cuajo el contacto, o que dejan de hablarse con alguien…, por lo menos no de forma permanente. Sí, era cierto que se saltó el viaje a la playa de ese verano, pero a lo mejor se lo habría saltado de todos modos; tenía que ganarse un dinerillo para el curso siguiente. (Estudiaba en el St. Eskil College, en Pronghorn, Minnesota.) Y los llamó en septiembre. Necesitaba dinero para los libros de texto, les dijo. Por desgracia, el único que estaba en casa ese día era Red, así que la conversación no fue muy reveladora.

—¿De qué habéis hablado? —quiso saber después Abby.

—Le he dicho que tenía que pagarse los libros de sus ahorros —contestó Red.

—Me refiero a si habéis hablado de lo que ocurrió la última vez que llamó. ¿Le has pedido disculpas? ¿Le has dado alguna explicación? ¿Le has preguntado algo?

—No hemos sacado el tema.

—¡Red! —exclamó Abby—. ¡Es un clásico! Es una reacción de lo más típica: una persona joven anuncia que es gay y su familia sigue como si nada, fingiendo que no se ha enterado.

—Bueno, vale —dijo Red—. Pues vuelve a llamarlo. Contacta con la residencia.

Abby no estaba convencida.

—¿Y qué motivo me invento para llamarlo? —preguntó.

—Dile que quieres hacerle un interrogatorio.

—Esperaré a que vuelva a llamarnos —decidió Abby.

Pero cuando Denny volvió a llamar (un mes después, más o menos, un día en que Abby sí pudo contestar al teléfono) fue para hablar de la reserva del vuelo para las vacaciones de Navidad. Quería cambiar la fecha de llegada, porque primero iría a Hibbing a ver a su novia. ¡Su novia!

—¿Qué iba a decirle? —le preguntó más adelante Abby a Red—. Tuve que decir: «Ah, vale».

—Qué ibas a decirle… —coincidió Red.

No volvió a mencionar el tema, pero durante las semanas previas a la Navidad Abby se sintió como si hirviera por dentro y empezara a echar humo como una cafetera. Se le notaba que se moría de ganas de que el asunto saliera a la luz. El resto de la familia intentaba lidiar con ella como podía. No sabían nada sobre la noticia de que Denny era gay —Red y Abby habían acordado no decírselo al resto hasta que él les diera permiso—, si bien percibían que algo se cocía en el ambiente.

El plan de Abby (aunque Red no lo compartía) era sentarse con Denny y tener una tranquila charla de tú a tú en cuanto su hijo llegase a casa. Sin embargo, la misma mañana del día en que tenía que aterrizar su avión recibieron una carta del St. Eskil recordándoles las condiciones de la matrícula: la familia Whitshank tendría que pagar las tasas del semestre siguiente aunque Denny hubiese abandonado los estudios.

—«Abandonado los estudios» —repitió Abby.

Fue ella quien abrió la carta, aunque la leyeron ambos a la vez. El modo lento y meditabundo con que Abby pronunció esas tres palabras hizo que reverberaran todos los ecos de la expresión. Denny había abandonado los estudios, Denny estaba abandonado, y había abandonado a la familia hacía muchos años. ¿Qué otro adolescente estadounidense de clase media vivía como él? ¿Quién más deambulaba por el país como un vagabundo, sin que sus padres pudieran controlarlo, quién más se ponía en contacto con su familia de manera tan esporádica e impedía por todos los medios que sus padres tuvieran un modo de ponerse en contacto con él? ¿Cómo habían llegado las cosas a tal extremo? Desde luego, los Whitshank no habían permitido que sus otros hijos se comportasen de esa forma. Red y Abby se miraron a los ojos durante un lapso de tiempo largo y desesperante.

Como es natural, el tema que acaparó la atención esa Navidad fue que Denny hubiese dejado la carrera. (Había decidido que estudiar era tirar el dinero, eso fue lo único que dijo, porque no tenía la menor idea de lo que quería hacer en la vida. A lo mejor, un par de años después, sí, comentó.) Al parecer, el tema de si era homosexual o no se perdió por el camino.

—Casi entiendo por qué algunas familias fingen que no se han enterado —dijo Abby después de las vacaciones.

—Ajá... —contestó Red con cara de póquer.

De los cuatro hijos que tenían Red y Abby, Denny siempre había sido el más guapo. (Era una pena que parte de su hermosura no hubiera ido a parar a las chicas.) Tenía el pelo liso y negro de los Whitshank, unos ojos azules rasgados y penetrantes y facciones bien cinceladas, pero su piel lucía un tono ligeramente más moreno, no era blanca como el papel como la de los demás, y el chico parecía mejor formado, no un saco de bultos y huesos como sus hermanos. A pesar de todo, había algo en su cara (una falta de equilibrio, algún tipo de irregularidad o asimetría) que impedía que fuese guapo de verdad. La gente no se fijaba en su belleza inmediatamente, y cuando lo hacían se sorprendían, como si se enorgulleciera de su capacidad de discernimiento.

Por orden de nacimiento, era el tercero. Amanda tenía nueve años cuando nació él y Jeannie, cinco. ¿Había sido duro para un niño tener hermanas mayores? ¿Lo habían intimidado o ninguneado? Ese par de muchachas estaban tan seguras de sí mismas que daban miedo; sobre todo Amanda, que era un poco mandona. Sin embargo, podía decirse que Denny pasaba más o menos de Amanda, y mostraba un ligero afecto hacia la chicazo de Jeannie. Así pues, no, por ahí no iba la cosa. ¡Ya está, Brote! Brote había llegado cuando Denny tenía cuatro años. Claro, eso podía haber influido. Brote era bueno por naturaleza. A veces se ve esa clase de niños. Era obediente, tenía buen temperamento y era amable; le salía natural.

Eso no significaba que Denny fuese malo. Por ejemplo, era mucho más generoso que los otros tres hermanos juntos. (Cambió su bicicleta nueva por un gatito cuando el querido gato de Jeannie se murió.) Y no se metía con los otros niños ni le entraban rabietas. Pero era tan callado... Tenía esos arrebatos de obstinación inexplicable, en los que arrugaba la cara y fruncía los labios de tal manera que nadie podía averiguar qué pensaba. Era una especie de pataleta interna; parecía como si su rabia recayera sobre sí mismo y lo endureciera o lo congelara. Cuando ocurría eso, Red levantaba los brazos irritado y se largaba, pero Abby era incapaz de hacer caso omiso de su hijo. Tenía que insistirle e insistirle hasta que se le pasaba. ¡Quería que sus seres queridos fuesen felices!

Una vez, en la tienda de ultramarinos, cuando Denny estaba de bajón por algún motivo, empezó a sonar «Good Vibrations» por los altavoces de la tienda. Era la canción favorita de Abby, la que siempre decía que quería que pusieran el día de su funeral, así que empezó a bailar. Deslizaba los pies, serpenteaba y tarareaba alrededor de Denny como si él fuese un poste, pero el chico se apartó y se escondió en el pasillo de las sopas precocinadas con los ojos fijos en el horizonte y los puños apretados dentro de los bolsillos de la cazadora. Cuando Abby llegó a casa, le contó a Red que Denny la había hecho quedar como una boba. (Intentaba quitarle importancia riéndose del incidente.) ¡Denny no la miró ni una sola vez! ¡Como si fuera una loca ajena a él! Y eso ocurrió cuando tenía nueve o diez años, ni por asomo estaba aún en la edad en que todos los chicos consideran que sus madres son ridículas. Pero saltaba a la vista que sentía vergüenza ajena hacia Abby desde su más tierna infancia. Se comportaba como si le hubieran asignado la madre que no tocaba, decía la propia Abby, y ella no diera la talla.

Vamos, eso sí que era una bobada, contestaba Red.

Y Abby decía que ya lo sabía. Que había dado una impresión equivocada.

Era habitual que los profesores llamasen a Abby por teléfono: «¿Podrían venir a hablar de Denny? Cuanto antes, mejor». El problema podía ser falta de atención, o vagancia, o desidia; nunca era por falta de capacidad. Es más, cuando estaba en tercero, le hicieron saltarse un curso, alegando que a lo mejor necesitaba un reto mayor. Pero seguramente fue un error. Se quedó todavía más marginado. Los pocos amigos que tenía no eran los que sus padres hubiesen querido: chicos que no iban al mismo colegio que él, chicos que hacían que el resto de la familia se sintiera incómoda en las escasas ocasiones en las que se presentaban en su casa, porque murmuraban, movían los pies y desviaban la mirada.

Ah, claro que había momentos prometedores de vez en cuando. Una vez ganó un premio en un concurso de ciencias por diseñar un tipo de envase que impedía que los huevos se rompieran por muy lejos que los lanzases. Pero ese fue el último concurso en el que participó. Y un verano le dio por tocar la trompa. En primaria había ido a unas cuantas clases de trompa, y ese verano mostró más perseverancia de la que su familia había visto en él jamás. Durante varias semanas, una versión quejumbrosa, entrecortada y ahogada del *Concierto para trompa n.º 1* de Mozart salía a trompicones por debajo de la puerta cerrada de su habitación hora tras hora, titubeante, incesante, hasta que Red empezó a renegar para sus adentros; pero Abby le dio unas palmaditas en la mano a su marido y le dijo: «Vamos, podría ser peor. Podrían ser los Butthole Surfers», que era el grupo de rock que escuchaba Jeannie en esa época. «Me parece fabuloso que haya encontrado un proyecto», añadió. Y cada vez que Denny se detenía unos cuantos compases para las partes orquestales, Abby tarareaba las notas que faltaban. (A esas alturas toda la familia se había aprendido el concierto de memoria porque atronaba en el estéreo cuando Denny no se dedicaba a tocarlo.) No obstante, cuando el chico

Abby a Red. Un miembro consanguíneo de la familia Whitshank, una de esas familias envidiables que irradian empatía, unión y, no sé, un carisma especial; pero él se movía al margen de la familia, como si fuese un caso de la beneficencia.

En esa época, los dos chicos trabajaban a media jornada en la empresa familiar: Whitshank Construction. Denny demostró que era competente, aunque no se le daba muy bien tratar con los clientes. (A una mujer que le dijo, con ganas de flirtear: «Me da miedo dejar de gustarte si te digo que he cambiado de opinión sobre el color de la pintura», le contestó: «¿Y quién ha dicho que me gustara, eh?»). Brote, por el contrario, era amable con los clientes y se dedicaba en cuerpo y alma al trabajo: hacía horas extra, preguntaba mucho, pedía que le pasaran más proyectos. Algo en lo que hubiera madera, suplicaba. A Brote le encantaba trabajar la madera.

De repente, Denny empezó a hablar con un registro elevado, entre arrogante y burlón. «Desde luego, caballero mío», respondía cuando Brote le pedía la sección de deportes del periódico, y «Lo que usted diga, Abigail», dirigiéndose a su madre. En las famosas «cenas para huérfanos» de Abby, con su colección de descastados, almas solitarias y desgraciadas, el comportamiento tan cortés de Denny primero resultó encantador y después pasó a ser ofensivo. «Por favor, insisto —le dijo un día a la señora Mallon—, siéntese en mi silla; aguantará mejor su peso.» La señora Mallon, una elegante divorciada que se enorgullecía de su extrema delgadez, exclamó: «¡Ay! ¿Por qué…?», pero él dijo: «Parece que su silla es un poco frágil». Sus padres no podían hacer nada, porque solo habría servido para que llamara aún más la atención. O una vez que estaba B. J. Autry, una rubia decaída cuya risa seca como un graznido daba dentera a todos, Denny se pasó la comida del domingo de

Pascua halagando su «risa de campanilla». Aunque, para variar, B. J. intentó tomárselo con filosofía, al final le dijo: «Cierra el pico, criajo». Red le echó la bronca a Denny después de la velada.

—En esta casa no insultamos a los invitados —le dijo—. Le debes una disculpa a B. J.

—Ay, es culpa mía. No me había dado cuenta de que era una flor tan delicada —contestó Denny.

—Hijo, todo el mundo es delicado si le pinchas lo suficiente.

—¿De verdad? Yo no —fue la respuesta de Denny.

Por supuesto, se les ocurrió mandarlo a terapia. O mejor dicho, se le ocurrió a Abby. Siempre lo había pensado, pero cada vez se volvió más insistente con el tema. Denny se negó. Un día, en el penúltimo año de instituto, le pidió que la ayudara a llevar al perro al veterinario, tarea para la que se requerían dos personas. Después de arrastrar a Clarence para meterlo en el coche, Denny se desplomó en el asiento delantero y cruzó los brazos delante del pecho. Se pusieron en marcha. Detrás, Clarence gimoteaba y movía las patas, arañando con las garras la tapicería de vinilo. Los gimoteos pasaron a sonoros gemidos conforme la consulta del veterinario se acercaba. Abby pasó de largo y siguió conduciendo. Los gemidos se fueron apagando y adoptaron un tono interrogativo, hasta que al final cesaron. Abby se dirigió a un edificio bajo de estuco, aparcó enfrente y apagó el motor. Salió, se acercó a toda prisa hasta el asiento del copiloto y le abrió la puerta a Denny. «Fuera», le ordenó. Denny se quedó quieto un momento, pero luego la obedeció. Se incorporó tan despacio y con tanto resentimiento que parecía que «goteara» hacia el exterior. Subieron los dos peldaños que los separaban de la entrada del edificio y Abby apretó el botón que había junto a una placa en que se leía: DOCTOR RICHARD HANCOCK. «Paso a buscarte dentro de cincuenta minutos», le dijo a su hijo. Denny la miró con ojos impasibles. Cuando sonó el portero automático, Denny abrió la puerta y Abby regresó al coche.

A Red le costó mucho creerse la historia.

—¿Entró así, sin más? —le preguntó a Abby—. ¿Te siguió el juego?

—Por supuesto —dijo Abby con alegría. Y luego se le llenaron los ojos de lágrimas—. Ay, Red, ¿te imaginas lo mal que debe de estar pasándolo para dejarme que hiciera eso?

Durante dos o tres meses, Denny fue a ver al doctor Hancock todas las semanas. Lo llamaba Hankie. («No tengo tiempo de limpiar el sótano; hoy me toca Hankie, maldita sea.») Nunca les contaba de qué hablaban, y por supuesto, el doctor Hancock tampoco les decía nada, aunque Abby lo telefoneó una vez para preguntarle si le parecía que podía servir de algo hacer terapia de familia. El doctor Hancock dijo que no.

Eso pasó en 1990, a finales de 1990. A principios de 1991, Denny se escapó de casa.

La chica se llamaba Amy Lin. Era delgada como un alfiler, de pelo tieso y atuendo gótico, y era hija de dos ortopedistas chino-estadounidenses. Estaba embarazada de seis semanas. Pero los Whitshank no sabían nada de todo esto. No habían oído hablar siquiera de Amy Lin. Su primer contacto con ella llegó cuando su padre los llamó por teléfono para preguntar si sabían dónde podía estar Amy.

—¿Quién? —preguntó Abby.

Al principio pensó que su interlocutor se había equivocado de número.

—Amy Lin, mi hija. Se ha fugado con su hijo. En su nota decía que van a casarse.

—¿Que van a qué? —le preguntó Abby—. ¡Pero si Denny tiene dieciséis años!

—Igual que Amy —contestó el doctor Lin—. Los cumplió anteayer. No sé de dónde ha sacado la idea de que a partir de los dieciséis es legal casarse.

—Bueno, a lo mejor en Mozambique —dijo Abby.

—¿Podría mirar en la habitación de Denny, por favor? A lo mejor ha dejado una nota. Esperaré.

—De acuerdo —dijo Abby—. Pero, de verdad, creo que se equivoca.

Dejó el auricular en la mesa y llamó a Jeannie (la hermana que mejor conocía las costumbres de Denny) para que la ayudase a buscar la nota. Jeannie se mostró tan incrédula como Abby.

—¿Que Denny se va a casar? —le preguntó mientras subían la escalera—. ¡Si ni siquiera tiene novia!

—Bah, seguro que ese hombre es un lunático —comentó Abby—. ¡Y qué prepotente! Se ha presentado como «doctor Lin». Tenía esa típica forma de mandar de los médicos.

Por supuesto, no encontraron ninguna nota, ni nada que pudiera darles pistas, como una carta de amor o una fotografía. Jeannie rebuscó incluso en una lata que había en la estantería del armario de Denny, cuya existencia desconocía Abby, pero lo único que encontró fue un paquete de Marlboro y unas cerillas.

—¿Lo ves? —dijo Abby con aire victorioso.

Sin embargo, Jeannie puso una expresión pensativa y, mientras volvían a bajar la escalera, dijo:

—Pero ¿Denny ha dejado una nota alguna vez en la vida, por el motivo que fuese?

—El doctor Lin se ha equivocado —dijo Abby para zanjar el

tema. Agarró el auricular y dijo—: Me parece que se ha equivocado, doctor Lin.

Así pues, dejó en manos de la familia Lin la tarea de localizar a la pareja, después de que su hija los telefonease para que fueran a recogerlos, porque se encontraba bien pero creía que los echaba un poco de menos. Denny y ella estaban atrapados en un motel a las afueras de Elkton (Maryland), porque les había surgido un imprevisto cuando intentaban solicitar el certificado de matrimonio. A esas alturas llevaban tres días desaparecidos, de modo que los Whitshank tuvieron que admitir que quizá en el fondo el doctor Lin no fuese un lunático, aunque seguían sin ser capaces de creer que Denny hiciese algo semejante.

Los Lin fueron en coche a Elkton para buscar a los adolescentes y desde allí volvieron directos a casa de los Whitshank, con el fin de mantener una seria conversación entre las dos familias. Fue la primera y la última vez que Red y Abby vieron a Amy. Les pareció increíblemente poco atractiva: sosa y de aspecto enfermizo, sin una pizca de gracia. Además, tal como reconoció Abby más adelante, fue un shock comprobar lo bien que parecían conocer los Lin a su hijo Denny. El padre de Amy, un hombre menudo con chándal azul celeste, le hablaba con mucha confianza e incluso con cariño, y la madre le dio palmaditas en la mano a Denny, como para consolarlo, cuando el chico reconoció por fin que tal vez abortar fuese lo mejor.

—Seguro que Denny ha estado muchas veces en su casa —le dijo Abby a Red más tarde—, mientras que nosotros ni siquiera sabíamos que Amy existía.

—Bueno, con las hijas es diferente —contestó Red—. Ya sabes que por norma general acabamos conociendo a los novios de

Mandy y Jeannie, pero no estoy seguro de si los padres de esos jóvenes siempre conocen a Mandy y Jeannie.

—No —dijo Abby—. No me refiero a eso. No es que Denny conozca a los padres de la chica; es que casi se ha unido a ellos.

—Bobadas —dijo Red.

Abby no parecía convencida.

Intentaron por todos los medios hablar con Denny sobre la fuga una vez que se marcharon los Lin, pero lo único que les dijo fue que tenía muchas ganas de cuidar de un bebé. Cuando le comentaron que era demasiado joven para cuidar de un bebé, se quedó callado. Y cuando Brote le preguntó con torpeza, casi sin atreverse: «Entonces, ¿Amy y tú, eh, estáis comprometidos?», la respuesta de Denny fue: «¿Eh? Ah, no lo sé».

En realidad, los Whitshank no volvieron a ver a Amy y, que ellos supieran, Denny tampoco. A finales de la semana siguiente, y gracias al doctor Hancock, que se encargó del papeleo, Denny ya estaba a salvo e instalado en un internado para adolescentes problemáticos en Pennsylvania. Terminó los últimos dos cursos del instituto allí, y como no manifestó interés alguno en las obras de construcción, se pasó los dos veranos trabajando de camarero en Ocean City. Las únicas veces que volvió a casa fue para acontecimientos importantes, como el funeral de la abuela Dalton o la boda de Jeannie, y en todas las ocasiones se marchó otra vez en un abrir y cerrar de ojos.

No estaba bien, decía Abby. No lo habían tenido en casa el tiempo suficiente. Se suponía que los hijos tenían que quedarse con sus padres por lo menos hasta los dieciocho años, eso como mínimo. (Las chicas no se habían marchado de casa ni siquiera para estudiar la carrera.)

—Es como si nos lo hubieran robado —le dijo un día a Red—. ¡Nos lo han quitado antes de tiempo!

—Hablas como si estuviera muerto —contestó Red.

—Tengo la impresión de que está muerto —dijo ella.

Y las veces que volvía a casa era como un desconocido. Olía de otra manera, ya no olía a armario mohoso, sino a algo casi químico, como una moqueta nueva. Llevaba una gorra de marinero griego que Abby (volviendo a los años sesenta) asociaba con Bob Dylan de joven. Y hablaba con sus padres de forma educada pero distante. ¿Les guardaba rencor por haberlo mandado al internado? ¡Pero si no les quedó otra opción! No, su desprecio debía de venir de antes.

—Es porque no lo protegí lo suficiente —aventuró Abby.

—¿Protegerlo de qué? —le preguntó Red.

—Eh… Es igual, déjalo.

—¿No te referirás a mí? —insistió Red.

—Si tú lo dices.

—No pienso pagar el pato, Abby.

—Vale.

En esos momentos, no se soportaban el uno al otro.

Y entonces Denny entró en St. Eskil; un milagro, a juzgar por su pasado tormentoso y su media de suficiente pelado. Sin embargo, no podía decirse que la facultad hubiese cambiado las cosas. Seguía siendo un hijo misterioso para los Whitshank.

Ni siquiera la famosa llamada de teléfono había cambiado las cosas, porque nunca llegaron a hablarlo cara a cara con él. No se sentaron y le preguntaron: «Dinos: ¿eres gay o no? Danos una explicación, es todo lo que te pedimos». Otros acontecimientos se sucedieron demasiado rápido. Era un culo inquieto y siempre cambiaba de sitio. Después de Navidad, empleó el billete de vuelta para regresar a Minnesota, se suponía que para ver a su novia, y trabajó un par de meses en una especie de tienda de repuestos para fontanería, o al menos eso fue lo que dedujeron sus padres cuando Denny le envió a Jeannie una gorra con visera para su cumpleaños en la que ponía THOMPSON TUBERÍAS Y ARREGLOS. Pero lo siguiente que supieron de él fue que estaba en Maine. Encontró trabajo en la reconstrucción de un barco; lo despidieron; dijo que iba a retomar los estudios, aunque al parecer nunca llegó a hacerlo.

Cuando los llamaba por teléfono tenía una forma de hablar tan intensa y animada que sus padres empezaron a pensar que el muchacho sentía una necesidad imperiosa de retomar los lazos afectivos. Los llamó todos los domingos durante varias semanas seguidas, hasta que sus padres se acostumbraron y empezaron a esperar su llamada, casi a depender de ella, pero entonces Denny desapareció del mapa varios meses sin que tuvieran manera de localizarlo. Parecía perverso que alguien con tanta movilidad no tuviera teléfono móvil. En esa época Abby ya había contratado el servicio de identificación de llamadas, pero ¿para qué servía? Denny siempre estaba en PARADERO DESCONOCIDO o era una LLAMADA NO IDENTIFICADA. Deberían haber inventado un mensaje especial para él: ATRÁPAME SI PUEDES.

Pasó una temporada en Vermont. Sin embargo, después les mandó una postal desde Denver. En un momento dado, se asoció con alguien que había inventado un prometedor producto de software, pero la unión no duró mucho. Parecía que todos los trabajos acababan por decepcionarlo, igual que los socios empresariales y las novias y las regiones geográficas más variadas.

En 1997, invitó a la familia a su boda en un restaurante de Nueva York en el que su futura esposa trabajaba de camarera y él era el chef. ¿El qué? ¿De dónde había salido eso? Si en casa nunca había preparado nada más ambicioso que un envase de comida precocinada. Fueron todos, por supuesto: Red y Abby, Brote y las chicas, y los maridos de las dos chicas. Visto en retrospectiva, a lo mejor fueron demasiados. Superaban en número a todos los demás comensales juntos. Pero al fin y al cabo, ¡los había invitado! ¡Les dijo que le apetecía que fueran todos! Había empleado ese intenso tono de voz que implicaba que «necesitaba» que estuvieran con él. Así pues, alquilaron una furgoneta pequeña y pusieron rumbo al norte, para apiñarse en el minúsculo restaurante, que en realidad se parecía más a un bar: un local pequeño con seis taburetes junto a una barra de madera y cuatro mesas redondas y mugrientas. Los atendieron otra camarera y la propietaria, junto con la madre de la novia. La novia, que se llamaba Carla, llevaba un vestido de embarazada de tirantes de cordoncillo que apenas le tapaba la ropa interior. Saltaba a la vista que era mayor que Denny (quien entonces tenía veintidós años, desde luego, demasiado joven para pensar en casarse). La mujer se había teñido la voluminosa mata de pelo de un castaño oscuro uniforme, como si llevara un animal muerto en la cabeza, y sus ojos azules como dos canicas desprendían dureza. Casi parecía más vieja que su madre, que era una rubia regordeta y jovial con un vestido veraniego. A pesar de todo, los Whitshank se esforzaron al máximo por ser simpáticos. Charlaron con los otros invitados antes de la ceremonia, le preguntaron a Carla dónde se habían conocido Denny y ella, les preguntaron a las otras camareras quién era la dama de honor. Carla y Denny se habían conocido en el trabajo. No había dama de honor.

Denny se mostró bastante sociable para ser Denny. Llevaba un traje oscuro que le hacía parecer decente y una corbata roja, y hablaba en tono cordial con todo el mundo; iba pasando de una persona a otra, pero de vez en cuando regresaba junto a Carla y le apoyaba una mano en los riñones con un toque territorial. Carla era agradable pero parecía distraída, como si se preguntase si se había dejado los fogones encendidos antes de salir de casa. Tenía acento de Nueva York.

Abby se impuso como tarea principal conocer bien a la madre de la novia. Eligió la silla que estaba más cerca de ella cuando llegó el momento de sentarse, y las dos empezaron a charlar en voz baja. Juntaron mucho las cabezas y no paraban de dirigir miradas furtivas a la pareja de novios. Eso sirvió para dar esperanzas a los demás Whitshank de que, una vez que estuvieran otra vez en familia, se enterarían de los entresijos de la historia. Porque vamos a ver, ¿qué pasaba allí, eh? ¿Era un matrimonio de conveniencia o había amor? ¿De verdad? ¿Y cuándo salía de cuentas?

El predicador, si es que podía llamársele así, era un repartidor de los que van en bicicleta que tenía autorización para oficiar bodas de la Iglesia de la Vida Universal. Carla comentó varias veces que había intentado dejarlo todo «como los chorros del oro», pero de ser así, los Whitshank imaginaron que antes el local debía de ser una pocilga. El repartidor llevaba una cazadora de cuero negro (¡en agosto!) y una perilla negra y descuidada, y de las botas le colgaban unas cadenas tan pesadas que en lugar de hacer clin, clin al caminar, hacían clon, clon. Sin embargo, se tomó en serio su obligación y les preguntó por turnos al novio y a la novia si prometían quererse y respetarse, y después de que ambos dijeran «Sí, lo prometo», les puso las manos encima de los hombros y entonó: «Podéis ir en paz, hijos míos». La otra camarera chilló «Yuju» con voz débil e insegura, y entonces Denny y Carla se besaron; fue un beso sincero, un alivio para los Whitshank, tras el cual la propietaria del local sacó varias botellas de vino espumoso. Los Whitshank se quedaron un rato más, pero Denny estaba tan liado hablando con otras personas que al final se marcharon.

Mientras regresaban a la furgoneta, todos querían saber qué información le había sonsacado Abby a la madre de Carla. No mucho, contestó Abby. La madre de Carla trabajaba en una tienda de cosméticos. El padre de Carla estaba «fuera del mapa». Carla se había casado ya una vez, pero el matrimonio había durado menos que un caramelo a la puerta del colegio. Abby dijo que había esperado que la mujer mencionara el tema del embarazo, pero no salió en la conversación y no quiso preguntar. En lugar de hablar de eso, Lena (que así se llamaba la madre) se había explayado en las quejas ante lo repentino de la boda. Podría haberles preparado algo bonito si la hubiesen avisado con más tiempo, pero apenas se lo habían comunicado una semana antes. Eso hizo que Abby se sintiera mejor, porque a los Whitshank tampoco se lo habían comunicado hasta entonces. A Abby le preocupaba que los hubieran excluido de forma deliberada. Sin embargo, después Lena se puso a hablar de que si Denny esto, Denny aquello: Denny se había comprado el traje en una tienda de segunda mano, a Denny le había dejado la corbata su jefe, Denny había encontrado un pisito muy mono de un dormitorio encima de una tienda de discos coreana. Saltaba a la vista que Lena lo conocía. Desde luego, lo conocía mucho más que los Whitshank a Carla. ¿Por qué Denny siempre estaba dispuesto a sustituir a su familia por la de otra persona?

De camino a casa, Abby estaba apagada, algo raro en ella.

Después de la boda, pasaron casi tres meses sin saber nada de Denny. Entonces un día llamó por teléfono en plena noche para contarles que Carla había dado a luz. Sonaba pletórico. Les dijo que era una niña y había pesado cuatro kilos y medio. La habían llamado Susan. «¿Cuándo podemos ir a verla?», le preguntó Abby. Y él contestó: «Bueno, de aquí a un tiempo». El comentario era perfectamente comprensible, pero cuando era Denny el que lo decía, había que plantearse qué lapso tenía en mente. Era la primera nieta de los Whitshank, y Abby le dijo a Red que no lo soportaría si no les permitía formar parte de la vida de la niña.

Sin embargo, para su sorpresa, la mañana del día de Acción de Gracias (y Denny solía evitar ir a casa de sus padres el día de Acción de Gracias, con su fila de huérfanos más larga que nunca), llamó para decir que Susan y él iban a coger un tren en Baltimore y que si alguien podía ir a buscarlos. Llegó con Susan metida en una mochila de lona y atada a su pecho. ¡Un bebé de tres semanas! O menos, incluso. Era tan pequeña que parecía un cacahuete un poco espachurrado, con la cara aplastada contra el pecho de Denny. Todos pensaron que los mechones de pelo moreno eran cien por cien Whitshank, e intentaron abrir uno de sus diminutos puños para ver si tenía los dedos largos de la familia. Se morían de ganas de que abriera los ojos para ver de qué color los tenía. Abby curioseó entre la tela de la mochila para comprobarlo, pero Susan seguía durmiendo.

—¿Y cómo es que has venido solo? —le preguntó Abby a Denny, mientras apoyaba a Susan contra el hombro.

—No he venido solo. Estoy con Susan —contestó Denny.

Abby puso los ojos en blanco y Denny cedió.

—La madre de Carla se ha roto la muñeca —dijo—. Y Carla ha tenido que llevarla a urgencias.

—Vaya, cuánto lo siento —dijo Abby, y los otros murmuraron algo parecido para compadecerse. (Por lo menos, Carla no había «salido del mapa».)—. Pero ¿cómo vas a hacerlo? ¿Se ha sacado suficiente?

—¿Si se ha sacado suficiente qué?

—¿Se ha sacado suficiente leche?

—No, mamá. He traído leche en polvo. —Y dio un golpecito a la bolsa de vinilo que le colgaba del hombro.

—Leche en polvo —repitió Abby—. Pero entonces le saldrá menos.

—¿Le saldrá menos qué?

—¡Menos leche! Si le das leche en polvo a un bebé, la madre deja de producir tanta leche.

—Ah, pero siempre le damos biberón —contestó Denny.

Abby había leído unos cuantos libros sobre cómo ser una buena abuela. Lo más importante era no interferir. No criticar, no dar consejos. Así pues, se limitó a decir:

—Ah.

—¿Qué esperabas? Carla trabaja a jornada completa —se defendió Denny—. No todo el mundo puede permitirse quedarse en casa para pasarse el día dando de mamar.

—No he dicho nada —dijo Abby.

En otros tiempos, algunas veces las visitas de Denny no habían pasado de ahí. Una preguntita de más y ya estaba saliendo por la puerta. A lo mejor Abby se acordó de eso, porque agarró con más fuerza a la niña.

—Bueno, es igual. Me alegro de que hayas venido.

—Y yo me alegro de haber venido —contestó Denny, y todos se relajaron.

Cabía la posibilidad de que se hubiera mentalizado en el tren mientras iba a casa de sus padres, porque durante esa visita su conducta fue desenfadada, incluso evitó criticar a los huérfanos. Cuando B. J. Autry soltó una de sus risas de hiena y despertó a la niña, que se sobresaltó, lo único que dijo Denny fue: «Bueno, familia, ahora podéis ver de qué color tiene los ojos». Y mostró bastante consideración con el problema de audición del doctor Dale; le repitió cada frase varias veces sin el menor atisbo de impaciencia.

Amanda, que estaba embarazada de siete meses, lo acribilló a preguntas sobre el cuidado de los niños, y él le contestó a todas. (Era innecesario comprarse un moisés, podía usar un cajón del escritorio. Tampoco hacía falta comprar un cochecito. ¿La trona? Bah, para qué.) Preguntó con educación varias cosas sobre Whitshank Construction y no solo se dirigió a su padre, sino también a Jeannie, que ahora trabajaba allí de carpintera, e incluso a Brote. Escuchó en silencio, asintiendo con la cabeza, mientras Brote le daba una descripción pormenorizada de un problema menor de logística. («Total, que el cliente quería armarios de arriba abajo, así que quitamos todo el encofrado y luego va y dice: "¡Ay, esperen!".»)

Abby le dio el biberón a la niña y la ayudó a eructar, y le cambió el diminuto pañal desechable, pero se contuvo y ni siquiera mencionó la palabra «vertedero». Se fijó en que Susan tenía un hoyuelo en la barbilla, unos labios hermosos y bien perfilados, una mirada azul oscura y la frente arrugada. Abby se la pasó a Red, quien primero montó una escena diciendo que era torpe e inepto, pero después acabó apretando la nariz contra la cabecita aterciopelada de la niña para aspirar el olor del bebé.

Cuando Denny dijo que no podían quedarse a dormir, todos lo entendieron, por supuesto. Abby le preparó las sobras del pavo para que se las llevara a Carla y su madre, y Red acompañó a Denny y a la niña a la estación.

—No vuelvas a alejarte ahora —le dijo Red cuando Denny salió del coche.

—No, hasta pronto —contestó Denny.

Eso mismo había dicho ya infinidad de veces, y luego se había hecho el loco. Sin embargo, esta vez fue diferente. A lo mejor era la paternidad. A lo mejor empezaba a reconocer la importancia de la familia. Fuera lo que fuese, volvió en Navidad (solo para el día, ¡pero aun así!) y no solo acompañado por Susan, sino también por Carla. Susan tenía entonces siete semanas, y había dado un cambio tremendo. Ahora era consciente de lo que ocurría a su alrededor, miraba a las personas cuando le hablaban y respondía con sonrisas asimétricas que revelaban un hoyuelo en su mejilla derecha. Carla se mostró simpática y relajada, pero parecía que no se esforzara tanto como la otra vez por caerles bien. Llevaba vaqueros y una sudadera, así que Abby, que sí se esforzaba por ser simpática, se dejó la falda tejana en lugar de cambiarse para la cena. Le dijo: «Carla, ¿te apetece una copa de vino? Qué bien que no le des de mamar. Así puedes beber lo que quieras». Sus hijas se miraron la una a la otra y pusieron los ojos en blanco: ¡mamá patina, como siempre! Pero ellas también se esforzaron por ser agradables con su cuñada. Le hicieron cumplidos a propósito de todo lo que se les ocurrió, incluido el tatuaje con el nombre del perro que Carla llevaba en el codo izquierdo.

Luego toda la familia coincidió en que la visita había ido bien. Y como después de esa Navidad Denny empezó a llevar a Susan a casa de sus padres más o menos una vez al mes, daba la impresión de que él también pensaba lo mismo. (No iba con Carla, porque solía ir a verlos durante su jornada laboral. Ahora Carla trabajaba en una hamburguesería, les dijo; los dos habían dejado el restaurante, pero él tenía un horario más flexible.) Susan aprendió a sentarse; empezó a tomar alimentos sólidos; aprendió a gatear. Con el tiempo, Denny comenzó a quedarse a pasar la noche de vez en cuando. Dormía en su antigua habitación, con Susan en una cuna plegable que colocaban junto a su cama. Abby había guardado la cuna desde la época en la que sus propios hijos eran recién nacidos. A esas alturas, Elise, la hija de Amanda, ya había nacido, y a la familia le gustaba imaginarse que las dos niñitas crecerían juntas y serían las mejores amigas del mundo toda la vida.

Entonces Denny se ofendió por algo que dijo su padre. Era verano y hablaban del viaje familiar a la playa, que estaban a punto de realizar. Denny dijo que Susan y él podrían ir, pero que Carla tenía que trabajar en esas fechas.

—¿Y cómo es que tú no tienes que trabajar? —le preguntó Red.

—Pues porque no —contestó Denny.

—Pero ¿Carla sí?

—Eso es.

—Bueno, pues no lo pillo. Carla es la madre, ¿no?

—¿Y?

Otras dos personas estaban presentes (Abby y Jeannie) y ambas se pusieron en alerta de repente. Dirigieron a Red idénticas miradas de precaución. Red no pareció darse cuenta.

—Pero ¿tienes trabajo? —le preguntó a su hijo.

—¿Y a ti qué te importa? —preguntó a su vez Denny.

Entonces Red cerró el pico, aunque le costó bastante esfuerzo, y parecía que la cosa había terminado ahí. Pero cuando Abby pidió que la ayudaran a montar la cuna plegable, Denny dijo que no se molestara. No pensaba quedarse a dormir, añadió. De todas formas, fue bastante civilizado, y se marchó sin montar ningún numerito.

Transcurrieron tres años hasta que volvieron a saber de él.

Durante los primeros meses, no hicieron nada al respecto. Hasta ese punto llegaba su deferencia, hasta ese punto los intimidaban los silencios de Denny. Pero el día del cumpleaños de Susan, Abby lo llamó, marcando el número que se había apuntado la primera vez que había salido registrado en el identificador de llamadas. (Los padres de hijos como Denny desarrollan las tácticas propias de un detective privado.) Red se quedó al acecho, fingiendo despreocupación. Sin embargo, lo único que obtuvo Abby fue la respuesta de un contestador automático que le informó de que ese número ya no estaba operativo.

—Parece que se han mudado —le dijo a Red—. Pero en el fondo es una buena noticia, ¿no crees? Seguro que han encontrado un piso más grande, con un dormitorio aparte para Susan.

Entonces llamó a información y pidió el teléfono de Dennis Whitshank, pero resultó que no tenía.

—¿Y si busca por Carla Whitshank? —preguntó.

Miró con nerviosismo a Red. (Al fin y al cabo, no era descabellado pensar que a esas alturas ya estuvieran separados.) No hubo suerte.

—Supongo que tendremos que esperar a que él se ponga en contacto —dijo al cabo de un momento con resignación.

Red se limitó a asentir y se marchó sin hacer ruido a otra habitación.

Pasaron los meses. Pasaron los años. Susan ya habría aprendido a caminar, luego a hablar. Esa etapa fascinante en la que el lenguaje se desarrolla de forma exponencial de un día para otro, en la que los niños son como pequeñas «esponjas» para las palabras... Los Whitshank se la perdieron por completo. Entonces ya tenían dos nietas más —Deb, la hija de Jeannie, nació poco después de la última visita de Denny—, pero eso solo hacía que les resultase aún más duro, porque veían cómo crecían esas dos nietas y sabían que Susan estaría haciendo lo mismo sin que ellos fuesen testigos.

Entonces ocurrió el 11-S, y Abby estuvo a punto de volverse loca de la preocupación. Bueno, claro, toda la familia se preocupó. Pero que ellos supieran, Denny no trabajaba en el World Trade Center, así que se repetían que seguro que estaba bien. Sí, bien, repetía Abby. Pero se notaba que no estaba convencida. Se pasó dos días viendo la televisión de forma compulsiva, y siguió haciéndolo después de que todos los demás se hubiesen cansado de ver aquellas torres que caían una y otra vez. Empezó a pensar motivos por los que Denny podía haber estado allí. Denny era imprevisible, nunca se sabía; cambiaba tanto de trabajo... A lo mejor simplemente pasaba por esa calle. Comenzó a creer que percibía que su hijo estaba en apuros. Algo no marchaba bien, lo presentía, nada más. Quizá deberían llamar a Lena.

—¿A quién? —preguntó Red.

—A la madre de Carla. ¿Cómo se apellidaba?

—No lo sé.

—Tienes que saberlo —le reprochó Abby—. Piensa.

—No creo que llegara a oír su apellido, cariño.

Abby empezó a deambular. Estaban en el dormitorio, y se dedicó a recorrer su camino habitual por la alfombra persa, arriba y abajo, con el camisón ondeando a la altura de las rodillas.

—Lena Abbott… Adams… Armstrong —iba diciendo—. Lena Babcock… Bennett… Brown. —Algunas veces, repasar el orden alfabético la ayudaba—. Nos presentaron. Denny nos presentó. Seguro que nos dijo el apellido.

—Sabiendo cómo es Denny, seguro que no —contestó Red—. Me sorprendería que nos hubiera presentado. Pero si lo hizo, lo más probable es que dijera: «Lena, te presento a mis viejos».

Abby no podía discutírselo. Siguió caminando.

—La camarera, la otra —dijo de pronto.

—A ver, no tengo la menor idea de cómo se llamaba.

—No, yo tampoco, pero llamó a Lena señora no sé qué. Ahora me acuerdo. Recuerdo que pensé que debía de ser tímida, si no era capaz de llamar a Lena por el nombre en estos tiempos y a su edad.

Abby dejó de deambular y se acercó a su lado de la cama.

—Bueno, es igual, ya me vendrá a la cabeza —dijo.

Se enorgullecía de tener una memoria prodigiosa, pero algunas veces funcionaba con retraso.

—Saldrá cuando le apetezca, no sirve de nada forzarlo.

Entonces se tumbó y alisó las sábanas. Cerró los ojos con mucho teatro, así que Red también se metió en la cama y apagó la luz de la lamparita.

Sin embargo, en plena noche Abby le dio unos golpecitos en el hombro.

—Carlucci —dijo.

—¿Eh?

—Es como si oyera a la camarera llamándola: «Señora Carluc- ci, ¿le relleno la copa?». ¿Cómo podía haberme olvidado? Carla Carlucci: aliteración. O algo más que una aliteración, pero no me acuerdo de cuál era el término. Me acaba de venir a la cabeza jus- to cuando me he levantado para ir al lavabo.

—Ah, muy bien —dijo Red, y se tumbó bocarriba.

—Voy a llamar a información.

—¿Ahora? —Red miró el despertador con los ojos entorna- dos—. ¡Pero si son las dos y media de la madrugada! No puedes llamarla ahora.

—No, pero puedo conseguir el número —contestó Abby.

Red intentó conciliar el sueño de nuevo.

Por la mañana, Abby le comunicó que había tres L. Carlucci en Manhattan, así que pensaba llamarlas una por una. Había de- cidido empezar a las siete. En esos momentos eran las seis y poco; los Whitshank eran muy madrugadores.

—Hay personas que todavía duermen a las siete —comentó Red.

—Puede que sí —dijo Abby—, pero técnicamente, las siete ya es por la mañana.

—Bueno, vale —contestó Red.

Y bajó a la cocina a preparar café, aunque había tomado la costumbre de irse a trabajar sin desayunar y parar luego en un Dunkin' Donuts de carretera.

A las siete menos cinco, Abby hizo la primera llamada tele- fónica.

—Buenos días. ¿Podría hablar con Lena, por favor? —Y a continuación—: ¡Ay, cuánto lo siento! Debo de haberme confun- dido de número.

Marcó el segundo número de teléfono.

—¿Hola? ¿Puedo hablar con Lena? —Una pausa minúscula—. Bueno, discúlpeme. Sí, ya sé que es muy temprano, pero...

Puso una mueca. Volvió a marcar.

—Hola, ¿Lena?

Se irguió.

—¡Ay, hola! Soy Abby Whitshank, de Baltimore. Confío en no haberla despertado.

Escuchó a su interlocutora un momento.

—Ay, a mí me pasa lo mismo, sí —comentó—. Me paso el día diciéndole a Red: «A veces me pregunto para qué me molesto en irme a la cama, si luego casi no pego ojo». ¿Cree que es la edad? ¿O el estrés de los tiempos modernos? Hablando de tiempos modernos, Lena, estoy preocupada. ¿Están bien Carla, Susan y Denny? Me refiero, después de lo del martes pasado.

(«El martes pasado» era como seguía llamándolo la gente. Hasta una semana más tarde no empezarían a llamarlo «los atentados del 11 de septiembre».)

—¿Ah, sí? No me diga —contestó Abby—. Ya. Bueno, ¡por lo menos, algo es algo! Me tranquiliza. Así que no sabe... Bueno, claro que entiendo que no tiene por qué... En fin, ¡muchas gracias, Lena! Y por favor, deles un abrazo muy fuerte de mi parte a Carla y Susan... ¿Ajá?... Sí, por aquí todos estamos bien, gracias. Sí, bueno, gracias. ¡Adiós!

Colgó.

—Carla y Susan están bien —informó a su marido—. «Supone» que Denny también, pero no está segura, porque se ha mudado a New Jersey.

—¿New Jersey? ¿A qué parte de New Jersey?

—No me lo ha dicho. Dice que no tiene su número.

—Pero Carla sí lo tendrá, ¿no? —dijo Red—. Por el bien de Susan. Tendrías que haberle pedido el número de Carla.

—Bah, ¿para qué? —le preguntó Abby—. Sabemos que no estaba cerca de las torres. Con eso basta, ¿no? Ni siquiera creo que Carla tenga el número de teléfono de Denny, si quieres que te sea sincera.

Entonces Abby empezó a llenar el lavavajillas, mientras Red la miraba sin quitarle ojo de encima.

Así que New Jersey. Otra relación rota. ¡Dos relaciones rotas!, a menos que Denny hubiera mantenido el contacto con Susan. Red dijo que por supuesto que debía de haber mantenido el contacto; ¿acaso no era el mayor padrazo que habían conocido? Abby dijo que una cosa no quitaba la otra. A lo mejor Susan había sido otra de sus aficiones pasajeras, añadió, como ese proyecto del software que había dejado a medias.

Ese comentario no era propio de Abby. Tenía una fe ciega en la capacidad de transformación de las personas, algunas veces para exasperación de los demás miembros de la familia. Sin embargo, parecía que hubiera tirado la toalla. Cuando llamó a Jeannie y a Amanda para darles la noticia, habló con voz átona, sin emoción, y le pidió a Red que se lo dijera a Brote cuando lo viera en el trabajo, y listos.

—Se lo diré en cuanto lo vea —contestó Red, fingiendo estar afectado—. Le aliviará saberlo.

—No sé por qué —dijo Abby—. En realidad, no corría peligro.

A la mañana siguiente, un sábado, Amanda se pasó por casa de sus padres de improviso. Amanda era abogada, su hija más dura, más competente, más autoritaria.

—¿Dónde está el número de esa tal Lena? —preguntó.

Abby lo despegó de la puerta de la nevera y se lo entregó. (Por supuesto que lo había guardado.) Amanda se sentó a la mesa de la cocina, alargó la mano para coger el aparato y marcó.

—Hola, ¿Lena? —preguntó—. Soy Amanda, la hermana de Denny. ¿Podría darme el número de teléfono de Carla, por favor?

El murmullo al otro lado de la línea debió de ser una especie de protesta, porque Amanda añadió:

—No tengo intención de disgustarla, créame. Pero es que necesito ponerme en contacto con el caradura de mi hermano.

Es de suponer que esa fue la palabra mágica; metió la mano que le quedaba libre en el bolso y sacó una libretita con un bolígrafo dorado minúsculo incorporado.

—Sí —dijo, y apuntó un número—. Muchísimas gracias. Adiós.

Volvió a marcar.

—Ocupado —les dijo a sus padres.

Abby se quejó, pero Amanda comentó:

—Es normal que comunique; su madre estará llamándola hecha un basilisco. —Tamborileó con los dedos encima de la mesa un momento. Luego volvió a marcar el número de teléfono—. Hola, Carla. Soy Amanda. ¿Qué tal te va?

La respuesta de Carla fue breve, pero aun así Amanda se impacientó.

—Me alegro —dijo—. Bueno, ¿puedes darme el número de mi hermano? Le voy a cantar las cuarenta.

Mientras lo apuntaba, Red y Abby se inclinaron hacia delante y clavaron la mirada en el papel. Contuvieron la respiración.

—Gracias —dijo Amanda—. Adiós.

Y colgó.

Abby ya estaba a punto de quitarle la libreta, pero Amanda la apartó y dijo:

—Voy a llamar yo.

Marcó una vez más.

—Denny, soy Amanda.

No pudieron oír la respuesta de él.

—Algún día —le dijo Amanda—, serás un hombre de mediana edad y repasarás cómo ha sido tu vida, y te preguntarás qué habrá sido de tu familia. Entonces, te montarás en un tren y llegarás a Baltimore en una de esas tranquilas tardes de verano, con esos rayos polvorientos de sol que se cuelan por el tragaluz de Penn Station. Recorrerás la estación y saldrás a la calle, donde no habrá nadie esperándote, pero no pasa nada; no sabían que ibas a venir. Aun así, te resultará raro estar allí plantado tú solo, mientras los demás pasajeros abrazan a otras personas y se montan en coches y se van. Irás a la parada de taxis y le darás la dirección al taxista. Mientras cruces la ciudad, irás fijándote en todas las estampas familiares: las hileras de casas, los perales de Bradford, la mujer sentada en los peldaños de su casa que vigila a sus hijos mientras juegan en la calle. Luego el taxi girará para coger Bouton Road y de repente te entrará una sensación rara. Los pequeños signos de dejadez en nuestra casa que papá no se permitiría jamás: la pintura desconchada y las contraventanas con grietas. Pegotes de cemento desiguales en el camino de entrada, piezas de goma clavadas en los peldaños del porche... Todas esas chapuzas que hacen los dueños poco habilidosos y de las que papá ha despotricado toda su vida. Cogerás el pomo de la puerta y tirarás hacia ti con ese truquillo que había que hacer antes de poder girarlo y abrir, y te darás cuenta de que está cerrada con llave. Llamarás al timbre, pero estará estropeado. Gritarás: «¿Mamá? ¿Papá?». Nadie responderá. Gritarás: «¿Hola?». Nadie saldrá corriendo a saludarte; nadie abrirá la puerta de par en par ni te dirá: «¡Eres tú! ¡Pero qué alegría verte! ¿Por qué no nos has avisado? ¡Habríamos ido a buscarte a la estación! ¿Estás cansado? ¿Tienes hambre? ¡Entra!». Te quedarás ahí, un rato, pero no se te ocurrirá nada más que hacer. Te darás la vuelta y observarás la calle, y te preguntarás por el resto de la familia. «A lo mejor Jeannie…», te dirás. «O Amanda.» Pero ¿sabes una cosa, Denny? No cuentes conmigo para que te acoja, porque estoy cabreada. Estoy cabreada contigo por hacernos bailar al son que tocas durante todos estos años, y no me refiero solo a estos últimos años, sino ¡siempre! Todas esas vacaciones que te saltaste, todos esos viajes a la playa de los que te escaqueaste, y lo de perderte el treinta aniversario de bodas de papá y mamá, y el treinta y cinco aniversario, y el nacimiento del hijo de Jeannie, y lo de no venir a mi boda, ni mandarme una postal siquiera, ni llamarme para desearme suerte. Pero sobre todo, Denny, repito, ¡sobre todo!, nunca te perdonaré el haber consumido hasta la última gota de la atención de nuestros padres y no haber dejado nada para los demás.

Se calló. Denny dijo algo.

—Ah, estoy bien. ¿Qué tal estás tú?

Así pues, Denny volvió a casa.

La primera vez fue solo. Abby se quedó decepcionada al ver que no llevaba a Susan, pero Red dijo que se alegraba.

—Así esta visita es diferente de las anteriores —comentó—. Como si primero quisiera hacer las paces con nosotros. No ha dado por hecho que puede venir y retomar las cosas donde las dejó como si nada.

Red tenía algo de razón. Denny parecía distinto: más cauto, más considerado hacia los sentimientos de los demás. Se fijó en las pequeñas mejoras que habían hecho en la casa. Dijo que le gustaba el nuevo peinado de Abby. (Había empezado a llevarlo corto.) Él también había perdido la forma aniñada de la mandíbula y caminaba con más seguridad. Cuando Abby le hacía preguntas (aunque la mujer intentó por todos los medios racionarlas), se esforzó en contestar. No es que se hubiera vuelto un parlanchín, pero por lo menos respondía.

Susan estaba de fábula, les dijo. Ahora iba a preescolar. Sí, un día la llevaría de visita. Carla también estaba bien, aunque ya no estaban juntos. ¿El trabajo? Bueno, desde hacía un tiempo trabajaba para una empresa de construcción.

—¡Construcción! —exclamó Abby—. ¿Lo has oído, Red? ¡Trabaja en el sector de la construcción!

Red se limitó a soltar un gruñido. No parecía hacerle tanta ilusión como cabía esperar.

Sin embargo, en lo que les había contado Denny quedaban muchas lagunas. ¿Hasta qué punto se implicaba en la educación de su hija? Y cuando decía que Carla y él «ya no estaban juntos», ¿se refería a que se habían divorciado? ¿A qué acuerdo habían llegado? ¿Había elegido dedicarse ahora a la construcción y hacer carrera de eso? ¿Había desestimado volver a la universidad? Entonces llegó Jeannie con la pequeña Deb, así que Red y Abby los dejaron solos, y después de la visita lograron saber más cosas. Se implicaba muchísimo en la educación de Susan, les informó Jeannie; estaba muy presente en su vida. El divorcio les resultaba muy caro, por lo menos de momento. Compartía media casa con otros dos tíos, pero empezaban a sacarlo de quicio. Claro que terminaría los estudios. Algún día.

Aun con todo, en cierto modo seguía pareciéndoles que les faltaba información. Ay, daba la impresión de que siempre faltaba algo: algo que, si lograban sonsacárselo a base de insistir, acabara por explicar por qué Denny era así.

Esa vez se quedó un día y medio. Luego se marchó pero —y eso era lo importante—, ahora sí tenían su número de móvil. ¡El número al que lo habían llamado era el de su móvil! Ahora todo sería distinto.

Dejaron que pasara un lapso estratégico de varias semanas, y entonces Abby lo llamó (con Red pululando en segundo plano) y lo invitó a que fuera con Susan para Navidad. Denny dijo que Carla no permitiría ni en sueños que se llevara a Susan el día de Navidad, pero que a lo mejor podía llevarla después.

Red y Abby conocían muy bien esos «a lo mejor».

Sin embargo, lo hizo. La llevó. El día de Navidad caía en martes ese año, de modo que llevó a la niña a casa de sus abuelos el miércoles y se quedaron hasta el viernes. Susan era una niña tranquila de cuatro años, con una mata de rizos morenos y unos ojos muy grandes y de un castaño intenso. Les sorprendieron mucho sus ojos. ¡No eran de la familia Whitshank! Tampoco su ropa se parecía a las prendas resistentes y todoterreno que lleva-ban los niños de los Whitshank. Susan llegó con un vestido de terciopelo rojo, con medias blancas y manoletinas rojas. Bueno, a lo mejor era por ser Navidad. Pero a la mañana siguiente, cuando bajó a desayunar, llevaba una blusa blanca de volantes y un pichi de tafetán de cuadros escoceses casi igual de extravagante. Jean-nie comentó que le ponía triste imaginarse a Denny teniendo que abrocharle todos esos botoncillos blancos de la espalda del pichi a Susan.

—¿Te acuerdas de nosotros? —le preguntaron—. ¿Te acuerdas de que viniste a vernos cuando eras recién nacida?

—Creo que sí —contestó Susan muy despacio. Algo que, por supuesto, no podía ser verdad. De todas formas, fue un detalle que intentase fingir que se acordaba. Añadió—: ¿Teníais otro perro?

—No, es el mismo.

—Ah, pensaba que teníais un perro amarillo —dijo, y sus abuelos intercambiaron miradas tristes.

¿En quién estaba pensando la niña que tuviera un perro amarillo, y quizá menos baboso y artrítico que el viejo Clarence?

Estaba emocionada con sus primos. (¡Ajá! Podían ser el cebo de los Whitshank: Elise, que parecía salida de un cuento de hadas, y la revoltosa Deb, la pequeña.) Al principio no estaba muy suelta con los juegos de cartas, pero enseguida se apasionó con el de hacer parejas. Además, resultó que ya sabía leer. Se sorprendieron de que Carla pudiera haber criado a una niña tan precoz, pero a lo mejor era gracias a Denny. Le encantaba acurrucarse junto a Abby e ir leyendo en voz alta las frases de *El gato garabato* de Seuss, y soltaba un hondo suspiro de satisfacción cada vez que terminaba una página.

Antes de marcharse ya había perdido la vergüenza. Cogida de la mano de Denny en la puerta de la estación, se despidió de todo el mundo saludando con la mano como una loca y gritando: «¡Adiós! ¡Hasta pronto! ¡Hasta luego a todos! ¡Adiós!».

Por eso Denny volvió a llevarla a casa de los abuelos, y luego una vez más. A esas alturas Susan ya tenía su propio cuarto, el que solía ser el dormitorio de las chicas. Se bebía la leche con cacao en una taza en la que ponía SUSAN, y cuando llegaba el momento de poner la mesa, sabía dónde guardaban el plato con el alfabeto que en otros tiempos había sido de Denny. Mientras tanto, él se retiraba y observaba a su hija con benevolencia. Era un padre de lo más flexible. Parecía que hubiese limado las asperezas.

En 2002, poco después de que naciera Alexander, el hijo de Jeannie, Denny fue a casa de esta para ayudarla a cuidar de los niños. En aquel momento el gesto resultó desconcertante. Abby ya había hecho la típica rutina de abuela (se había cogido unos días de permiso en el trabajo para quedarse con Deb mientras Jeannie estaba en el hospital y había ido a verla a casa después con frecuencia para ofrecerse a ayudarla con los recados y la lavadora). Pero de repente, un día apareció por allí Denny. Y allí se quedó; durmió durante tres semanas enteras en el sofá cama de Jeannie y Hugh, paseaba a Deb en el carrito todas las tardes y la llevaba al parque, hacía la comida, recibía a Abby en la puerta con un pañal plegado encima del hombro y el bebé en brazos.

Más adelante se enteraron de que Jeannie había sufrido una especie de depresión posparto. Entonces, ¿había sido ella quien había telefoneado a Denny para pedirle que fuera a echarle una mano? ¿Se lo había pedido a él y no a Abby? Ella se esforzó por averiguar la verdad, empleando su tono más neutral y menos ofensivo. Jeannie reconoció que lo había llamado por teléfono, pero solo para charlar. Y a lo mejor él se percató de que tenía una voz rara (bueno, claro que se percató, porque le daba vergüenza reconocer que se puso a lloriquear un poco) y Denny le dijo que cogería el primer tren e iría a verla.

El tema era conmovedor y preocupante a la vez. ¿Acaso Jeannie no se había dado cuenta de que podía llamar a su madre?

Bueno, pero Abby tenía que ir a trabajar, le contestó Jeannie.

Como si Denny no tuviera que ir a trabajar.

Aunque, quién sabe, a lo mejor no…

Red le dijo a Abby que tenían que agradecerle a Denny que hubiera ido al rescate.

—Ah, sí. Sí, ya lo sé —contestó Abby.

Poco a poco, las cosas adquirieron una especie de patrón. No es que Denny pasara a ser el rey de la comunicación, pero bueno, eso ocurría con muchos hijos. El caso era que sí mantenía el contacto, y además tenían un número de teléfono en el que localizarle, aunque no siempre supieran su dirección postal.

Era asombroso, le dijo Abby a Red un día, que estuvieran dispuestos a conformarse con tan poco.

—¿Te lo puedes creer? —le preguntó—. Hay veces en las que pasan días enteros sin que piense en él. ¡No es natural!

—Vamos, es de lo más natural —contestó Red—. Igual que una gata cuando sus gatitos crecen. Eso demuestra que tienes sentido común.

—Me parece que con los seres humanos no tiene que funcionar así —dijo Abby.

Por lo menos, podían estar seguros de que Denny no se iría a vivir lejos de la ciudad de Nueva York. No mientras Susan viviese allí. Aunque sí viajaba de vez en cuando, porque en una ocasión le mandó una felicitación de cumpleaños a Alexander desde San Francisco. Y otra vez acortó su visita navideña porque se iba de viaje a Canadá con su novia. Era la primera vez que oían hablar de esa novia, y fue la última. Susan se quedó más días sola con sus abuelos ese año. Ya tenía edad suficiente, siete años, aunque parecía mayor. Tenía la cabeza algo grande respecto al tamaño del cuerpo, y una cara con rasgos de mujer hermosa: los ojos castaños

grandes y de mirada cansada, los labios carnosos, suaves y perfilados. No parecía que echase de menos a sus padres, y cuando Denny volvió a buscarla, lo saludó con tranquilidad.

—¿Qué tal en Canadá? —se atrevió a preguntarle Abby.

—Bastante bien —contestó Denny.

Costaba mucho imaginarse la vida privada de Denny.

Tampoco podían estar seguros siempre de cuál era su ocupación. Sabían que en un momento dado había trabajado instalan-
do sistemas de sonido, porque se ofreció a emplear sus conoci-
mientos para ayudar al Hugh de Jeannie a colocar el hilo musical
en la sala de estar. En otra ocasión, se presentó con una sudadera en la que llevaba KOMPUTER KLINIK bordado en el bolsillo, y
cuando Abby se lo pidió le arregló en un santiamén el Mac, que
empezaba a fallar. Pero siempre parecía dispuesto a entrar y salir
de las empresas, y se quedaba el tiempo que le apetecía. ¿Cómo se
compagina eso con un empleo a jornada completa? Cuando Brote
se casó, por ejemplo, Denny se plantó una semana entera en casa
de sus padres para cumplir con sus obligaciones de padrino, y
aunque a Abby le encantaba que lo hiciera (le daba pánico que sus
hijos tuvieran poca relación), no paraba de preguntarle si estaba
seguro de que eso no supondría un problema en su trabajo. «¿En
el trabajo? —repitió él—. No.»

En una ocasión, los visitó durante casi un mes seguido sin
darles ningún tipo de explicación. Todos sospechaban que tenía
que ver con alguna crisis personal, porque llegó con cara de palo y
bastantes achaques de salud. Por primera vez, se fijaron en que
empezaba a tener patas de gallo. El pelo le caía desordenado por
detrás del cuello de la camisa. Sin embargo, Denny no mencionó
en absoluto sus problemas, y ni siquiera Jeannie se atrevió a pre-

guntarle. Era como si tuviera entrenada a su familia. Casi se habían vuelto tan evasivos como el propio Denny.

Esa actitud provocaba resentimiento de vez en cuando. ¿Por qué tenían que andar siempre de puntillas a su alrededor? ¿Por qué siempre tenían que esquivar las preguntas de los vecinos sobre él? «Ah —solía decir Abby—, Denny está bien, gracias. ¡Muy pero que muy bien! Ahora mismo trabaja en…, eh, bueno, no sé exactamente dónde trabaja, pero ¡el caso es que está bien!»

De todas formas, sí les proporcionaba algo que les llenaba, pues su ausencia dejaba un vacío. Aquella primera vez que se saltó el viaje a la playa, por ejemplo, el verano que anunció que era gay, nadie sabía que no iría. Pasaron varios días esperando a que llamara para comunicarles qué día llegaba, y cuando se hizo patente que no aparecería, la familia experimentó un bajón y una apatía mayúscula. Incluso cuando llegaron a la casita que alquilaban siempre y sacaron las compras, hicieron las camas y establecieron su habitual rutina playera, fueron incapaces de quitarse de la cabeza el pensamiento de que a lo mejor acabaría presentándose de improviso. Levantaban la vista del rompecabezas, esperanzados, cuando la puerta de la mosquitera daba un portazo con la brisa vespertina. Dejaban la frase a medias si alguien nadaba hacia ellos desde detrás de las boyas con esa brazada característica que siempre utilizaba Denny. Y cuando ya llevaban media semana allí… Uf, entonces ocurrió algo de lo más extraño. Cuando ya llevaban media semana en la playa, una tarde Abby y las chicas estaban sentadas en el porche desgranando mazorcas de maíz, y oyeron el *Concierto para trompa n.º 1* de Mozart; la música provenía de la parte de atrás de la casa. Se miraron, se levantaron y se apresuraron a cruzar la casa para salir por la otra puerta… y vieron que la música procedía de un coche que había aparcado enfrente. Había alguien sentado en el lugar del conductor con todas las ventanillas bajadas (aun así, ¡debía de estar cociéndose!) y la radio puesta a todo volumen. Era un hombre con una camiseta sin mangas; una prenda que Denny no se habría puesto ni muerto. Un tipo robusto, a juzgar por el contorno del codo que tenía apoyado en la ventanilla. Más que eso, un tipo tan gordo que Denny no habría podido ponerse así aunque no hubiera hecho más que comer desde la última vez que lo habían visto. Sin embargo, ya se sabe cómo son las cosas cuando se echa de menos a un ser querido. Intentas convertir a cualquier desconocido en la persona que esperas ver. Oyes determinada música y te dices que podría haber cambiado de estilo de vestir, que podría haber engordado una tonelada, que podría haberse comprado un coche y haber aparcado delante de la casa de otra familia... «¡Es él! —te dices—. ¡Ha venido! Sabíamos que lo haría. Siempre sup...» Pero entonces te das cuenta de lo patético que resulta, y las palabras se pierden en el silencio, y se te rompe el corazón.

2

En la familia Whitshank había dos historias que se habían transmitido a lo largo de varias generaciones. Esas historias se consideraban prototípicas (en cierto modo, «definitorias») y todos los miembros de la familia, incluido el hijo de tres años de Brote, las habían oído contar una y otra vez, habían presenciado cómo los adultos las entrelazaban y conjeturaban sobre ellas infinidad de veces.

La primera historia atañía al primer antepasado de la familia del que se tenía constancia, Junior Whitshank, un carpintero muy apreciado en Baltimore por su pericia y sus dotes para el diseño.

Por si a alguien le extrañaba que un patriarca se llamase Junior, había una explicación lógica. El verdadero nombre de Junior era Jurvis Roy, pero en un momento dado acortaron el nombre dejándolo solo en las iniciales, J. R., y de ahí volvieron a alargarlo como un acordeón, y dieron con Junior. (Tan pocos miembros de la familia conocían este detalle que su propia nuera tuvo que preguntarle cómo se llamaba cuando se planteó por un momento el llamar a su primogénito igual que su abuelo si era niño.) Sin embargo, lo que quizá podía resultar todavía más extraño era que Junior no fuese algún tatarabuelo olvidado, sino sencillamente el padre de Red Whitshank. Y no existían pruebas de su existencia anteriores a 1926, que parecía una fecha increíblemente reciente para ser el punto de partida de un árbol genealógico.

No había documentación acerca del origen familiar de Junior, pero la creencia general era que quizá procedía de los Apalaches. Tal vez hubiera comentado algo al respecto en algún momento. O podría haber sido una mera conjetura, a partir de su forma de hablar. Según Abby, que lo había conocido desde niña, Junior tenía una voz fina y metálica y un gangoso acento sureño, aunque en algún momento de su vida debió de convencerse de que ascendería de clase social si pronunciaba las *i* como en los estados del Norte. Así pues, decía Abby, en su pronunciación arrastrada y rural, destacaba una llamativa *i* clarísima que asomaba aquí y allá como el escaramujo. No parecía que a Abby le gustara especialmente ese rasgo de su suegro.

Las pocas fotografías que había de Junior presentaban un rostro de huesos casi demasiado finos; tenía un aspecto que la gente de su época no tenía reparos en denominar «pobre blanco de segunda clase». El color de piel y de pelo era el más puro Whitshank: pelo moreno incluso a los sesenta y pico, y la piel blanca como la leche, con unos ojos azules entornados y ese cuerpo delgaducho y patilargo propio de los Whitshank. Vestía un almidonado traje oscuro todos los días del año, aseguraba Abby, pero entonces Red la interrumpía para decir que lo de llevar traje fue una costumbre posterior, de la época en que lo único que tenía que hacer Junior era dar una vuelta por las distintas obras que dirigía para comprobar que todo marchase bien. En casi todos los recuerdos infantiles de Red, su padre llevaba un mono de trabajo.

Fuera como fuese, el primer dato cierto de Junior en Baltimore era como empleado de un contratista inmobiliario llamado Clyde L. Ward. Se supo gracias a una carta escrita a máquina que encontraron entre los documentos de Junior después de su muerte, en la que se decía «A quien pueda interesar» que J. R. Whitshank había trabajado para el señor Ward desde junio de 1926 hasta enero de 1930 y había demostrado ser un carpintero muy capacitado. No obstante, debía de ser algo más que «capacitado», porque en 1934, en un rectángulo diminuto del *Baltimore Post* se anunciaban los servicios de Whitshank Construction Co., «Calidad e Integridad».

Esa no era la mejor época para montar un negocio, lo sabe hasta el último mono, pero al parecer el negocio de Junior prosperó, primero gracias a las reformas y después con la construcción desde cero de diversas casas señoriales en los barrios de Guilford, Roland Park y Homeland. Se compró una furgoneta Ford Modelo B y pintó las letras «WCC» entrelazadas en ambas puertas, encima de un número de teléfono; una de sus tácticas era no mencionar el nombre completo de la empresa, como si diera por hecho que a esas alturas todas las personas importantes ya lo sabían. En 1934 tenía ocho empleados; en 1935, veinte.

En 1936, se enamoró de una casa.

No, primero debió de enamorarse de su mujer, porque por esas fechas ya estaba casado. Se casó con Linnie Mae Inman en algún momento. Pero nunca contaba casi nada sobre Linnie, mientras que no paraba de hablar, y hablaba por los codos, de la casa de Bouton Road.

La primera vez que le puso los ojos encima no era más que un boceto de un arquitecto. El señor Ernest Brill, un fabricante textil de Baltimore, había desenrollado varias láminas que plasmaban el proyecto mientras estaban en el terreno en el que Junior y él habían acordado reunirse. Primero, Junior miró el terreno (lleno de pájaros y álamos blancos, y salpicado de blancos cerezos silvestres) y luego miró los planos de la fachada, que mostraba una casa de tablillas con un porche gigantesco, y las palabras que se formaron en su mente fueron: «¡Dios mío, esta casa es para mí!».

Por supuesto, no fue eso lo que dijo en voz alta, sino: «Ajá». Y añadió: «Ya veo». Tomó el proyecto que sujetaba el señor Brill y observó bien la construcción. Luego contempló las siguientes láminas para saber cómo eran los planos de las distintas plantas.

—Ajáaa —repitió entonces.

—¿Qué opina? —le preguntó el señor Brill.

—Bueno... —contestó Junior.

No era una casa ostentosa, como la que podía esperarse que codiciara un hombre como Junior. Era más, ¿cómo decirlo?, una casa «familiar». Una casa como la que podría aparecer en un puzzle de mil piezas, cómoda y de líneas sencillas, quizá con una bandera de Estados Unidos en el jardín, con un voladizo por delante y un puesto de refrescos en la acera. Ventanales altos de guillotina, una chimenea de piedra sin pulir, un montante de abanico encima de la puerta principal. Pero lo mejor de todo era ese porche; ese maravilloso porche que recorría toda la fachada. «Me cautivó —fue como lo expresó Junior más adelante—. No sé por qué, pero me cautivó.»

Por lo tanto, lo que le dijo al señor Brill fue:

—Creo que podría encargarme.

¿Por qué no pudo construir una casa idéntica para su familia, vamos a ver? Eso solían preguntarse los hijos de Red. ¿Por qué no copió los planos del proyecto y se hizo una para él? Red les contestaba que no lo sabía. Luego añadía que a lo mejor tenía que ver con el emplazamiento. Al fin y al cabo, Bouton Road era una zona inmobiliaria en auge, y en 1936 casi todas las parcelas estaban ya vendidas. En esa época sin aire acondicionado, las casas de Baltimore tenían toldos tupidos y oscuros que tapaban las ventanas casi por completo desde mayo hasta octubre todos los años, pero con tantos álamos alrededor de la casa no harían falta toldos. Además, el modo en que la casa iba a ocupar ese terreno en concreto, apostada en lo alto de una larga pendiente suave…, ¿en qué otro sitio luciría tanto?

Así pues, Junior construyó la casa para el señor Brill.

La construyó mejor que cualquier otra que hubiera hecho en su vida. Se preocupó de cómo serían hasta la última estantería de la despensa y el último pomo de los armarios. Ponía pegas a cualquier petición del cliente que le pareciera una chapuza o carente de buen gusto. Porque en el fondo, el buen gusto era el secreto de la reputación de Junior. Nadie sabía de dónde lo había sacado, pero el caso era que tenía un excelente olfato para detectar cualquier elemento pretencioso. ¡Nada de columnas de dos plantas para Junior! ¡Nada de poner puertas cocheras cursis, que insinuaran que había limusinas con chófer que se abrirían relucientes para dejar salir a los pasajeros! Cuando el señor Brill se atrevió a tantear la posibilidad de trazar una pista con forma de U en la parte delantera para que maniobraran mejor los vehículos, Junior explotó. «¡Una pista! —exclamó—. Pero ¿qué diablos es eso? ¡Lleva usted un Chrysler Airflow, no un carro con seis caballos!» (O al menos así era como relataba la conversación. Es más que probable que hubiese exagerado su vehemencia en la respuesta.) Luego pasó a fantasear, con arrobo y todo lujo de detalles, sobre cómo se aproximarían los invitados a la casa. El camino para los coches debía quedar en un lateral, le dijo al dueño, y ser de uso exclusivo para la familia Brill. Los invitados tenían que aparcar en la calle. Imagínese cómo bajarían del coche, levantarían la vista hacia el porche, tomarían el caminito de losas mientras el señor y la señora Brill los esperaban en los peldaños del porche para darles la bienvenida. Ah, y por cierto, esos peldaños tenían que ser de madera. Era impensable ponerlos de cualquier otro material. La gente pensaba que las escaleras de madera se cuarteaban o se pelaban, pero si se les aplicaban los cuidados necesarios, no había nada más elegante que unos cuantos peldaños anchos de madera barnizada (con un poco de arena fina mezclada en el barniz para que no resbalaran tanto) que se fundieran con el suelo del porche, también de madera y resistente como la cubierta de un barco. Esos peldaños requerían trabajo, requerían dinero y requerían atención. Esos peldaños eran una señal de estatus.

El señor Brill dijo que estaba totalmente de acuerdo.

Junior invirtió casi un año en construir la casa y empleó en ella a todos sus hombres, más unos cuantos que contrató ex profeso. Después los Brill tomaron posesión de su vivienda y Junior entró en un proceso de duelo. Si normalmente hablaba por los codos —sus clientes intentaban esquivarlo cuando tenían prisa por ir a algún sitio—, de repente se volvió muy callado y taciturno, y dejó de interesarse por las obras que empezaron tras la construcción de la casa de los Brill. Fue el propio Junior el que años después reveló todo esto a su familia. (Su mujer no era muy comunicativa.) «Sencillamente, no podía creer que esos tipos fueran a vivir en mi casa», dijo.

Por suerte, resultó que los Brill carecían de habilidades para el bricolaje. Cuando llegó la primera helada, llamaron por teléfono a Junior para decirle que la calefacción se había estropeado, y Junior tuvo que ir a la casa y purgar los radiadores. Podría haberles enseñado para que lo hicieran ellos, pero no fue así. Se paseó por todas las habitaciones con la llave de los radiadores, y cuando terminó de purgarlos, se guardó la llave en el bolsillo y les dijo a los Brill que volvieran a llamarlo si les pasaba cualquier cosa. Al cabo de poco tiempo, adquirió la costumbre de dar una vuelta por la casa casi una vez a la semana. Los ventanales —demasiado grandes— requerían unas persianas especiales y unas contraventanas con un mecanismo complicado, y era él quien se pasaba en primavera y en otoño para supervisar la instalación. Igual que el padrino de boda enamorado que sigue yendo a visitar a la novia mucho después de la ceremonia, él seguía inventándose excusas para aparecer por la casa de los Brill. Les llevó una lata de pintura de secado rápido y luego media caja de baldosas que habían sobrado de embaldosar los suelos. Volvió para comprobar que funcionaba una cerradura que acababa de engrasar la semana anterior. Iba y venía a todas horas, y utilizaba el juego de llaves extra que tenía si no había nadie en casa. Cualquier signo inequívoco del uso que descubría lo sacaba de quicio: un pequeño desconchado en la moldura o una grieta del grosor de un pelo en el cuarto de baño. Se comportaba como si simplemente les hubiese alquilado la casa y los inquilinos no estuvieran cuidándola como era debido.

Uno de los primeros recuerdos de Red, que debía de remontarse a cuando tenía tres años más o menos, era bajarse de la furgoneta de su padre mientras la señora Brill los esperaba en la escalerita posterior, con un jersey sobre los hombros. «No se marche si al principio no la oye —le dijo la señora Brill a su padre con voz aguda—. Sé que se quedará quieta en cuanto entre usted por la puerta.» Según recordaba Red, una ardilla se había metido en la buhardilla. «Esa mujer era un manojo de nervios —comentaba—. Pensaba que todos los animales con los que se topaba le harían daño, y siempre olía a humo, y se moría de miedo de que entraran a robarles... ¡Robarles! ¡En Bouton Road!» Y lo peor de todo es que la señora Brill nunca llegó a acostumbrarse a la casa. Se quejaba de que estaba muy lejos del centro, y echaba de menos el piso en el que vivían antes, donde tenía el club femenino a tiro de piedra. Por supuesto, también había un club en Roland Avenue, pero no era igual.

Lo que empeoraba las cosas era que el señor Brill viajaba mucho por «negosios», como decía Junior, y dejaba a la señora Brill sin protección, salvo por sus dos hijos malcriados. (Junior añadía la coletilla de «malcriados» a los hijos de los Brill cada vez que los mencionaba, aunque nunca dio ejemplos concretos de su conducta que demostraran que lo estaban.) Los chicos eran adolescentes y pesaban por lo menos lo mismo que Junior, pero era a Junior a quien la señora Brill llamaba cada vez que oía un ruido en el sótano.

Y Red estaba seguro de que no le pagaban a Junior todas esas molestias. La familia Brill daba sus servicios por supuestos. Se dirigían a él por su nombre de pila, mientras que él los llamaba siempre «señor» y «señora». La señora Brill se dignaba ir a casa de los Whitshank en Navidad igual que iba a ver al jardinero o a la señora de la limpieza, y se presentaba en la puerta de Junior con su pomposo abrigo de pieles y una cesta de conservas a modo de aguinaldo. Ni siquiera apagaba el motor del coche; nunca entraba a hacerles una visita, aunque siempre la invitaban.

Junior vivía en Hampden, a pocas manzanas de la casa de los Brill, si bien el ambiente de ambos sitios era de mundos diferentes. Linnie y él habían alquilado una casita de dos dormitorios cuya entrada quedaba varios palmos por debajo del nivel de la calle, de modo que parecía hundida en un hoyo. Tenían dos hijos: Merrick (una niña) y Redcliffe. ¡Ajá!, podrían decir muchos. ¡Nombres del viejo mundo! ¿Acaso era posible que en los misteriosos orígenes de la familia de los Whitshank hubiese alguna otra Merrick? ¿O algún Redcliffe? Pues no, se trataba simplemente de nombres que, según el punto de vista de Junior, sonaban elegantes. Implicaban unos ancestros ilustres, tal vez por parte de madre. ¡Ay!, Junior se pasaba la vida buscando maneras de parecer «de buena calidad». Y a pesar de eso, los crió en esa triste casita de Hampden que ni siquiera se molestaba en reparar, aunque podría haberlo hecho mejor que nadie.

«Aguardaba el momento —así lo expuso años después—. Sí, aguardaba el momento, nada más.» Y siguió cambiando los fusibles de su querida casa de Bouton Road, y apretando las bisagras, y ahuyentando diversos pájaros y murciélagos sin el menor signo de impaciencia.

Una fría tarde de febrero de 1942, la señora Brill se presentó en la entrada de la casa de los Whitshank escoltada por sus dos hijos. Ninguno llevaba abrigo. La señora Brill había estado llorando. Fue Linnie quien les abrió la puerta.

—¿Qué demo...? —preguntó.

La señora Brill la agarró por la muñeca.

—¿Está Junior en casa? —le preguntó impaciente.

—Estoy aquí —contestó Junior, y apareció junto a Linnie.

—No he visto cosa más horrorosa —dijo la señora Brill—. Sí, horrorosa, horrorosa.

—¿Por qué no pasan un momento? —los invitó Junior.

—He salido a la galería acristalada —dijo la señora Brill, sin moverse de donde estaba—. Tenía pensado escribir unas cartas. Ya sabe dónde está ese escritorio pequeño en el que llevo la correspondencia. Y ahí, en el suelo, junto a mi silla, he visto una bolsa de loneta, como una bolsa de herramientas. De esas que tienen una pieza metálica que se abre como unas fauces, ¿sabe? Y estaba abierta de par en par, y dentro he visto todas esas herramientas que llevan los ladrones.

—Ajá —comentó Junior.

—Destornilladores y una palanca y... ¡ah! —Se desplomó hacia un lado, apoyándose en uno de sus hijos, que permaneció quieto y la dejó apoyarse—. Y para colmo, había un rollo de cuerda.

—¡Cuerda! —exclamó Linnie.

—Como la que usan para atar a la gente.

—¡Por el amor de Dios!

—Bueno, tranquila —dijo Junior—. Llegaremos al fondo del asunto.

—¿Lo haría por mí, Junior? ¡Por favor! Sé que debería haber llamado a la policía, pero solo podía pensar en una cosa: «Tengo que salir de aquí ya. Tengo que sacar a mis hijos de aquí». Y he agarrado las llaves del coche y hemos salido corriendo. No sabía a quién más acudir, Junior.

—Claro, ha hecho lo que tenía que hacer —dijo Junior—. Yo me encargaré de todo. Usted quédese aquí con Linnie, señora

Brill; le pediré a la policía que se asegure de que no pasa nada antes de que vuelvan a entrar en casa.

—¡Ah, no pienso volver a entrar! —exclamó la señora Brill—. Esa casa ha muerto para mí, Junior.

En ese momento, intervino uno de los hijos:

—¡Vamos, mamá!

(El único comentario que ha quedado para la posteridad de alguno de los dos hijos de la familia Brill.)

Sin embargo, la mujer insistió:

—Para mí ha muerto.

—Bueno, espere a ver qué pasa, ¿eh? —dijo Junior.

Y fue a buscar la cazadora.

¿De qué hablaron las dos mujeres cuando se quedaron a solas? Años después Jeannie lo preguntó, pero nadie supo darle una respuesta. Al parecer, la propia Linnie no lo había contado nunca, y Merrick y Red eran tan pequeños —Merrick tenía cinco años y Red cuatro— que no se acordaban. Daba la impresión de que, en cuanto Junior salía de una escena, la estampa desaparecía. Luego regresaba y todo volvía a resurgir, cobraba vida gracias a su voz aguda y estridente y empezaban otra vez los: «Y él me dice» y «Yo le digo…».

—Parece la típica bolsa de herramientas de cualquier técnico —le dijo uno de los policías.

—Desde luego que sí —contestó Junior.

Le dio un golpecito a la bolsa con la punta de la bota.

—Pero ¿y cómo se explica la cuerda, eh? —añadió Junior al cabo de un momento.

—Muchas veces los técnicos necesitan cuerda.

—Sí, tiene razón. No se lo discuto.

Se quedaron pululando por allí un rato más, mirando la bolsa.

—El caso es que su técnico soy yo, por lo menos casi siempre —dijo Junior.

—No lo dudo.

—Pero ¿quién sabe?

Y levantó las palmas de las manos, como si quisiera comprobar si llovía. Luego arqueó las cejas mirando a los agentes de policía y se encogió de hombros. Todos acordaron que lo mejor era dejarlo correr.

A eso siguió la conversación que mantuvieron cuando el señor Brill regresó de su viaje.

—¿Que usted va a comprar la casa? —le preguntó el señor Brill—. Y si la compra, ¿luego qué hará?

—Bueno, vivir en ella —contestó Junior.

—¡Vivir en ella! Ah, ya veo. Pero… ¿está seguro de que será feliz allí, Junior?

«¿Quién no iba a ser feliz allí?», les preguntó Junior a sus hijos años después, pero lo que le contestó al señor Brill fue:

—Bueno, por lo menos estoy seguro de que la construcción es buena.

El señor Brill tuvo la delicadeza de no aclarar que no se refería a eso.

Red recordaba los años de infancia pasados en esa casa como el paraíso. Había tantos niños en Bouton Road que podían formar dos equipos de béisbol cuando les apetecía, y se pasaban todo el tiempo libre jugando en la calle, niños y niñas juntos, grandes y pequeños. Las cenas no eran más que breves interrupciones inoportunas impuestas por sus madres. Después de cenar volvían a desaparecer hasta que los llamaban porque era la hora de acostarse, e incluso entonces regresaban protestando, con la cara sudorosa y acalorada, y briznas de hierba pegadas a la ropa. Suplicaban que les dejaran jugar media hora más. «Me apuesto lo que queráis a que todavía me acuerdo de los nombres de todos los niños de la manzana», solía decirles Red a sus hijos. Sin embargo, no tenía tanto mérito, porque casi todos esos niños se habían quedado a vivir en el barrio, o por lo menos habían regresado después de probar suerte en otros lugares con menos clase.

Red y Merrick se introdujeron en esa pandilla de niños sin problemas, pero sus padres nunca llegaron a mezclarse con los demás adultos. A lo mejor había sido culpa de Linnie; era tan tímida y tan callada… Bastante más joven que Junior, era una mujer delgada y pálida con el pelo lacio sin un color definido y unos ojos también casi incoloros que tendía a encogerse y a retorcer las manos cuando alguien se dirigía a ella. Desde luego, no había sido culpa de Junior, porque hablaba hasta con las piedras. Hablaba, hablaba y hablaba hasta que aburría a todo el mundo. ¿O puede que en realidad fuera ese el problema de su integración? La gente era educada, pero nunca le daba mucha conversación.

Bueno, no importaba. Lo que contaba era que Junior por fin tenía su casa. No paraba de hacer obras. Instaló un aseo en el armario que había en el hueco de la escalera, porque al poco de mudarse allí se dio cuenta de que un solo cuarto de baño no sería suficiente para la familia. Y forró una pared de la habitación de invitados de armarios y cajones para el material de costura de Linnie, porque nunca tenían visitas. Se pasaron años con poquísimos muebles, pues se habían gastado hasta el último centavo en pagar la casa, pero Junior se negaba a comprar cualquier cosa barata de segunda mano, no, señor. «En esta casa, todo es de calidad», decía. Resultaba casi cómico la cantidad de frases que empezaba con la muletilla «En esta casa». En esta casa nunca se iba descalzo, en esta casa se vestía con elegancia para ir a coger el tranvía hacia el centro, en esta casa se iba a la Iglesia episcopal de Saint David todos los domingos, lloviera o hiciese sol, a pesar de que era imposible que las generaciones anteriores de la familia Whitshank hubiesen sido de la Iglesia episcopal. Es decir, al parecer «en esta casa» era sinónimo de «en esta familia». Las dos eran una misma cosa: una e indivisible.

No obstante, algo no cuadraba: a pesar de que siempre decían que Junior era tan locuaz, sus nietos nunca llegaron a formarse una idea clara de él. ¿Quién era su abuelo en realidad? ¿De dónde provenía? Y ya puestos, ¿de dónde provenía Linnie? Seguro que Red debía de tener alguna pista; o mejor dicho, su hermana, porque se suponía que las mujeres eran más curiosas para esos temas. Pero no, ambos aseguraban que no tenían datos. (Si es que se los podía tomar en serio.) Y tanto Junior como Linnie murieron antes de que su primer nieto cumpliera dos años.

Además, ¿era Junior un hombre insoportable o amable? ¿Bueno o malo? La respuesta era ambivalente. Por una parte, su ambición resultaba bochornosa para toda la familia. Se ponían histéricos cuando oían cómo hacía la pelota a las personas de clase social más elevada. Pero si se tenían en cuenta las míseras circunstancias en las que había vivido, la tristeza con la que aplastaba la nariz contra la ventana para observar a otros, y su dedicación, es más, su genialidad, tenían que reconocer: «Bueno…».

Era como todo el mundo, decía Red. Insoportable y amable a la vez. Bueno y malo.

Esa respuesta no satisfacía a nadie.

Estupendo, la primera historia familiar era la historia de Junior: cómo habían ido a vivir los Whitshank a Bouton Road.

La segunda era la historia de Merrick.

Merrick era hija de su padre, de eso no cabía duda. A los nueve años, ya se las había ingeniado para solicitar el traspaso de la escuela pública a la privada, y mientras Red pasaba el rato en la Universidad de Maryland obsesionado con su verdadera vocación —la construcción—, Merrick estaba interna en el Bryn Mawr College, estudiando cómo podía medrar y dejar atrás sus orígenes. Los fines de semana de invierno se iba a esquiar con amigos. Cuando hacía buen tiempo, salía a navegar. Empezó a utilizar palabras como «divino» y «delicioso» (no para referirse a la comida). ¡Era imposible imaginarse a sus padres hablando así! Ya se había distanciado muchísimo de ellos.

La mejor amiga de Merrick desde cuarto de primaria era Pookie Vanderlin, que también estudiaba en el Bryn Mawr. Y en la primavera de 1958, cuando ambas estaban terminando el tercer curso, Pookie se comprometió con Walter Barrister III, más conocido como Trey.

Ese tal Trey era un chico de Baltimore, que había estudiado en Gilman y Princeton y ahora trabajaba en la empresa familiar, haciendo algo relacionado con el dinero. Así pues, durante las vacaciones de verano, cuando Merrick, Pookie y sus amigos se reunían en el porche de la casa de los Whitshank a fumar Pall Mall y hablar de lo mucho que se aburrían, Trey solía acompañarlos. Parecía que el horario de oficina que tenía era muy flexible. Cuando Red volvía a casa después del trabajo de verano, a las cuatro de la tarde más o menos —la hora habitual de los contratistas—, se encontraba a Trey descansando en el porche con los demás, con un jersey blanco impoluto atado, ay, de forma totalmente casual, sobre los hombros y con los pies enfundados en náuticos de piel sin calcetines (la primera vez que Red había visto esa práctica, aunque por desgracia no la última). Después se marchaban todos juntos e iban a hacer lo que fuera que hiciesen por las noches. Como Red era el que contaba la historia, no había forma de saber qué hacían los amigos de Merrick, pero se supone que comían en alguna cadena de restaurantes y quizá veían una película, o iban a bailar. A última hora volvían juntos para sentarse de nuevo en el porche. Al fin y al cabo era un porche increíblemente ancho, tanto que la pandilla podía resguardarse sin mojarse ni un pelo, incluso si caía tormenta. Sus voces se colaban con nitidez en los dos dormitorios que daban a la fachada delantera —el cuarto de Red y el de sus padres—. Muchas veces, Red se asomaba por la ventana y les gritaba: «¡Eh! Que algunos tenemos que madrugar, ¿vale?». Pero sus padres nunca rechistaban. Seguramente, a Junior le hervía la sangre de envidia: todos esos chicos y chicas de pelo reluciente y con una gracia natural sentados en su porche, cuando los padres de esos amigos nunca los habían invitado a Linnie y a él a sus porches, ni una sola vez.

Ese verano los jóvenes empezaban a emparejarse. Se aproximaba el último curso de la carrera, y era una época en que las chicas tendían a casarse en cuanto terminaban la universidad. Al parecer, Merrick no tenía un pretendiente, sino dos, aunque Red no conocía mucho a ninguno de los dos. Eran unos cuantos años mayores que él y, en cierto modo, se parecían el uno al otro, así que siempre los confundía. Además, le costaba mucho creer que alguien pudiese sentirse atraído de verdad por su hermana. Merrick era flaca y desgarbada, con esa mandíbula marcada propia de los Whitshank que sentaba mejor a los hombres que a las mujeres, y aquel verano llevaba un peinado de lo más radical, a la moda, que le caía suelto por la parte izquierda de la cabeza pero se le pegaba al cráneo por la parte derecha, de modo que parecía que siempre soplara un viento fuerte. Sin embargo, Tink y Bink, o como se llamaran, estaban coladitos por ella. La llamaban Palillo, aunque con mucho cariño, y por el tipo de bromas que le gastaban y lo mucho que tonteaban, se notaba que intentaban ganarse sus favores.

Una vez, su padre le preguntó:

—Oye, ¿quién es ese chico rubio, el del corte de pelo militar?

—¿Cuál de los dos? —preguntó a su vez Merrick.

—Pues el que se quejaba del partido de golf anoche.

—Pero ¿cuál de los dos, papá?

A partir de esos comentarios, Red suponía que ninguno de los dos jóvenes había impresionado demasiado a su hermana. Además, se dio cuenta de que sus padres, o por lo menos su padre, escuchaban esas conversaciones del porche con mucho más interés del que Red había advertido.

Mientras tanto, Pookie iba ultimando los preparativos de la boda. A esas alturas faltaba menos de un año, y un acontecimiento de semejante envergadura requería mucha planificación, además de un local apropiado para el banquete. Empezaron a deliberar sobre los colores para los vestidos de las damas de honor. Le habían pedido a Merrick que fuera la dama de honor de la novia. Se quejó a sus padres de que sería un aburrimiento, pero su madre le advirtió: «Vamos, no seas así, es un detalle que Pookie te haya elegido». Y su padre dijo: «A lo mejor no has caído en la cuenta de que Walter Barrister Primero fundó la empresa de finanzas Barrister Financial».

Red había empezado a percatarse de que cada vez que las chicas se reunían a solas, Pookie tenía tendencia a ningunear a Trey. Se burlaba del afán con el que cuidaba el mechón de pelo rubio que le caía sobre la frente y solía referirse a él como el Príncipe de Roland Park. «No puedo ir de compras mañana —les decía—, porque el Príncipe de Roland Park quiere que vaya a comer con su madre.» En parte, el tono jocoso se debía a que en esa pandilla les gustaba contar las cosas siempre medio en broma, hablaran de lo que hablasen. No obstante, también era porque en parte Trey se merecía el título. Ya cuando iban al instituto llevaba un coche deportivo, y la casa de los Barrister en Baltimore era solo una de las tres que tenía la familia; las otras se hallaban en enclaves exclusivos que se anunciaban en el *New York Times*. Pookie decía que era un niño mimado, y le echaba la culpa de todo a su madre, la Reina Eula.

Eula Barrister era flaca como un palo, siempre iba a la última moda y tenía cara de perpetua insatisfacción. Cada vez que Red la veía en la iglesia, le recordaba a la señora Brill. La señora Barrister era la encargada del grupo de catequesis de la parroquia, también era la encargada del club femenino y la encargada de su familia, que contaba con tres míseros miembros. Trey era hijo único; su queridísimo niñito, como le gustaba decir; su tesoro. Y Pookie Vanderlin no era lo bastante buena para él, ni por asomo.

A lo largo del verano, Red oyó las largas peroratas de Pookie, que relataba sus tribulaciones con la Reina Eula. Pookie tenía que asistir a soporíferas cenas familiares, a atildadas reuniones para el té con numerosas señoronas, tenía que soportar que la propia esteticista de la Reina Eula le depilara las cejas. La madre de Trey le recriminaba que no escribiera notitas de agradecimiento, o que escribiera notitas que no eran lo bastante entusiastas. Cuando Pookie decidía la disposición de la cubertería de plata, la Reina Eula le cambiaba de orden los cubiertos sin decirle ni una palabra. La señora Barrister le insinuó que se planteara hacerse un vestido de novia que ocultara sus hombros rechonchos.

Una y otra vez, Merrick suspiraba, igual que una actriz en el escenario.

—¡No! ¡No me lo puedo creer! —exclamaba—. ¿Y por qué no sale a defenderte Trey?

—¡Bah, Trey! —contestaba Pookie, disgustada—. Pero si Trey piensa que su madre es la reina de Saba.

Y no solo eso: Trey era un desconsiderado y un egoísta, y dado a la hipocondría. Se olvidaba de que Pookie existía en cuanto se encontraba con sus colegas. Y por una vez, una única vez en su vida, a Pookie le habría gustado ver que era capaz de pasar una velada sin beberse su peso en ginebra.

—¡Debería andarse con ojo! Si no, ¡te perderá! —comentaba Merrick—. ¡Podrías tener a cualquiera! No tienes que conformarte con Trey. Mira a Tucky Bennett: casi se pega un tiro cuando se enteró de que te habías comprometido.

Muchas veces, Pookie seguía con su retahíla de quejas aunque Red estuviese delante. (En ese grupo Red no contaba.) Entonces Red preguntaba: «¿Y cómo lo toleras?» o «¿Y le has dicho que sí a ese tío?».

«Ya lo sé. Soy tonta», respondía Pookie.

Pero no lo decía en serio.

Ese otoño, cuando ya habían vuelto a la universidad, Merrick adoptó la costumbre de regresar a casa de sus padres todos los fines de semana. No era propio de ella. Red también iba mucho a casa de sus padres, porque College Park estaba muy cerca de Baltimore, pero poco a poco se dio cuenta de que ella iba incluso con más frecuencia. Asistía a misa con la familia los domingos, y después se quedaba en la puerta para saludar a Eula Barrister. Incluso cuando Trey no iba cogido del brazo de su madre (y casi siempre iba), Merrick la saludaba con mucha efusividad con su discreto sombrero nuevo de casquete, y se reía de una manera que cualquier hermano habría reconocido como falsa, poniendo la puntilla a todos y cada uno de los comentarios agriados de Eula Barrister. Y por las tardes, si Trey pasaba de visita —¡era de lo más normal!, decía Merrick; al fin y al cabo, ¡iba a casarse con su mejor amiga!—, en esos casos, los dos se sentaban en el porche, aunque en esa época del año ya hacía bastante frío. El olor del humo de tabaco flotaba hasta la ventana abierta de Red. (Pero si hacía tanto frío, se preguntarían sus hijos años más tarde, ¿por qué dejaba la ventana del dormitorio abierta?)

—Parece que tengo la negra con ella. Te lo aseguro —le dijo un día Trey a Merrick—. Nada de lo que hago la hace feliz. Le saca la puntilla a todo y me pincha, ñic, ñic.

—Me da la impresión de que no te valora lo suficiente —contestó Merrick.

—Y tendrías que ver cómo se comporta con mi madre. El otro día alegó que no podía ayudar a mi madre a elegir el menú de la cena de prueba porque tenía que entregar un trabajo de la universidad. ¡Un trabajo de la universidad! ¡Pero si es su boda!

—Ay, pobre de tu madre —dijo entonces Merrick—. Solo intentaba que se sintiera integrada.

—¿Cómo es posible que tú sí lo comprendas, Palillo, y Pookie no?

Red cerró la ventana de golpe.

Junior le dijo a Red que eran imaginaciones suyas. Cuando estalló todo el tinglado, cuando la verdad salió a la luz y explotó como una bomba tan grande que casi todo Baltimore dejó de hablarles a Trey y Merrick, Red dijo:

—¡Sabía que ocurriría! Lo veía venir. Merrick lo planeó desde el principio; se lo robó.

—Chico, pero ¿qué dices? —respondió Junior—. Los seres humanos no se roban. Es imposible, salvo que ellos mismos quieran que los roben.

—Te juro que Merrick empezó a tramarlo todo el verano pasado y me juego la cabeza a que fue a por todas desde el principio. Piropeaba a Trey cuando estaba con él y luego lo ponía verde a sus espaldas cuando hablaba con Pookie, y le hacía tantas reverencias y se arrastraba tanto delante de su madre que me daban ganas de vomitar.

—A ver, hablas como si el chico fuese propiedad de Pookie… —dijo Junior. Y entonces añadió—: Además, es igual. Ahora es de Merrick.

Y se le marcaron dos arrugas profundas en la comisura de los labios, una expresión que siempre ponía cuando un negocio salía justo como él quería.

Un observador ajeno a la familia podría decir que esas dos anécdotas no eran propiamente «historias». Alguien se compra una casa que admiraba cuando por fin la ponen en venta. Alguien se casa con el hombre que estaba prometido con su amiga. Ocurre todos los días.

Tal vez el secreto estaba en que los Whitshank eran una familia muy reciente, tenían una historia familiar muy corta. En realidad, no tenían muchas historias entre las que elegir. No les quedaba más remedio que sacar el mayor partido a lo que tenían.

Desde luego, no podían recurrir a Red en busca de anécdotas jugosas. Red no hizo más que casarse con Abby Dalton, a quien conocía desde que ella tenía doce años: una chica de Hampden, qué coincidencia, del barrio en el que solían vivir los Whitshank. En realidad, Abby y él también vivieron una temporada en Hampden al principio de su matrimonio. («¿Por qué íbamos a molestarnos en mudarnos —preguntó un día el padre de él—, si ibais a volver allí de cabeza en cuanto tuvierais la primera oportunidad?») Luego, después de la muerte de sus padres —que fallecieron atropellados por un tren de mercancías en 1967 al quedarse atascado el coche en las vías del ferrocarril—, Red tomó posesión de la casa de Bouton Road. Por supuesto, Merrick no la quería. Trey y ella tenían una casa propia mucho mejor, por no hablar de la propiedad en Sarasota, y además, decía Merrick, en realidad nunca le había gustado esa casa. No tenía cuarto de baño dentro de los dormitorios, y cuando Junior por fin añadió un baño al dormitorio principal a partir de la remodelación de un inmenso cuarto trasero forrado de cedro en la década de 1950, Merrick se quejó de que se despertaba sobresaltada en plena noche cada vez que tiraban de la cadena. Así pues, ahí estaba Red, en la casa en la que se había criado, donde pensaba morir algún día. Allí no había ninguna gran historia que contar.

Ahora los vecinos se referían a la vivienda como «la casa de los

Whitshank». A Junior le habría encantado. Una de las cosas que más le irritaba era que de vez en cuando lo presentaban como «el señor Whitshank, que vive en la casa de los Brill».

No había nada que destacara en la familia Whitshank. Ninguno de ellos era famoso. Ninguno de ellos tenía una inteligencia prodigiosa. Y su aspecto físico era bastante normalito. Su delgadez era huesuda y enclenque, no la esbeltez elástica y ágil de los modelos de los anuncios de las revistas, y tenían las facciones demasiado marcadas, algo que daba a entender que, aunque comían bien, quizá sus antepasados no lo habían hecho. Al envejecer, les salían bolsas debajo de los ojos, que además tenían los párpados caídos por la parte exterior; lo que les daba una expresión levemente lastimera.

Su empresa familiar tenía buena fama, pero había tantas empresas parecidas... Y el número tan bajo del permiso para hacer reformas solo servía de testigo de una mera longevidad, ¿por qué iban a hacer aspavientos por eso? De todas formas, parecía que ellos lo viesen como una virtud. Tres de los cuatro hijos de Red y Abby vivían a menos de veinte minutos en coche de su casa. ¡Eso no tenía nada de especial!

Sin embargo, igual que la mayor parte de las familias, imaginaban que eran especiales. Por ejemplo, estaban muy orgullosos de su habilidad para las reparaciones. Llamar a un técnico o a un electricista —aunque fuese uno de sus propios empleados— se consideraba un signo de derrota. Todos ellos habían heredado la alergia de Junior a la ostentación, y estaban convencidos de que tenían mejor gusto que el resto de la humanidad. Algunas veces exageraban un poco las peculiaridades de la familia; por ejemplo, que tanto Amanda como Jeannie se hubieran casado con hombres llamados Hugh, de modo que sus maridos siempre eran denominados «el Hugh de Amanda» y «el Hugh de Jeannie»; o su predisposición genética a pasarse siempre dos horas despiertos en plena noche; o su sorprendente capacidad de mantener vivos a sus perros durante siglos y siglos. A excepción de Amanda, no daban apenas importancia a la ropa con la que se vestían, pero al mismo tiempo ponían de vuelta y media a los adultos que veían con vaqueros. Se removían incómodos en la silla si se hablaba de religión. Les encantaba decir que no les gustaban las cosas dulces, pero había pruebas de que no les hacían tantos ascos como aseguraban. En cierta medida, toleraban más o menos a los cónyuges de los demás, aunque no se esforzaban demasiado por caer bien a las familias de esos cónyuges, a quienes solían considerar menos unidas y más desperdigadas que su propia familia. Y hablaban con ese deje relajado de las personas que trabajan con las manos, aunque no todos ellos ejercieran labores manuales. Eso les daba un aire de bienintencionada paciencia que no era del todo merecido.

De hecho, la paciencia era el rasgo distintivo que los Whitshank creían ver en sus dos historias familiares: esperar pacientemente a que les llegara lo que creían que les correspondía. «Aguardar el momento», como había dicho Junior, y como la propia Merrick habría dicho también si hubiese tenido ganas de hablar del tema. Sin embargo, alguien más crítico quizá habría dicho que el rasgo común era la envidia. Y otra persona, alguien que hubiese conocido a la familia hasta la médula y durante toda su historia (aunque no existía tal persona), quizá se habría preguntado por qué ninguno de ellos parecía darse cuenta de que había otro rasgo distintivo que planeaba por debajo de esos dos: a largo plazo, ambas historias habían llevado a la decepción.

Junior consiguió su casa, pero daba la impresión de que no le había hecho tan feliz como era de esperar, y a menudo se lo veía contemplándola con una expresión interrogante y desolada. Se pasó el resto de su vida haciendo reformas, retocándola, añadiendo armarios, recolocando losas, como si confiase en que lograr la morada perfecta abriría por fin el corazón de esos vecinos que siempre lo miraban por encima del hombro. Unos vecinos que, en el fondo, a él tampoco le caían bien.

Merrick consiguió el marido que quería, pero era un hombre frío y distante salvo cuando bebía, momento en que se volvía belicoso y maleducado. No tuvieron hijos y Merrick se pasó la mayor parte de su vida sola en la casa de Sarasota para evitar a su suegra, a quien detestaba.

De todas formas, esas decepciones parecían pasar inadvertidas a ojos de los Whitshank. Esa era otra de sus peculiaridades: tenían un talento especial para fingir que todo iba bien. Aunque quizá eso no fuese nada peculiar. A lo mejor no era más que otra prueba de que los Whitshank no destacaban en absolutamente nada.

3

Justo el día de Año Nuevo de 2012, Abby empezó a desaparecer.

Red y ella se habían quedado con los tres hijos de Brote, que habían pasado la noche en su casa para que Nora y él pudiesen ir a una fiesta de Nochevieja. Brote se presentó allí alrededor de las diez de la mañana para recogerlos. Igual que hacía toda la familia, se limitó a dar un golpecito en la puerta antes de entrar en la casa.

—¿Hola? —saludó.

Se detuvo en el recibidor y aguzó el oído, le rascó las orejas al perro sin prestarle demasiada atención. Los únicos sonidos que le llegaban eran los de sus hijos, que jugaban en la galería acristalada.

—Hola —repitió.

Se dirigió hacia las voces.

Los chicos estaban sentados en la alfombra alrededor de un tablero de parchís, tres cabezas rubias escalonadas con vaqueros y aspecto desaliñado.

—Papá —dijo Petey—, dile a Sammy que no puede jugar con nosotros. ¡No sabe contar los puntos!

—¿Dónde está la abuela? —preguntó Brote.

—No lo sé. ¡Díselo, papá! Y ha tirado tan fuerte los dados que uno se ha metido debajo del sofá.

—La abuela ha dicho que podía jugar —se defendió Sammy.

Brote regresó a la sala de estar.

—¿Mamá? ¿Papá? —los llamó.

No hubo respuesta.

Fue a la cocina, donde encontró a su padre sentado junto a la mesa en la que desayunaban, leyendo el *Baltimore Sun*. Con el paso de los años, Red se había quedado medio sordo, así que hasta que Brote entró en su campo de visión no levantó los ojos del periódico.

—¡Hola! —exclamó el anciano—. ¡Feliz Año Nuevo!

—Feliz Año Nuevo a ti también.

—¿Qué tal la fiesta?

—Estuvo bien. ¿Dónde está mamá?

—Ah, anda por ahí. ¿Quieres un café?

—No, gracias.

—Está recién hecho.

—De verdad, no me apetece.

Brote se acercó a la puerta de atrás y asomó la cabeza. Un cardenal solitario se había posado en el cerezo silvestre más próximo, reluciente como una hoja suelta que hubiese quedado en el árbol, pero por lo demás el patio estaba vacío. Se volvió.

—Creo que tendremos que despedir a Guillermo —comentó.

—¿Cómo?

—¡Guillermo! Deberíamos echarlo. De'Ontay me dijo que el viernes volvió a presentarse con resaca.

Red chasqueó la lengua y dobló el periódico.

—Bueno, no es que hoy en día haya mucha oferta de albañiles —contestó.

—¿Se han portado bien los niños?

—Sí, sí.

—Gracias por cuidar de ellos. Voy a recoger sus cosas.

Brote salió de nuevo al recibidor, subió la escalera y se dirigió al dormitorio que antes era de sus hermanas. Ahora estaba lleno de literas, y el suelo era un maremagno de pijamas abandonados, tebeos y mochilas. Empezó a embutir toda la ropa que encontró en las mochilas, sin preocuparse de averiguar qué era de cada niño. Luego, con las mochilas colgadas de un hombro, volvió a salir al distribuidor.

—¿Mamá? —la llamó.

Miró en el dormitorio de sus padres. Ni rastro de Abby. La cama estaba bien hecha y la puerta del cuarto de baño abierta, igual que las puertas de todas las habitaciones que daban a ese distribuidor con forma de U: la antigua habitación de Denny, que ahora servía de estudio de Abby, el baño de los niños y la que fuera su habitación. Se recolocó las mochilas sobre el hombro y bajó.

—Vamos, chicos, poneos en marcha. A ver dónde habéis dejado las chaquetas. Sammy, ¿dónde tienes los zapatos? —los azuzó al llegar a la galería.

—No lo sé.

—Bueno, pues búscalos —le mandó.

Regresó a la cocina. Red estaba junto a la encimera, sirviéndose otra taza de café.

—Nos vamos, papá —le dijo Brote.

Su padre no dio muestras de haberlo oído.

—¿Papá? —repitió Brote.

Red se volvió.

—Nos vamos ya —dijo Brote.

—¡Ah! Vale, felicita el año a Nora de mi parte.

—Y tú dale las gracias a mamá de nuestra parte, ¿de acuerdo? ¿Crees que ha ido a hacer un recado?

—¿Qué pecado?

—¡Recado! ¿Crees que ha podido salir a hacer un recado?

—No, qué va. Ya no conduce.

—¿Ah, no? —Brote se quedó mirándolo—. Pero si la semana pasada sí conducía —añadió.

—No es verdad.

—Llevó a Petey en coche a jugar a casa de un amigo.

—De eso debe de hacer por lo menos un mes. Ahora ya no conduce.

—¿Por qué no? —le preguntó Brote.

Red se encogió de hombros.

—¿Le ha ocurrido algo?

—Sí, creo que le ha pasado algo —dijo Red.

Brote dejó las mochilas de sus hijos encima de la mesa de la cocina.

—¿Como qué? —le preguntó a su padre.

—No me lo ha dicho. A ver, no es que tuviera un accidente ni nada parecido. El coche estaba bien. Pero volvió a casa y dijo que ya no pensaba conducir nunca más.

—¿Volvió a casa de dónde? —preguntó Brote.

—De llevar a Petey a casa de su amigo.

—Ostras —dijo Brote.

Red y él se miraron a los ojos unos segundos.

—Se me ha ocurrido que podríamos vender su coche —dijo Red—, pero entonces nos quedaríamos solo con mi furgoneta. Además, ¿qué pasa si cambia de opinión, eh?

—Más vale que no cambie de opinión, si le ha ocurrido algo —dijo Brote.

—Bueno, no es que sea tan vieja. ¡La semana que viene cumple setenta y dos! ¿Cómo se las arreglará el resto de su vida?

Brote cruzó la cocina y abrió la puerta que conducía al sótano. Saltaba a la vista que allí no había nadie —las luces estaban apagadas—, pero aun así la llamó.

—¿Mamá?

Silencio.

Cerró la puerta y regresó a la galería acristalada, con Red siguiéndolo de cerca.

—Chicos —dijo Brote—. Tengo que encontrar a la abuela.

Los niños estaban tal como los había dejado: desparramados alrededor del juego de parchís, sin la chaqueta y Sammy todavía descalzo. Lo miraron sin saber qué decir.

—Estaba aquí cuando os habéis despertado, ¿verdad? —les preguntó Brote—. Os ha preparado el desayuno.

—No hemos desayunado —le dijo Tommy.

—¿No os ha preparado el desayuno?

—Nos preguntó si queríamos cereales o tostadas y luego se marchó a la cocina.

—Nunca jamás me tocan los Froot Loops —se quejó Sammy—. Solo salen dos en el paquete y siempre se los quedan Petey y Tommy.

—Es porque Tommy y yo somos los mayores —dijo Petey.

—No es justo, papi.

Brote se volvió hacia Red, que lo miraba con ojos interrogantes, como si esperase una traducción.

—Mamá no estaba cuando han bajado a desayunar —le dijo Brote.

—Vamos a mirar arriba.

—Ya he mirado arriba.

Pero se dirigieron a la escalera otra vez, igual que la gente que busca las llaves en el mismo sitio repetidas veces porque no se puede creer que no estén donde debieran. Al llegar a la planta superior, entraron en el cuarto de baño de los niños: una estampa caótica de toallas arrugadas, pegotes de pasta de dientes y barcos de plástico volcados en la bañera. Salieron de allí y fueron al estudio de Abby. La encontraron sentada en el sofá cama, vestida con ropa de calle y con un delantal encima. Desde el distribuidor no se la veía, pero seguro que había oído a Brote cuando la llamaba. El perro estaba tumbado en la alfombra, a sus pies. Cuando los dos hombres entraron, tanto Abby como el perro levantaron la mirada.

—Ay, hola —dijo Abby.

—¿Mamá? Te hemos buscado por todas partes —dijo Brote.

—Lo siento. ¿Qué tal la fiesta?

—La fiesta fue bien —dijo Brote—. ¿No nos has oído llamarte?

—Supongo que no. ¡Lo siento mucho!

Red tenía la respiración entrecortada. Brote se volvió y lo miró. Red se pasó la mano por la cara.

—Vida mía… —le dijo.

—¿Qué? —contestó Abby, y su voz sonó casi demasiado alegre.

—Cariño, nos tenías preocupados.

—¡Bah, qué bobada! —exclamó Abby.

Se alisó el delantal sobre el regazo.

Esa habitación se había convertido en su estudio en cuanto Denny se había marchado de casa; un refugio en el que Abby podía repasar los informes de sus pacientes que se llevaba a casa, o desde donde podía hablar con ellos por teléfono. Incluso después de jubilarse, seguía utilizando la habitación para leer, escribir poemas o simplemente para estar un rato a solas. Los armarios empotrados en los que antes se guardaba el material de costura de Linnie estaban abarrotados de revistas y recortes aleatorios de Linnie, y de tarjetas de felicitación hechas por sus hijos cuando eran pequeños. En una de las paredes había tantísimas fotografías familiares colgadas que no quedaba espacio entre un marco y otro. «¿Cómo puedes ver las fotos tan apiñadas? —le preguntó una vez Amanda—. ¿Cómo las distingues?» Pero Abby contestó sin darle importancia: «Ah, no me hace falta». Una respuesta que no tenía sentido.

Normalmente, se sentaba al escritorio, debajo de la ventana. Nadie la había visto nunca sentada en el sofá cama, cuyo único propósito era alojar a los invitados cuando se quedaban demasiadas personas a pasar la noche. Había algo forzado y teatral en su postura, como si acabase de colocarse allí a toda prisa al oír pasos en la escalera. Levantó la mirada hacia ellos con una sonrisa tímida y opaca, y por una vez, en su rostro no se dibujaron arrugas al sonreír.

—Bueno —dijo Brote, e intercambió una mirada con su padre. Así se zanjó la cuestión.

Lo que se hace el día de Año Nuevo, se hace el año entero, dice la gente, y desde luego la desaparición de Abby fue el tema recurrente de 2012. Empezó a esfumarse, sin saber cómo, incluso cuando estaba presente. Parecía que estaba medio ausente de muchas de las conversaciones que se entablaban a su alrededor. Amanda dijo que se comportaba igual que una mujer enamorada, pero, aparte del hecho indiscutible de que Abby siempre había amado a Red con todo su corazón, al menos que ellos supieran, resultaba que carecía de ese aire de aturdida felicidad que surge cuando alguien se enamora. En realidad, parecía infeliz, algo que no era en absoluto propio de ella. Tenía una expresión inquieta, y su pelo —ahora canoso y cortado a la altura de la mandíbula, tan recio y voluminoso como la peluca de las antiguas muñecas de porcelana— estaba alborotado y sin brillo, como si acabase de recuperarse de algún percance grave.

Brote y Nora le preguntaron a Petey qué había ocurrido mientras la abuela lo llevaba a casa de su amigo el día que fue a jugar, pero al principio el niño no sabía a qué día se referían sus padres, y luego dijo que en el coche no había pasado nada. Así pues, Amanda se lo preguntó a Abby sin tapujos. «Me he enterado de que últimamente no llevas el coche», le dijo. Cierto, le contestó Abby, era un pequeño capricho que se había dado: no volver a conducir cuando tenía que ir en coche. Y le dedicó a Amanda una de esas nuevas sonrisas insípidas que ponía ahora. «Déjame en paz», decía esa sonrisa. Y «¿Si pasa algo? ¡Y qué iba a pasar!»

En febrero, tiró su caja de las ideas. Era una caja de zapatos de Easy Spirit que guardaba desde hacía décadas, atestada de pedacitos de papel que tenía intención de convertir en poemas algún día. La sacó con las cosas para el reciclaje una tarde de mucho viento, y por la mañana los pedacitos de papel se habían desperdigado por la calle. Los vecinos se los encontraban en los setos y en las alfombrillas de la entrada: «la luna como una yema de huevo hervida» y «el corazón como un globo de agua». No cabía duda de dónde provenían. Todo el mundo sabía que Abby escribía poemas, por no mencionar su afición a los símiles. La mayor parte de la gente tiró los papelillos con delicadeza, pero Marge Ellis recopiló un buen puñado y se los llevó a los Whitshank. Red salió a recibirla y los aceptó con cara de confusión.

—¿Abby? —le preguntó más tarde—. ¿Los has tirado a propósito?

—Ya me he cansado de escribir poemas —contestó ella.

—¡Pero a mí me gustaban tus poemas!

—¿Ah, sí? —preguntó Abby sin el menor interés—. Qué detalle.

Probablemente, lo que más le gustaba a Red era la «idea»: su esposa la poeta garabateando en su escritorio antiguo, que había pedido que restaurara uno de sus empleados, para luego enviar sus contribuciones a revistas modestas, que se apresuraban a devolvérselos. A pesar de todo, Red empezó a tener la misma expresión infeliz que Abby.

En abril, sus hijos se percataron de que había empezado a llamar al perro «Clarence», aunque Clarence se había muerto hacía varios años y Brenda era de un color totalmente distinto, era un golden retriever en lugar de un labrador negro. No era el tipo de confusión de nombres que solía ocurrirle a Abby: «Mandy, quiero decir, Brote», cuando hablaba con Jeannie. No, esta vez insistía en decir el nombre equivocado, como si confiara en invocar así al perro de sus años de esplendor. Pobre Brenda, con lo buena que era, no sabía qué hacer cuando la llamaba así. Arqueaba las cejas peludas y pálidas y no contestaba, ante lo cual Abby chasqueaba la lengua, exasperada.

No era Alzheimer. (¿O sí?) Parecía bastante centrada para tener Alzheimer. Y no mostraba ningún síntoma físico concreto que le pudieran contar al médico, como ataques, mareos o desmayos. De todas formas, no tenían mucha confianza en poder convencerla para que fuese al médico. Había dejado de ir a su especialista en medicina interna a los sesenta años, alegando que ya era demasiado vieja para las «medidas drásticas», y que ellos supieran, el médico ya ni siquiera estaba en activo. Pero a pesar de todo, si iban a verlo, les preguntaría: «¿Se olvida de las cosas?», por ejemplo, y tendrían que contestarle: «Bueno, no más de lo normal». «¿Y dice frases ilógicas?» «Bueno, no más de…»

Ahí estaba el problema. Lo «normal» para Abby era ser muy despistada. ¿Quién podía decir hasta qué punto su comportamiento indicaba algo o era solo Abby siendo Abby?

De niña era como un duendecillo. Vestía jerséis de cuello alto negros en invierno y blusas de flores en verano; de adolescente llevaba la melena larga y lisa que le caía por la espalda, mientras la mayor parte de las chicas se ponían rulos todas las noches para arreglarse la media melena. No solo era poética, sino también artística, bailaba danza contemporánea y era una activista en defensa de cualquier causa que valiese la pena. Se presentaba voluntaria para organizar recogidas de alimentos para los pobres en el colegio y colaboraba en las campañas de Navidad. Iba al mismo centro que Merrick, un colegio privado y pijo, solo femenino y, aunque Abby estudiaba allí con beca, se convirtió en la estrella de la clase, la líder. En la universidad llevaba trenzas africanas y defendía los derechos civiles. Se licenció con una de las mejores notas de la clase y se hizo asistenta social, menuda sorpresa. Se adentraba en barrios de Baltimore que ninguno de sus compañeros de colegio sabía siquiera que existían. Incluso después de casarse con Red (a quien conocía desde hacía tanto tiempo que ninguno de los dos recordaba su primera cita), ¿podría decirse que se volvió normal y corriente? En absoluto. Insistía en el parto natural, daba de mamar a sus hijos en público, alimentaba a su familia con cereales integrales y yogur casero, se manifestó contra la guerra de Vietnam con su hijo pequeño en brazos, llevaba a sus hijos a escuelas públicas. Su casa estaba llena de manualidades, como maceteros de macramé y coloridos mantelitos de ganchillo. Recogía a los desconocidos que encontraba por la calle, y algunos de ellos se quedaban semanas en su casa. Era imposible saber quién se presentaría a la hora de la cena.

El viejo Junior creía que Red se había casado con ella para fastidiarlo. Por supuesto, no era cierto. Red la quería tal como era, simple y llanamente. Linnie Mae la adoraba, y Abby, a su vez, también la adoraba. Merrick se sentía abrumada ante ella. Habían obligado a Merrick a ser la «hermana mayor» de Abby cuando esta había entrado en su colegio. Ya entonces, Merrick tenía la sensación de que Abby no tenía remedio, y el tiempo le había dado la razón.

En cuanto a los hijos de Abby, bueno, por supuesto que la querían. Se daba por hecho que incluso Denny la quería, a su manera. Pero les daba vergüenza ajena. Cuando iban a verlos sus amigos, por ejemplo, irrumpía en la habitación recitando un poema que acababa de escribir. O acorralaba al repartidor de correo para comentarle que creía en la reencarnación. («Mozart» era el ejemplo que ponía. ¿Cómo podía alguien escuchar una composición de la infancia de Mozart sin estar seguro de que ya tenía varias vidas de experiencia?) Cuando se topaba con alguien que tenía el menor deje de acento extranjero, lo cogía de la mano, lo miraba a los ojos y le decía: «Cuéntame, ¿dónde está tu hogar?».

Después, ya a solas, sus hijos se lo recriminaban.

—¡Mamá! —protestaban.

—¿Qué? ¿He hecho algo mal? —preguntaba ella.

—¡No es asunto tuyo, mamá! ¡El hombre confiaba en que no te dieras cuenta! Es más, probablemente se imaginaba que ni siquiera habías notado que era extranjero.

—Pamplinas. Debería estar orgulloso de ser extranjero. Yo lo estaría.

Sus hijos soltaban un gruñido al unísono.

Era tan invasiva, estaba tan segura de que era bienvenida, se mostraba tan poco cohibida… Daba por supuesto que tenía derecho a preguntarles cualquier cosa que se le antojara. Tenía la noción errónea de que si no querían hablar con ella de algún problema personal, a lo mejor cambiaban de idea si intercambiaban los papeles. (¿Sería un truco de los asistentes sociales?) «Vamos a darle la vuelta a la situación —decía, y se inclinaba hacia delante como muestra de confianza—. Pongamos que eres tú el que me da consejos. Pongamos que tengo un novio con una actitud demasiado posesiva. —Soltaba una risita—. ¡Me saca de quicio! —exclamaba con afectación—. ¡Dime qué puedo hacer!» «Mamá, de verdad…»

Intentaban mantener el menor contacto posible con sus huérfanos: los veteranos de guerra a quienes costaba volver a la vida normal, las monjas que habían colgado los hábitos; los estudiantes chinos de la Universidad Johns Hopkins que añoraban su país… Y todos pensaban que el día de Acción de Gracias era un infierno. Colaban pan blanco de tapadillo dentro de casa, y perritos calientes llenos de nitritos. Ahuecaban el ala si se enteraban de que su madre iba a encargarse de preparar el picnic del colegio. Y sobre todo, sobre todo y con diferencia, aborrecían que su forma favorita de intentar empatizar fuese mediante la condescendencia. «¡Ay, pobrecillo! —decía—. ¡Menuda cara de cansado!» O: «¡Qué triste debes de sentirte!». Otras personas demostraban el amor ofreciendo cumplidos; Abby ofrecía su lástima. En opinión de sus hijos, no era una cualidad muy atractiva.

Aun así, cuando volvió a trabajar, después de que el más pequeño de los vástagos empezase el colegio, Jeannie le dijo a Amanda que no sentía el alivio que esperaba.

—Pensaba que me alegraría —comentó—. Pero a veces me pregunto sin querer: «¿Dónde está mamá? ¿Por qué no la tengo respirándome en el cogote?».

—También te das cuenta cuando se te pasa el dolor de cabeza —contestó Amanda—. Y eso no significa que quieras volver a tenerlo.

En mayo Red sufrió un ataque al corazón.

No fue muy fuerte. Experimentó unos cuantos síntomas ambiguos mientras visitaba una obra, eso fue todo, y De'Ontay insistió en llevarlo a urgencias. Aun así, fue un shock para su familia. ¡Solo tenía setenta y cuatro años! Parecía tan sano…; subía escaleras de mano igual que siempre y cargaba sacos, y no pesaba ni un kilo más que cuando se había casado. Sin embargo, ahora Abby quería que se jubilase, y sus dos hijas opinaban lo mismo. ¿Y si perdía el conocimiento mientras estaba en lo alto de un tejado? Red dijo que se volvería loco si se jubilaba. Brote dijo que tal vez podía seguir trabajando, pero sin subirse a los tejados. Denny no estaba allí para participar en la conversación, aunque por una vez en su vida lo más probable era que le hubiese dado la razón a Brote.

Red siguió en sus trece, y volvió a trabajar poco después de que le diesen de alta en el hospital. Parecía que estaba bien. Decía que se notaba un poco débil, y admitió que se cansaba antes. Pero a lo mejor eran imaginaciones suyas; lo pillaron varias veces tomándose el pulso, o colocándose la palma de la mano en el centro del pecho, como si comprobase algo. «¿Te encuentras bien?», le preguntaba Abby. Y él contestaba: «Pues claro que me encuentro bien». Lo decía con un tono irritado que nunca había utilizado hasta entonces.

Por fin se puso audífonos, pero se quejaba de que no servían para nada. Muchas veces se los dejaba encima del escritorio: dos nódulos de plástico rosado del tamaño y la forma de un corazón de pollo. Como no se los ponía, las conversaciones con sus clientes no siempre eran muy fluidas. Cada vez con mayor frecuencia, dejaba que fuese Brote quien lidiara con esa parte del negocio, aunque saltaba a la vista que le entristecía tener que renunciar a eso.

También había dejado de ocuparse de la casa. Brote fue el primero en darse cuenta. Antes, el estado de la casa era siempre perfecto —ni un solo clavo suelto, ni una grieta en la masilla de las ventanas—, mientras que ahora había signos de dejadez. Amanda llegó una tarde con su hija y se encontró a Brote sustituyendo la goma de las juntas de la puerta mosquitera, y cuando le preguntó, como de pasada: «¿Algún problema?», Brote se incorporó.

—En los viejos tiempos nunca hubiese permitido que pasase esto —contestó.

—¿Que pasase el qué?

—¡La mosquitera se había soltado y no encajaba en el marco! Además, el grifo del cuarto de baño gotea, ¿te has dado cuenta?

—Ay, madre —dijo Amanda, y se dispuso a seguir a Elise, que había entrado en la casa.

—Es como si hubiera perdido el interés —dijo Brote.

Y eso la hizo pararse en seco.

—Casi como si no le importara —insistió Brote—. Le dije: «Papá, la mosquitera de delante está suelta», y me contestó: «¡Maldita sea, no puedo encargarme yo solo de todas las menudencias!».

Eso era el colmo: que Red le gritase a Brote. Siempre había sido su favorito.

—A lo mejor se le empieza a quedar grande la casa —comentó Amanda.

—No es solo eso. El otro día mamá se dejó el hervidor en el fuego, y cuando Nora pasó a saludar el hervidor silbaba a todo trapo y papá estaba preparando cheques en la mesa del comedor, totalmente ajeno al ruido.

—¡¿No oía el hervidor?!

—Evidentemente, no.

—Pero si ese hervidor me revienta el tímpano —dijo Amanda—. Es posible que fuera lo que lo dejó sordo, por cierto.

—Empiezo a pensar que no deberían seguir viviendo solos —le dijo Brote.

—Sí, ¿no? Es verdad.

Y lo adelantó para entrar en la casa con expresión pensativa.

La tarde siguiente hubo reunión familiar. Brote, Jeannie y Amanda pasaron por casa de sus padres, como por casualidad; sin esposos ni hijos. Brote iba sospechosamente acicalado, mientras que Amanda llevaba un peinado perfecto, los labios bien pintados, como siempre, y el traje de pantalón gris entallado que se había puesto para ir a trabajar. Jeannie era la única que no se había molestado en arreglarse; llevaba su típica camiseta de manga corta y unos pantalones de loneta arrugados. La larga cola de caballo de pelo moreno empezaba a salirse de la goma. Abby estaba emocionada. Después de acomodarlos a todos en la sala de estar, comentó:

—Qué bonito, ¿verdad? ¡Como en los viejos tiempos! No es que no quiera mucho a vuestras familias, por supuesto, pero…

—¿Qué pasa? —preguntó Red.

—Bueno —dijo Amanda—. Estábamos pensando en la casa.

—¿Qué le pasa a la casa?

—Pensábamos que hay muchas cosas de las que encargarse, y ahora que mamá y tú os vais haciendo mayores…

—Podría cuidar de esta casa con una mano atada a la espalda —dijo Red.

A juzgar por la pausa que siguió a su comentario, daba la impresión de que sus hijos barajaban si llevarle la contraria o no. Por sorprendente que parezca, fue Abby quien les echó un cable.

—Bueno, por supuesto que podrías, cariño —le dijo—, pero ¿no crees que ha llegado el momento de darte un respiro?

—¿Adónde te las piras?

Sus hijos medio rieron y medio gruñeron.

—¿Veis lo que tengo que aguantar? —les preguntó Abby—. ¡No quiere ponerse los audífonos! Y luego, cuando intenta fingir que me ha oído, se le ocurren las ideas más estrambóticas. Es que es… ¡perverso! Le digo que quiero ir al mercado a comprar fruta y verdura y me dice: «¿Quién ha perdido la cordura?».

—No es culpa mía si farfullas —dijo Red.

Abby soltó un hondo suspiro.

—Bueno, volvamos al tema —dijo Amanda con impaciencia—. Mamá, papá: hemos pensado que a lo mejor os vendría bien mudaros.

—¡Mudarnos! —exclamaron Red y Abby al unísono.

—Entre el corazón de papá y que mamá ya no conduce… Hemos pensado que podríais ir a una residencia de ancianos. ¿No os parece una buena solución?

—Ya, una residencia de ancianos —dijo Red—. Pero eso es para los viejos… Ahí es donde van todas esas señoronas altivas cuando se quedan viudas. ¿Creéis que íbamos a ser felices en un lugar así? ¿Creéis que a esas abuelas les gustaría vernos?

—Pues claro que les gustaría veros, papá. Si lo más probable es que hayas hecho reformas en las casas de todas ellas.

—Exacto —dijo Red—. Y además, vuestra madre y yo somos demasiado independientes. Somos de la clase de gente que se las apaña bien sola.

Sus hijos no parecían considerar que eso fuese tan admirable.

—De acuerdo —accedió Jeannie—, pues a una residencia, no. Pero ¿y qué me decís de un piso asistido? Quizá un piso con salida al jardín, en el condado de Baltimore.

—Esos sitios están hechos de cartón —dijo Red.

—No todos, papá. Algunos están bien construidos.

—¿Y qué haríamos con la casa si nos mudásemos?

—Bueno, pues venderla, supongo.

—¡Venderla! ¿A quién? En esta ciudad no se ha vendido nada desde que empezó la crisis. Se pasaría un siglo en venta. ¿Creéis que voy a dejar vacío mi hogar familiar para que se estropee y se desplome?

—Vamos, papá, nunca dejaríamos que…

—Las casas necesitan a las personas —dijo Red—. Ya deberíais saberlo todos. Ah, claro, es verdad que las personas desgastan los materiales y los estropean (rayan los suelos y atascan los lavabos y esas cosas), pero eso no es nada en comparación con lo que ocurre cuando se deja abandonada una casa. Es como si le quitaras el corazón. Se comba, se derrumba, empieza a hundirse en el suelo… Os aseguro que me basta con mirar la parhilera del tejado de una casa para saber si está deshabitada. ¿Creéis que le haría algo así a esta casa?

—Bueno, tarde o temprano la comprará alguien —dijo Jeannie—. Y mientras tanto, yo pasaré a inspeccionarla todos los días. Daré una vuelta, abriré los grifos. Repasaré todas las habitaciones. Abriré las ventanas.

—No es lo mismo —dijo Red—. La casa notaría la diferencia.

—¡Chicos, a lo mejor alguno de vosotros querría quedársela! Podríais comprárnosla por un dólar, o como se hagan esas cosas —dijo Abby.

El comentario fue recibido con un silencio. Sus hijos estaban encantados cada uno con su casa, y Abby lo sabía.

—Nos ha ido siempre de perlas —dijo con melancolía—. ¿Os acordáis de los buenos tiempos? Todavía me acuerdo de cuando era niña y venía de visita. Y luego todas esas horas que pasamos en el porche cuando vuestro padre me cortejaba. ¿Te acuerdas, Red?

Él hizo un gesto impaciente con una mano, como si no quisiera entrar en el tema.

—Me acuerdo de cuando llegué con Jeannie del hospital —dijo Abby—, cuando tenía tres días. La llevaba envuelta como un burrito en la manta de punto de garbanzo que había tejido la abuela Dalton a ganchillo para Mandy, y entré por la puerta y le dije:

«Este es tu hogar, Jean Ann. Aquí es donde vas a vivir, ¡y qué feliz serás en esta casa!».

Se le llenaron los ojos de lágrimas. Sus hijos bajaron la vista y se miraron las rodillas.

—Ay, en fin —dijo la anciana, y soltó una risa para quitarle hierro al asunto—. Escuchadme, para qué vamos a darle vueltas ahora a algo que no pasará hasta dentro de muchos años. Por lo menos, mientras viva Clarence.

—¿Quiéeeen? —preguntó Red.

—Brenda, se refiere a Brenda —le dijo Amanda.

—Sería cruel hacer que Clarence cambiara de casa durante sus últimos días —dijo Abby.

Al parecer, a nadie le quedaba energía para llevarle la contraria.

Amanda convenció a Red para contratar a una señora de la limpieza que también se ofreciera a llevarlos en coche. Abby nunca había tenido señora de la limpieza, ni siquiera cuando trabajaba, pero Amanda le dijo que no tardaría en acostumbrarse.

—¡Te dedicarás a cultivar el ocio, como las damas! —le dijo—. Y siempre que quieras ir a algún sitio, la señora Girt te llevará.

—Si quiero ir a algún sitio, será para perder de vista a la señora Girt —contestó Abby.

Amanda se rió como si Abby lo hubiese dicho en broma, pero no era así.

La señora Girt tenía sesenta y ocho años y era una mujer alegre y de constitución robusta, a quien habían echado de su empleo en un comedor y necesitaba ingresos. Llegaba a las nueve de la mañana, pululaba un poco por la casa, limpiando y quitando el polvo con poca traza, y luego colocaba la tabla de planchar en la galería acristalada y veía la televisión mientras planchaba. No es que una pareja de ancianos que vivían solos tuvieran muchas prendas que planchar, pero Amanda le había indicado que se mantuviera ocupada. Mientras tanto, Abby se quedaba en la otra punta de la casa, sin hacer gala de su habitual interés por saber todos los pormenores de la vida de quien acababa de conocer. Cada vez que Abby emitía un sonido, por leve que fuera, la señora Girt salía como un cohete de la galería y le preguntaba: «¿Se encuentra bien? ¿Necesita algo? ¿Quiere que la lleve a algún sitio?». Abby decía que era intolerable. Se quejaba a Red de que tenía la sensación de que la casa ya no le pertenecía.

Aun con todo, nunca preguntó por qué se suponía que esa mujer era necesaria.

Cuando llevaba dos semanas trabajando allí, la señora Girt le quitó a la fuerza una sartén de las manos a Abby e insistió en prepararle una tortilla. En ese lapso la plancha que había dejado abandonada en la galería quemó un paño de cocina. No ocurrió nada grave salvo por el paño, que era un trapo normal y corriente del supermercado que, para empezar, no necesitaba plancharse, pero ese fue el fin de la señora Girt. Amanda dijo que la próxima persona que contrataran tendría menos de cuarenta años. Comentó que podían plantearse contratar a un hombre, aunque no dijo por qué.

Pero Abby fue tajante:

—No.

—¿No? —preguntó Amanda—. Bueno, vale. Pues una mujer.

—Ni una mujer ni un hombre. Nada.

—Pero, mamá…

—¡No puedo! —exclamó Abby—. ¡No puedo soportarlo! —Empezó a llorar—. ¡No puedo compartir mi casa con un extraño! Sé que pensáis que soy vieja, sé que pensáis que empieza a fallarme la memoria, pero ¡esto me hace desdichada! ¡Preferiría morirme y ya está!

—Vamos, mamá, cálmate. Mamá, por favor, no llores —dijo Jeannie—. Eh, mamá, cariño, no queremos que seas desdichada...

Ella también se echó a llorar, y Red intentó apartar a las dos hijas para poder acceder a Abby y abrazarla, mientras Brote describía círculos y se atusaba el pelo, que era lo que hacía siempre cuando estaba triste o preocupado.

Así pues, ni una mujer, ni un hombre, nada. Red y Abby volvieron a quedarse solos.

Hasta finales de junio, cuando descubrieron a Abby deambulando por Bouton Road en camisón, un día en el que Red ni siquiera se había percatado de que se había ausentado.

Entonces fue cuando Brote anunció que Nora y él irían a vivir con sus padres.

Bueno, desde luego Amanda no podría haberlo hecho. Tanto Hugh como ella y su hija adolescente tenían una vida tan ajetreada que habían contratado a alguien para que paseara a su perro galés por las mañanas. Y la familia de Jeannie vivía en la casa en la que se había criado el Hugh de Jeannie, junto con la madre del Hugh de Jeannie, que se había instalado en la habitación de invitados. Habrían tenido que arrancar de sus raíces a la señora Angell y llevarla con ellos: una idea impensable. Por su parte, Denny, huelga decirlo, no entraba en la ecuación.

En realidad, Brote tampoco habría tenido que entrar en la ecuación. No solo porque Nora y él tuviesen tres hijos muy activos que requerían mucha atención, sino porque además adoraban su casita de estilo Craftsman en Harford Road y dedicaban todo su tiempo libre a restaurarla y cuidarla con amor. Habría sido cruel pedirles que la abandonaran.

Pero, por lo menos, Nora estaba todo el día en casa. Y Brote era de esa clase de personas dóciles y amables que lo aceptan todo, que parecen dar por sentado que la vida no siempre será como la habían planeado. De hecho, no paraba de buscarle ventajas a la propuesta de ir a vivir con Red y Abby. ¡Los chicos verían más a sus abuelos! ¡Podrían ir a la piscina del barrio!

Sus hermanas apenas se opusieron, una vez que asimilaron la idea. «¿Estás seguro?», le preguntaron con poco entusiasmo. Sus padres sí opusieron más resistencia. Red dijo: «Hijo, no podemos pedirte que hagas eso», y Abby volvió a echarse a llorar. Sin embargo, se apreciaba la melancolía en sus rostros. ¡Sería la solución perfecta! Así pues, Brote dijo al fin: «Pues vamos. Y punto». Y de ese modo se zanjó el tema.

Se mudaron una tarde de sábado a principios de agosto. Brote y el Hugh de Jeannie, junto con Miguel y Luis del trabajo, cargaron la furgoneta de Brote de maletas y baúles de juguetes y un amasijo de bicis, triciclos y coches de pedales y motos infantiles. (Brote y Nora dejaron los muebles en la casa para los inquilinos, una familia de refugiados iraquíes a quienes la iglesia de Nora había buscado un hogar.) Mientras tanto, Nora llevó a los tres niños y al perro a casa de Red y Abby.

Nora era una mujer guapa que no sabía que era guapa. Tenía una melena castaña que le llegaba por los hombros y una cara ancha, plácida y con aire de ensueño que nunca se maquillaba. Solía ponerse vestidos baratos de algodón que se abrochaban por delante, y cuando caminaba el bajo del vestido revoloteaba alrededor de sus pantorrillas con un movimiento líquido, a cámara lenta, que hacía que todos los hombres que la veían se quedasen petrificados al contemplarla. Pero Nora nunca se daba cuenta.

Aparcó en la calle, igual que los invitados, y los chicos, el perro y ella se dirigieron a los peldaños que conducían a la casa; los niños y Heidi saltaban y jugueteaban y se tropezaban unos con otros, mientras Nora los seguía con serenidad a unos pasos de distancia. Red y Abby estaban uno junto al otro en el porche, esperándolos, porque era un momento importante, desde luego.

—¡Hola, abuela! ¡Hola, abuelo! —gritó Petey.

—¡Ahora vamos a vivir aquí! —dijo Tommy.

Desde que se habían enterado de la noticia, estaban emocionadísimos. Nadie sabía cómo se sentía Nora. Por lo menos por fuera, era igual que Brote: parecía aceptar las cosas tal como eran. Cuando llegó al porche, Red le dijo:

—¡Bienvenida!

Y Abby dio un paso adelante y la abrazó.

—Hola, Nora —le dijo—. Os agradecemos mucho que hagáis esto.

Nora se limitó a esbozar esa sonrisa tímida y misteriosa, que hacía que le salieran hoyuelos en las mejillas.

Los chicos dormirían en la habitación de las literas. Corrieron escalera arriba por delante de los adultos y se tiraron encima de las camas, cada uno en la que siempre reclamaba como propia cuando se quedaban a dormir en casa de sus abuelos. Brote y Nora ocuparían la antigua habitación de Brote, al otro lado del distribuidor, en diagonal con la de los niños.

—Mira, he quitado los pósters y esas cosas —le dijo Abby a Nora—. Tenéis total libertad para colgar lo que queráis en las paredes. Y he vaciado el armario y los cajones del escritorio. ¿Crees que dispondréis de espacio suficiente para guardar vuestras cosas?

—Sí, sí —dijo Nora con su vocecilla cantarina.

Era la primera vez que abría la boca desde que había llegado a casa de sus suegros.

—Siento mucho que no hayan traído todavía la cama —dijo Abby—. No podían entregárnosla hasta el martes, conque me temo que tendréis que apañaros con las dos camitas hasta entonces.

Nora volvió a sonreír y se dirigió al escritorio, donde dejó la billetera.

—Para cenar voy a preparar pollo frito —dijo.

—¿Qué? —preguntó Red.

Y Abby le gritó:

—¡Pollo frito! —Bajando la voz, añadió—: Nos encanta el pollo frito, pero no hace falta que cocines para nosotros, de verdad.

—Me gusta cocinar —contestó Nora.

—¿Quieres que Red vaya a comprar lo que necesites?

—Douglas traerá las verduras en la furgoneta.

Douglas era como llamaba a Brote. En realidad se llamaba así, pero era un nombre que ningún miembro de la familia había utilizado desde que tenía dos años. Siempre se quedaban perplejos un momento cuando lo oían, pero entendían que Nora quisiera llamar a su marido con un nombre más propio de un adulto.

Cuando Brote y ella anunciaron que iban a casarse, Abby le preguntó: «Perdona que te lo pregunte pero, ¿esperas que... Douglas se convierta a tu iglesia?». Casi lo único que sabían sobre

Nora era que pertenecía a una iglesia fundamentalista que, por supuesto, constituía una parte importante de su vida. Sin embargo, Nora contestó: «No, no. No creo en la evangelización indirecta». Más adelante, Abby les repitió la respuesta a sus hijas: «Dice que no cree en la "evangelización indirecta"». A raíz de eso, durante mucho tiempo dieron por hecho que Nora no debía de tener muchas luces. Aunque sí que había desempeñado un puesto de responsabilidad —era auxiliar de medicina en una consulta— antes de que nacieran los niños. Y de vez en cuando sorprendía a todos con unas observaciones inquietantemente perspicaces. ¿O era pura casualidad? Los tenía descolocados, la verdad. A lo mejor ahora que iba a vivir con ellos por fin podían averiguar cómo era en realidad.

Red y Abby la dejaron en la planta de arriba para que se encargara de los niños, que estaban enfrascados en una guerra de almohadas, mientras Heidi, la alocada collie, bailaba a su alrededor y ladraba histérica. La pareja de ancianos bajó a sentarse en la sala de estar. Ninguno de los dos tenía tareas que hacer. Se sentaron sin más y se miraron a los ojos con las manos cruzadas sobre el regazo.

—¿Crees que será siempre así mientras vivamos? —preguntó Abby.

—¿Qué? —preguntó Red.

—Nada —contestó ella.

Brote y el Hugh de Jeannie aparcaron la furgoneta junto a la puerta de atrás, y todos fueron a ayudarles a descargar (incluso los niños, incluso Abby), salvo Nora. Ella se hizo con el primer elemento que Brote sacó del vehículo, una nevera portátil llena de verduras y carne fresca, y extrajo un delantal que había doblado en la parte superior. Era del estilo de los que llevaban las madres de Red y Abby en la década de 1940, de algodón floreado con un babero que se abrochaba en la nuca. Se lo puso y empezó a cocinar.

Durante la cena, tuvieron mucho tema de conversación a raíz de dónde iban a instalarse. Abby no paraba de plantear si uno de los chicos debería dormir en su estudio.

—A lo mejor Petey, porque es el mayor, ¿no? —preguntó—. O tal vez Sammy, porque es el menor…

—O yo, ¡porque estoy en el medio! —gritó Tommy.

—No pasa nada —le dijo Brote a Abby—. Al fin y al cabo, en casa también compartían habitación. Están acostumbrados.

—No sé por qué, pero desde hace unos años parece que la casa siempre tiene el tamaño equivocado —comentó Abby—. Cuando vuestro padre y yo estamos solos, es demasiado grande, y cuando venís todos de visita, se queda pequeña.

—Estaremos bien —dijo Brote.

—¿Estáis hablando del perro? —preguntó Red.

—¿El perro?

—Porque no veo cómo van a compartir el mismo territorio dos perros.

—Vamos, Red, claro que pueden —dijo Abby—. Clarence es un mimoso, ya lo sabes.

—¿Qué has dicho?

—¡Ahora mismo Clarence está en mi cama! —exclamó Petey—. Y Heidi está en la cama de Sammy.

Red hizo caso omiso de la última frase de Petey, tal vez porque no se había dado cuenta de que el niño seguía hablando.

—Mi padre se oponía a tener perros en casa —dijo—. Los perros machacan las casas. Machacan la madera. Habría puesto a los dos animales en el patio trasero y se habría preguntado para qué diantres los teníamos si no era para desempeñar una función.

Los adultos habían oído esa perorata tantas veces que no se molestaban en llevarle la contraria, pero Petey dijo:

—¡Heidi sí tiene una función! Su función es hacernos felices.

—Más le valdría estar cuidando ovejas —contestó Red.

—Entonces, ¿nos dejas tener ovejas, abuelo? ¿Nos dejas, eh?

—El pollo está delicioso —le dijo Abby a Nora.

—Gracias.

—Red, ¿no crees que el pollo está delicioso?

—¡Ya lo creo! Me he comido dos piezas y estoy pensando en coger otra.

—¡No puedes comer más! ¡El pollo es puro colesterol!

Sonó el teléfono en la cocina.

—Vaya, ¿a quién se le ocurre llamar a estas horas? —preguntó Abby.

—Solo hay una forma de averiguarlo —le dijo Red.

—Bueno, pues no pienso contestar. Todo el mundo en su sano juicio sabe que es la hora de la cena —dijo Abby.

Pero al mismo tiempo, ya había separado la silla de la mesa y se estaba levantando. Nunca había dejado de pensar que alguien podía necesitarla. Se dirigió a la cocina y pidió a dos de los niños que metieran más la silla para pasar por detrás de ellos.

—¿Sí? —oyeron—. ¡Hola, Denny!

Brote y Red miraron hacia la cocina. Nora colocó un montoncito de espinacas en el plato de Sammy, aunque el niño se removió en la silla para quejarse.

—Bueno, nadie pensaba que… ¿Qué? Bah, no digas tonterías. Nadie pensaba…

—¿Qué hay de postre? —le preguntó Tommy a su madre.

—Chist. La abuela está al teléfono —le reprendió Brote.

—Tarta de arándanos —contestó Nora.

—¡Ñam!

—Sí, claro que te lo habríamos dicho —dijo Abby. Una pausa—. ¡Vamos, eso no es cierto, Denny! Te digo que eso no… ¿Hola?

Al cabo de un momento, oyeron cómo colgaba el auricular en el teléfono de pared. Abby reapareció en la puerta que daba de la cocina al comedor.

—Bueno, era Denny —les dijo—. Viene esta noche en el tren de las doce y treinta y ocho. Pero dice que dejemos la puerta abierta y cogerá un taxi desde la estación.

—Ajá. Más le vale —dijo Red—, porque no pienso esperarlo despierto hasta esas horas.

—Bueno, estaría bien que fueses a buscarlo, Red.

—¿Y eso por qué?

—Ya iré yo —le dijo Brote.

—Eh, creo que es mejor que vaya tu padre, cariño.

Se produjo un silencio.

—¿Qué problema tiene? —preguntó Red por fin.

—¿Problema? —repitió Abby—. Bueno, no es un problema exactamente. Es que no entiende por qué no le hemos pedido a él que viniera a vivir con nosotros.

Incluso Nora puso cara de sorpresa.

—¡Preguntarle a Denny! —exclamó Red—. ¿Acaso lo habría hecho?

—Dice que sí lo habría hecho. Es más, dice que de todos modos ahora va a venir.

Abby llevaba en el vano de la puerta todo ese tiempo, pero entonces regresó a la silla y se desplomó derrotada, como si el viaje a la cocina la hubiese agotado.

—Se ha enterado por Jeannie de que ibais a mudaros —le dijo a Brote—. Cree que tendríamos que habérselo consultado. Dice que la casa no tiene suficientes dormitorios para todos vosotros; que en lugar de vosotros, debería quedarse él.

Nora empezó a recoger los platos de todo el mundo y a apilarlos sin hacer el menor ruido.

—¿Qué no era cierto? —le preguntó Red a Abby.

—Perdona, ¿a qué te refieres?

—Le has dicho: «Eso no es cierto, Denny».

—¿Has visto lo que hace? —le preguntó Abby a Brote—. La mitad del tiempo está más sordo que una tapia, y luego resulta que oye algo que he dicho desde la otra punta de la cocina.

—¿Qué no era cierto, Abby? —preguntó Red.

—Eh —dijo Abby quitándole importancia—, bueno, ya sabes. Lo de siempre.

Cruzó los cubiertos pulcramente encima del plato y se lo entregó a Nora.

—Dice que no sabe por qué le hemos dicho a Brote que venga cuando… ya sabes. Dice que Brote no es un Whitshank.

Se produjo otro silencio, durante el cual Nora se levantó y empezó a moverse con sigilo, también sin decir ni una palabra, y se llevó la pila de platos a la cocina.

En realidad, Denny tenía razón en que Brote no era un Whitshank. Pero solo en el sentido más literal.

La gente tendía a olvidarse del asunto, pero Brote era hijo de un alicatador apodado Solitario O'Brian. Se llamaba Lawrence O'Brian, pero igual que la mayoría de los albañiles que ponían baldosas y azulejos, era bastante retraído, le gustaba trabajar solo y no meterse en la vida de nadie, así que todo el mundo lo llamaba Solitario. Red siempre decía que Solitario era el mejor alicatador que tenían en la empresa, aunque desde luego no era el más rápido.

El hecho de que Solitario tuviese un hijo parecía incongruente. La gente solía mirar a ese hombre —alto y cadavérico, delgadísimo, con ese pelo rubio casi traslúcido que permite ver el cráneo— y se lo imaginaba viviendo como un ermitaño: sin mujer, sin hijos, sin amigos. Bueno, puede que tuvieran razón en cuanto a la mujer, y quizá incluso en cuanto a los amigos, pero lo que sí tenía era un niño pequeño llamado Douglas. Algunas veces, cuando le fallaba la canguro, llevaba a Douglas al trabajo. Eso iba en contra de las normas, aunque como ninguno de los dos tenía por qué estar nunca en una zona de las de casco obligatorio, Red hacía la vista gorda. Solitario iba directo a la cocina o al baño en el que estuviera trabajando, y Douglas se escabullía detrás de él con sus piernitas cortas. Ni una sola vez miraba hacia atrás Solitario para ver si Douglas lo seguía; Douglas tampoco se quejaba nunca ni le pedía que aflojara el paso. Se metían en la habitación elegida, con la puerta cerrada a cal y canto, y no se oía ni pío de ninguno de los dos en toda la mañana. A la hora de comer salían, Douglas corriendo a la zaga igual que por la mañana, y se comían el bocadillo con los demás obreros, aunque un poco apartados. Douglas era tan pequeño que todavía bebía de un vaso con asas de plástico. Era un niño delgaducho y sencillo, que carecía de la hermosura de carrillos llenos que se esperaría en alguien de su edad. Tenía el pelo casi blanco, cortísimo y de punta, y los ojos de un azul muy claro, rosado en la parte exterior. Toda la ropa le quedaba grande. Parecía que las prendas lo llevaran a él; no era más que un suspiro. Llevaba los bajos de los pantalones doblados con varias vueltas. Los hombros de la chaqueta sobresalían mucho de su escuálida figura, y los puños elásticos lo ocultaban todo salvo las yemas de esos dedos en miniatura, que, igual que su padre, llevaba manchados de polvillo blanco: gajes del oficio.

Los otros hombres hacían todo lo posible por integrarlo. «Hola, ¿qué tal, colega?», le decían, y «¿Qué te cuentas, chaval?». Pero Douglas se limitaba a apretujarse todavía más contra su padre y los miraba a la cara. Solitario no intentaba paliar la tensión del momento como habrían hecho la mayor parte de los padres: respondiendo en nombre del niño o instándole a ser educado y decir algo. Se limitaba a seguir comiendo el bocadillo, un bocadillo patético y seco de pan de molde aplastado.

—¿Dónde está su madre? —le preguntaba alguien nuevo de vez en cuando—. ¿Está enferma hoy?

—Está de viaje —decía Solitario, sin molestarse en levantar los ojos del pan.

El operario nuevo miraba entonces con ojos interrogantes a los demás, y ellos desviaban la mirada hacia un lado, como queriendo decir: «Ya te lo contaré». Luego, uno de ellos lo ponía al día. (Nunca faltaban voluntarios, porque los obreros de la construcción son famosos por sus ganas de cotillear.) «¿Ves al crío ese de ahí? Su madre se largó cuando era recién nacido. Dejó a Solitario con la bolsa en la mano, ¿te lo puedes creer? Pero siempre que alguien le pregunta, Solitario dice que está de viaje, nada más. Hace como si fuera a volver algún día.»

Por supuesto, Abby conocía la historia de Douglas. Todas las noches pinchaba a Red para que le contara los chismes de sus empleados; era la vena de asistenta social que llevaba dentro. Y cuando se enteró de que Solitario aseguraba que la madre de Douglas iba a regresar, se limitó a decir: «¿Lo dice en serio?». Conocía muy bien a ese tipo de madres.

—Bueno, por lo visto sí que ha vuelto, por lo menos un par de veces, que la gente sepa —dijo Red—. Se quedó solo una semana, pero Solitario se puso contentísimo y despidió a la niñera.

—Ajá… —dijo Abby.

En abril de 1979, una tarde fresca de principios de primavera, Red llamó por teléfono a Abby desde la oficina.

—¿Te acuerdas de Solitario O'Brian? ¿El tipo que trae a su hijo al trabajo?

—Sí que me acuerdo.

—Bueno, pues hoy lo ha traído otra vez y lo han llevado al hospital.

—¿Han llevado al niño al hospital?

—No, a Solitario. Le ha dado una especie de desmayo y han llamado a una ambulancia.

—Ay, el pobre…

—Entonces, ¿crees que podrías pasarte por mi despacho a buscar al niño?

—¡Ay!

—No sé qué hacer con él. Uno de los operarios me lo ha traído y lo tengo aquí sentado en una silla.

—Bueno…

—No puedo entretenerme mucho; debería estar reunido con un inspector. ¿Podrías venir, por favor?

—De acuerdo.

Metió a Denny en el coche a toda prisa (en esa época tenía cuatro años y solo iba a preescolar por la mañana) y fue a Falls Road, donde estaba el despacho de Red, una casucha de tablones justo al otro lado del límite del condado. Dejó el coche en el aparcamiento de gravilla, pero antes de que pudiera apearse del coche, Red salió del edificio con un niño muy pequeño a cuestas. Se notaba que el niño estaba ansioso. Se mantenía muy erguido, rígido y separado a conciencia de Red. Era la primera vez que Abby lo veía, y aunque encajaba a la perfección con la descripción que le había hecho Red, incluido el detalle de la chaqueta que le venía grande, no estaba preparada para la expresión pétrea de su rostro.

—¡Vaya, hola! ¿Qué tal? —le preguntó con tono alegre cuando Red se inclinó sobre el asiento posterior del coche para colocar allí al niño—. ¿Qué tal estás, Douglas? ¡Soy Abby! ¡Y este es Denny!

Douglas se acurrucó en el asiento y clavó la mirada en las rodillas del pantalón de pana. Denny, a su izquierda, se inclinó hacia delante para observarlo con curiosidad, pero Douglas no dio muestras de darse cuenta.

—Después de la reunión me pasaré por el hospital de Sinai —dijo Red—. Para ver cómo está Solitario y preguntarle dónde puedo localizar a su niñera. Mientras tanto, podrías… Te lo agradezco mucho, Ab. Te prometo que no será mucho tiempo.

—Bah, nos lo pasaremos de fábula, ¿a que sí? —le preguntó Abby a Douglas.

Douglas no despegó la mirada de las rodillas. Red cerró la puerta del coche y se incorporó. Levantó la mano para despedirse sin moverla, y Abby se marchó en el coche con los dos niños pequeños sentados en silencio en la parte de atrás.

Una vez en casa, liberó a Douglas de la cazadora y les preparó a los dos niños una merienda con plátano cortado en rodajas y galletas con formas de animales. Se sentaron a la mesa infantil que tenían en un rincón de la cocina: Denny masticaba con ganas, Douglas cogía cada galletita de animales y la analizaba, le daba la vuelta, la miraba desde distintos ángulos antes de morder con delicadeza una cabeza o una pata. No tocó las rodajas de plátano.

—Douglas, ¿te apetece un zumo? —le preguntó Abby.

Tras unos segundos de silencio, el niño negó con la cabeza. De momento, no le había oído pronunciar ni una palabra.

Permitió que los dos niños viesen un programa infantil en la televisión, aunque normalmente no les habría dejado. Mientras tanto, hizo entrar a Clarence, que estaba en el jardín (todavía era un cachorro en esa época y no era de fiar si se quedaba solo dentro de la casa) y el perro corrió a la galería acristalada y se encaramó al sofá para lamerles la cara a los niños. Primero Douglas se apartó, pero saltaba a la vista que le llamaba la atención el perro, aunque le tenía respeto, así que Abby no intervino.

Cuando las chicas volvieron a casa del colegio, se pusieron como locas con el niño. Lo arrastraron a la planta superior para que viera su baúl de juguetes, compitieron por llamar su atención y le hicieron montones de preguntas con voz infantilizada. Douglas siguió sin hablar, con la mirada baja. El cachorro subió con ellos y Douglas se pasó la mayor parte del tiempo dándole golpecitos cautelosos en la cabeza.

Cerca de la hora de cenar, Red llegó con una bolsa de papel llena de objetos.

—He traído ropa y algunas cosas para Douglas —le dijo a

Abby. Dejó la bolsa en la encimera de la cocina—. He pedido las llaves del apartamento de Solitario.

—¿Qué tal está?

—Parecía bastante apurado cuando lo he visto. Resulta que es el apéndice. Mientras estaba visitándolo, se lo han llevado al quirófano. Me han dicho que tendrá que quedarse una noche; podrá volver a casa mañana a última hora. Le he preguntado por la niñera, pero al parecer tiene no sé qué problema en las piernas. Solitario me ha dicho que sentía mucho cargarnos con el crío.

—A ver, ¡pero si no molesta! —dijo Abby—. Es casi como si no estuviera, no da guerra.

Para cenar, sentaron a Douglas sobre un diccionario voluminoso que Red había colocado encima de una silla. Se comió siete guisantes, que fue cogiendo uno por uno con los dedos. La conversación de la mesa giró en torno a él sin incluirlo, pero todos ellos percibían que tenían a un público muy atento, y en el fondo hablaban para que los escuchara.

Abby lo preparó para irse a la cama, lo llevó a hacer pipí y le dijo que se lavara los dientes antes de ponerle un pijama de algodón requetelavado que había encontrado en la bolsa de papel. El algodón era demasiado fino para la estación en la que estaban, pero era la única opción que tenía. Lo acomodó en la otra cama de la habitación de Denny, y después de arroparlo con las mantas le plantó un beso en la frente. Tenía la piel cálida y ligeramente sudada, como si acabase de realizar un gran esfuerzo.

—Venga, que duermas muy, muy bien —le dijo—. Y cuando te levantes, será mañana y podrás ver a tu papi.

Douglas siguió sin decir ni mu, ni siquiera cambió de expresión, pero de repente su cara pareció abrirse y las facciones se le suavizaron, ya no tan contraídas. En ese momento, dejó de parecer tan desdichado.

A la mañana siguiente, Abby le pidió a una vecina que se pusieran de acuerdo para llevar a los niños a la escuela, porque incluso en aquellos años en los que todavía no había tantas normas de seguridad infantil en los vehículos, no le parecía buena idea que un niño tan pequeño anduviera suelto en el asiento de atrás con sus tres hijos.

Cuando se quedaron solos, dejó a Douglas en el suelo de la galería con un rompecabezas que había en la habitación de Denny. El niño no lo montó, a pesar de que solo tenía ocho o diez piezas, pero se pasó por lo menos una hora dándoles vueltas a las piezas; primero cogía una y luego otra, y las observaba con suma atención, mientras el cachorro estaba sentado junto a él, alerta a sus movimientos. Luego, tras terminar las tareas matutinas, Abby se sentó con él en el sofá y le leyó cuentos ilustrados. Le gustaban los que tenían animales; se notaba porque, algunas veces, cuando Abby estaba a punto de pasar de página, el niño levantaba la mano y sujetaba la hoja para contemplarla un rato más.

Al oír un coche en la parte posterior de la casa, Abby pensó que era Peg Brown, que había ido a buscar a Denny a preescolar. Sin embargo, cuando llegó a la cocina vio a Red entrando por la puerta de atrás.

—¡Vaya! —exclamó—. ¿Qué haces tú aquí?

—Solitario ha muerto —contestó Red.

—¿Qué?

—Lawrence. Ha muerto.

—¡Pero si solo era el apéndice!

—Ya lo sé —dijo Red—. Entré en su habitación y ya no estaba; el tipo de la cama de al lado me dijo que lo habían llevado a cuidados intensivos. Entonces fui a cuidados intensivos, pero no me dejaban verlo, y cuando me planteaba marcharme para volver más tarde, de repente salió un médico y me dijo que lo habían perdido. Me comentó que llevaban toda la noche con él y habían hecho todo lo que estaba en sus manos, pero que lo habían perdido a causa de una peritonitis.

Algo hizo que Abby volviera la cabeza, y vio a Douglas en el vano de la puerta de la cocina. Miraba muy atento a Red a la cara.

—Ay, cariño mío —dijo Abby.

Red y ella intercambiaron miradas. ¿Hasta qué punto lo había comprendido el niño? Lo más probable era que no hubiese entendido nada, a juzgar por su expresión esperanzada.

—Hijo… —le dijo Red.

—No lo va a asimilar —dijo Abby.

—Pero no podemos ocultárselo.

—Es muy pequeño —dijo Abby. Y luego le preguntó a Douglas—. ¿Cuántos años tienes, cariño?

En el fondo, ninguno de ellos esperaba una respuesta, pero tras una pausa, Douglas levantó dos dedos.

—¡Dos! —exclamó Abby. Se dirigió a Red—: Pensaba que tendría tres, pero solo tiene dos años, Red.

Red se desplomó en una silla de la cocina.

—¿Y ahora qué? —le preguntó.

—No lo sé —dijo Abby.

Se sentó frente a él. Douglas seguía mirándolos.

—Todavía tienes las llaves, ¿verdad? —le preguntó a Red—.

Tendrás que volver al piso, buscar documentos. Encontrar al pariente más cercano de Solitario.

Red dijo que de acuerdo y volvió a incorporarse, como un niño obediente.

Entonces sonó el claxon del coche de Peg Brown y Abby se levantó para abrirle la puerta a Denny.

Esa noche, cuando estaba en la habitación de Denny, a punto de acostar a Douglas, Denny le preguntó:

—¿Mamá?

—¿Qué?

—¿Cuándo se va a marchar a su casa este niño?

—Muy pronto —le contestó.

Su hijo estaba pegado a ella, de esa forma insistente e invasiva que tienen los niños, todavía vestido con ropa de calle porque aún no le tocaba acostarse.

—Baja al comedor —le dijo—. Busca algo que hacer.

—¿Se irá mañana?

—A lo mejor.

Esperó hasta que oyó el cloc, cloc de los zapatos en la escalera y entonces se volvió hacia Douglas. Sentado a los pies de la cama, con el pijama puesto, estaba muy limpio y aseado. Esa noche lo había bañado, aunque le había dejado que se saltase el baño la noche anterior. Se sentó en la cama junto a él.

—Ya sé que te dije que hoy podrías ver a tu papi. Pero me equivoqué. No ha podido venir.

Douglas tenía la mirada fija en algún punto no muy lejano. Parecía contener la respiración.

—Él quería venir, tenía muchas ganas. Quería verte, pero no ha podido. Ya no podrá.

Y eso fue todo, en pocas palabras: lo máximo que un niño de dos años era capaz de comprender. Abby se calló. Le pasó el brazo por los hombros, con cautela, pero el niño no se relajó con el contacto. Se sentó separado y erguido, con una postura perfecta. Al cabo de un rato, Abby apartó el brazo, aunque no dejó de mirarlo.

Por fin el niño se tumbó, así que lo tapó con las mantas y le dio un beso en la frente antes de apagar la luz.

En la cocina, Denny y Jeannie discutían por un yoyó, pero Mandy levantó la cabeza de los deberes en cuanto entró Abby.

—¿Se lo has dicho? —le preguntó.

(Ya tenía trece años y se enteraba más que sus hermanos de lo que ocurría a su alrededor.)

—Bueno, de la mejor manera que he podido —contestó su madre.

—¿Ha dicho algo?

—Nada.

—A lo mejor no sabe hablar.

—Eh, sí, seguro que sabe hablar —dijo Abby—. Aunque ahora debe de estar disgustado.

—A lo mejor es retrasado.

—Pero sé que me entiende.

—¡Mamá! —intervino Jeannie—. Denny dice que el yoyó es suyo, y no es verdad. El suyo lo rompió. ¡Díselo, mamá! Es mío.

—Vale ya, vosotros dos.

Se abrió la puerta de atrás y apareció Red, que llevaba otra bolsa de la compra. Lo único que había dicho por teléfono era que empezaran a cenar sin él.

—¿Qué has averiguado? —fue la primera pregunta de Abby.

Dejó la bolsa en la mesa.

—La niñera es una anciana —le dijo—. El número de teléfono estaba pegado con celo encima del aparato. Por la voz que tenía, diría que es excesivamente vieja para cuidar de un niño. No sabe si Douglas tiene parientes y no sabe dónde está su madre, y dice que no quiere saberlo. Según ella, el niño está mejor sin su madre.

—¿No había ningún otro número de teléfono?

—El médico, el dentista, Whitshank Construction...

—¿El de la madre no? Sería de esperar que Solitario tuviera algún modo de localizarla en caso de emergencia.

—Bueno, si está de viaje, Ab...

—Ja —dijo Abby—. De viaje.

Red volcó la bolsa de la compra encima de la mesa. Salieron más prendas de ropa y dos camiones de plástico, junto con un taco fino de documentos.

—El permiso de conducir —dijo Red mientras cogía uno de ellos—. La libreta bancaria —dijo cogiendo otro—. La partida de nacimiento de Douglas.

Abby alargó la mano y su marido le dio la partida de nacimiento.

—Douglas Alan O'Brian —leyó en voz alta—. Padre: Lawrence Donald O'Brian. Madre: Barbara Jane Eames.

Levantó la vista hacia Red.

—¿No estaban casados?

—A lo mejor no se cambió el apellido.

—Ocho de enero de mil novecientos setenta y siete. Entonces Douglas tenía razón: tiene dos años. No sé por qué pensaba que era mayor. Supongo que es porque... se guarda muchas cosas, ¿sabes?

—Bueno, ¿y ahora qué hacemos? —preguntó Red.

—No tengo ni idea de qué podemos hacer.

—¿Llamamos a los servicios sociales?

—¿Qué? ¡Ni hablar! —exclamó Abby.

Red parpadeó, perplejo. (Abby había trabajado para los servicios sociales.)

—Espera, voy a calentarte la cena —le dijo Abby.

Y por la forma en que se levantó, como si estuviera en una reunión de trabajo, quedó claro que la conversación había terminado.

Los niños se fueron a dormir uno por uno, del menor a la mayor. Mientras les daba las buenas noches a sus padres, Jeannie les preguntó: «¿Podemos quedarnos con él?». Pero parecía que era consciente de que no podía esperar una respuesta. Los otros dos niños no lo mencionaron. Y Red y Abby tampoco volvieron a sacar el tema una vez que se quedaron solos, aunque Red sí hizo un intento, en un momento dado.

—Sabes igual que yo que Solitario debe de tener algún pariente perdido por ahí —dijo.

Pero la respuesta de Abby fue:

—Ay, qué sueño me ha entrado de repente.

Red no volvió a intentarlo.

Al día siguiente era sábado. Douglas durmió hasta más tarde que todos los demás, incluso más que Amanda, que ya había entrado en esa perezosa edad de la adolescencia, pero Abby dijo: «Dejadlo dormir, pobrecillo». Les dio el desayuno a sus hijos, pero ella no se sentó, sino que fue pululando entre los fogones y la mesa, y en cuanto terminaron de desayunar, les dijo:

—Chicos, ¿por qué no os vestís y sacáis a Clarence a pasear?

—Que vayan Jeannie y Denny —dijo Amanda—. Le he dicho a Patricia que podía venir a casa.

—No, ve tú también —contestó Abby—. Patricia puede venir más tarde.

Amanda empezó a protestar, pero cambió de opinión y siguió a sus hermanos, que ya habían salido de la cocina.

Eso dejó solo en la mesa a Red, que estaba leyendo la sección de deportes mientras tomaba el segundo café del día. Cuando Abby se sentó enfrente de él, la miró incómodo y volvió a esconder la cabeza detrás del periódico.

—Creo que deberíamos quedarnos con él —dijo Abby.

Dejó el periódico en la mesa con un golpe seco.

—¡Vamos, Abby!

—Somos las únicas personas que tiene, Red. Está claro. Incluso si consiguiéramos localizarla, ¿qué probabilidades hay de que lo quiera esa madre? ¿O de que lo cuide como es debido en el supuesto de que lo quiera, o de que lo apoye a las duras y a las maduras?

—No podemos ir por ahí adoptando a todos los niños que nos encontramos por la calle, Ab. Ya tenemos tres hijos. ¡Tres es el límite que podemos permitirnos! Más de lo que podemos permitirnos. Y tú ibas a volver al trabajo cuando Denny empezase primaria.

—No pasa nada; volveré cuando empiece Douglas.

—Además, no tenemos derechos sobre él. Ningún tribunal de este país nos permitiría quedarnos con ese niño; tiene una madre en algún sitio.

—Pues no se lo diremos a los tribunales —contestó Abby.

—¿Te has vuelto loca?

—Diremos que solo lo estamos cuidando hasta que su madre vuelva a buscarlo. En realidad, eso es lo que vamos a hacer.

—Y además —insistió Red—, ¿cómo podemos estar seguros de que es normal?

—¡Pues claro que es normal!

—¿Habla?

—¡Es tímido! ¡Y está angustiado! ¡No nos conoce!

—¿Reacciona?

—Sí, reacciona. Está reaccionando igual que lo haría cualquier niño cuyo mundo se hubiese puesto patas arriba de la noche a la mañana.

—Pero a lo mejor le ocurre algo raro —dijo Red.

—Bueno, y si le ocurriera, ¿qué? ¿Tirarías a un niño a los lobos si no fuera Einstein?

—¿Y crees que encajaría en nuestra familia? ¿Se llevaría bien con los otros niños? ¿Tiene una personalidad que congenie con la nuestra? ¡Maldita sea, no sabemos absolutamente nada de él! ¡No lo conocemos! ¡No lo queremos!

—Red —dijo Abby, y se incorporó.

Iba vestida para salir a la calle, con ropa planchada y pulcra a las nueve de la mañana de un sábado. Algo que, si alguien se fijaba, no se parecía en nada a su típico atuendo de fin de semana. Ya llevaba el pelo recogido en un moño. Parecía imponente, mucho más que de costumbre.

—Anoche estaba sentado a los pies de la cama con el pijama puesto —comentó—, y le vi la nuca, esa nuca frágil y delgada como un brote, y de repente supe sin atisbo de duda que no había nadie en ningún sitio, en ningún rincón de este planeta, que fuese a mirar ese cuellito y levantase la mano con cariño y se la pusiera detrás para protegerlo. ¿Sabes esas veces en las que notas que tienes que hacerles una caricia a tus hijos? ¿Esas veces en las que te los bebes con los ojos y te quedas mirándolos durante horas y te maravillas de lo preciosos e increíblemente perfectos que son? Eso no volverá a pasarle jamás a Douglas. No le queda nadie en el mundo que piense que es especial.

—Maldita sea, Abby...

—¡No me maldigas a mí, Red Whitshank! ¡Lo necesito! ¡Tengo que hacerlo! No puedo ver esa nuca frágil como un brote tierno y dejar que siga solo en el mundo. ¡No puedo! ¡Antes me muero!

Mandy, Jeannie y Denny estaban en el quicio de la puerta de la cocina. Tanto Red como Abby se dieron cuenta en ese mismo momento. Ninguno de los tres niños se había vestido todavía, y los tres mostraban la misma mirada de alarma, los mismos ojos como platos.

Entonces se oyeron unos pasitos suaves por detrás de ellos y, cuando los niños se dieron la vuelta, Douglas avanzó un poco más para colocarse en el centro del grupo.

—Me he hecho pipí en la cama —le dijo a Abby.

No lo adoptaron. No se lo notificaron a los servicios sociales. Ni siquiera se lo comunicaron a sus amigos. Todo siguió como hasta entonces, y Douglas continuó siendo Douglas O'Brian; aunque, como Abby tomó por costumbre llamarlo «mi pequeño brote», acabó con ese apodo. Y algunas veces los vecinos se referían a él como Brote Whitshank, pero era por puro despiste.

Las personas ajenas al entorno familiar tenían la impresión de que solo se quedaría hasta que su madre solucionase sus asuntos. (¿O era otro pariente el que iría a buscarlo? Había distintas versiones.) Sin embargo, al cabo de un tiempo, casi todos acabaron por asimilar que era uno más de la familia.

En cuestión de pocas semanas se acostumbró a llamar a Red y Abby «papá» y «mamá», pero no porque se lo hubieran mandado. No hacía más que imitar a los otros niños, del mismo modo que imitaba a Abby y se dirigía a todos los adultos como «encanto», hasta que tuvo edad de saber distinguir a quién decírselo y a quién no.

Se volvió más hablador, aunque de forma tan progresiva que nadie se acordaba del día concreto en que se había vuelto un jovencito normal y parlanchín. Llevaba ropa de su talla y dormía en una habitación propia. En principio había sido el cuarto de Jeannie, pero pusieron a Jeannie con Mandy porque, desde luego, Brote no podía continuar compartiendo habitación con Denny, ya que este le tenía un poco de ojeriza. De todas formas, se adaptaron. Podría decirse que Mandy toleraba más o menos la presencia de Jeannie, y ella estaba emocionada por poder dormir en el cuarto de una adolescente, con un montón de cosméticos encima del tocador.

Sobre la cama de Brote colgaron una foto enmarcada en blanco y negro de Solitario con una Budweiser en la mano. Se la había hecho uno de los operarios de Red el día que terminaron un proyecto de obra. Abby creía con firmeza que había que animar a Brote a avivar los recuerdos de su padre. También de su madre, claro, si es que tenía algún recuerdo de ella, pero no parecía que fuese ese el caso. Su madre se había marchado porque no era feliz, le decía siempre Abby, no porque no lo quisiera. Lo quería mucho, y Brote lo sabría si su madre regresaba alguna vez. Además, Abby le enseñaba la página del listín telefónico donde habían incluido el nombre del propio niño, que mantenían año tras año, «O'Brian, Douglas A.», junto con el número de la familia Whitshank, para que su madre pudiese encontrarlo con facilidad. Brote escuchaba con mucha atención, si bien no decía nada. Y con el tiempo, parece que perdió incluso los recuerdos de su padre, porque cuando Abby le preguntó a Brote, el día que cumplía diez años, si pensaba en él en algún momento, el niño contestó:

—Creo que me acuerdo de su voz.

—¡Su voz! —exclamó Abby—. ¿Y qué te decía?

—Creo que me cantaba una canción antes de irme a la cama. O algún hombre me la cantaba.

—Ay, Brote, qué bonito. ¿Una nana?

—No, era la canción de una cabra.

—Ah, ¿y nada más? ¿No recuerdas cómo era su cara? ¿O algo que hicierais juntos?

—Creo que no —dijo Brote, sin dar la impresión de que le afectase demasiado.

Era un alma sabia, le decía Abby a la gente. Era el tipo de persona que se adaptaba y seguía adelante, eso saltaba a la vista.

Fue pasando de curso sin destacar mucho, sacaba notas normales, pero siempre cumplía todos los objetivos. Sería fácil imaginar que fuese el blanco perfecto de las burlas de sus compañeros más gamberros, porque durante los primeros cursos era muy bajo para su edad, pero en realidad se las apañó bien en el colegio. Tal vez fuese su expresión amable, o su aire siempre imperturbable, o su tendencia a esperar lo mejor de la gente. En cualquier caso, salió airoso. Terminó el instituto y fue directo a Whitshank Construction, donde había trabajado a media jornada desde que tenía edad de trabajar; decía que no veía la necesidad de estudiar una carrera. Se casó con la única chica por la que había mostrado un interés genuino, y tuvo a sus hijos, pim, pam, pum. Parecía que nunca mirase a su alrededor ni se plantease si estaría mejor en otro sitio. En este último aspecto, era el que más se asemejaba a Red. Incluso su forma de andar era la de Red —a grandes zancadas, con la frente adelantada—, igual que su constitución enclenque, aunque el color de la piel, no. Podría decirse que se parecía a un Whitshank que hubieran dejado en lejía demasiado tiempo: el pelo no era negro sino castaño claro, los ojos no eran color zafiro sino azul celeste. Descolorido, pero, con todo, un Whitshank.

Tenía más de los Whitshank que Denny, había comentado el propio Denny al enterarse de que Brote había entrado en la empresa.

No obstante, una vez, cuando Denny era adolescente y todavía vivía con sus padres, le había preguntado a Abby:

—¿Qué hace este chaval aquí? ¿Qué teníais en la cabeza cuando os lo quedasteis? ¿Os planteasteis acaso pedirnos permiso?

—¡Permiso! —exclamó Abby—. ¡Es tu hermano!

—No es mi hermano —contestó Denny—. No tiene nada que ver conmigo, y que me digáis que es mi hermano es como…, como esa gente que va de progresista y asegura que nunca se fija en si alguien es blanco o negro. ¡Venga ya! ¿Es que no tienen ojos en la cara? ¿Y vosotros? ¿Tantas ganas teníais de hacer buenas obras en el mundo exterior que no os parasteis a pensar si eso sería bueno para nosotros?

—Vamos, Denny —se limitó a decir Abby.

Vamos, Denny.

4

El domingo por la mañana la puerta del estudio —la habitación de Denny— estaba cerrada, y todos intentaron impedir que los niños armaran mucho jaleo.

—Id a jugar a la galería —les dijo Nora cuando terminaron de desayunar—. Pero sin hacer ruido. No despertéis a vuestro tío.

Sin embargo, aunque se comportaron lo mejor que pudieron y salieron de la cocina caminando de puntillas de forma muy exagerada, parecía que los niños irradiaban bullicio. Saltaban, se daban codazos y se picaban unos a otros, o se pisaban sin querer los bajos del pantalón del pijama, mientras Heidi daba vueltas frenéticas a su alrededor. En el suelo, en un rincón, Brenda levantó la cabeza para observar cómo se iban y después gruñó y volvió a apoyar el morro en las patas.

Red también seguía durmiendo, así que los demás no tenían forma de saber cómo habían ido las cosas en la estación.

—Intenté quedarme despierta hasta que volvieran a casa —dijo Abby—, aunque creo que me eché una cabezadita. ¡Parece que ya no sé leer en la cama! Tendría que haberlos esperado sentada en la planta de abajo. ¿Otra taza de café, Nora?

—Ya lo hago yo, madre Whitshank. Siéntese.

Por supuesto, las dos mujeres tardarían una buena temporada en adaptarse y ver de qué cosas se encargaba cada una. Esa mañana Abby había sacado tostadas y cereales como de costumbre, pero Nora entró en la cocina y cascó una docena de huevos para hacerlos revueltos sin decir esta boca es mía.

Brote iba en pijama y Abby llevaba un albornoz, pero Nora se había puesto uno de sus vestidos, de algodón blanco con ramilletes azules, y sandalias que dejaban a la vista sus pies finos y bronceados. Para desayunar había comido más que todo el resto juntos, pero tan despacio y con tanta gracia que daba la impresión de que apenas comía.

—Se me ha ocurrido —comentó Abby— que podríamos invitar a las chicas y a sus familias a comer. Sé que quieren ver a Denny.

—¿Os importaría si no comemos muy pronto? —preguntó Nora—. Los niños y yo tenemos que ir a misa.

—Ah, por supuesto. ¿Qué os parece si empezamos… a la una? ¿Qué me dices? Podría preparar un redondo de ternera al horno.

—Si me hace el favor de meter el redondo en el horno, yo puedo encargarme del resto de la comida cuando vuelva de la iglesia.

—Bueno, Nora, todavía puedo apañármelas para preparar una simple comida familiar.

—Por supuesto que sí —dijo Nora sin inmutarse.

—Yo compraré todos los ingredientes que necesitéis cuando pase por la tienda —se ofreció Brote.

—Bah, puede hacerlo papá —le dijo Abby.

—Mamá, para eso estoy aquí.

—Bueno… Pero entonces ve a la tienda de Eddie. Así podrás cargar la compra en nuestra cuenta.

—Mamá.

Por suerte para Abby, Red entró justo en ese momento. (Abby aborrecía discutir sobre dinero.) Llevaba su albornoz raído y las zapatillas que daban golpecitos en el suelo a cada paso. Sostenía en la mano el vaso de Pedro Picapiedra que dejaba lleno de agua en la mesilla todas las noches.

—Buenos días a todos —saludó.

—¡Hombre, hola! —exclamó Abby, y apartó la silla, pero Nora ya se había levantado y había cogido la cafetera—. ¿Llegó bien Denny? —le preguntó.

—Sí —dijo Red.

Se sentó.

—¿El tren fue puntual? —preguntó Brote.

O bien Red no lo oyó, o bien consideró que esa pregunta no merecía respuesta. Alargó la mano para coger la bandeja de huevos revueltos.

—Aquí tienes tostadas —le dijo Abby—. De pan integral.

Se sirvió una buena montaña de huevos revueltos y le pasó la bandeja a Nora, que se puso otra ración.

—Si tengo que ver esa horrorosa estatua una vez más, maldita sea, me alquilo una demoledora. ¡Es vergonzoso! Las estaciones de otras ciudades tienen fuentes, o amasijos de metal o algo así. Nosotros tenemos ahí plantado un Frankenstein de hojalata gigante con un corazón que bombea sangre de color rosa y azul.

—¿Qué tal estaba Denny? —le preguntó Abby.

—Bien. O esa impresión me dio. —Red echó un vistazo en la jarra de la leche—. ¿Queda más leche?

Nora se levantó y fue hacia la nevera.

—Nos limitamos a hablar de los Orioles —dijo Red. Al final se rindió ante su público—. Ninguno de los dos cree que el equipo pueda mantener ese ritmo hasta el final de la temporada.

—Ah.

—Se ha traído tres maletas.

—¡Tres!

—Ya se lo pregunté —dijo Red mientras removía el café—. Le pregunté a qué venía tanto equipaje, y me dijo que era la ropa de verano y la de invierno.

—¡La de invierno!

—La ropa de invierno era la que más abultaba, me dijo. Tejidos más gruesos.

—¿Y cómo cargó con todo eso? —preguntó Brote.

—Para montarse pidió ayuda a un mozo de estación, según me dijo. Pero para bajarse… ¿Habéis intentado encontrar a un mozo de estación en Baltimore después de medianoche? De todas formas, se las apañó bien. De haberlo sabido, habría aparcado el coche y habría entrado en la estación a ayudarle.

—Ropa de invierno… —dijo Abby para sus adentros con un hilillo de voz.

—Qué buenos los huevos —le dijo Red.

—Ah, los ha hecho Nora.

—Qué buenos los huevos, Nora.

—Gracias.

—Supongo que tendré que vaciar el armario del estudio —comentó Abby—. Aunque ya no sé dónde meter las cosas que había en el armario de la habitación de las literas y del que hay en la habitación de Brote y Nora.

Tenía cara de agobiada.

—Tranquilízate —le dijo Red sin levantar la mirada de los huevos.

—¡Odio cuando me dices que me tranquilice!

—Puedo vaciar yo el armario —se ofreció Nora.

—No sabrías dónde meter las cosas.

—Nora es un hacha de la organización del espacio de almacenaje —dijo Brote.

—Sí, no me cabe duda, pero...

—Hola a todos —dijo Denny mientras entraba en la cocina.

Llevaba unos pantalones de loneta manchados de pintura y una camiseta del grupo String Cheese Incident. Tenía el pelo alborotado y largo, le tapaba la parte superior de las orejas. (Los hombres de la familia estaban obsesionados con llevar el pelo corto.) De todas formas, parecía sano y alegre.

—¡Ay, cariño mío! —exclamó Abby—. ¡Qué alegría verte!

Se levantó para abrazarlo. Él le correspondió con un abrazo fugaz y después se inclinó para acariciar a Brenda, que se había incorporado con dificultad y se acercó a él para olisquearlo. Brote levantó una mano sin incorporarse y Nora sonrió a su cuñado.

—Hola, Denny —le dijo.

—¿Queda algo para desayunar?

—Un montón de cosas —contestó Abby.

Nora volvió a levantarse para coger la cafetera.

—¿Dónde están los niños? —preguntó Denny después de sentarse.

—En la galería —contestó Abby—. Espero que no te hayan despertado.

—Duermo como un tronco.

—¿Qué tal el viaje?

—No estuvo mal.

Se sirvió unos huevos.

—Podrías haber esperado a esta mañana, ¿no? El tren siempre va vacío los domingos por la mañana.

—Anoche también iba vacío —fue la respuesta de Denny.

—¿Sigues trabajando con los de la cocina aquella? —preguntó Brote.

—No, qué va, dejé el trabajo.

—Entonces, ¿qué haces ahora?

—Estar aquí —contestó Denny, y retó a Brote con la mirada.

—Si me disculpáis, tengo que arreglar a los niños para ir a misa —dijo Nora.

Denny desvió la mirada hacia ella un instante y después tomó el tenedor y empezó a comer.

Los niños se alegraron mucho al enterarse de que Denny se había despertado. Corrieron en tropel a la cocina y se le subieron encima y le acribillaron con preguntas y súplicas —¿había traído el guante de béisbol?, ¿los llevaría al arroyo?—, mientras Heidi ladraba y correteaba a su alrededor e intentaba meter el morro para integrarse en el grupo. Denny se los quitó de encima de buenas maneras y les prometió que harían algo juntos más tarde, y entonces Nora los azuzó como a un rebaño para que subieran a la habitación. Brote los siguió con Sammy a cuestas, y Red salió a la galería acristalada con el periódico.

Abby y Denny se quedaron a solas. En cuanto estuvieron los dos solos, Abby se sirvió otra taza de café y volvió a sentarse.

—Dennis.

—Oh, oh…

—¿Qué?

—Tengo que ir con pies de plomo cuando me llamas «Dennis» —dijo él.

Se puso una cucharada de mermelada en el plato.

—Denny, sé lo que debió de contarte Jeannie. Que chocheo tanto últimamente que me hace falta un cuidador.

—No me dijo eso.

—Bueno, es igual lo que te dijera. Solo quería contarte mi versión.

Denny ladeó la cabeza.

—Ese percance que los preocupó tanto a todos —dijo Abby—, me refiero a la razón por la que Brote y Nora pensaron que tenían que venirse a vivir con nosotros, no fue lo que parece. No es que… me escapara de casa y me perdiera como si fuera una retrasada mental o algo así. Lo que ocurrió fue que era la noche de esa tormenta tan horrible, la que llamaron «Derecho», ¿te acuerdas? Ay, Dios mío, «Derecho», «El Niño»… Todas esas palabras que salen estos días hasta en la sopa. ¡Mira lo que hace el calentamiento global! Bueno, a lo que iba, esa tormenta arrancó de cuajo uno de los gigantescos árboles de los Ellis. Justo en la línea divisoria entre su terreno y el nuestro. Eso por no mencionar los cientos de otros árboles, y además dejó sin electricidad a la mitad de la ciudad, entre otras, a nuestra casa.

—Vaya rollo —dijo Denny, y dio un mordisco a la tostada.

—Tendrías que haber visto el árbol, Denny. Parecía un ramito de brócoli gigante tumbado en el suelo, pero con raíces. ¡Y menudo boquete dejó! Un agujero tan profundo como el sótano. Es normal que llamara la atención de las personas, ¿no?

—¿Me estás diciendo que saliste para ver el boquete que había dejado el árbol?

—Bueno, es probable.

—¿Es probable?

—Es decir, sí, estoy casi segura de que fue lo que hice.

—Mamá, fue una tormenta tan fuerte que parecía un huracán. Si hubieras salido mientras llovía, te acordarías.

—Sí que me acuerdo. Me refiero a que me acuerdo de que estaba en la calle durante la tormenta; es solo que no me acuerdo de cómo salí. ¿Lo ves? A veces mi mente se queda en blanco unos minutos, como una aguja que se salte unos surcos del vinilo. Estoy haciendo algo como si tal cosa pero luego, de repente, es más tarde, ¿sabes? A lo mejor pasan cinco o diez minutos sin que me dé cuenta; algo así. Y queda un vacío absoluto entre el minuto anterior y el minuto presente. No es como cuando dejas de fijarte en lo que haces porque estás realizando alguna tarea rutinaria pero aun así eres consciente de que ha transcurrido el tiempo. Es más como si... me despertara después de una operación.

—Se parece a un pequeño derrame cerebral o algo similar —dijo Denny—. O a lo mejor es un microinfarto.

—Y yo qué sé. Es igual.

—¿Se lo has comentado al médico?

—Desde luego que no.

—Pero a lo mejor es algo que tiene un remedio fácil.

—A mi edad no quiero remedios —dijo Abby—. Y además, no me ocurre muy a menudo. Todo lo contrario, casi nunca.

—Muy bien, el caso es que me estabas contando que te encontraste en la calle en plena tormenta, mirando un agujero.

—Bueno, había pasado el tormentón. Ya no llovía. Pero por lo demás, sí, eso fue lo que pasó. Para colmo, iba en camisón y zapatillas, y no tenía la llave de casa. A ver, ¿para qué iba a cogerla? Normalmente dejamos la puerta sin pestillo y se puede abrir desde fuera. ¡Ay, odio ese cierre automático! Seguro que fue cosa de tu padre; siempre está toqueteándolo todo. Y luego, claro, no me oía cuando llamé para que me abriera; estaba dormido como un tronco a esas horas, y ya has visto lo sordo que está. Lo llamé a gritos, aporreé la puerta... No podía tocar el timbre porque nos habíamos quedado sin luz, y de todas formas habría dado igual, porque la mayor parte de las veces no oye el timbre. Incluso intenté tirar guijarros a las ventanas del dormitorio, pero en la vida real no es tan fácil como en los libros. Así pues, al final pensé, bueno, que me tumbaría en la hamaca del jardín y esperaría hasta que se hiciera de día. No estuvo tan mal, la verdad. Me gustó. Todas las luces estaban apagadas, tanto las de las farolas como las de las casas particulares, y lo único que se oía eran las hojas que goteaban y las ranas de zarzal croando. Me acurruqué en la hamaca y me quedé dormida; y por la mañana, cuando me levanté, aún era muy temprano para que tu padre se hubiese despertado, así que supongo que me di una vuelta por la manzana para ver los daños de la tormenta. ¡Todo el barrio estaba devastado, Denny! Troncos y ramas enormes cruzados en medio de la calle, postes de la luz y cables eléctricos tirados por todas partes, un coche aplastado delante de casa de los Brown... Y entonces fue cuando Sax Brown me vio, cuando me acerqué a mirar ese coche aplastado para asegurarme de que no había nadie atrapado dentro. Ay, ya sé qué debió de parecerle: yo estaba a media manzana de mi casa, en camisón y con el dobladillo manchado de barro. ¡No debía de inspirar mucha confianza!

Dicho esto, soltó una risita.

—De acuerdo… —dijo Denny.

—Pero esa no es razón para llamar al servicio de asistencia para ancianos.

—No, la verdad es que no —dijo Denny.

—Bueno, menos mal.

—En realidad, parece un cúmulo de circunstancias ajenas a tu control. Entiendo perfectamente la situación.

—Entonces, ¿estás de acuerdo en que no hace falta que ninguno de vosotros ande por aquí? —le preguntó Abby—. No es que no os quiera, ¿eh? Por supuesto, os quiero muchísimo a todos y cada uno de vosotros. Pero desde luego, no os necesito.

—¿Y por qué no le contaste todo esto a Brote?

—¿Brote? Bueno, se lo conté. O lo intenté. Intenté decírselo a todos.

—¿Por qué no le pides a él que se marche? ¿Por qué me lo pides a mí en lugar de a él?

—Ay, cariño mío, no te pido que te marches. Confío en que te quedes todo el tiempo que quieras. Solo digo que no necesito niñera. Y tú me comprendes. Brote sencillamente… no. Está más en la onda de tu padre, ¿sabes? Algunas veces, papá y él juntan la cabeza y acaban ideando esas «nociones», ¿sabes a qué me refiero?

—Sé perfectamente a qué te refieres —contestó Denny.

Pero justo cuando Abby se reclinaba en la silla con expresión de alivio, justo cuando su frente empezaba a aflojar la tensión, su hijo dijo:

—La misma cantinela de siempre.

Luego se levantó y salió de la cocina.

Fue un golpe de mala suerte que una de las huérfanas de Abby se presentara el domingo a comer. Se llamaba Atta y tenía un apellido complicado: era una inmigrante recién llegada, de cincuenta y largos, con sobrepeso y mucho maquillaje, que llevaba un vestido grueso con cinturón y medias que parecían vendas elásticas. (Estaban a 33 grados en la calle, y hacía meses que nadie llevaba medias en Baltimore.) Antes de que se dieran cuenta, se la encontraron en la puerta delantera, dando golpecitos al marco y gritando:

—¿Hola? ¿He venido al sitio que tocaba?

Lo pronunció «jola», y en lugar de «he» parecía que hubiera dicho «je».

—¡Por el amor de Dios! —exclamó Abby.

Bajó las escaleras detrás de Brote. Ambos iban cargados con fajos de papeles que confiaban en poder ubicar en algún rincón de la galería.

—¿Atta, verdad? Bueno, me alegro mucho de…

Se volvió hacia un lado para colocar su montaña de papeles encima de la de Brote, y después abrió la puerta mosquitera para recibir a Atta.

—¿Llego pronto? —preguntó Atta mientras entraba como un elefante en una cacharrería—. Me dijo que viniera a las doce y media.

—Creo que no. Estábamos… Este es mi hijo Brote —dijo Abby. Y luego se dirigió a este—: Atta lleva poco tiempo en Baltimore, Brote, y todavía no conoce a nadie. Me la encontré en el supermercado.

—Encantado. ¿Qué tal está? —dijo Brote.

No pudo estrecharle la mano, pero movió la cabeza para saludar a Atta por encima del montículo de papeles.

—Disculpe. Voy un momento a dejar esto en algún sitio.

—Pase y siéntese —le dijo Abby a Atta—. ¿Le ha costado encontrar la casa?

—Por supuesto que no. Pero me dijo que viniera a las doce y media.

—¿Ah, sí? —le preguntó Abby, insegura.

A lo mejor el problema era el atuendo; Abby llevaba una blusa sin mangas con una cadenita de imperdibles que le colgaban de la costura del pecho, y pantalones anchos de gimnasia que le llegaban justo hasta la rodilla.

—Aquí somos muy informales —comentó—. No nos gusta ponernos de gala. ¡Mire, ahí está mi marido! Red, esta es Atta. La he invitado a comer con nosotros por ser domingo.

—Encantado —dijo Red, y le dio la mano.

En la otra mano llevaba un destornillador. Había estado jugueteando con el cajetín de los cables de nuevo.

—No como carne roja —le dijo Atta en voz alta y monótona.

—¿Ah no?

—En mi país sí como carne, pero aquí le ponen hormonas. («Jormonas.)

—Ajá —dijo Red.

—Vamos a sentarnos —propuso Abby, y después, cuando Brote salió de la galería, añadió—: Brote, ven a hacerle compañía a Atta mientras preparo la comida.

Brote le lanzó una mirada de desesperación, pero Abby esbozó una sonrisa radiante y abandonó la sala.

En la cocina, Nora estaba cortando tomates en la encimera.

—¿Qué voy a hacer ahora? —le preguntó Abby—. Tenemos una invitada imprevista para comer y no come carne roja.

—¿Y si le ofrecemos la ensalada de atún que ha comprado Douglas? —propuso Nora sin volverse.

—Ah, buena idea. ¿Dónde está Denny?

—Jugando al béisbol con los niños.

Abby se dirigió a la puerta mosquitera de la cocina y asomó la cabeza. En el jardín de atrás, Sammy perseguía una pelota perdida mientras Denny esperaba de pie y daba golpecitos aburridos con el guante.

—Bueno, lo dejaré tranquilo de momento —dijo Abby. Y luego añadió—: ¡Ay!

Fue como un suspiro largo más que una exclamación. De inmediato, se acercó a la nevera a buscar té con hielo.

En la sala de estar, Atta les contaba a Red y Brote lo que no le gustaba de los estadounidenses.

—Primero fingen ser muy abiertos y amables —les dijo—, les encanta lo de «Hola, Atta, ¿cómo estás?», pero luego, nada. No tengo ni un solo amigo aquí.

—Vamos —intervino Red—. Seguro que acaba teniendo amigos con el tiempo.

—Creo que no —dijo Atta.

—¿Piensa adherirse a alguna iglesia? —le preguntó Brote.

—No.

—Porque Nora, mi mujer, forma parte de una iglesia, y tienen un comité enorme para dar la bienvenida a los recién llegados.

—No pienso entrar en ninguna iglesia —dijo Atta.

A eso siguió un silencio.

—Me he perdido la última frase —dijo por fin Red.

Brote y Atta lo miraron, pero ninguno de los dos abrió la boca.

—¡Ya estamos aquí! —exclamó cantarina Abby, y entró con una bandeja en la sala. La dejó en la mesita central—. ¿A quién le apetece un té con hielo?

—Ay, gracias, cariño —dijo Red con mucho sentimiento.

—¿Os ha contado Atta cómo es su familia? Tiene una familia de lo más especial.

—Sí —dijo Atta—, mi familia era excepcional. Todo el mundo nos envidiaba.

Pescó un sobrecito de sacarina de un cuenco y se lo acercó mucho a los ojos, moviendo los labios lentamente mientras leía la letra pequeña. Volvió a dejar el sobre en el cuenco.

—Proveníamos de un linaje distinguido de científicos por ambas partes y manteníamos muchos debates intelectuales. Las demás personas sentían envidia y querían participar.

—¿No os parece especial? —preguntó Abby, radiante.

Red se hundió aún más en el sillón.

A la hora de comer había tal cantidad de gente que los nietos tuvieron que comer en la cocina; salvo Elise, la hija de Amanda, que ya tenía catorce años y se consideraba adulta. Doce personas se apiñaron en el comedor: Red y Abby, sus cuatro hijos y los cónyuges de los tres que estaban casados, más Elise, Atta y la señora Angell, la suegra de Jeannie que vivía con ellos. Los platos casi se tocaban, y los cubiertos quedaban ocultos entre ellos. Los comensales no paraban de decir: «Ay, perdona, ¿es tu copa o la mía?». Por lo menos, parecía que Abby consideraba que era una situación fabulosa.

—¡Menuda multitud! —exclamó dirigiéndose a sus hijos—. ¿A que es divertido?

La miraron malhumorados.

Antes habían montado una reunión improvisada en la cocina, donde casi todos se habían refugiado en cuanto les había presentado a Atta. Cuando Abby cometió el error de acercarse a ver de qué hablaban, se apartaron y la miraron a la cara.

—Mamá, ¿cómo has podido? —le preguntó Amanda.

—Pensaba que habías prometido dejar de hacer esto —dijo Jeannie.

—¿Hacer qué? —preguntó Abby—. Sinceramente, si no sois capaces de mostrar un poco de hospitalidad hacia una desconocida…

—¡Se supone que iba a ser una comida familiar! ¡Nunca estás satisfecha si estamos solo los de la familia! ¿Es que no te parecemos suficiente?

No obstante, durante la comida la situación se suavizó un poco y las pullas fueron más veladas. El Hugh de Amanda empezó con su numerito para servir la carne (había hecho un curso, y a partir de entonces siempre insistía en hacer los honores), aunque Red no paraba de murmurar: «Pero por el amor de Dios, si está deshuesado… ¿A qué viene tanto aspaviento?». Nora entraba y salía de la cocina, intentaba que los niños no alborotaran e iba limpiando las salpicaduras que dejaban, mientras la señora Angell, una mujer de rostro dulce con un penacho de pelo blanco azulado, hacía todo lo posible por dar conversación a Atta. Le preguntó por el trabajo, por los platos típicos de su país, por el sistema sanitario que tenían, pero Atta liquidó en un santiamén todas las preguntas y la conversación languideció enseguida.

—¿Piensa pedir la nacionalidad estadounidense? —le preguntó en un momento dado la señora Angell.

—Desde luego que no —contestó Atta.

—Ah.

—Atta considera que los estadounidenses son antipáticos —le dijo Abby a la señora Angell.

—¡Santo cielo! ¡Nunca había oído nada semejante!

—Sí, fingen ser amables —dijo Atta—. Mis compañeros de trabajo me preguntan: «¿Cómo estás, Atta?», y me dicen: «Me alegro de verte, Atta». Pero ¿acaso me invitan a ir a su casa luego? No.

—Qué raro.

—Tienen… ¿cómo se dice? Doble cara —dijo Atta.

Jeannie se inclinó sobre la mesa para preguntarle algo a Denny.

—¿Te acuerdas de B. J. Autry?

—Ajá —contestó Denny.

—De repente he pensado en ella, no sé por qué.

Amanda soltó una risita y Brote un bufido. Ellos sí sabían por qué. (B. J., con su voz estridente y su risa de cacatúa, había sido una de las huérfanas más irritantes de su madre.) Sin embargo, Denny se quedó mirando a Jeannie unos segundos sin sonreír y después de volvió hacia Atta.

—Creo que se equivoca —le dijo.

—¿Ah sí? ¿Está mal decir que «tienen doble cara»?

—En esa situación, sí. Decir que «son educados» sería más conveniente. Intentan ser educados con usted. No les cae muy bien, y por eso no la invitan a su casa, pero se esfuerzan por ser amables, y eso les lleva a preguntarle cómo está y a decirle que se alegran de verla.

—¡Vamos, Denny! —exclamó Abby.

—¿Qué?

—Y además —le dijo Atta, que no parecía haberse inmutado— me dicen: «Que pases un buen fin de semana, Atta». ¿Y cómo voy a pasarlo bien? Eso es lo que debería preguntarles.

—Es verdad —dijo Denny.

Sonrió a su madre. Ella volvió a apoyar la espalda contra el respaldo de la silla y suspiró.

—¡Observad! —se pavoneó el Hugh de Amanda, mientras blandía el tenedor de trinchar con una rodaja de ternera—. ¿Lo ves, Red?

—¿Eh?

—Esta rodaja lleva tu nombre escrito. Admira lo fina que es, como el papel.

—Ah, vale, gracias, Hugh —dijo Red.

El Hugh de Amanda tenía fama en la familia porque una vez preguntó por qué parecía que había un diploma debajo de los arbustos de las azaleas. Se refería al tubo del desagüe blanco de PVC que salía desde la bomba del cárter del sótano. La familia todavía se reía de la broma. («Qué, Hugh? ¿Has visto algún diploma entre los arbustos últimamente?») Lo apreciaban mucho, pero se maravillaban de lo increíblemente poco práctico que era, hasta qué punto estaba en la parra sobre temas que ellos consideraban esenciales. ¡Ni siquiera sabía cambiar un interruptor! Se mantenía en forma y era tan guapo como un modelo, y estaba acostumbrado a que lo admirasen. Además, no paraba de emprender proyectos profesionales que luego abandonaba en un arrebato de impaciencia. En la actualidad, era dueño de un restaurante llamado Acción de Gracias, en el que solo servían pavo, como el día de Acción de Gracias.

El Hugh de Jeannie, por el contrario, era un manitas que trabajaba en la universidad en la que había estudiado Jeannie. Las otras chicas se enamoraban de estudiantes de medicina, pero por supuesto, había bastado echar un vistazo al modesto Hugh, con su barba color viruta y su cinturón de herramientas colgado de las caderas, para que Jeannie se sintiera de inmediato como en casa. ¡Con alguien así tenía que congeniar! Se casaron cuando ella estudiaba el último curso de carrera, lo que provocó cierta incomodidad entre el claustro de profesores de la facultad.

En esos momentos, le preguntaba a Elise por el ballet, un detalle por parte de Hugh. (Hasta ese momento la adolescente había quedado excluida de la conversación.)

—¿Es por el ballet? ¿Por eso llevas ese moño tan tirante? —le preguntó.

—Sí —contestó Elise—. Madame O'Leary nos lo exige.

Y se sentó con la espalda más erguida, una chica delgada como un junco que exageraba la postura, y se tocó la especie de ensaimada que llevaba en la coronilla.

—Pero ¿y si tuvieras el pelo encrespado y rebelde y no lograras que se quedara en su sitio? —le preguntó Hugh—. ¿O si te pasara como a esas personas a las que casi no les crece el pelo? ¿Y si no te diera para un moño?

—No se hacen excepciones —le dijo Elise muy seria—. Tenemos que llevar moño.

—Pues apaga y vámonos.

—Y pasa lo mismo con esas falditas de tul —le dijo Amanda—. Se las atan encima de los leotardos. Todo el mundo da por hecho que las bailarinas ensayan con tutú, pero los tutús son solo para las funciones.

—Ay, Jeannie —dijo Abby—, ¿te acuerdas de cuando nació Elise y la vestimos con un tutú?

—¡Ya lo creo! —exclamó Jeannie. Se echó a reír—. Tenía tres, ¿os acordáis? Le pusimos un tutú encima de otro.

—Tu madre nos había pedido que te cuidásemos —le dijo Abby a Elise—. Era la primera vez que te dejaba con alguien y le daba más seguridad que fuese con alguien de la familia. Le dijimos: «¡Vete! Vete tranquila». Y en cuanto salió por la puerta, te quitamos la ropita y empezamos a probarte cosas. Todas las prendas de ropa que te habían regalado hasta entonces.

—No me lo habíais dicho —dijo Amanda, mientras Elise ponía cara de sentirse orgullosa y encantada de ser el centro de atención.

—Ay, nos moríamos de ganas de poner las manos encima de todos esos conjuntos tan cucos. No solo los tutús, sino también los vestiditos de marinera y un bañador, ¿y te acuerdas, Jeannie?, también le pusimos un mono azul marino que tenía un botón con forma de martillo.

—Pues claro que me acuerdo —dijo Jeannie—. Se lo regalé yo.

—Bueno, es que estábamos un poco achispadas de tanto brindar con el ponche —le aclaró Abby a Atta—. Elise era nuestra primera nieta.

—Creo que te equivocas —dijo Denny.

—¿Qué dices, tesoro?

—Parece que te has olvidado de que Susan fue vuestra primera nieta.

—¡Ah! Bueno, claro. Sí, pero me refiero a la primera nieta a la que teníamos cerca; me refiero a geográficamente cerca. ¡No me olvidaría de Susan ni en un millón de años!

—¿Qué tal está Susan? —preguntó Jeannie.

—Está bien —dijo Denny.

Vertió salsa sobre la carne y le pasó la jarrita a Atta, que puso una mueca para indicar que no quería y se la pasó al siguiente comensal.

—¿Qué va a hacer este verano? —le preguntó Abby.

—Se ha apuntado a no sé qué campamento de música.

—¡Música, qué bonito! ¿Se le da bien la música?

—Supongo que sí.

—¿Qué instrumento toca?

—¿El clarinete? —recapacitó Denny—. Sí, el clarinete.

—Ah, pensaba que a lo mejor tocaba la trompa.

—¿Y por qué se te ha ocurrido eso?

—Bueno, porque de niño tú tocabas la trompa.

Denny cortó la carne.

—¿Qué va a hacer Susan este verano? —preguntó Red.

Todo el mundo lo miró.

—Tocar el clarinete, Red —dijo Abby al fin.

—¿Eh?

—¡El clarinete!

—Mi nieto, que vive en Milwaukee, toca el clarinete —dijo la señora Angell—. Aunque siempre que lo oigo tocar, me entra la risa. Cada tres o cuatro notas, le sale ese chirrido insoportable. —Se dirigió a Atta y le comentó—: Tengo trece nietos, ¿se lo puede creer? ¿Tiene nietos, Atta?

—¿Cómo voy a tener nietos? —preguntó irritada Atta.

Se produjo otro silencio, esta vez más pesado y asfixiante, como una manta, y todos dirigieron la atención a la comida.

Después de comer, Atta se despidió y se marchó con los restos de la tarta de hojaldre comprada que habían tomado de postre. (Apenas había tocado la ensalada de atún —«Mercurio», anunció—, aunque parecía que sí le iban los dulces.) Elise se unió a los otros niños, que jugaban en el jardín, pero todos los demás salieron al porche. Incluso convencieron a Nora a fin de que dejara la limpieza de la cocina para más tarde, y Red optó por echarse una siesta en la hamaca que olía a moho en la parte sur del porche en lugar de meterse en su habitación.

—¿Por qué tiene tantas manchas en los brazos papá? —les preguntó Denny a sus hermanas en voz baja.

Los tres estaban sentados en el columpio del porche.

Sin embargo, fue Abby quien respondió, con el oído fino como siempre. Interrumpió la conversación con la señora Angell para gritar:

—Es por el anticoagulante que se toma. Hace que sea más propenso a los hematomas.

—¿Y desde cuándo se echa la siesta?

—Se lo han recomendado los médicos. Se supone que tiene que dormir la siesta incluso entre semana, pero no lo hace.

Denny se quedó callado unos instantes y se dedicó a dar impulso al columpio adelante y atrás, y a observar una ardilla gris que se escabullía detrás de un arbusto.

—Qué curioso que nadie me contara que había tenido un ataque al corazón —dijo—. No tenía ni la más remota idea hasta anoche. Si no hubiera llamado a Jeannie por teléfono por casualidad, tal vez ni siquiera me habría enterado.

—Bueno, no hubieras podido hacer gran cosa —dijo Amanda.

—Cuánto te lo agradezco, Amanda.

Abby se removió en la mecedora a modo de protesta.

—¿No os parece que ha hecho un verano estupendo? —preguntó la señora Angell con voz cantarina.

Teniendo en cuenta que había sido un verano muy caluroso, azotado por tormentas fortísimas, sin duda lo único que quería la anciana era cambiar de tema. Abby alargó el brazo para darle unas palmaditas en la mano.

—Ay, Lois —le dijo—, siempre ves el lado bueno de las cosas.

—Pero es que me gusta el calor, ¿a ti no?

—Sí —contestó Abby—, aunque no puedo evitar pensar en todas esas almas en pena que viven en el centro de la ciudad y no tienen forma de refrescarse.

Los propios Whitshank se refrescaban solo con ventiladores de techo y otro ventilador inmenso instalado con pericia en la buhardilla, además los propios techos altos, como los de antaño, ayudaban. De vez en cuando, Red comentaba la posibilidad de instalar aire acondicionado, pero decía que no le parecía adecuado molestar al esqueleto de la casa. Incluso el porche tenía ventiladores de techo, tres en total, repartidos por toda su extensión; hermosos ventiladores antiguos con las hojas de madera barnizada a juego con el techo y el suelo del porche, también barnizados, y el columpio y los anchos peldaños de entrada, de color miel. (Junior había elegido todos esos elementos, y también había sido decisión de él colocar dinteles de celosía sin cristal por encima de todas las puertas de la planta baja para dejar que la brisa se colara por allí.) Y luego estaban los álamos blancos, por supuesto; proporcionaban sombra, aunque Abby se quejaba a menudo de que daban demasiada sombra. Detrás de esos árboles no crecía nada; el césped era casi un retazo de tierra pelada con unas cuantas briznas de hierba que asomaban, y las únicas plantas que florecían en la parte norte del terreno eran las hostas, con sus capullos ridículos y sus hojas gigantes y monstruosas.

—¿Qué tal les va a los hijos de los Nelson? —preguntó Jeannie, con los ojos fijos en la casa de los Nelson, situada en la acera de enfrente.

—No sabría decírtelo —contestó Abby—. Últimamente, le preguntas a la gente por sus hijos y se nota que preferirían que no les preguntases. Te dicen: «Bueno, nuestro hijo acaba de licenciarse en Yale, aunque ahora mismo, eh, está…», y luego resulta que trabaja sirviendo mesas o poniendo capuchinos, y más de la mitad de las veces ha vuelto a casa de sus padres.

—Tiene suerte si encuentra trabajo, sea el que sea —dijo el Hugh de Amanda—. Yo he tenido que empezar a despedir a parte de mis camareros.

—Ay, vaya, ¿no va bien el restaurante?

—Parece que ahora ya nadie sale a comer fuera.

—Pero a Hugh se le ha ocurrido una idea aún mejor —dijo Amanda—. Ha ideado un tipo de negocio nuevo, para el que necesita inversores, claro.

—¿Ah, sí? —contestó Abby, frunciendo el entrecejo.

—«No Pase, Vaya» —dijo Hugh.

—¿Qué?

—Ese sería el nombre de la empresa. ¿A que es pegadizo?

—Pero ¿a qué… se dedicaría la empresa?

—A ofrecer un servicio para viajeros ansiosos —dijo Hugh—. Me refiero a gente ansiosa hasta niveles exagerados, gente que se agobia. Es probable que no os hayáis planteado nunca si existen esas personas, porque ninguno de vosotros viajáis, pero yo he visto unos cuantos, creedme. Mi prima, para empezar; mi prima Darcy. Hace las maletas con tanta antelación que no le queda nada que ponerse. Lo mete ¡todo! en las maletas, para cualquier posible imprevisto. Cree que su casa percibe misteriosamente que está a punto de abandonarla; dice que pocas horas antes de un viaje aparece una fuga en la casa o se emboza un desagüe o empieza a fallar la alarma antirrobo. Las indicaciones que escribe para la persona que le cuida el perro son poco menos que novelas. De repente sospecha que el gato tiene diabetes. Por eso, lo que se me ha ocurrido es que podríamos realizar todos los preparativos para personas como Darcy. Mucho más de lo que hacen las agencias de viajes. La persona nos da las fechas y el destino, y le decimos: «Con eso basta». No solo le reservamos el vuelo y el hotel; le hacemos las maletas con tres días de antelación y las enviamos al destino con mensajero exprés; así no tiene que facturar equipaje. Apalabramos el desplazamiento desde su casa al aeropuerto y luego el taxi del aeropuerto al hotel, las entradas a los museos y las guías de viaje y mesas en todos los mejores restaurantes del lugar. ¡Y eso es solo el principio! Nos encargamos del cuidador de su mascota, del servicio de mantenimiento de la casa si ocurre cualquier cosa (tengo que hablar con Red sobre ese tema), localizamos a un médico que hable nuestro idioma en el lugar de destino, que visite a pocas manzanas del hotel, y le reservamos hora para que vaya a la peluquería en mitad de la estancia. Tres horas antes del vuelo, llamamos a su puerta. «Ha llegado el momento», le decimos. Y puede que nos diga: «Ay, pero es que resulta que mi madre ha sufrido una insuficiencia cardíaca congestiva y podría morir en cualquier momento». «¿Sí? Tome», le contestamos, y sacamos un móvil. «Aquí tiene un móvil de una compañía europea. Y su madre tiene el número, igual que el centro donde la atienden, y hemos contratado un seguro de viaje que garantiza que puede realizar el vuelo de vuelta en cualquier momento en caso de emergencia médica.»

—Bah, no me puedo creer que hagan algo así —dijo Abby—. Será que están cansados, nada más. Habrán decidido ceder el puesto a los grillos.

—Cuando mis nietos de California vienen a verme en verano —contó la señora Angell—, siempre me preguntan: «¿Qué es ese ruido?». «¿Qué ruido?», les pregunto. Y me dicen: «Ese chirrido y ese zumbido, esa especie de cri, cri, cri». «Ah», les contesto. «Creo que os referís a los grillos o a las cigarras o a lo que sea. ¿A que es gracioso? Yo ni siquiera los oigo.» «¡Pero si te dejan sordo!», dicen mis nietos. «¿Cómo puede ser que no los oigas?»

Y cuando terminó de hablar, dio la impresión de que todos los oían, aunque antes ninguno de ellos se había percatado del jaleo continuo que armaban. Emitían un sonido rítmico, como un cascabeleo, que recordaba a las campanillas de los trineos antiguos.

—Bueno, pues por una vez, me parece que la idea de Hugh es fabulosa —dijo Amanda.

—Gracias, mi vida —le dijo Hugh—. Me alegro de que por lo menos tú creas en mí.

—¡Pues por supuesto! ¡Todos creemos en ti! ¿Y tú qué, Denny? —preguntó la señora Angell.

—¿Qué opino de la idea de Hugh?

—Me refería a en qué trabajabas.

—Ah, en nada —le contestó Denny—. Ahora estoy aquí, echando una mano a mis padres.

Reclinó la cabeza contra el respaldo del columpio y entrelazó los dedos delante del pecho.

—Nos encanta tenerlo en casa —le dijo Abby a la señora Angell.

—¡Claro, ya me lo imagino!

—¿Todavía estás en la cocina de aquel restaurante? —le preguntó el Hugh de Jeannie.

—Ya no —dijo Denny. Y luego añadió—: He hecho sustituciones de profesor.

—¿Qué? —preguntó Abby.

—Sustituciones. Bueno, lo hice la primavera pasada.

—Pero ¿no se necesita tener carrera universitaria?

—Bueno, en realidad no. Aunque sí tengo una carrera.

Todos miraron a Abby, pues esperaban su siguiente pregunta. No llegó. Se quedó mirando la casa de los Nelson con la boca tensa y fruncida. Al final, fue Jeannie la que preguntó:

—¿Has terminado la carrera?

—Sí —contestó Denny.

—¿Y cómo lo has hecho?

—Pues supongo que como todo el mundo.

Volvieron a mirar a Abby. Seguía en silencio.

—Bueno, nunca te gustó el sector de la construcción —le dijo Brote al cabo de un momento—. Me acuerdo de cuando trabajabas con papá durante los veranos.

—No tengo nada en contra de la construcción. Lo que pasaba era que no soportaba a los clientes —dijo Denny, y volvió a sentarse con la espalda erguida—. Todos esos propietarios modernillos que querían bodegas en los sótanos.

—¡Bodegas! Ja —dijo Brote—. Y duchas para lavar al perro en el garaje.

—¿Duchas para el perro?

—Nos lo pidió una señora de Ruxton.

Denny se mofó.

—¿Madre Whitshank? —le preguntó Nora—. ¿Quiere que le traiga algo? ¿Un poco más de té con hielo?

—No, gracias —dijo Abby con brusquedad.

Los nietos emigraron de la parte posterior del jardín a la zona delantera, y Sammy incluso invadió el porche. Subió los peldaños para sentarse en el regazo de su madre y quejarse de sus hermanos.

—A alguien le iría bien una siesta... —le dijo Nora, pero se quedó sentada sin más, y miró por encima de la cabeza de Sammy hacia donde los demás niños discutían sobre las reglas del juego.

—Los arbustos que hay donde la casa son «salvado» y ahí no te pueden pillar, pero los del lado no lo son —decía uno.

—Pero ¡si esos son los mejores! Te puedes esconder debajo...

—Entonces, ¿para qué quieres que sean «salvado»?

—Ah.

El hijo de Jeannie, Alexander, era el que contaba, pero era un suplicio verlo intentando pillar a los demás niños, que se habían escondido, porque era el primer Whitshank de la historia que tendía a ser patoso. Cuando corría separaba las piernas de manera torpe y aleteaba con ambos brazos, como un ventilador. Por ironías de la vida, Deb, su hermana, era la mejor atleta de la familia: una chica delgada de piernas musculosas y acribilladas de picaduras de mosquitos. Deb echó a correr cuando su hermano la persiguió, llegó la primera al arbusto de azaleas más grande y canturreó:

—¡Ja, ja! «Salvadoooo.»

—Por favor, ¿podríais llamar a Heidi? —preguntó Alexander a los adultos—. Se me mete en medio todo el rato.

Heidi no estaba cerca de él ni por asomo (corría por todo el perímetro del terreno con su entusiasmo habitual), pero Brote silbó para que la perra fuese dando brincos hasta la escalera del porche.

—Abajo, Heidi —le dijo.

Le acarició la melena con afecto y la perra gimoteó resignada y se ovilló a los pies de Brote.

—Me parece que Brenda se está haciendo vieja —les dijo Denny a sus hermanas—. En otros tiempos se habría dedicado a perseguir a Heidi.

—Me aterroriza pensar que es vieja. ¿Os imagináis esta casa sin un perro? —preguntó Jeannie.

—Muy fácil —dijo Denny—. Los perros destrozan las casas.

—Vamos, Denny.

—¿Qué? Es verdad. Rascan la madera, estropean los suelos…

Amanda chasqueó la lengua divertida.

—¿Qué te hace tanta gracia? —le preguntó Denny.

—¡Fíjate! Hablas como papá. Eres el único de nosotros que no tiene perro, y papá asegura que tampoco tendría, si dependiera de él.

—Bah, lo dice por decir —intervino Abby—. Vuestro padre quiere a Clarence tanto como nosotros.

Los cuatro hijos intercambiaron miradas.

En la hamaca, Red gruñó al despertarse y se levantó.

—¿Qué decíais? —preguntó mientras se alborotaba el pelo.

—Nada, hablábamos de lo mucho que te gustan los perros, papá —dijo Jeannie gritando.

—¿Tanto me gustan?

Amanda le dio un golpecito en la muñeca a Denny.

—¿Cuándo vamos a ver a Susan? —le preguntó.

—Bueno, no podrá venir de visita hasta que tengamos alguna habitación libre en la que instalarla —dijo Denny.

Su comentario implicaba: «Hasta que Brote y su familia se vayan», pero Amanda lo sorteó con su respuesta:

—Siempre puede compartir la habitación de las literas con los niños. ¿Crees que le importaría?

—O esperar al viaje a la playa —propuso Jeannie—. Está a la vuelta de la esquina, y la casa de la playa tiene un montón de camas.

Denny dejó correr el tema. Siguió con la mirada a los niños que jugaban en el jardín: Petey se peleaba con Tommy, Elise intentaba separarlos y los reprendía con su voz aguda y autoritaria.

—Me parece que tendré que llamar a los hermanos Petronelli otra vez para que nos arreglen el camino de entrada —dijo Red mientras avanzaba sin prisa por el porche para acercarse al resto de la familia.

De paso, agarró una de las mecedoras por el lateral y se sentó junto a Abby.

—Cada vez que vengo, se te ocurre hacerle algo a ese camino —le dijo Denny.

—El problema se remonta a la época de tu abuelo. No quedó satisfecho de cómo lo pusieron.

—Se pasaba el día retocándolo —dijo Abby.

—Uno de mis primeros recuerdos cuando nos mudamos a esta casa fue que mandó que levantaran todo el cemento y volviesen a colocar los adoquines. Pero aun así, no quedó satisfecho. Afirmaba que estaba mal calibrado.

—¿Y eso qué tiene que ver con cómo está ahora, eh? —preguntó Brote—. Desde entonces lo hemos calibrado y nivelado varias veces. Para arreglar ese camino de una vez por todas, tendríais que cortar todos los álamos que despliegan sus raíces por debajo del camino, y no os imagino haciéndolo.

—Vamos, hombre, dejad de decir bobadas —dijo Abby—. Hace un día precioso para esas ocurrencias. ¿No te parece, Lois?

—Ay, sí, ya lo creo —respondió la señora Angell—. Hace un día fantástico. Creo que empiezo a notar la brisilla.

Era cierto que las hojas altas habían comenzado a mecerse y las capas de pelo de los cuartos traseros de Heidi se movían.

—Cuando hace este tiempo, siempre me acuerdo del día en que me enamoré de Red —dijo Abby, perdida en una ensoñación.

Los demás sonrieron. Se sabían de memoria la historia; incluso la señora Angell la conocía.

Sammy dormía como un tronco sobre el regazo de su madre. Elise daba vueltas y más vueltas bajo un cerezo silvestre, con la cabeza hacia atrás y los brazos extendidos.

—Era una hermosa tarde amarilla y verde, y soplaba una suave brisa… —empezó a narrar Abby.

Así era como arrancaba siempre el relato, exactamente las mismas palabras, todas y cada una de las veces que lo contaba. En el porche, todos se relajaron. Se les suavizaron las arrugas de la cara y soltaron las manos, liberando tensión. Qué paz proporcionaba estar sentados allí, en familia, con los pájaros piando en los árboles y el sonido entrecortado de los grillos, y el perro que roncaba a sus pies y los niños gritando: «¡Salvado! ¡Salvado!».

5

El lunes, Denny durmió casi hasta las once.

—¡Por ahí viene la Bella Durmiente! —exclamó Abby cuando su hijo bajó por fin a la cocina—. ¿A qué hora te fuiste a dormir?

Él se encogió de hombros y sacó una caja de cereales del armarito.

—¿A la una y media? ¿A las dos?

—Ah, entonces no me sorprende.

—Si me quedo despierto hasta tarde, tengo más posibilidades de lograr dormir de un tirón —aclaró Denny—. Todos esos pensamientos que me asaltan en plena noche me tienen frito; me saca de quicio.

—Tu padre se levanta y se pone a leer cuando le pasa eso —le dijo Abby.

Denny no se molestó en contestar. Los Whitshank defendían dos posturas opuestas sobre qué hacer en las horas que se pasaban en blanco por la noche, y hacía mucho tiempo que se había agotado la discusión sobre el tema.

Después del desayuno, como si quisiera recuperar el tiempo perdido, Denny desplegó un torbellino de actividad. Pasó la aspiradora por todas las escaleras de la casa, engrasó las bisagras de la puerta de atrás y podó el seto del jardín posterior. Se saltó la comida para fregar bien la parrilla de carbón y luego cogió el coche de Abby y fue a Eddie a comprar filetes para asarlos a la parrilla para cenar. Abby le dijo que cargase los filetes en su cuenta y Denny no protestó.

Parecía que habían dividido la casa de manera invisible entre Nora y Abby: Nora se encargaba de la cocina y de cuidar a los niños, mientras que Abby se recluía en su habitación o leía en la sala de estar. Eran educadas la una con la otra pero se mostraban distantes, saltaba a la vista que no querían entrar en el terreno contrario. El único momento del día en el que conversaban de verdad era cuando Denny iba a hacer la compra. Ese día Nora llevaba a Sammy en brazos a la habitación para que durmiera la siesta cuando se topó con Abby, que bajaba la escalera con una pila de papeles.

—Ay, madre Whitshank —le dijo Nora—. ¿Puedo ayudarla en algo?

—No, muchas gracias, querida —contestó Abby—. He pensado que mientras Denny estaba fuera podía aprovechar para sacar mis cosas de su habitación. Aunque a saber dónde me cabrán.

—¿Y no podría meterlas en una caja y guardarla en el fondo del armario de Denny?

—Uy, no, creo que no.

—Podría subirle una caja del sótano. He visto un par junto a la lavadora.

—Creo que no —repitió Abby con más rotundidad. Y después suspiró y dio unas palmaditas encima del cuaderno de espirales que había encima del montón—. Nunca me he sentido del todo cómoda si dejaba mis pertenencias donde Denny pudiera ponerles la mano encima.

—Ah —comentó Nora.

Sujetó mejor a Sammy y se lo apoyó en la cadera, pero no continuó subiendo los peldaños.

—Sé que no lo hace con mala intención, pero tengo poemas y diarios personales, y pensamientos que he ido recopilando. Me daría vergüenza que otro los leyera.

—Bueno, por supuesto —dijo Nora.

—Por eso he pensado que lo llevaré todo a la galería y aprovecharé para hacer una criba. Luego veré si puedo convencer a Red para que me preste alguno de los cajones de su escritorio.

—Si quiere, le llevo encantada lo que falte —dijo Nora.

—Ay, creo que ya lo tengo todo, querida.

Y las dos continuaron en sentidos opuestos.

Para cenar, tomaron los filetes a la parrilla y *succotash*, el guiso de judías y maíz que había preparado Nora. Cocinaba con un estilo campestre; el *succotash* no era un plato al que el resto de la familia estuviese acostumbrado. Y hacía esa cosa tan moderna de preparar una comida totalmente distinta para los niños cuando no les apetecía la carne. Nora fue a la cocina sin rechistar y les preparó unos macarrones con queso. Abby les dijo a los chicos:

—¡Pobrecilla, vuestra madre! Fijaos qué detalle: se ha levantado de la mesa para prepararos algo especial.

Era su forma de decir que, cuando eran pequeños, sus hijos se comían lo que les ponían en el plato. Pero los niños ya habían oído esa perorata, así que se limitaron a mirar a su abuela de modo inexpresivo. Daba la impresión de que Red era el único que le había leído el pensamiento.

—Vamos, vida mía —le dijo—. Ahora las cosas se hacen así.

—¡Ya lo sé!

Los niños habían pasado las últimas horas de la tarde en la piscina del vecindario con Nora, y tenían color en las mejillas, el pelo lacio y los ojos enrojecidos. A Sammy se le caía continuamente la cabeza encima del plato; no había dormido la siesta.

—Hoy os iréis todos pronto a la cama —les dijo Brote.

—¿No podemos jugar antes a la pelota con el tío Denny? —preguntó Petey.

Brote levantó la vista hacia su hermano.

—Por mí, bien —contestó Denny.

—¡Yujuuu!

—¿Qué tal te ha ido en el trabajo? —le preguntó Abby a Red.

—El trabajo ha sido un tormento. Había una señora que…

—Disculpa —lo interrumpió Abby. Se levantó y fue a la cocina mientras gritaba—: ¡Nora, por favor, ven a cenar! Deja que prepare yo los macarrones.

Red puso los ojos en blanco y después, aprovechando que no estaba su esposa, agarró la mantequilla y se echó una porción enorme en el *succotash*.

—Supe que esa señora nos daría problemas en cuanto sacó el archivador gordote —dijo Brote mirando a Red.

—Ñic, ñic, ñic —corroboró Red—. Quejas, quejas y más quejas.

Nora regresó de la cocina con una cazuela y una cuchara de servir. Abby le iba a la zaga.

—Qué bueno está el *succotash*, Nora —dijo Red.

—Gracias.

Sirvió macarrones a Tommy, después a Petey, y por último, a Sammy. Abby volvió a sentarse en su sitio y cogió la servilleta.

—Bueno —dijo dirigiéndose a Red—. ¿Qué me contabas?

—¿Cómo?

—¿Qué habías empezado a contarme? Algo del trabajo…

—Ya me he olvidado —dijo Red de mal humor.

—Hablaba de la señora Bruce —intervino Brote—. La mujer a la que le estamos reformando la cocina.

—Le advertí lo del reboce —dijo Red—. Se lo advertí más de una vez. Le dije: «Señora, si quiere que le demos una capa de uretano serán dos días más de trabajo». Limpiar eso es una mierda. —A continuación se disculpó—: Ay, perdón.

Lo dijo porque Nora lo había mirado con recriminación por debajo de sus largas y espesas pestañas.

—Limpiar eso es una tortura —rectificó—. Es decir, muy difícil. Es el problema de los que no tienen ni idea. ¿Se lo dije o no se lo dije, Brote?

—Se lo dijiste.

—¿Y qué es lo que hace? Se decide por el uretano. Luego se pone como una furia porque dice que los albañiles tardan mucho.

Calló un momento y frunció el entrecejo, tal vez sopesaba si la palabra «furia» también sonaría mal a oídos de Nora.

—No sé por qué aguantáis a gente así —dijo Denny.

—Viene en el pack —dijo Red.

—Yo no lo toleraría.

—Quizá tú no —le dijo Red—, pero no podemos permitirnos ese lujo. La mitad de nuestros operarios estuvieron de brazos cruzados las dos primeras semanas de abril. Y eso no es moco de pavo… Hoy en día nos toca coger todos los encargos que nos llegan, y encima dar gracias.

—Eras tú el que se estaba quejando —dijo Denny.

—Lo que hacía era contar cómo ha ido el trabajo, nada más. Pero ¿qué vas a saber tú?

Denny se inclinó sobre el filete y cortó un pedacito en silencio.

—¡Bueno! —exclamó Abby—. Hacía mucho que no cenaba tan bien, Nora.

—Sí, está muy rico, cariño —le dijo Brote.

—Denny ha asado los filetes —contestó Nora.

—Muy buenos los filetes, Denny.

Este no respondió.

—¿Podemos ir ya a jugar? —le preguntó Tommy.

—Hijo, deja que primero termine de cenar —le dijo Brote.

—No, ya estoy —contestó Denny—. Gracias, Nora.

Apartó la silla y se levantó, a pesar de que le quedaba la mayor parte del filete y que apenas había probado el *succotash*.

El martes, Denny durmió hasta las doce. Después fregó el suelo de todos los baños y el de la cocina. Barrió el porche delantero, quitó el polvo a los muebles del porche y ajustó un barrote suelto de la barandilla. Arregló el cierre de un collar de cuentas de Abby y cambió la pila del detector de humo. Por la tarde, mientras Nora y los niños estaban en la piscina, preparó una elaborada lasaña vegetal con intención de servirla para cenar. Nora pensaba hacer hamburguesas con una mazorca de maíz de acompañamiento, tal como le comunicó cuando regresó a casa, pero Denny le dijo que podían tomar las hamburguesas al día siguiente.

—O podríamos comer la lasaña mañana —contestó Nora—. Porque las hamburguesas y las mazorcas de maíz también deberían servirse frescas.

—¡Vamos, basta ya! —exclamó Abby—. Ninguno de los dos tiene por qué preocuparse de la cena. Puedo encargarme yo. No estoy manca.

—Mi lasaña también debería tomarse fresca —dijo Denny—. Mira, Nora, solo intento mantenerme ocupado. Me faltan cosas que hacer.

—Eso tiene una explicación —anunció Abby hablando en general a toda la sala—. ¡Hay demasiadas personas que quieren ayudar!

Sin embargo, le hicieron el mismo caso que a un mosquito. Ninguno de los dos la miró siquiera, concentrados en mirarse con aire desafiante.

Esa noche cenaron hamburguesas con maíz. En mitad de la cena, Denny preguntó, en un tono de despreocupada curiosidad:

—Brote, ¿alguna vez se te ha pasado por la cabeza que tal vez te hayas casado con tu madre?

—¿Que me he casado con mi madre? —preguntó Brote—. ¿Qué madre?

—Las dos intentan ser, mmm, adaptarse a todo, pero fíjate en cómo… —Denny se interrumpió—. ¿Eh? —preguntó—. ¡Has dicho «qué» madre!

Se reclinó en la silla y miró a Brote a los ojos.

Nora siguió extendiendo la mantequilla plácidamente sobre la mazorca de maíz.

—Nora se adapta a todo. Me gustaría saber cuántas mujeres estarían dispuestas a dejar su hogar igual que ha hecho ella —dijo Brote.

—Ay —sollozó Abby—, ¡pero nosotros no le pedimos que lo hiciera! ¡No os lo pediríamos a ninguno de vosotros!

—Claro que no lo haría, madre Whitshank. Nosotros nos ofrecimos voluntarios. Queríamos hacerlo. Piense en todo lo que les debe Douglas.

—¿Lo que nos debe? —repitió Abby.

Parecía dolida.

De repente, Red volvió a la vida en la cabecera de la mesa.

—¿Qué? —preguntó—. ¿Qué pasa aquí?

Fue repasando una cara tras otra, pero Abby le hizo un gesto con la mano para que lo dejara estar, así que Red no insistió.

El miércoles, Denny se levantó a las diez y media, así que tal vez estuviese empezando a adaptarse a un horario medio normal. Pasó la aspiradora por todas las habitaciones y dobló la inmensa colada que Nora había puesto en la secadora, pero mezcló sin reparos la ropa de unos con la de otros. Después le cosió un botón de una blusa a Abby y dejó un rastro de bobinas de hilo y corchetes en la estantería del armario de la ropa blanca, donde Abby guardaba el costurero. A continuación, jugó a las cartas con los niños. Cuando Abby le dijo que se iba a clase de cerámica, se ofreció a llevarla en coche. Sin embargo, su madre le contestó que siempre la llevaba Ree Bascomb.

—Como tú quieras —contestó Denny—, pero me quedaré aquí de brazos cruzados; por el mismo precio, podrías darme alguna utilidad.

—Pero si ya eres muy útil, cariño —le dijo Abby—. Es solo que Ree y yo llevamos yendo juntas a clase desde hace siglos. Pero te agradezco el gesto.

—¿Me dejas el ordenador mientras estás fuera? —preguntó Denny.

—El ordenador —repitió Abby.

Una expresión de pánico cruzó su rostro.

—Me gustaría conectarme a internet.

—Bueno, pero no irás a… leer mi correo ni nada parecido, ¿verdad?

—No, mamá. ¿Por quién me tomas?

Abby no parecía convencida.

—Solo quería conectarme con el mundo exterior por una vez —dijo Denny—. Aquí me siento medio aislado.

—Vamos, Denny, ¿acaso no te lo he dicho ya? ¡No tendrías que estar aquí!

—Vaya, qué hospitalaria —contestó Denny.

—Venga, ya sabes a qué me refiero. No soy una anciana, Denny. No necesito que me den la mano. ¡Todo esto es innecesario!

—¿Ah, sí?

Y entonces, como si sus palabras desencadenaran las cosas, esa misma tarde Abby tuvo uno de sus momentos en blanco.

Había prometido que volvería de la clase de cerámica sobre las cuatro. No empezaron a preocuparse hasta las cinco. Red y Brote llegaron a casa a esa hora. Red fue quien se alarmó primero.

—¿No te parece que tu madre ya debería haber vuelto a estas horas? Sé que a Ree y a ella les gusta darle a la lengua, pero ¡aun así!

—¿Tienes el número de teléfono de Ree? —preguntó Denny.

—Está en la lista de números frecuentes. A lo mejor podríais llamar alguno de vosotros. Últimamente no me apaño muy bien por teléfono.

Los tres hombres miraron a Nora.

—Ya lo hago yo —dijo.

Fue por el teléfono que había en la galería acristalada y Red corrió detrás de ella. Brote y Denny se quedaron sentados en la sala de estar.

—¿Hola? ¿Es la señora Bascomb? —oyeron que decía—. Soy Nora, la nuera de Abby Whitshank. ¿Por casualidad está con usted? —Se produjo una pausa, y luego añadió—: De acuerdo. Bueno, muchísimas gracias… Sí, seguro que sí, Adiós.

El auricular hizo clic al encajarse en la pieza del teléfono.

—Volvieron a casa de la señora Bascomb hace una hora —les informó—, y madre Whitshank se marchó de inmediato.

—¡Maldita sea! Lo siento —dijo Red—. Se lo he dicho mil veces, le digo: «Pídele a Ree que te acompañe hasta la puerta». Sabe que se supone que no tiene que volver andando sola a casa. Jolín, me apuesto lo que queráis a que también fue andando a casa de su amiga.

Brote y Denny se miraron. Estaba a apenas una manzana y media de distancia; ninguno de los dos sabía que no se podían fiar de que su madre recorriese sola un trayecto tan corto.

—A lo mejor se ha pasado por casa de una amiga en el camino de vuelta —dijo Nora.

—Nora —contestó Red—, la gente de este barrio no «se pasa» por casa de nadie.

—No lo sabía —dijo Nora.

Regresaron a la sala de estar y Denny se levantó del sillón.

—Muy bien —dijo—. Brote, tú ve por Bouton Street hasta la casa de Ree. Yo iré en dirección contraria por si se ha pasado de largo nuestra casa.

—Yo también voy —dijo Red.

—Vale.

Los tres se marcharon. Nora salió al porche para observarlos, con los brazos cruzados delante del pecho.

Brote fue directo a casa de Ree Bascomb con sus zancadas largas y saltarinas, mientras que Red y Denny andaban en sentido contrario. A Red le costaba más caminar. Antes siempre andaba con prisa; ahora se le notaba fatigado. Ni siquiera habían llegado a la tercera casa cuando oyeron que Brote exclamaba:

—¡La he encontrado!

O mejor dicho, Denny lo oyó. Red continuó caminando con pesadez. Denny le tocó la manga.

—La ha encontrado —le dijo.

—¿Eh?

Red se volvió.

—Brote la ha encontrado.

Dieron media vuelta y regresaron a casa. Veían a Brote al final de la manzana, enfrente de la casa de los Lincoln, pero no lograban ver a Abby. Denny apretó el paso, dejando atrás a Red.

Abby estaba sentada en los peldaños de ladrillo que daban al camino delantero de los Lincoln con un colorido objeto de cerámica en el regazo. Daba la impresión de estar bien, pero no hizo ademán de levantarse.

—¡Cuánto lo siento! —les dijo a Denny y Red cuando llegaron hasta ella—. No sé cómo explicarlo. De pronto me he visto aquí sentada; no sabía qué había pasado. Estaba aquí sentada en los peldaños y he pensado: «¿Iba o venía?». Sinceramente, no sabía qué pensar. ¡Me he preocupado mucho!

—Pero llevas tu pieza de cerámica —señaló Brote.

—¿Mi pieza?

Bajó la mirada hacia el objeto: una preciosa casita de escayola, del tamaño de un taco de notas. El exterior era de un vivo amarillo y el tejado, rojo. Una maraña de zarcillos de cerámica verde se extendía por un extremo del tejado para dar la impresión de una planta trepadora.

—Mi pieza de cerámica —dijo como si meditara.

—Entonces, debías de estar volviendo, ¿no? Volvías a casa de clase de cerámica.

—Ah, claro —dijo Abby. Entonces acunó la casita con ambas manos y se la mostró a su familia—. ¡La mejor obra de arte que he hecho hasta el momento! —exclamó—. ¿Qué os parece?

—Buen trabajo, vida mía —le dijo Red.

Y los tres hombres asintieron con vigor. Sonreían de oreja a oreja, como los padres que admiran una obra de arte que su hijo ha hecho en la guardería.

Debido a cómo estaba diseñada la casa de Bouton Road, una persona podía ponerse en el rellano de la planta superior, junto a la barandilla, y oír todo lo que se decía en la entrada de la casa. Los hijos de los Whitshank (y a veces el propio Red) solían colocarse allí cada vez que sonaba el timbre para cotillear desde arriba sin que los vieran, hasta que estaban seguros de que no fuera uno de los huérfanos de Abby.

Sin embargo, Merrick, por supuesto, también había sido niña en esa casa hacía mucho tiempo; de modo que cuando fue a visitarlos un jueves por la tarde asomó la cabeza por el hueco de la escalera en cuanto Abby le abrió la puerta.

—¿Quién anda ahí? —gritó—. Sé que estáis ahí.

Tras una pausa, Denny apareció en la parte superior de la escalera.

—Hola, tía Merrick —saludó.

—¿Denny? ¿Qué haces tú en casa de tus padres? Hola, Redcliffe —añadió, porque Red también se había asomado al rellano, con el pelo todavía húmedo de la ducha que solía darse después de trabajar.

—Hola —dijo Red.

—Cuánto me alegro de verte, Merrick —dijo Abby, y le dio un somero beso en la mejilla.

Alargó el cuello para ver qué había en la caja de cartón que Merrick llevaba en brazos.

—Abby —dijo Merrick en tono neutro. Y luego—: ¡Ay, hola, preciosidad!

Heidi acababa de irrumpir en el vestíbulo, jadeando y con la boca abierta. Merrick siempre era más amable con los perros que con los seres humanos.

—¿Quién es esta monada? —le preguntó a Abby.

—Es Heidi.

—No me digas que la pobre Brenda se ha muerto al fin.

—No... —contestó Abby.

—Bueno, ¿y qué tal estás, señorita Heidi? —preguntó Merrick, y apoyó la caja contra la cadera para poder acariciar el largo hocico de Heidi con una mano.

Sin contar la caja, Merrick era el paradigma de la elegancia: una mujer de cara angulosa y curvas pronunciadas, con el pelo negro azabache cortado a lo chico, que llevaba unos pantalones blancos entallados y una túnica de aspecto asiático.

—Estamos a punto de irnos de crucero —le contó a Abby—, y después me iré a la casa de Florida, así que os he traído todos los restos de cosas buenas de la nevera.

—Ajá —dijo Abby.

Merrick se pasaba la vida encasquetándole las sobras de esto y de aquello a su familia. No le gustaba malgastar nada.

—Bueno, pues éntralas —contestó Abby, y condujo a Merrick a la cocina.

Red y Denny, que habían bajado las escaleras a cámara lenta, las siguieron a cierta distancia.

—¿Cuánto tiempo piensas quedarte? —le preguntó Merrick a Denny.

—He venido a echar una mano —dijo él.

En realidad, eso no respondía a la pregunta, pero antes de que su tía pudiera insistir, Abby terció:

—¿Y dónde te has metido, Merrick? ¡No te hemos visto en todo el verano!

—Ya sabes que aborrezco este sitio cuando hace calor —dijo Merrick—. Es una barbaridad no tener aire acondicionado en los tiempos que corren. —Dejó la caja en la mesa de la cocina con un golpe seco—. Hombre, Norma.

Nora se limitó a volver la cabeza sin dejar de fregar el jarrón que tenía en las manos.

—Nora —dijo con frialdad.

—¿Significa eso que Brote también está aquí? —le preguntó Merrick a Abby—. Brote y Denny, ¿los dos aquí al mismo tiempo?

—Sí, ¿a que es una maravilla? —comentó Abby con la alegría de una animadora del equipo.

—La vida nunca dejará de sorprenderme.

—Está arriba, dándose una ducha. Seguro que baja en un santiamén.

—¿Y por qué se ducha aquí?

Abby se ahorró tener que contestar gracias al repentino comentario de Red:

—¿Qué dices?

—He dicho que por qué aquí.

—¿Por qué aquí qué?

—De verdad, Redcliffe. Ve a que te pongan un audífono.

—Ya tengo audífono. Dos, a falta de uno.

—Pues entonces cómprate uno que funcione.

Los tres niños pequeños llegaron al porche trasero y se apoyaron uno detrás de otro en la puerta mosquitera, que ya empezaba a abombarse. La abrieron de un tirón y entraron en tropel, sin resuello y sofocados de tanto correr.

—¿Cuándo vamos a cenar? —preguntó Petey.

—Chicos, ¿os acordáis de la tía abuela Merrick? —les preguntó Abby.

—Hola —dijo Petey no muy convencido.

—¿Qué tal estás? —dijo Merrick, y le tendió la mano al niño.

Petey la escudriñó un momento y luego levantó una mano para chocar los cinco, pero la cosa no acabó de funcionar. Sin querer, acabó dándole un golpe en el dorso de los dedos a la tía Merrick. Sus hermanos ni siquiera lo intentaron.

—¡Tenemos hambre! —exclamó uno de ellos—. ¿Cuándo cenamos?

—Ya está todo listo —les dijo Nora—. Id a lavaros las manos y nos sentamos a la mesa.

—¿Cómo? ¿Ahora? —preguntó Merrick—. ¿Y no me ofrecéis ni un trago?

Todos miraron a Abby.

—Ay, ¿te apetece beber algo? —preguntó ella.

—Supongo que no tendréis vodka, ¿verdad? —preguntó Merrick con alegría.

Por un momento, pareció que Abby iba a decir que no, pero entonces debió de despertársele de repente el instinto de anfitriona.

—Claro que sí —dijo.

(Tenían vodka solo para Merrick.)

Red y Denny se quedaron de piedra.

—¿Te ocupas tú de las bebidas, cariño? —le pidió Abby a su hijo Denny—. Los demás podemos ir a la sala de estar.

Mientras Merrick, Red y Abby salían de la cocina, oyeron a Petey:

—¡Pero nos morimos de hambre!

Nora murmuró algo a modo de respuesta.

—No he tenido ocasión de sentarme en todo el día —le dijo Merrick a Abby mientras cruzaban el distribuidor—. Prepararse para un viaje es agotador.

—¿Adónde vais?

—Vamos a hacer un crucero por el Danubio.

—Qué bonito.

—No te lo vas a creer, pero Trey no para de quejarse. Dice que preferiría ir a jugar al golf donde fuera. ¡Ay! ¡Brenda! ¡Estás aquí! Dios mío, si parece un cadáver, pobrecilla. ¿Qué le ha pasado al reloj de nuestro padre?

Abby dejó de mirar a Brenda, que se desperezaba sobre las piedras de la chimenea, ya medio tibias, y alzó la vista hacia el reloj que había encima de la repisa. Tenía una raja grande en el cristal que protegía la esfera.

—Hubo un pequeño percance con el béisbol —comentó Abby—. ¿Por qué no te sientas?

—Los niños destrozan las casas —dijo Merrick, y se acomodó en un sillón. Heidi había seguido sus movimientos y se colocó junto a sus rodillas, expectante—. Y ¿por qué hay tanto crío por aquí? ¿He contado tres?

—Sí, sí —dijo Abby—. Son tres, exacto.

—¿El tercero también fue buscado? —preguntó Merrick—. Ay, hola, Brote. ¿Queríais tener un tercer hijo?

—No exactamente —dijo Brote sonriendo. Cuando cruzó la sala para sentarse dejó un rastro de olor a jabón Dial—. ¿Qué tal estás, tía Merrick?

—Agotada, ahora se lo decía a tu madre —contestó Merrick—. Me da la impresión de que preparar un viaje se me hace cada año más cuesta arriba.

—Entonces, ¿por qué no os quedáis en casa?

—¡¿Qué?! —exclamó ella horrorizada.

Irguió la espalda en el sillón; Denny entró con las bebidas. En una mano llevaba un vaso chato en el que tintineaban unos hielos, lleno hasta el borde de vodka, y en la otra, una copa de vino blanco. Debajo del brazo izquierdo sujetaba en equilibrio precario tres latas de cerveza.

—Ya está todo —dijo.

Dejó el vaso de vodka en la mesita de la lámpara que Merrick tenía al lado.

Cruzó la sala de estar para darle a Abby el vino y luego le ofreció una lata de cerveza a Red y otra a Brote. Después se sentó en el sofá con la tercera lata y tiró de la anilla.

—Chin, chin —dijo.

Merrick bebió un trago largo y luego suspiró de placer:

—Aaaaah. —A continuación le preguntó a Denny—: ¿También está Sarah?

—¿Quién es Sarah?

—Tu hija Sarah.

—Te refieres a Susan.

—Susan, Sarah… Sí. ¿También está Susan?

—Vendrá para las vacaciones en la playa.

—No, por favor, las interminables vacaciones en la playa —dijo Merrick—. ¡Parecéis lemmings con la manía de ir a esa playa! O salmones que nadan a contracorriente, o algo así. ¿No se os ha ocurrido nunca ir de vacaciones a otro sitio?

—Nos encanta la playa —le dijo Abby.

—De verdad… —dijo Merrick, y posó con languidez sus puntiagudas uñas color morado sobre la cabeza de Heidi—. Algunas veces me asombra que nuestros ancestros tuvieran las agallas de llegar a Estados Unidos —le dijo a Red.

—¿Qué dices?

—¡Estados Unidos! —gritó Merrick.

Red parecía confundido.

—Nuestros padres nunca viajaban, ¿o es que no te acuerdas? —le dijo a su hermano.

—Bueno, desde luego, tú ya has compensado la media —le contestó Red—. Incluso da la sensación de que necesitas más de una casa.

—¿Qué puedo decir? No soporto el invierno.

—En mi opinión —dijo Red—, ir a Florida a pasar el invierno es un poco como… no pagar las deudas. No saber apechugar cuando las cosas se complican.

—¿Insinúas que los veranos de Baltimore son fáciles? —le preguntó Merrick. Y entonces, como si quisiera reforzar su argumento, exclamó—: ¡Fiu! —Y dejó de acariciar a Heidi para abanicarse con una mano—. ¿Puede encender alguien ese ventilador?

Brote se levantó y tiró de la cuerda del ventilador del techo.

—Entiendo que puedas querer tener dos casas —dijo de pronto Denny—. O incluso más de dos. Te comprendo. Seguro que a veces, cuando te despiertas por la mañana, hay un momento en el que no sabes dónde estás, ¿a que sí? Estás totalmente desorientada.

—Bueno… supongo —dijo Merrick.

—Antes de abrir los ojos, piensas: «¿Por qué me da la impresión de que la luz me viene de la izquierda? Pensaba que tenía la ventana a la derecha. Ay, pero ¿en qué casa estoy?». O te levantas de la cama por la noche para ir al lavabo y te chocas contra una pared. «¡Au!», exclamas entonces. «¿Dónde se ha metido el cuarto de baño?»

—Bueno… —dijo Merrick.

Abby la miró con cara de preocupación. Saltaba a la vista que Denny había tenido uno de sus inesperados arrebatos de sinceridad.

—Me encanta esa sensación —añadió Denny—. No sabes qué lugar te corresponde en el mundo; no estás anclada a ningún sitio; no te sientes clavada a un único punto, siempre el mismo, eterno y aburrido.

—Supongo —dijo Merrick.

—¿Crees que ese es el motivo por el que viaja la gente? —le preguntó Denny—. Apuesto a que sí. ¿Por eso viajas tú?

—Eh, bueno, en mi caso es más para perder de vista a la madre de Trey —contestó Merrick. Removió los cubitos de hielo—. Esa vieja bruja acaba de cumplir noventa y nueve años —dijo mirando a Red—. ¿Te lo puedes creer? La Reina Eula es inmortal. Te lo juro, creo que sigue viva solo para fastidiarme. Y ya no es solo que ella sea una plasta; también la culpo por haber convertido a Trey en semejante plasta. Lo ha malcriado toda su vida, te lo aseguro. Le ha dado siempre todo lo que ha querido: el Príncipe de Roland Park.

Red se llevó la mano a la frente.

—¡Ay, esto es espeluznante! —exclamó—. ¿He tenido un *déjà vu*? ¿Por qué tengo la impresión de que ya lo había oído en otro momento?

—Y cuanto más envejece Trey, peor se vuelve —continuó Merrick haciendo oídos sordos—. Incluso cuando era joven ya era un hipocondríaco redomado, ¡pero ahora! Créeme, maldigo el día en el que internet permitió que la gente empezara a investigar sus síntomas médicos.

Podría haber continuado con su perorata (solía hacerlo), pero en ese momento Petey irrumpió en la sala de estar.

—Abuela —le dijo—, ¿podemos tomar de una vez el helado de caramelo?

—¿Cómo? ¿Antes de cenar? —preguntó Abby.

—Ya estamos cenando.

—De acuerdo, pues sí, podéis comer helado. Y llévate a Heidi, ¿quieres? Vuelve a estornudar.

Era cierto que Heidi había empezado a estornudar: una serie de estornudos seguidos, leves pero llenos de babas.

—Salud —le dijo Merrick a la perra—. ¿Qué te ocurre, preciosidad? ¿Has pillado un catarro?

—Se pasa el día así —dijo Abby—. De entrada, no parece que los estornudos puedan irritar tanto, pero al cabo del rato sí molestan.

—Mamá cree que es porque tiene alergia a las alfombras de la abuela —dijo Petey.

—Bueno, pues no la traigáis cuando vengáis de visita, pobrecita —dijo Merrick.

—Tiene que estar con nosotros. Vive aquí.

—¿Heidi vive aquí?

—Vive aquí con nosotros.

—¿Que vosotros vivís aquí?

—Sí, y Sammy también tiene alergia. Por la noche le cuesta mucho respirar.

Merrick miró a Abby.

—Llévate a Heidi a la cocina, Petey —insistió Abby—. Sí —dijo luego dirigiéndose a Merrick—. Han venido a vivir con nosotros para ayudarnos. ¿A que es un detalle?

—¿Para ayudaros en qué?

—Bueno, pues… ya sabes. ¡Nos hacemos mayores!

—Yo también me hago mayor, pero no he convertido mi casa en una comuna.

—¡Para gustos, los colores! —exclamó Abby con alegría.

—Espera —dijo Merrick—. ¿Hay algo que no me habéis contado? ¿Le han diagnosticado a alguno de vosotros una enfermedad terminal?

—No, pero después del ataque al corazón de Red…

—¿Red ha sufrido un ataque al corazón?

—Ya lo sabías. Si le mandaste una cesta de fruta al hospital.

—Ah —respondió Merrick—. Sí, es posible.

—Y últimamente yo estoy muy despistada.

—Esto es ridículo —dijo Merrick—. ¿Dos personas tienen un par de achaques y toda su familia se va a vivir con ellas? Es la primera vez que oigo algo así.

Denny carraspeó.

—En realidad —intervino—, Brote no va a quedarse de forma permanente.

—Bueno, gracias a Dios.

—Sí que voy a quedarme —replicó Brote.

Merrick lo miró con la esperanza de que continuara hablando. Los demás bajaron la mirada.

—El que va a quedarse soy yo —dijo Denny.

—Bueno, no… —empezó Brote.

—Vamos, por el amor de Dios, ¿por qué tiene que quedarse alguien? —preguntó Merrick—. Si vuestros padres están tan decrépitos, y debo decir que me cuesta creerlo porque apenas han cumplido los setenta, deberían ir a una residencia o a un piso asistido. Es lo que hace la gente.

—Somos demasiado independientes para una residencia —le dijo Red.

—¿Independientes? ¡Pamplinas! Es otra forma de decir que sois egoístas. Y la gente arrogante como vosotros es la que termina siendo la mayor carga.

Brote se levantó.

—Bueno —dijo—, creo que Nora no querrá que se enfríe la cena que ha preparado.

Se quedó esperando en el centro de la sala.

Todos lo miraron con cara de sorpresa. Al final, fue Merrick la que habló:

—Ah, vale, ya lo entiendo. Hay que sacar de aquí a esta mujer tan pesada; dice demasiadas verdades.

Sin embargo, mientras hablaba ya se había levantado, y apuró el vodka que le quedaba. Se dirigió al recibidor.

—Ya lo sé, ya lo sé —dijo—. Sé cómo son estas cosas.

Los demás se levantaron y la siguieron.

—Toma —dijo Merrick ya en la puerta, y le tendió el vaso vacío a Abby—. Y por cierto —le dijo a Denny—, se supone que a estas alturas ya deberías tener una vida propia. No haces más que escurrir el bulto, volviendo a casa de tus padres en cuanto tienes excusa.

Salió y cruzó el porche con zancadas briosas y enérgicas, como alguien que se aleja victorioso y convencido de haber puesto los puntos sobre las íes.

—Pero ¿de qué habla? —preguntó Denny al cabo de un momento.

—Bueno, ya sabes cómo es —dijo Abby.

—No soporto a esa mujer.

En otras ocasiones Abby habría chasqueado la lengua para reprenderlo, pero ese día se limitó a suspirar y se dirigió a la cocina.

Los hombres fueron al comedor y se distribuyeron en la mesa, todos ellos en silencio. El único que dijo algo fue Red cuando se dejó caer en la silla:

—Ay, madre.

Esperaron en una especie de silencio agotado. Desde la cocina les llegaba el barullo de las voces infantiles y el tintineo de los utensilios. Luego Nora apareció por la puerta batiente; llevaba una cacerola. Abby salió detrás de ella con una fuente de ensalada.

—Tendríais que ver las sobras de Merrick —les dijo Abby a los hombres—. Un tarro con una birria de salsa de tomate de bote. Un pedacito de brie del que queda poco más que la corteza. Y… ¿qué más, Nora? —preguntó.

—Una costilla de cordero asada fría —apuntó Nora, mientras dejaba la cacerola con el guiso en la mesa.

—Ah sí, una costilla de cordero y un envase de arroz chino para llevar. Eso, y un solitario pepinillo en vinagre en un frasco de líquido pringoso.

—Deberíamos ponerla en contacto con Hugh —dijo Denny.

—¿Hugh? —preguntó Abby.

—El Hugh de Amanda. «No Pase, Vaya». Debería llamarlo antes de hacer un viaje.

—Ah, claro, tienes razón —dijo Abby—. ¡Son tal para cual!

—Le diría que hay un comedor social que se muere de ganas de que le dé sus sobras y luego pasaría por su casa a buscarlas y las tiraría a la basura.

El comentario les hizo reír a todos, incluso a un poco a Nora.

—Vamos, no seáis así, chicos —dijo Red.

Pero él también se reía.

—¿Qué pasa? —preguntó Tommy. Acababa de abrir de par en par la puerta batiente de la cocina—. ¿Qué es tan divertido?

Nadie quería contárselo; se limitaron a sonreír y a menear la cabeza. A ojos de un niño, debían de ser como un alegre y distendido club al que solo podían pertenecer los adultos.

Al final fueron necesarios cinco vehículos para ir todos a la playa. Podrían haberse apañado con menos, pero Red insistió, como siempre, en que tenía que llevar la furgoneta. ¿De qué otro modo iban a poder transportar todo lo que necesitaban?, les preguntaba siempre, ¿cómo llevarían las balsas hinchables y las tablas de surf, los cubos y las palas para que los niños jugaran en la arena, las cometas y las raquetas, y la enorme tienda de lona para darles sombra en la playa, con su estructura metálica plegable? (En los viejos tiempos, antes de los ordenadores, solía meter también la

Enciclopedia Británica completa.) Así pues, Abby y él hicieron el trayecto de tres horas en la furgoneta, mientras que Denny llevaba el coche de Abby, con Susan en el asiento del copiloto y las cestas de comida en la parte de atrás. Brote y Nora y los tres niños iban en el coche de Nora, y Jeannie y el Hugh de Jeannie salieron por su cuenta desde su casa, con sus dos hijos, aunque no llevaban a la madre de Hugh, que siempre pasaba la semana de la playa de visita a la hermana de Hugh en California.

Amanda, el Hugh de Amanda y Elise llegaban otro día: iban el sábado por la mañana en lugar del viernes por la tarde, porque a Amanda siempre le costaba apartarse del bufete de abogados; y se quedaban en otra casita, porque el Hugh de Amanda no toleraba lo que denominaba «una jaula de grillos».

Ninguno de los perros los acompañaba. Los dejaban en una guardería canina.

La casa que los Whitshank alquilaban todos los veranos estaba a pie de playa —una zona comparativamente poco saturada de la costa de Delaware—, pero no era lo que podría llamarse lujosa. Las paredes eran de madera sin pulir y estaban pintadas de un deprimente verde guisante; los tablones del suelo tenían tantas astillas que nadie se atrevía a ir descalzo; la cocina era por lo menos de los años cuarenta. Sin embargo, la casa era lo bastante grande para albergarlos a todos y mucho más acogedora que las relucientes mansiones nuevas con sus gigantescas ventanas palladianas que habían surgido como setas en el resto de la costa. Además, Red siempre encontraba arreglos y chapucillas que hacer para entretenerse. (No sabía estar de vacaciones.) Incluso antes de que Abby y Nora hubieran desempaquetado la comida, ya había catalogado con alegría media docena de pequeñas emergencias domésticas.

—¡Fijaos en este enchufe! —comentó—. ¡Si prácticamente cuelga de un cable!

Y fue directo a la furgoneta a buscar las herramientas, con el Hugh de Jeannie detrás.

—Han vuelto los vecinos de al lado —dijo Jeannie, que acababa de entrar de la galería.

La casa de al lado era casi la única tan poco pretenciosa como la de ellos, y los vecinos a los que se refería la alquilaban por lo menos desde hacía tanto tiempo como los Whitshank. Sin embargo, por curioso que parezca, las dos familias nunca socializaban. Se sonreían unos a otros si coincidían en la playa a la vez, pero no hablaban. Y aunque Abby se había planteado un par de veces invitarlos a tomar una copa, Red siempre le quitaba las ganas. Deja las cosas como están, le decía: menos posibilidades de tener visitas no deseadas en el futuro. Incluso Amanda y Jeannie, que de pequeñas buscaban otros niños con quienes jugar en vacaciones, se retiraban con timidez porque las dos hijas de los vecinos de al lado siempre iban acompañadas de amigos propios, y además eran un poco mayores que ellas.

Así pues, durante todos aquellos años —ya iban treinta y seis— los Whitshank habían observado desde lejos cómo a los jóvenes y esbeltos padres de la casa de al lado les iban saliendo michelines y se les encanecía el pelo, y cómo sus hijas se desarrollaban y dejaban de ser niñas para convertirse en mujeres. Un verano, a finales de la década de 1990, cuando las hijas todavía eran adolescentes, los Whitshank se fijaron en que el padre de la familia no se metía ni una sola vez en el agua, y en lugar de ir a la playa se pasaba la semana de vacaciones en una tumbona en la terraza, tapado con una manta; el verano siguiente ya no estaba con ellos. Ese año los vecinos de al lado fueron un grupito triste y taciturno, mientras que hasta entonces siempre había dado la impresión de que se divertían mucho; pero aun así fueron, y siguieron yendo muchos años. A partir de ese verano, la madre daba sus paseos matutinos por la playa en solitario, y las hijas empezaron a ir acompañadas de novios que luego se metamorfosearon en maridos, así sin más, y luego apareció un niño pequeño, y más tarde, una niña.

—Este año el nieto ha venido con un amigo —informó Jeannie—. Ay, me entran ganas de llorar.

—¿De llorar? ¿Por qué? —le preguntó Hugh.

—Es por... el aspecto cíclico, supongo. La primera vez que vimos a los vecinos de al lado, las hijas eran las que venían con amigos, y ahora es el nieto, y todo vuelve a empezar.

—Seguro que también les habéis dado mucho tema de conversación a ellos —dijo Hugh.

—Bueno, es que en cierto modo, ellos son nosotros —dijo Jeannie.

Sin embargo, se notaba que a Hugh le costaba comprender el razonamiento.

El viernes que llegaron los Whitshank, solo los hombres y los niños fueron al mar. Las mujeres estaban atareadas deshaciendo maletas, haciendo camas y preparando la cena. Pero el sábado, cuando se presentaron Amanda y su familia, ya habían vuelto a su rutina estival de pasar toda la mañana en la playa, comer en casa con los bañadores llenos de arena, y por la tarde volver a la playa. La tienda de lona daba sombra a los adultos Whitshank con la piel más blanca, pero los cuñados se tumbaban con descaro al sol. Los tres hijos de Brote retaban a las olas gigantes para ver si se los llevaban o no, aunque en el último momento huían entre chillidos y risas, mientras Brote montaba guardia en la orilla de brazos cruzados. Elise, la hija de Amanda, larguirucha y pálida con su bañador que recordaba a un tutú, se quedaba altiva y sin mojarse en una esquinita de la toalla bajo la sombra de la tienda, pero Susan y Deb pasaban casi todo el tiempo buceando y sorteando las olas. Ese verano Susan tenía catorce años —la edad de Elise, aunque parecía congeniar mucho más con Deb, que tenía trece—. Tanto Deb como ella seguían siendo niñas, a pesar de que Deb era una cría flaca como un palo mientras que Susan tenía una constitución más compacta, sin cintura y con el pecho casi plano, pero con un toque casi voluptuoso en los labios carnosos y los enormes ojos castaños. Ambas compartían habitación ese año. Antes Elise solía dormir en las literas con ellas en lugar de en la casita de sus padres, pero ya no. (Se había vuelto una pija, decían Deb y Susan.) Alexander también estaba casi solo: demasiado pequeño para las niñas y demasiado sedentario para los hijos de Brote. Se pasaba casi todo el tiempo sentado en la orilla, donde la espuma de las olas le lamía las suaves piernecillas blancas al subir y bajar la marea, salvo cuando su padre lo animaba a jugar con las raquetas o a montar en la balsa hinchable.

Por toda la playa los adolescentes construían castillos de arena inmensos mientras las madres mojaban los pies descalzos de sus recién nacidos en la espuma y los padres les lanzaban discos voladores a sus hijos. Las gaviotas chillaban al sobrevolar a la gente, y un avioncillo recorría la línea costera con un cartel que anunciaba un restaurante donde se podía comer «todo el marisco que quiera».

Amanda y el Hugh de Amanda no estaban en su mejor momento. O mejor dicho, Amanda no estaba en su mejor momento de pareja; Hugh parecía felizmente ajeno a lo que ocurría. Ella contestaba a todo lo que le preguntaba su marido con parquedad, y cuando la invitó a dar un paseo por la playa, le dijo: «No, gracias», y cerró la boca hacia abajo mientras observaba cómo se marchaba él solo.

Abby, que estaba sentada cerca de Amanda pero fuera de la tienda, al sol, dijo:

—¡Ay, pobre Hugh! ¿No crees que deberías acompañarlo?

(Se pasaba la vida controlando los matrimonios de sus hijas.) Pero Amanda no respondió, así que Abby se rindió y retomó la lectura. Habían descubierto una pila de revistas del corazón debajo del televisor, que sin duda había dejado el anterior inquilino, y se pasaban las revistas de mano en mano, primero entre las nietas, después entre las hijas, y por último cayeron en las manos de la propia Abby, que hojeaba y chasqueaba la lengua ante las tonterías que leía.

—¿Y tanto alboroto porque fulanita se ha quedado embarazada? —les preguntó a sus hijas—. ¡Pero si ni siquiera sé quién es fulanita!

Con su bañador color rosa con faldita, con los hombros rollizos relucientes por la crema protectora y las piernas levemente salpicadas de arena, parecía una magdalena. De momento no se había atrevido a meterse en el agua, y Red tampoco. De hecho, Red todavía iba con zapatos de calle y calcetines oscuros. Desde luego, ese era el año en el que iban a autoproclamarse oficialmente viejos.

—Recuerdo que cuando lo conocí pensé que era un imbécil —le dijo Amanda a Denny. Debía de referirse a Hugh—. Yo vivía en aquel apartamento de Chase Street que tenía un contenedor de basura en la puerta del edificio, y no paraba de encontrarme bolsas de basura en el suelo, al lado del contendor en lugar de dentro. Había visto que de las bolsas salían botellas de cerveza y latas de chile con carne, envases que deberían haber ido en el contenedor de reciclaje. ¡Me ponía furiosa! Un día pegué una nota en una de las bolsas: «Quien haya hecho esto es un cerdo».

—¡Amanda! ¡De verdad! —exclamó Abby, pero su hija hizo oídos sordos.

—No sé cómo supo que era yo —le dijo a Denny—, pero lo hizo. Llamó a mi puerta y se presentó con la nota en la mano. «¿Has escrito tú esto?», me preguntó. Y contesté: «Ya lo creo que sí». Entonces mostró todos sus encantos. Me dijo que lo sentía en el alma, que no volvería a ocurrir, que no conocía las normas de reciclaje y no había metido la bolsa en el contenedor porque no cabía y bla, bla, bla... Como si eso fuera excusa. Sin embargo, reconozco que me robó el corazón. Aunque, ¿sabes una cosa? Tendría que haberme fijado. Ahí estaba el letrero, escrito en letras inmensas delante de mis narices desde el principio: este hombre cree que es la única persona del planeta. Estaba más claro que el agua.

—Bueno, ¿y ahora recicla? —le preguntó Denny.

—No lo has pillado —dijo Amanda—. Estoy hablando de su naturaleza, de la esencia de ese hombre. Se trata de lo que él considera adecuado. Acaba de apalabrar la venta del restaurante con un comprador que le ha ofrecido una birria, únicamente porque se ha aburrido y quiere dedicarse a otra cosa. ¿Te lo puedes creer?

—Pensaba que te parecía bien esa otra cosa —comentó Denny—. Creía que habías dicho que era una idea fabulosa.

—Bah, era para apoyarlo. Además, no es la cosa nueva en sí

lo que me molesta; es el modo como pretende deshacerse de lo anterior. ¡Ni siquiera me lo ha consultado! Aceptó la primera oferta que le hicieron, porque quiere lo que quiere y cuando lo quiere.

Abby le tocó el brazo a Amanda. Dirigió una mirada cargada de intención hacia Elise, pero Amanda no se dio cuenta.

—¿Qué? —preguntó, y se volvió.

Y justo entonces Elise se levantó con un único movimiento grácil y echó a andar hacia el agua, como si nada de lo que dijeran los adultos tuviera que ver con ella.

—No sabía que os habíais conocido así —dijo Abby—. ¡Parece de película! Como en una película de Rock Hudson y Doris Day en la que empiezan odiándose. Pensaba que os habíais conocido en el ascensor o algo parecido.

—Ese hombre es imposible —dijo Amanda, como si Abby no hubiese hablado.

—Pero es comprensible que se lance de cabeza si tiene oportunidad de vender —dijo Denny—. Supongo que no es fácil deshacerse de un sitio en el que solo sirven pavo.

—Bueno, pero no tienen que servir solo pavo por obligación. Podrían ofrecer otras cosas. Y tiene un equipamiento alucinante, con hornos y tal, que valen mucho dinero.

—Ay —intervino Abby—, pobre Hugh. Los hombres gestionan fatal el fracaso.

—Mamá, por favor. Ya basta con lo de «pobre Hugh».

—¿Quieres ir a dar una vuelta, Ab? —le preguntó Red de repente.

No quedaba claro si había escuchado la conversación anterior. A lo mejor le apetecía dar un paseo y punto. En cualquier caso, se levantó con dificultad y se acercó para darle la mano a Abby y ayudarla a incorporarse. Ella seguía negando con la cabeza cuando empezaron a caminar por la playa.

—Ahora mantendrán una larga conversación sobre lo mala esposa que soy —dijo Amanda mirándolos.

—Desde hace un tiempo, papá camina muy despacio —dijo Jeannie—. Miradlo. Está acartonado.

—¿Cómo se las arregla en el trabajo? —le preguntó Denny.

—En la oficina no me doy tanta cuenta. Ya no realiza tareas que requieran un esfuerzo.

Observaron a sus padres, que habían alcanzado a Nora, quien regresaba de dar un paseo sola. Intercambió unas palabras con ellos y continuó caminando hacia Brote y sus hijos. Pasó flotando, etérea, por delante de un grupo de chicos adolescentes que jugaban con una pelota de fútbol junto a la orilla. La falda negra cruzada ondeaba y se separaba sobre el modesto bañador de una pieza, y el pelo moreno se le levantaba de los hombros con la brisa. Los adolescentes dejaron de jugar para seguirla con la mirada; uno de ellos sujetó la pelota bajo el brazo.

—La *femme fatale* involuntaria —murmuró Denny, y Amanda silbó, divertida.

—¿Se lo pasa bien Elise? —le preguntó Jeannie a Amanda—. Parece que este año no está muy integrada.

—No tengo ni idea —dijo Amanda—. Solo soy su madre.

—Supongo que el ballet la ha apartado de las cosas.

Amanda no contestó. Los tres permanecieron en silencio un instante, con la mirada fija en un niño pequeño que todavía iba con un pañal para el agua y que perseguía a una bandada de gaviotas. Las gaviotas se pavoneaban delante de él con andar digno, y aceleraban el paso poco a poco aunque fingían no darse cuenta de la presencia del niño.

—¿Y qué me dices de Susan? —le preguntó Jeannie a Denny—. ¿Se divierte?

—Se lo pasa en grande —contestó él—. Le encanta venir aquí. Son los únicos primos que tiene.

—Ah. ¿Carla no tiene hermanos?

—Solo un hermano soltero.

Jeannie y Amanda enarcaron las cejas y se miraron.

—¿Qué tal está Carla últimamente? —le preguntó Amanda al cabo de un momento.

—Bien, que yo sepa.

—¿La ves mucho?

—No.

—¿Ves a alguien?

—¿Que si veo a alguien?

—Ya sabes a qué me refiero. A si quedas con mujeres.

—No mucho —dijo Denny. Y a continuación, justo cuando parecía que la conversación había terminado, añadió—: Reconócelo, no soy muy buen partido.

—¿Por qué no? —le preguntó Jeannie.

—Bueno, cuando la gente me conoce cree que soy un vago. No es que me haya forjado una carrera profesional impresionante durante todos estos años.

—Bah, no seas ridículo. Muchas mujeres se enamorarían de ti.

—No —contestó Denny—, si lo piensas bien, reconocerás que las cosas no han cambiado mucho desde la época en que los padres intentaban que sus hijas se casaran con tipos con títulos y propiedades, con buenos partidos. Las mujeres aún quieren saber a qué te dedicas cuando te conocen. Es la primera pregunta que sale de su boca.

—¿Y qué? ¡Eres profesor! O por lo menos, profesor suplente.

—Eso es —dijo Denny.

Una niña pequeña los adelantó de camino al agua: la nieta de los vecinos de al lado. De forma instintiva, tanto Denny como sus hermanas volvieron un poco la cabeza para ver a los vecinos, que caminaban desde su casa hasta la playa con toallas, sillas plegables y una nevera portátil. Se quedaron a poco más de veinte pasos de donde estaban los Whitshank. Los adultos desplegaron las sillas y se acomodaron en fila de cara al océano, mientras que el nieto y su amigo fueron directos a donde estaba la niña, que saltaba las olas.

—¿Alguna vez nos hemos tomado la molestia de asegurarnos de si vienen solo para una semana? —preguntó Amanda—. A lo mejor se pasan aquí todo el verano.

—No —contestó Jeannie—. Los vimos llegar una vez, ¿te acuerdas? Con las maletas y los bártulos para la playa.

—Tal vez se quedan más tiempo cuando nosotros nos vamos.

—Bueno, podría ser. Supongo que sí podrían. Pero me gusta pensar que se marchan a la par que nosotros. Mantendrán la misma conversación que tenemos siempre nosotros: ¿deberíamos reservar dos semanas el año que viene? Pero al final de las vacaciones dirán: «Ay, no, en realidad, con una semana es suficiente». Así pues, volverán la misma semana año tras año, y dentro de otros cincuenta años diremos —y entonces Jeannie cambió la voz para aparentar una anciana—: «Ay, mira, son los vecinos de al lado, ¡y ahora el nieto tiene un nieto!».

—Hoy se han traído la comida —dijo Denny—. Podríamos cotillear qué llevan.

—¿Qué os parece si nos levantamos y vamos a presentarnos para que nos conozcan, ahora mismo? —preguntó Jeannie.

—Sería decepcionante —dijo Amanda.

—¿Por qué?

—Porque tendrían algún apellido aburrido, tipo Smith o Brown. Y trabajarían, no sé, pongamos en publicidad, o en una tienda de informática, o de consultores. En cualquier cosa que trabajaran, sería una decepción. Nos dirían: «Ay, encantados de conoceros; siempre nos preguntábamos por vosotros». Y entonces tendríamos que decirles nuestros nombres aburridos y contarles nuestras ocupaciones aburridas.

—¿De verdad crees que hablan de nosotros?

—Por supuesto que sí.

—¿Crees que les caemos bien?

—¿Y por qué no? —preguntó Amanda.

Lo dijo en tono jocoso, pero no sonreía. Analizaba sin tapujos a los vecinos de al lado con una expresión seria, interrogante, como si no estuviera del todo segura. ¿Pensarían que los Whitshank eran atractivos? ¿Intrigantes? ¿Se admirarían al ver cuántos eran y lo unidos que estaban? ¿O habrían notado una grieta oculta en algún sitio: un intercambio de palabras hirientes o un silencio incómodo o algún signo de tensión? Ay, ¿qué opinarían de ellos? ¿Qué observaciones harían si los Whitshank se les acercaran en ese preciso momento y les preguntaran?

Era costumbre que durante las vacaciones los hombres fregaran los platos por la noche. Echaban a las mujeres de la cocina

—«Vamos, vamos, marchaos. ¡Fuera! Sí, ya lo sabemos: dejad las sobras en la nevera»— y luego Denny llenaba el pocillo de agua caliente y Brote extendía un paño de cocina en la encimera. Mientras tanto, el Hugh de Jeannie, uno de esos tipos meticulosos y concienzudos, reorganizaba la cocina de arriba abajo y barría y limpiaba todas las superficies. Red recogía algunos platos de la mesa, pero enseguida, a petición de los demás hombres, se acomodaba en la mesa de la cocina con una cerveza y miraba cómo trabajaban.

El Hugh de Amanda nunca estaba en esa escena. El núcleo de su familia solía cenar en el pueblo.

La última noche, el jueves, hacían una limpieza más a fondo. Tiraban todas las sobras y vaciaban los estantes de la nevera y los limpiaban. El Hugh de Jeannie se sentía entonces en su salsa.

—¡Tirad eso! Sí, eso también —dijo cuando Brote le enseñó un envase casi lleno de ensalada de col—. No vale la pena llevárnoslo a Baltimore.

Los tres hombres miraron de reojo a Red, que compartía la aversión de su hermana por el desperdicio de comida, pero estaba hojeando una de las revistas del corazón y no se dio cuenta.

—¿Qué plan tenemos para mañana? —preguntó Denny—. ¿Nos iremos al amanecer?

—Bueno, por lo menos, yo sí —dijo Hugh—. Tengo media docena de mensajes en el contestador del móvil. —Se refería a mensajes de la facultad—. Tengo que revisar un montón de cosas en la residencia de estudiantes.

—Vaya —le dijo Denny a Brote—, eso significa que se acerca el otoño.

—A la vuelta de la esquina —dijo Brote.

Devolvió al fregadero un plato que no había quedado muy limpio.

—Supongo que no tardaréis mucho en volver a vuestra casa —le dijo Denny—. Si no, los niños tendrán que cambiar de colegio.

Brote secó otro plato. Se quedó en suspenso un instante, pero luego continuó con la tarea.

—Ya los hemos cambiado —dijo—. Nora matriculó a los dos mayores la semana pasada.

—Pero lo más lógico es que volváis a vuestra casa ahora que yo voy a quedarme.

Brote dejó el plato encima de la pila que ya estaba limpia.

—No vas a quedarte —dijo.

—¿Qué?

—Te irás en cualquier momento.

—Pero ¿qué dices?

Denny se había dado la vuelta para mirarlo de frente, pero Brote siguió secando platos.

—Te picarás con alguno de nosotros, o te ofenderás por algo —le recriminó—. O te llamará por teléfono el típico conocido misterioso con la típica emergencia misteriosa, y volverás a desaparecer.

—Menuda chorrada —le dijo Denny.

—Vamos, venga, tíos… —intervino el Hugh de Jeannie.

Y Red levantó los ojos de la revista, marcando con un dedo por dónde se había quedado.

—Solo lo dices porque te gustaría que no me quedase —le dijo Denny a Brote—. Soy más que consciente de que quieres que desaparezca del mapa. No me sorprende.

—No quiero que desaparezcas del mapa —dijo Brote.

Se miraron de forma desafiante. Brote sujetaba un plato en una mano y el paño en la otra, y habló en un tono un poco más elevado de lo necesario:

—¡Por Dios! ¿Qué tengo que hacer para convencerte de que no quiero suplantarte? No quiero nada que sea tuyo. ¡Nunca lo he querido! ¡Solo intento ayudar a papá y a mamá!

—¿Qué? Esperad —dijo Red.

—Claro, es típico de ti —le dijo Denny a Brote—. Un dechado de bondad. Más santo que Dios Todopoderoso.

Brote empezó a decir algo más; tomó aliento y abrió la boca. Luego emitió un sonido desesperado que sonó a «¡Aaaaar!», y sin pensarlo dos veces arremetió contra Denny y le dio un violento empujón.

En realidad no fue un ataque. Fue más un acto de ciega frustración. Pero pilló a Denny desprevenido y este perdió el equilibrio. Trastabilló hacia un lado y tiró al suelo el plato que llevaba en la mano, que acabó hecho añicos, e intentó recomponerse pero, sin saber cómo, se cayó y fue a dar con la cabeza en la esquina de la mesa antes de aterrizar sentado.

—Ay —dijo Brote—. Ostras.

Red se levantó boquiabierto, con la revista colgando de una mano. Hugh daba vueltas delante de la nevera.

—Tíos, vamos, venga. Eh —les decía, mientras agarraba con fuerza la bayeta como si se sintiera impotente.

Denny intentó incorporarse con dificultad. Le sangraba la sien izquierda. Brote se inclinó para echarle una mano, pero en lugar de aceptarla, Denny le dio un puñetazo cuando estaba medio incorporado y le golpeó en el esternón. Brote retrocedió y cayó de espaldas. Se chocó contra un armario de la cocina. Volvió a sentarse, aunque parecía conmocionado, y levantó una mano poco a poco para palparse la cabeza.

De repente, la cocina se llenó de mujeres agitadas y de niños asustados y con los ojos como platos. Parecía que hubiera una multitud, muchos más de los que podían ser contándolos a todos.

—¿Qué es esto? Pero ¿qué ha pasado? —preguntó Abby.

Nora se inclinó sobre Brote e intentó ayudarle a ponerse de pie.

—Déjalo sentado —le dijo Jeannie—. ¿Brote? ¿Estás mareado?

Brote seguía sujetándose la cabeza con una expresión de desconcierto. Había un plato hecho añicos junto a él.

Denny estaba de pie, pero apoyado contra el fregadero. Parecía aturdido más que otra cosa.

—¡No sé qué mosca le ha picado! —exclamó—. ¡De repente se ha puesto como una fiera!

Le caía sangre por un lado de la cara, que oscurecía su camiseta verde oliva.

—Mírate —le dijo Jeannie—. Tenemos que ir a urgencias. Con los dos.

—Yo no necesito ir a urgencias —dijo Denny.

—Estoy bien. Dejad que me levante —dijo Brote al mismo tiempo.

—Los dos tienen que ir al médico —terció Abby—. A Denny hay que ponerle puntos y Brote podría tener una conmoción cerebral.

—Estoy bien —dijeron a dúo Brote y Denny.

—Por lo menos, túmbate en el sofá —le dijo Nora a Brote.

No parecía en absoluto nerviosa. Lo ayudó a ponerse de pie, esta vez sin que Jeannie se opusiera, y lo acompañó fuera de la cocina. Todos los niños lo siguieron como borreguillos salvo Susan, que se quedó muy cerca de Denny y le acarició la muñeca. Las lágrimas le resbalaban por las mejillas.

—¿Por qué lloras? —le preguntó Denny—. No es nada. Ni siquiera me duele.

La chica asintió y tragó saliva, pero las lágrimas no dejaban de brotar. Abby la abrazó.

—No pasa nada, bonita. Las heridas en la cabeza siempre sangran mucho.

—Fuera —dijo Jeannie—. Todos fuera de la cocina mientras arreglo el estropicio. Hugh, ve a buscar el botiquín. Está en el cuarto de baño. Susan, necesito papel de cocina.

Red había vuelto a desplomarse en la silla en algún momento, pero Abby le tocó el hombro.

—Vamos a la salita.

—No entiendo qué ha pasado —le dijo.

—Yo tampoco, pero dejemos que Jeannie se encargue de las cosas.

Lo ayudó a levantarse y se dirigieron a la puerta. Susan fue la única que se quedó. Le dio a Jeannie un rollo de papel de cocina.

—Gracias —le dijo Jeannie.

Arrancó varias hojas y las humedeció en el grifo.

—Primero vamos a limpiar la herida para ver si hacen falta puntos —le dijo a Denny—. Siéntate.

—No necesito puntos —dijo este.

Se sentó en una silla. Jeannie se inclinó sobre él y presionó con el montón de papel de cocina contra la sien. Mientras tanto, Susan se sentó en la silla que había al lado de su padre y le cogió una mano.

—Mmm —murmuró Jeannie.

Observó el corte de Denny. Volvió a doblar el papel de cocina y se lo puso de nuevo contra la sien.

—Ay —se quejó aquel.

—¿Hugh? ¿Dónde está el botiquín?

—Aquí lo tienes —dijo el Hugh de Jeannie mientras entraba en la cocina.

Le entregó lo que parecía una caja de metal para aperos de pesca.

—Ve a decirles a los demás que no dejen que Brote se duerma, ¿de acuerdo? Deja eso —añadió, porque Hugh se había agachado para recoger el plato hecho añicos—. Tenemos que asegurarnos de que no entra en coma.

Siempre había sido de esas personas que se vuelven más autoritarias en momentos de crisis. Se apartó de la cara la coleta de caballo con tanto ímpetu que casi le dio un latigazo por el otro lado.

Hugh se marchó. En cuanto se hubo ido, Denny dijo:

—Te juro que no ha sido culpa mía.

—De verdad... —dijo Jeannie.

—En serio. Tienes que creerme.

—Susan, busca el Neosporin, por favor.

Susan levantó la mirada hacia Jeannie, pero siguió sentada.

—Pomada. En el botiquín —le dijo Jeannie.

Volvió a doblar las hojas de papel de cocina una vez más. Ahora ya estaban casi empapadas y rojas. Susan soltó la mano de Denny para buscar en el botiquín. Tenía una mancha de sangre en el hombro de la blusa.

—Estábamos fregando los platos, nada más —dijo Denny—. La mar de tranquilos. Y de repente a Brote se ha puesto hecho una furia porque le he dicho que ya puede volverse a su casa.

—Sí, ya me lo imagino —dijo Jeannie.

—¿Qué quieres decir?

Tiró las hojas de papel de cocina a la basura y tomó el Neosporin que le tendía Susan.

—Quieto —le dijo a Denny. Le puso un poco de ungüento. Él se mantuvo quieto y la miró fijamente a los ojos. Jeannie añadió—: ¿Cuándo vas a pasar página de una vez, Denny? ¡Supéralo! ¡Déjalo de una vez!

—¿Dejar el qué? ¡Pero si ha empezado él!

—¿No te parece que todos tenemos algún tipo de… herida? ¡El propio Brote, por ejemplo! ¿No crees que yo también podría sentirme celosa si me empeñara? Papá favorece a Brote mucho más que a mí, a pesar de que yo trabajo muy bien. Siempre habla de cuando Brote esté al mando del negocio algún día, como si yo no existiera, como si yo no pudiera hacer todas y cada una de las cosas que hacen los hombres si alguien me enseñara a hacerlas. Pero ¿sabes qué, Denny? Lo que ocurre es que nadie tiene que enseñarle a Brote cómo se hacen. Es como, no sé, como si hubiera nacido sabiéndolo. Resuelve las cosas sin que le digan cómo. Si soy sincera, diré que se merece estar al mando.

Denny soltó un bufido de impaciencia, que Jeannie pasó por alto.

—Vendas y puntos adhesivos —le dijo a Susan—. Si me encuentras unos puntos en el botiquín, estamos salvados.

Susan rebuscó en la caja metálica, que no parecía muy bien organizada. Apartó tijeras, pinzas, rollos de gasa, un frasco de vinagre para las picaduras de medusa, y por fin encontró una caja de puntos de aproximación adhesivos.

—Estupendo —dijo Jeannie. Dejó unos cuantos sobre la mesa.

Después cogió uno y rompió el envoltorio—. Con unos pocos debería bastar —le dijo a Denny—. Ahora quieto, por favor.

—Lo que me importa no es quién esté al mando —dijo Denny—. Es más, te aseguro que yo no quiero estar al mando. Lo que ocurre es que papá no se siente satisfecho con ninguno de los demás. ¡Sus tres propios hijos! Tú misma lo has dicho: tú deberías ser la que heredara el negocio. Tú eres una Whitshank. Pero no, claro, papá tenía que ir a pescar a otra persona ajena a la familia.

—No fue a pescar —dijo Jeannie.

Se apartó para comprobar cómo había quedado el punto adhesivo y luego cogió otro.

—No eligió que Brote formara parte de la familia. Surgió así.

—Durante toda mi vida, papá ha hecho que me sintiera como si no diera la talla —dijo Denny—. Como si estuviera... lisiado; me falta algo. Escúchame bien, Jeannie: un verano, cuando trabajaba en Minnesota, tuve un jefe que pensaba que yo tenía buen ojo. Estábamos colocando unos armarios y se me ocurrieron unos diseños que, según él, eran fantásticos. Me preguntó si alguna vez me había planteado dedicarme a fabricar muebles. Él sí pensaba que tenía talento. ¿Por qué papá nunca lo piensa?

—¿Y luego qué? —le preguntó Jeannie.

—¿A qué te refieres con ese «qué»?

—¿Qué ocurrió con la fabricación de muebles?

—Eh, bueno... No me acuerdo. Creo que pasamos a la parte aburrida del oficio. Poner zócalos, o algo así. En resumidas cuentas, lo dejé.

Jeannie suspiró y recogió los envoltorios de los puntos de aproximación que había en la mesa.

—Muy bien, Susan —le dijo a su sobrina—. Ahora puedes ayudar a tu padre a ir a la salita.

Pero justo cuando Denny se incorporaba, Brote entró en la cocina, con Nora pisándole los talones. Por su aspecto, se había recuperado del golpe en la cabeza. Parecía que había vuelto en sí, aunque estaba más pálido y desaliñado.

—Denny, quiero pedirte perdón —dijo Brote.

—Lo siente muchísimo —añadió Nora.

—No debería haber perdido los estribos, y quiero pagarte la camiseta de String Cheese Incident.

Denny resopló para indicar que le hacía gracia, y Abby, que había entrado en la cocina detrás de ellos —por supuesto, tenía que participar en eso, tenía que desvivirse para recomponer la familia— intervino.

—Vamos, Brote, no pasa nada; seguro que podemos limpiarlo con OxiClean —dijo.

Y ese comentario hizo que Denny se riera a carcajadas.

—Olvídalo —le dijo a Brote—. Finjamos que no ha ocurrido nada.

—Bueno, es un detalle por tu parte.

—En realidad, en cierto modo me alivia descubrir que eres humano —dijo Denny—. Hasta ahora pensaba que no tenías ni una pizca de competitividad en la sangre.

—¿Competitividad?

—Es igual, déjalo. Dame la mano —dijo Denny, y extendió la suya.

—¿Por qué dices que soy competitivo? —insistió Brote.

Denny bajó la mano.

—Oye, acabas de pegarme porque he dicho que debería ser yo

quien se quedara a ayudar a papá y mamá. ¿No llamarías a eso ser competitivo?

—¡Joder! ¡Maldita sea! —dijo Brote.

—¡Douglas, por favor! —exclamó Nora.

Brote le dio un puñetazo en la boca a Denny.

No fue un golpe experto —aterrizó con torpeza, un poco torcido—, pero suficiente para volver a tumbar a Denny en la silla. La sangre le manó al instante del labio inferior. Sacudió la cabeza, aturdido.

—¡Basta! ¡Basta ya, por favor! —chilló Abby.

—Por el amor de Dios —dijo Jeannie.

Y Susan empezó a llorar otra vez y se mordió los nudillos. Los demás aparecieron en el vano de la puerta tan rápido que daba la impresión de que hubiesen estado aguardando ese momento. Brote parecía sorprendido. Se miró el puño, que tenía los nudillos raspados. Desvió la mirada hacia Denny.

—Fuera —ordenó Jeannie a todos. Y luego añadió, con voz fatigada—: Primero vamos a limpiar la herida para ver si necesita puntos.

6

Al principio, Abby se puso nerviosa al pensar en la cita con el doctor Wiss, pero luego pensó: «No pasa nada, ya conozco las tijeras de modista de la marca Wiss que tenía mi madre». Y el peso exacto, contundente, de esas tijeras le vino a la cabeza de inmediato, junto con las anillas demasiado gruesas que se le clavaban en el hueso del pulgar hasta dejarle marca, y el primer movimiento, que siempre se encallaba antes de que los pesados dientes de las tijeras empezaran a cortar la tela.

Pero... un momento. En realidad, un Wiss no tenía nada que ver con el otro.

Había sido Nora quien había concertado la visita. Había llamado al pastor de su parroquia para preguntarle por los datos de un gerontólogo, y después telefoneó a la consulta del doctor Wiss sin consultárselo a Abby. ¡Metomentodo! Primero debía de haberlo hablado con Red, porque cuando Abby se quejó, él no parecía sorprendido, y le dijo que no le haría daño escuchar los consejos de un médico.

Abby reconoció que Nora empezaba a sacarla de quicio. Para empezar, ¿por qué se empeñaba en llamar a Abby «madre Whitshank»? Hacía que Abby pareciera una anciana campesina con zuecos de madera y pañuelo en la cabeza. Cuando entraron a formar parte de la familia, Abby ofreció a las parejas de sus hijos que eligieran entre «mamá» o «Abby». «Madre Whitshank» ni siquiera había rozado sus labios.

Además, Nora apilaba los platos uno encima de otro cuando recogía la mesa, en lugar de llevar uno en cada mano, como le habían enseñado a Abby que era lo correcto. Todos los platos llegaban a la cocina con comida en la parte inferior. ¡Y aun así, criticaba la forma que tenía Abby de llevar la casa! O por lo menos, eso parecía insinuar cuando echaba la culpa de las alergias de Sammy al polvo de las alfombras. Y preparaba comidas grasientas y fritas que eran terribles para el corazón de Red; además, era demasiado permisiva con sus hijos, y esa cama inmensa que había encargado llenaba por completo la pequeña habitación de Brote y apenas dejaba espacio para maniobrar al hacer la cama.

En fin, sí, no eran más que roces de la convivencia, se dijo Abby. Era lo normal cuando compartías techo con alguien; por eso se notaba tan irritable.

Se lo repetía a sí misma varias veces al día.

También intentaba convencerse de que algunas de nuestras relaciones presentes son relaciones nuevas, que no tienen que ver con encarnaciones pasadas: nuevas experiencias para ampliar nuestros horizontes. A lo mejor el papel de Nora en la vida de Abby era profundizar y enriquecer el alma de Abby. ¿Podía ser?

No era que Abby fuese una suegra difícil. Porque, ¡había que ver lo bien que se llevaba con el Hugh de Amanda! Un reto, tal como admitía la propia Amanda, pero Abby lo encontraba divertido. Y el Hugh de Jeannie, por supuesto, era un cielo. Algunas de las amigas de Abby lo pasaban fatal con sus yernos y nueras. Las nueras eran peor que los yernos, todas estaban de acuerdo. Algunas ni siquiera se hablaban con ellas. Abby se esforzaba mucho más que esas otras familias.

Ojalá no se sintiera tan desplazada. Tan externa, tan innecesaria. Siempre había dado por hecho que cuando fuera vieja tendría al fin una confianza total en sí misma. Pero bastaba con mirarla: seguía siendo insegura. En muchos aspectos, era más insegura ahora que cuando era niña. Y a menudo, cuando se oía hablar, le abrumaba notar lo despreocupada que sonaba, como si tuviera la cabeza hueca y fuese superficial; como si, sin saber cómo, hubiese terminado encarnando el papel de madre en una serie de televisión mala.

¿Qué diantres le había ocurrido?

La cita con el doctor Wiss no era hasta mediados de noviembre. (Saltaba a la vista que había una buena lista de espera de abuelos con problemas.) Antes de noviembre podía haber pasado de todo. A lo mejor sus pequeños achaques sin importancia —su «mente que saltaba de pista», tal como se lo imaginaba ella— habían desaparecido por sí mismos. ¡O a lo mejor se había muerto! No, fuera ese pensamiento.

Aún estaban a mediados de septiembre. Todavía hacía buen tiempo, las hojas apenas empezaban a amarillear y las mañanas eran frescas pero no frías de verdad. Podía sentarse en el porche después de desayunar solo con el jersey, y mecerse en el columpio dándose impulso adelante y atrás con las puntas de los pies mientras observaba a los padres y a sus hijos que pasaban por delante de la casa de camino al colegio. Se notaba que acababa de empezar el curso en que los niños iban bien vestidos. En cuanto transcurriera otro mes, sus padres se esforzarían menos por arreglarlos. Y algunos de los chicos mayores empezarían a ir al colegio sin sus padres, aunque Petey y Tommy eran aún muy pequeños para eso, claro. Habían salido con Nora hacía unos minutos; Sammy iba apoyado en la barra delantera del carricoche, como si fuera un capitán de barco que intentara atisbar tierra, y Heidi daba saltos delante de ellos con una correa flamante y tan larga que resultaba ridícula. Tres cabecitas rubias que resplandecían entre los árboles; no era típico de los Whitshank. Aunque de pequeño Brote era muy rubio, así que era de esperar.

Daba la impresión de que los niños se habían adaptado muy bien al vecindario: subían y bajaban con los patinetes por la acera e invitaban a sus amigos a merendar. Le decían que los demás niños llamaban a su hogar «la casa del porche». A Abby le gustaba. Se acordaba de la primera vez que vio la casa, cuando era una colegiala de pecas recién llegada de Hampden y en el nuevo centro le asignaron a la altiva Merrick Whitshank como «hermana mayor». Ese porche enorme, magnífico, se vislumbraba desde la calle, y en el mismo columpio que estaba ella ahora en aquel entonces se mecían Merrick y dos amigas adolescentes de manera muy espontánea, muy estilosa, con sus vaqueros azules con los bajos vueltos y pañuelos de cuadros al cuello, atados con garbosas lazadas. «Dios mío, las enanas», había dicho Merrick con desdén, porque Abby iba acompañada de dos compañeras de clase, hermanas pequeñas de las dos amigas de Merrick. Se suponía que tenían que pasar una tarde de sábado divertida, en compañía, mientras les enseñaban la letra del himno del colegio y preparaban galletas juntas. Sin embargo, ahora Abby no se acordaba de esa parte; solo recordaba el embeleso al ver el porche y el impresionante caminito de adoquines que conducía a él. Ay, claro, y la madre de Merrick, la dulce Linnie. (O la señora Whitshank, como la llamaba Abby en aquella época.) Pro-

madre, su querido hermano mayor, que murió joven. Por el contrario, no vio a su padre. En el caso de su padre, había llegado unos minutos tarde. No obstante, al inclinarse y acercar la cara a la del difunto había tenido la esperanza de que quedaba un leve vestigio de que él todavía percibía su presencia. Incluso ahora, sentada en el porche y contemplando Bouton Road, notaba que los ojos se le llenaban de lágrimas al recordar su querida mejilla con patillas ya medio fría. ¡Todos deberíamos marcharnos en compañía de alguien! Desde luego, eso era lo que quería para sí misma: la enorme mano de Red arropando la suya mientras fallecía. Pero entonces recapacitó, porque eso significaba que su esposo tendría que apañárselas sin ella cuando llegara su hora, y no podía soportar ese pensamiento. ¿Cómo sobreviviría Red si ella era la que moría primero?

Red siempre le cubría toda la mano al cogérsela, en lugar de entrelazar los dedos en los de ella. Cuando entró en la adolescencia, al oír a otras amigas más adelantadas que le contaban que los chicos intentaban darles la mano en el cine, lo que se imaginaba Abby era esa mano que la abrazaba, que la cubría, y la primera cita que había entrelazado a hurtadillas sus dedos en los de Abby la había convencido de que la manera en que este le daba la mano no era la correcta. Hasta que llegó Red.

Tal vez Red y ella muriesen al mismo tiempo. Por ejemplo, en un avión. Los avisarían con unos minutos de antelación, el comunicado del piloto les daría la oportunidad de intercambiar unas últimas palabras. Lo malo era que nunca volaban a ninguna parte, de modo que, ¿cómo iba a ocurrir algo así?

—El problema cuando te mueres —le dijo una vez a Jeannie—, es que no te enteras de qué pasa después. Nunca conoces el final.

—Pero mamá, es que no hay final —comentó Jeannie.

—Bueno, ya lo sé —dijo Abby.

En teoría.

Era posible que, en el fondo de su corazón, pensase que el mundo no podría seguir rodando sin ella. ¡Qué egocéntricos eran los seres humanos! Porque la cruda verdad era que ya nadie la necesitaba. Sus hijos eran adultos y sus pacientes se habían esfumado en cuanto se había jubilado. (Y al mismo tiempo, hacia el final de su carrera profesional le había dado la impresión de que las necesidades de sus pacientes eran infinitas; la sociedad se desmoronaba tan rápido que no le daba tiempo de enmendarla. Tenía la corazonada de que había dejado la partida en el momento idóneo.) Incluso sus «huérfanos», como los llamaba su familia, habían desaparecido. B. J. Autry había muerto a causa de las drogas, y el viejo señor Dale de un ataque al corazón, y los diversos estudiantes extranjeros habían regresado a sus países o se habían integrado con tanto éxito que ahora celebraban por su cuenta el día de Acción de Gracias.

En el pasado, Abby estaba en el meollo de las cosas. Conocía los secretos de todo el mundo; todos confiaban en ella. Linnie le había confesado —haciéndole jurar que no lo contaría nunca— que Junior y ella eran las ovejas negras de sus respectivas familias; y Denny le había contado (como el que no quiere la cosa, un día en que Abby se maravillaba ante los ojos castaños de Susan) que Susan no era hija suya. Nada de lo que llegaba a oídos de Abby salía de su boca; no se lo contaba a nadie, ni siquiera a Red. Era una mujer de palabra. ¡Ay, la gente se habría quedado asombrada ante todo lo que sabía y no contaba!

«Me debes el trabajo a mí —podría haberle dicho a Jeannie—. Tu padre se oponía a que una mujer entrase en las obras de construcción, pero lo convencí.» ¡Menuda tentación suponía dejar que se le escapase eso! Pero jamás lo hizo.

Y ahora se había vuelto tan innecesaria que sus hijos pensaban que Red y ella podían instalarse en una residencia de la tercera edad, aunque no eran tan ancianos. Gracias a Dios el tema había quedado en suspenso. Incluso valía la pena lidiar con Nora a cambio de librarse de una residencia. Habría valido la pena hasta lidiar con la señora Girt. O casi.

Ahora Abby se sentía mal por la señora Girt. ¡La habían despedido sin dudarlo! Y probablemente ella también llevara a cuestas alguna historia triste. No era habitual que Abby desaprovechara la oportunidad de escuchar una historia triste.

—Amanda —le dijo un día a su hija—, ¿le dimos alguna compensación a la señora Girt cuando se fue? ¿El finiquito?

—¿Finiquito? ¡Pero si estuvo con vosotros nueve días!

—Aun así —dijo Abby—, lo hacía con buena voluntad. Y vosotros también la contratasteis con la mejor voluntad; confío en que no pienses que soy una desagradecida.

—Bueno, como papá y tú os negabais a ir a una residencia o a un piso asistido, no sé por qué…

—Pero entiendes nuestro punto de vista, ¿verdad? A ver, esos sitios tienen asistentes sociales que tratan con los internos. ¡Seríamos objetos de la asistencia social! ¿Te lo imaginas?

—¿Los «internos»? ¿Y «objetos», mamá? Santo Dios. Eso dice mucho sobre tu actitud hacia tu propia profesión, ¿no crees? Después de tantos años…

Algunas veces, Amanda podía ser muy punzante.

De las dos chicas, Jeannie era la más fácil de tratar. (Abby sabía que debería dejar de llamarlas «las chicas», pero le parecía ri-

dículo decir «las mujeres» y «los hombres» refiriéndose a su hijos.)
Jeannie era dócil y modesta; carecía del sarcasmo de Amanda. Sin
embargo, no confiaba en Abby. Vaya golpe bajo cuando Jeannie
le había pedido a Denny que la ayudase durante la mala racha que
había tenido después de dar a luz a Alexander. Podría habérselo
pedido a Abby. ¡Vivía en la misma ciudad! Y luego Denny: ¿por
qué no le había contado nunca que había terminado la carrera?
Debía de haber asistido a clase durante años, compaginándolas
con los diversos trabajos, pero no había dicho ni una palabra, ¿por
qué? Porque quería que su madre siguiera preocupándose por él,
por eso mismo. No quería soltarla del anzuelo. En consecuencia,
cuando lo mencionó sin más —aquel día en que lo soltó después
de comer: sí, tenía una carrera—, Abby se sintió como si le dieran
una bofetada. Sabía que lo normal habría sido alegrarse por él,
pero en lugar de eso se notaba resentida.

Había algo que los padres de niños conflictivos nunca decían
en voz alta: era un alivio cuando esos hijos acababan por el buen
camino, pero al mismo tiempo, ¿qué se suponía que debían hacer los padres con la rabia que habían acumulado todos esos
años?

No obstante, tal vez Denny todavía no estuviera en el buen
camino, ni siquiera ahora. Abby se inquietaba cuando pensaba en
él. ¿No debería buscar trabajo, tal vez de profesor suplente? ¡O
incluso de profesor titular! No podía pensar en serio que pasarse
el día ayudando en casa sirviese como ocupación, ¿o sí? Y ese dinero suelto que Abby le daba —un par de billetes de veinte cada
vez que le encargaba un recado, para luego no pedirle nunca el
cambio— no podía considerarse un sueldo.

—¿Y qué pasa con el resto de tus pertenencias? Tendrás más

cosas de las que te has traído, ¿no? ¿Las has metido en un guarda-muebles? —le había preguntado el día anterior.

—Ah, no hay problema —contestó Denny—. Siguen en mi antiguo apartamento.

—Entonces, ¿aún estás pagando el alquiler?

—No. Es solo una habitación encima de un garaje; a la casera no le importa.

Era desconcertante. ¿Qué tipo de casera cobraría el alquiler si el inquilino no estuviera físicamente presente? Ay, cuántas facetas de su vida parecían… irregulares, en cierto modo.

O a lo mejor era de lo más normal, y lo que ocurría era que Abby estaba hipersensible a raíz de las experiencias pasadas de Denny: demasiadas evasiones, medias verdades y coartadas sospe-chosas.

La semana anterior Abby había llamado a la puerta de la habita-ción de Denny para preguntarle si podía llevarla en coche a comprar unas postales de felicitación, y le había parecido oír que él le decía que entrase, pero se había equivocado; hablaba por el móvil.

—Ya sabes que sí —decía—. ¿Qué tengo que hacer para que me creas?

Y entonces, al ver a Abby en la habitación, su expresión había cambiado.

—¿Qué quieres? —le había preguntado.

—Ya espero hasta que termines de hablar —había dicho Abby.

—Tengo que dejarte —había dicho él a su interlocutor.

Y había colgado sin esperar respuesta.

Si con quien hablaba era una chica —una mujer—, Abby se alegraba en el alma. Todo el mundo debería estar acompañado. Aun así, una parte de ella no podía evitar sentirse dolida por el hecho de que no le hubiera mencionado a esa persona. ¿Por qué tenía que convertirlo todo en semejante misterio? ¡Bah, es que sentía un placer inmenso en ir siempre contra el muro! No, la corriente, quería decir. Ir a contracorriente. Era como su afición.

Algunas veces, Abby tenía la impresión de que se había preocupado tanto de Denny que había dejado que los otros hijos se le escaparan entre los dedos sin darse cuenta. No era que los hubiese descuidado, pero desde luego tampoco se había dejado la vista ni había centrado la atención tanto en ellos como en Denny. Y aun con todo, ¡era Denny el que se quejaba de sentirse despreciado!

Mientras repasaba el correo hacía unos días, se dio cuenta de que Denny le estaba hablando.

—¿Ajá? —dijo ella con la cabeza en las nubes mientras rompía un sobre. Y después—: Gestión de los bienes. —Era casi como un insulto—. ¿No te parece horrible esa expresión?

—Maldita sea, no me estás escuchando —se quejó Denny.

—Sí que te escucho.

—Cuando era pequeño —le dijo su hijo—, solía imaginarme que te secuestraba solo para captar toda tu atención.

—Vamos, Denny. ¡Pero si te prestaba mucha atención! Demasiada, dice siempre tu padre.

Él se limitó a ladear la cabeza con los ojos fijos en Abby.

No solo le había prestado mucha atención, sino que, en secreto, se divertía mucho más con él que con los demás hijos. Estaba tan lleno de vida, era tan feroz… (De hecho, a veces le recordaba a Dane Quinn, el renegado de su ex novio, que había muerto hacía tantísimos años en un accidente de coche.) Y Denny le encantaba con aquellos inesperados momentos de lucidez. El mes anterior, mientras enrollaban la alfombra supuestamente polvorienta de la habitación de los niños, Denny se había detenido un momento para preguntar: «¿Te has parado a pensar alguna vez que los tejedores de alfombras orientales son tan engreídos que creen que tienen que esforzarse por cometer algún error para no competir con Dios? ¡Como si se obligaran a meter la pata para no ser perfectos!». Abby se había reído a mandíbula batiente.

Abby recordaba que cuando Denny era pequeño ella pensaba que tal vez al crecer le contaría por fin qué lo irritaba tanto de niño. Pero cuando ya de adulto se lo había preguntado, Denny había contestado: «Si te soy sincero, no lo sé».

Abby suspiró y observó a un niño que pasaba por delante de la casa de camino al colegio. Iba inclinado hacia delante por el peso de la mochila a rebosar.

El porche no solo era largo sino también ancho: tenía la misma anchura que una sala de estar. En sus primeros años allí, cuando era un ama de casa joven y optimista, Abby había encargado que barnizaran los muebles de mimbre del mismo tono que el columpio, entre dorado y miel —una mesita baja, un canapé y dos sillones—, y los había colocado en círculo para crear «un ambiente de conversación» al fondo del porche. No obstante, nadie quería sentarse de espaldas a la calle; de modo que los sillones habían ido emigrando de manera paulatina uno a cada lado del canapé, y ahora la gente se sentaba en fila, mirando hacia fuera, en lugar de mirarse unos a otros, como los pasajeros en la cubierta de un barco de vapor. Abby pensaba que eso resumía su papel dentro de la familia. Ella tenía sus nociones, sus ideas de cómo debían ser las cosas, pero todos procedían como les daba la gana, sin tener en cuenta su opinión.

Bajó la mirada entre los árboles y vio un destello blanco: la melena de Heidi ondeaba mientras la perra volvía a casa dando saltos, seguida de Nora, que empujaba el carrito con su típico andar lento y despreocupado. Sin pensarlo dos veces, Abby se levantó del columpio como un resorte, igual que habría hecho una mujer mucho más joven, y se coló en la casa.

El recibidor todavía olía a café y tostadas, algo que normalmente le resultaba acogedor pero que ese día le pareció claustrofóbico. Fue directa a la escalera y la subió con paso ligero. Desapareció de la vista antes de oír el pam, pam del carrito de Sammy, que subía los peldaños del porche.

La puerta de su estudio —ahora la puerta de Denny— estaba cerrada, y detrás se percibía un silencio intenso. No se había adaptado al horario de los demás como parecía al principio. Seguía siendo el último en irse a la cama por las noches y el último en levantarse por las mañanas; amanecía a las diez o las once con su desgastado atuendo habitual: una camiseta verde oliva y unos pantalones de lona no muy limpios, con las arrugas de la almohada marcadas en la cara y el pelo lacio y grasiento. Ay, Dios.

—¿Quién dijo: «Solo puedes ser tan feliz como el más infeliz de tus hijos»? —le había preguntado Abby a Ree durante la clase de cerámica de la semana anterior.

—Sócrates —contestó Ree sin pensar.

—¿De verdad? Yo pensaba en alguien más tipo Michelle Obama.

—En realidad, no sé quién lo dijo —admitió Ree—, pero créeme, esa frase es mucho más antigua que Michelle.

Te despiertas por la mañana y te sientes bien, pero de repente piensas: «Algo falla. Pasa algo y no sé dónde. ¿Qué es?». Y entonces recuerdas que es tu hijo, el que sea que se sienta desdichado.

Rodeó el distribuidor para cerrar la puerta de la habitación de los niños, una guarida destartalada llena de ropa, toallas y juguetes. Los legos acribillaban las plantas de los pies si te aventurabas a ir descalzo. Retrocedió hasta su propio dormitorio, entró y cerró la puerta sin hacer ruido.

La cama seguía deshecha, porque había querido bajar a desayunar en paz antes de que Nora y los niños aparecieran. (¡Uf, el entusiasmo de los niños pequeños que se lanzaban de cabeza hacia un nuevo día era agotador!) Subió la colcha para cubrir la cama y colgó el albornoz. Plegó el pijama de Red y lo metió debajo de su almohada. Entre semana, Red se vestía a oscuras y lo dejaba todo hecho un desastre.

Esa era la habitación que menos ocupantes había tenido de toda la casa: solo el señor y la señora Brill, después Junior y Linnie y luego Red y Abby. El armario del rincón era de los Brill; de hecho, lo habían dejado porque era demasiado inmenso para el piso del centro al que se habían mudado. El resto de los muebles era de Junior y Linnie, y los objetos decorativos, de Abby: la estampa en color enmarcada de su infancia, en la que aparecía un ángel de la guarda suspendido en el aire por detrás de una niña pequeña, y el alfiletero de su madre con forma de zapatito de cristal forrado de terciopelo, y la figurita del violinista de Hummel que Red le había regalado cuando eran novios.

Oyó la voz de Nora en la planta inferior, en un volumen bajo e imposible de entender, y luego el cacareo de Sammy. Al cabo de un momento, notó que alguien rascaba la puerta. Se abrió sola y por ella se coló Clarence.

—Ya lo sé, precioso —dijo Abby—. Abajo hay mucho ruido.

El perro dio varias vueltas encima de la alfombra y luego se tumbó. El bueno de Clarence, qué viejecito. Brenda. El que fuera. Abby sabía que era Brenda si se molestaba en pararse a pensarlo.

«Es como cuando estás a punto de quedarte dormido y una especie de engranaje se activa en la cabeza —le diría al doctor Wiss—. ¿Le ha ocurrido alguna vez? Tienes un pensamiento de lo más lógico y luego, de repente, entra en esa otra cadena de pensamientos totalmente ilógica, inconexa, tanto que es incapaz de relacionarlo con el primero. Supongo que es solo la fatiga. Me refiero a que una vez, hará unos cinco o diez años, ay, mucho antes de que fuera vieja, tuve que volver sola a casa en coche desde la playa a última hora porque tenía una consulta con un paciente a la mañana siguiente; y de pronto me encontré en un barrio de Washington D. C. que daba miedo. ¡Y juro que llegué allí sin cruzar el puente de la bahía! No sé cómo lo hice. Y por mucho tiempo que haya pasado, sigo sin saberlo. Estaba cansada, nada más. Fue solo eso.»

En diciembre del año anterior, cuando los McCarthy habían invitado a Abby y a Red a un concierto navideño junto con unos cuantos amigos más, ella se puso a charlar muy animada con el hombre sentado a su lado; pero luego, de pronto, descubrió que era un completo desconocido, no tenía nada que ver con los McCarthy y sin duda pensaba que era una lunática. Era como saltarse unos surcos del disco, nada más. No cuesta imaginar qué fácil es que suceda.

«Y el tiempo —le diría al doctor Wiss—. Bueno, qué le voy a contar sobre el tiempo. Qué lento pasa cuando eres un niño, y cómo acelera, cada vez más rápido, cuando creces. Bueno, pues a estas alturas es como un borrón vertiginoso. ¡Ya no puedo seguirle la pista! Sin embargo, es como si el tiempo en cierto modo se… equilibrara. Somos jóvenes durante una fracción muy pequeña de nuestras vidas, y aun así nos parece que la juventud durará siempre. Luego somos viejos durante años y años, aunque el tiempo vuela más deprisa. Así pues, todo acaba equilibrándose al final, ¿no le parece?»

Oyó que Nora subía las escaleras. También la oyó decir: «No, tontorrón. Las galletas son de postre». Sus pasos avanzaron de forma rítmica hasta la habitación de los niños, seguidos por las diminutas zapatillas de Sammy.

¿Acaso le ocurría algo a Abby? ¿Por qué no se volcaba en sus nietos e intentaba pasar todos los minutos que estaba despierta con ellos? Los quería tanto que cuando los miraba notaba una especie de vacío en la superficie interna de sus brazos: el dolor del anhelo de acercárselos y estrecharlos con fuerza contra ella. Los tres niños eran una maraña tan unida, siempre se hablaba de ellos como una unidad, pero Abby sabía lo diferentes que eran entre sí. Petey era el sufridor y mandaba a sus hermanos no por maldad, sino por un instinto protector, de rebaño; Tommy tenía el talante risueño de su padre y sus habilidades como pacificador; y Sammy era su ojito derecho, su chiquitín, todavía olía a zumo de naranja y orín, todavía le encantaba que lo acunara y que le leyera en voz alta. Y luego estaban los mayores: Susan, tan seria y bien educada —¿seguro que se encontraba bien?—, y Deb, que era igual que Abby a su edad, un puro nervio lleno de curiosidad, y el pobre Alexander, tan torpón y que tanto se esmeraba, le robaba el corazón; y por último Elise, que era tan distinta a su abuela, tan absolutamente ajena, que Abby se sentía privilegiada de poder contemplarla de cerca.

Sin embargo, en cierto modo era más fácil reflexionar sobre sus nietos a distancia que hacerse un hueco entre ellos.

El distribuidor de la planta de arriba volvió a quedarse en silencio. Abby giró el pomo gradualmente, abrió la puerta lo mínimo imprescindible y se coló para salir. El perro abrió un poco más la puerta con el morro y salió arrastrándose detrás de ella. Hacía tanto ruido al olisquear que Abby puso un gesto de dolor y miró de reojo la habitación de los niños.

Bajó la escalera hasta la puerta principal y salió al porche. Entonces se paró en seco. Se le había ocurrido una idea. Volvió a entrar en la casa para coger la correa que había colgada justo al lado de la puerta. Clarence gimió de alegría y salió cojeando al porche detrás de ella, mientras en algún lugar, en las profundidades de la casa, Heidi aullaba de envidia. Te lo comes con patatas, Heidi. A Abby no le gustaban los perros demasiado revoltosos.

Se detuvo en el camino de adoquines para enganchar la correa al collar de Clarence. Era de esas correas antiguas, de las cortas, no de las de tipo retráctil más permisivas que solía emplear la gente en la actualidad. En el fondo, a Clarence no le hacía falta correa; era tan lento y pesado, y tan obediente y despistado... Pero se ponía en acción sin dudarlo cuando veía un perrillo pequeño. Parecía que le devolviera toda la energía de su época de cachorro. No podría resistirse a perseguir a un terrier de juguete.

—No iremos muy lejos —le dijo Abby—. No te hagas muchas ilusiones.

Por la forma agarrotada en que se movía el perro, Abby sospechó que, de todos modos, no tendría ganas de pasear más de un par de manzanas.

Giraron a la izquierda al llegar a la calle: el sentido opuesto a la casa de Ree. No era que Abby no tuviese ganas de ver a Ree, pero después del pequeño lapsus de aquel día, Ree se habría preocupado de haberla visto paseando sola. Y a Abby le encantaba pasear sola. Ah, qué bien le sentaba poder salir así, libre como un pájaro, sin que el comentario «¿Y qué vamos a hacer con mamá?» planeara sobre su cabeza. Confiaba en no toparse con ningún conocido.

Algunas veces, mientras daba un paseo, se le ocurría de repente que era la única que quedaba de toda su familia original. ¿Quién habría soñado alguna vez que viajaría por el mundo sin ellos? Pensó una vez más en la estampa enmarcada de su dormitorio: la niña solitaria que recorría un camino entre árboles gigantes y lúgubres, con el ángel de la guarda detrás para protegerla. Aunque Abby no creía en ángeles, no creía desde los siete años. No, en realidad estaba sola.

Antes siempre iba por lo menos con uno de sus hijos, fuera donde fuese. Era reconfortante y agotador a la vez. «¿La mano?», les decía antes de cruzar la calle. Recordó el gesto con total nitidez: estiraba el brazo rígido hacia un lado, con la palma de la mano hacia atrás y la expectante esperanza de que una manita confiada la cogiera.

Clarence descubrió una ardilla, aunque siguió caminando despacio, ni siquiera se sintió tentado.

—Tienes razón —le dijo Abby—. Las ardillas, son poco para ti.

Luego se dio unos golpecitos inseguros en el espacio mullido que le quedaba sobre el pecho. ¿Se había acordado de colgarse la llave de casa antes de salir? No, pero daba igual; la puerta no estaría cerrada con llave. Y Nora siempre estaba en casa, si hacía falta que alguien le abriera.

Había otro secreto que conocía, aunque no se lo había dicho a nadie: hacía unos días había caído en la cuenta de cuál era la canción que Brote recordaba que le cantaba su padre para acunarlo. Era probable que se tratara de «The Goat and the Train». Burl Ives la cantaba en el disco infantil que Abby tenía cuando era pequeña. ¿Acaso debía mencionárselo a Brote? Volver a escuchar esa canción después de tantos años podría ser un momento de revelación. Aunque quizá su hijo pensara que era una falta de delicadeza que le recordase que no era un Whitshank. O tal vez el motivo por el que guardaba silencio era más egoísta. Tal vez, en el fondo quería que olvidase que ella no era su primera y única madre.

Denny y él se habían tratado con educación forzada desde la pelea en la playa. Se comportaban como si apenas se conociesen. «Denny, ¿vas a comerte ese último pedazo de pollo?», le preguntaba Brote, a lo que Denny respondía: «No, sírvetelo, por favor». A ella no la engañaban con esa actitud. Podrían haber sido dos desconocidos en una sala de espera, y empezaba a perder la esperanza de que su relación cambiase en el futuro.

Ay, en los últimos tiempos siempre afloraba alguna crisis en la casa de la playa. ¡Con razón temía tanto las vacaciones! Aunque nunca lo decía.

—¿Qué nos ha pasado? —le había preguntado a Red en el camino de vuelta tras las vacaciones de ese verano—. ¡Antes éramos una familia tan feliz…! ¿A que sí?

—Yo diría que sí —había contestado Red.

—¿Te acuerdas de la vez en la que nos entró la risa contagiosa en el cine?

—Bueno, ahora…

—Era una película del Oeste, y el caballo del protagonista nos miraba fijamente, con la cabeza levantada, mientras rumiaba avena, con esas dos bolitas de músculo que le sobresalían de la mandíbula cada vez que masticaba. ¡Qué ridículo parecía! ¿Te acuerdas? Nos echamos a reír, toda la familia a la vez, y el resto del público se volvió hacia nosotros, perplejo.

—¿Y yo estaba? —le preguntó Red.

—Sí que estabas. Y también te reíste.

A lo mejor, el motivo por el que lo había olvidado era que Red daba por supuesta su felicidad. No se inquietaba por eso. Mientras que Abby… desde luego que se inquietaba, sí. Era incapaz de soportar la imagen de su familia convertida en una familia más, confusa, insatisfecha, normal y corriente.

—Si pudieras pedir un único deseo —le había preguntado una noche a Red cuando estaban en la cama pero ninguno de los dos podía dormir—, ¿qué pedirías?

—Uf, no lo sé.

—Yo desearía que nuestros hijos tuvieran una vida maravillosa —dijo Abby.

—Sí, eso está bien.

—¿Y tú qué pedirías?

—Ah, pues a lo mejor que la empresa Harford Contractors entrara en bancarrota y dejase de hacerme sombra reventando los precios.

—¡Red! ¡Por favor!

—¿Qué?

—¿Cómo es posible que no antepongas el bienestar de tus hijos? —le preguntó Abby.

—Sí que lo antepongo. Pero tú ya te has ocupado de eso con tu deseo.

—Ajá —dijo Abby, y se tumbó sobre el costado izquierdo, dándole la espalda.

Él también estaba envejeciendo. ¡Ella no era la única! Llevaba gafas para leer que se le resbalaban por la nariz y le habían parecerse a su padre. Y ese «¿Eh?» que no paraba de decir cuando no oía bien: ¿de dónde lo había sacado? Era casi como si representara un papel en una obra. Como si pensase que así era como tenía que hablar una persona de su edad. Y algunas veces Red decía cosas desconcertantes y sin que vinieran a cuento; por ejemplo, «polluelo escarlata», para referirse a un pájaro rojo que había visto apoyado en el comedero. Seguramente todo eso tenía que ver con su falta de audición, pero aun así Abby no podía evitar preocuparse. Se había fijado en cómo lo trataban últimamente los tenderos, con condescendencia, le hablaban en voz muy alta y con palabras más cortas. Lo tomaban por otro anciano indefenso. Cuando Abby se percataba, se le partía el corazón.

¿Nadie se había parado a pensar que los llamados ancianos de hoy en día fumaban porros de jóvenes, por el amor de Dios, o se ponían bandanas en el pelo o se manifestaban delante de la Casa Blanca? Cuando Amanda la reprendió por decir que algo era «guay» («Me saca de quicio cuando las generaciones mayores intentan imitar a los jóvenes», había dicho), ¿acaso no se daba cuenta de que «guay» ya se utilizaba en la época de Abby, y ya puestos, mucho antes?

No le molestaba parecer vieja. No era una de sus preocupaciones. Ya no tenía la cara tan tersa, el cuerpo se le había redondeado y empezaba a colgarle un poco la piel, pero cuando miraba el álbum familiar pensaba que, en comparación, de joven parecía tan esmirriada que no era atractiva: contenida y prieta, con cara de pasar hambre. Y desde luego Red parecía frágil en esas fotos, con la nuez tan prominente en aquel cuello demasiado largo. Ahora no pesaba más que entonces, aunque sin saber cómo daba la impresión de tener mayor consistencia.

Abby tenía un truquillo que empleaba cada vez que Red se comportaba como un viejo cascarrabias. Evocaba el día en que se había enamorado de él. «Era una hermosa tarde amarilla y verde, y soplaba una suave brisa…», decía, y todos los recuerdos volvían a ella: la novedad de la situación, un mundo entero de descubrimientos que se abrió por arte de magia ante ella cuando se dio cuenta por primera vez de que esa persona en la que apenas se había fijado durante todos esos años era en realidad un tesoro. Era «perfecto», así lo veía Abby. Y entonces ese chico de ojos claros y rostro apacible resplandecía entre las arrugas y el decaimiento de Red, entre sus párpados caídos y las mejillas hundidas, entre las dos hendiduras profundas que se le formaban en la comisura de la boca, y Abby restaba importancia a su obstinación general, a su tozudez, a su irritante creencia de que la simple y fría lógica podría resolver todos los problemas de su vida. Y en ese momento Abby se sentía tan feliz por haber acabado casada con él que se quedaba sin palabras.

«I bought a goat —canturreaba mientras caminaba—. His name was Jim.» Entonces se calló, porque vio que alguien se acercaba. Pero el hombre tomó la curva hacia la izquierda, así que Abby continuó cantando. «I bought him for…» Clarence caminaba tranquilo junto a ella, en silencio, y de vez en cuando se chocaba contra la rodilla de Abby, no se sabía si por casualidad o a propósito.

¡Qué curioso que las letras de las canciones se grabaran en la memoria y permanecieran ahí mucho más que la mera prosa! No solo las canciones para adolescentes —«Tom Dooley» y «Michael, Row the Boat Ashore»—, sino también las cancioncillas de su infancia: «White Coral Bells», «Good Morning, Merry Sunshine» y «We're Happy When We're Hiking», y la que cantaba a veces su madre, que empezaba «I'll come down and let you in»; incluso las canciones para saltar a la comba. En resumidas cuentas, todo lo que rimaba. La rima grababa las palabras en el cerebro. Deberían poner en verso las citas del dentista y las efemérides. En realidad, ¡todos los actos significativos de la vida! Así, si uno se quedara en blanco, bastaría con empezar a cantar hasta donde recordara (entonar el primer verso, con confianza) y la parte que faltaba acabaría apareciendo en el momento justo.

De joven, Abby solía temer el día en que empezase a tener lagunas de memoria, porque su abuelo materno había terminado con demencia. Sin embargo, resultaba que su problema concreto no era ese. Tenía más memoria que muchos de sus amigos, todos estaban de acuerdo. Por ejemplo, justo la semana anterior la había llamado por teléfono Carol Dunn, pero cuando Abby contestó, se hizo un silencio. «¿Hola?», insistió Abby, y Carol dijo: «Me he olvidado de a quién llamaba». «Soy Abby», dijo ella, a lo que Carol respondió «¡Ay, hola, Abby! ¿Qué tal? Jolín, me olvidaría hasta de la cabeza si no la llevara puesta… Bueno, es igual, no era a ti a quien quería llamar», y colgó.

O Ree, que no paraba de olvidarse de cómo se llamaban las cosas. «El verano que viene creo que plantaré unas de esas mar…, marga…», le decía, y Abby completaba la palabra: «¿Margaritas?». «Sí, eso.» Daba la impresión de que siempre era Abby la que rellenaba los huecos. Debería decírselo al doctor Wiss.

«Para algunas cosas —le diría al médico— tengo mejor memoria ahora que cuando era joven. ¡Los detalles más sorprendentes reaparecen de pronto! Cosas minúsculas, cosas infinitesimales.

El otro día, sin que viniera a cuento, me acordé del giro de muñe-ca preciso que le daba al mango de la sartén CorningWare que nos regalaron para la boda. Nos regalaron una batería completa de sartenes CorningWare con un mango intercambiable que había que girar para encajarlo en su sitio. ¡De eso hace casi cincuenta años! Las utilicé muy poco tiempo; los alimentos se agarraban mucho al freírlos. ¿Quién más se acordaría de algo así?»

O de repente volvía a percibir el olor fuerte, intenso y que le llegaba al alma de las cebollas y los pimientos verdes que su madre freía casi todas las noches para el sofrito de muchos de sus platos, desde la época en que Abby todavía llevaba pañal y se despertaba a las cinco de la madrugada llorando de hambre, de cansancio y de pena en general. O podía oír el lejano ronroneo de los cables del tranvía número 29 cuando tomaba velocidad al bajar por Ro-land Avenue sin tener que parar. Y sin más ni más se imaginaba a su perro de la infancia, Binky, que solía dormir con las patas de-lanteras cruzadas sobre el morro para darse calor en las noches frías. Era igual que un viaje en el tiempo. Se mecía en una máquina del tiempo y miraba por la ventanilla, para saltar de una escena a otra sin orden ni concierto. Sí, saltaba de una historia a otra. ¡Ay, cuán-tas historias había habido en su vida! Los Whitshank asegura-ban que solo había dos historias familiares; no entendía por qué. ¿Por qué seleccionar solo un par de historias para definirte? Abby tenía historias para dar y vender.

Durante años, se había lamentado de que la vida se le había es-currido entre los dedos sin darse cuenta. Si le dieran otra oportuni-dad, se decía, se aseguraría de sacarle más partido. Sin embargo, úl-timamente había descubierto que sí le había sacado partido, pero se había olvidado, nada más, y ahora volvían a ella todos los recuerdos.

¿En qué calle estaba? No se había fijado.

Se detuvo en la acera y echó un vistazo alrededor; Clarence se sentó sobre las patas traseras. A su izquierda estaba la casa de los Hutchinson, con ese hermoso magnolio inmenso que siempre parecía recién abrillantado. Se sorprendió de haber caminado tanto; pensaba que Clarence protestaría antes. Chasqueó la lengua y el perro se levantó con un gemido, llevaba el peso del mundo sobre los hombros y la cabeza le colgaba tanto que casi rozaba el suelo.

—Ahora volveremos a casa y podrás echarte una buena siesta —le dijo Abby.

Justo en ese momento —aunque, ¿cómo podía haber ocurrido?—, un chihuahua enano como un mosquito pasó a toda prisa por la acera de enfrente. No se veía al dueño por ninguna parte, y tampoco llevaba correa ni collar siquiera. Clarence dio un brinco al instante, como si su cansancio hubiese sido una pantomima, y con un gruñido inquietantemente rotundo saltó hacia delante, tirando de la correa que sujetaba Abby. Sin saber cómo, Abby tuvo tiempo de ver pasar toda la vida del perro como un torrente: la barriguita suave y blandita y las pezuñas gigantescas cuando era un cachorro, su antigua afición a perseguir las pelotas de tenis y devolverlas llenas de babas, el júbilo puro y delirante cuando los niños volvían de la escuela.

—¡Clarence! —chilló, pero el perro no hizo caso.

Así pues, Abby corrió tras él y llegó a la calzada, mientras algo que no supo ubicar, algo grande, brillante y metálico que no esperaba ver, se abalanzó contra ella a toda velocidad.

«¡Ay! —pensó—. Esto es el...»

Y luego, nada.

7

Los Whitshank no morían, esa era la creencia familiar general. Por supuesto, nunca lo decían en voz alta. Habría parecido un tanto presuntuoso. Por no mencionar el hecho de que alguna persona ajena a los Whitshank habría apuntado sin duda que, al fin y al cabo, Junior y Linnie sí habían muerto. Pero eso había sido hacía mucho tiempo; Red era el único con recuerdos de primera mano que todavía estuviera vivo. (Nadie contaba a Merrick.) Y Red estaba fuera de sí ahora mismo. No era más que una carcasa de lo que había sido. Se paseaba por la casa en zapatillas, sin afeitar y con la mirada vacía. Durante un día entero tuvieron la sensación de que había perdido la capacidad de hablar, hasta que descubrieron que, una vez más, se había negado a ponerse los audífonos.

Abby murió un martes, y el miércoles la incineraron, como siempre había dicho que era su deseo; pero el funeral no se celebraría hasta el lunes siguiente. Lo plantearon así para tener tiempo de recomponerse y de averiguar qué implicaba un funeral exactamente. Ninguno de ellos tenía experiencia con esas cosas salvo Nora, y provenía de un entorno tan diferente que en realidad no servía de mucha ayuda.

Sin embargo, puede que retrasar tanto el funeral fuese un error, porque los dejó a todos suspendidos en una especie de limbo. Merodeaban por la casa bebiendo café, contestaban a las llamadas telefónicas, suspiraban, discutían, aceptaban los platos que les ofrecían sus vecinos sin mirar qué eran, intercambiaban anécdotas divertidas sobre Abby que, sin saber por qué, acababan provocando el llanto en lugar de la risa. Ambos Hugh estaban allí, porque sus mujeres necesitaban apoyo. Brote lidiaba con alguna que otra llamada de trabajo en el móvil, pero Red ni siquiera se molestaba en preguntarle de qué asunto se trataba. Los nietos mayores iban al colegio como siempre, pero por las tardes se recogían en casa, entre intimidados y afligidos, mientras el pequeño Sammy, encerrado en casa todo el día con los adultos, parecía medio enloquecido. Dejó de utilizar el orinal —un tema peliagudo en el mejor de los casos— y pillaba berrinches cada dos por tres. Cuando Nora le preguntó una vez, con voz exageradamente tranquila, qué le ocurría, el niño dijo que quería ver a Clarence. Al oírlo, todos se removieron, incómodos.

—Querrás decir Brenda —le dijo Nora—. Ahora Brenda está con Jesús.

—Pues quiero que Jesús nos lo devuelva.

—Nos «la» devuelva, Sammy —rectificó Nora—. Brenda era una perrita. Pero está más contenta donde vive ahora.

—Cariño, ya era muy vieja —añadió Brote.

Un silencio bochornoso recorrió la sala. Por suerte, Sammy no estableció el vínculo obvio entre la perra y la abuela. No había mencionado ni una sola vez a Abby, a pesar de que ella se pasaba muchas horas leyéndole su libro favorito sobre dinosaurios, que aburriría a las piedras, una y otra vez.

Estaba cantando, les dijo Louisa Hutchinson. Louisa había sido quien había salido corriendo a la calle al oír el impacto y quien había llamado al teléfono de emergencias y después a la familia. Gracias a Dios, porque Abby no llevaba documentación.

—Iba cantando en dirección a nuestra casa —les dijo Louisa—, y me asomé al ventanal del comedor y le dije a Bill: «Mira, alguien está de buen humor». Creo que era la primera vez que oía cantar a Abby.

—¡Cantando! —exclamaron al unísono Jeannie y Brote.

—¿Qué canción? —le preguntó luego Jeannie.

—Algo sobre una cabra; no me sonaba.

Jeannie miró a Brote. Él se encogió de hombros.

—El perro estaba tan lejos de donde había caído Abby que supongo que salió propulsado —añadió Louisa—. Lo encontró la conductora, pobre mujer. Se quedó patidifusa. Lo encontró cerca de donde el coche se había empotrado contra la farola. Menos mal que Abby no tuvo que verlo.

—Verla —dijo Jeannie.

—¿Cómo?

—Era una hembra.

—Ay, lo siento.

—Era vieja —dijo Jeannie—. Me refiero a la perra. Había vivido mucho y bien.

—Aun así, lo siento —dijo Louisa.

Entonces enseñó el guiso que les había preparado y apuntó que no llevaba gluten, por si alguien tenía intolerancia.

Y vamos a ver, ¿cómo era posible que Abby se hubiese aventurado a pasearse por el vecindario sin que lo supiera nadie de la familia? Amanda fue la única que lo formuló en voz alta una vez que Louisa se hubo marchado, pero, sin duda, los demás también se lo preguntaban. Estaban sentados en círculo en la sala de estar, apáticos, y la luz contrastaba con su estado de ánimo: los rayos de sol se filtraban por las ventanas posteriores aquella mañana de diario, cuando la mayor parte de la familia habría tenido que estar trabajando.

—No me mires a mí —le reprochó Denny a Amanda—. Ni siquiera me había levantado todavía…

Su comentario interrumpió a Nora, quien, con expresión afligida, también había empezado a hablar:

—No dejo de preguntármelo. No sabéis cuántas veces me lo he preguntado. Cuando los chicos y yo nos fuimos al colegio, estaba sentada en el porche. Cuando volví, había desaparecido. Pero Brenda todavía estaba en la casa, así que ¿dónde se había metido madre Whitshank? ¿Estaba en su dormitorio? ¿Estaba en el patio de atrás? ¿Cómo salió a pasear sin que me diera cuenta?

—Bueno, no podías controlarla en todo momento —dijo Jeannie.

—¡Pero tendría que haberlo hecho! Sabiendo lo que ha pasado… Lo siento en el alma. Las dos teníamos un vínculo muy especial, ya lo sabéis. Nunca me lo perdonaré.

—Vamos… —dijo Brote—. Cariño.

Eso era todo lo que podía hacer Brote cuando se trataba de ofrecer consuelo. A pesar de todo, Nora parecía agradecida. Le sonrió con los ojos vidriosos.

—No podemos leer la mente —dijo Denny—. Tendría que habernos dicho que quería salir a pasear. ¡A quién se le ocurre marcharse así, sin más!

Uf, cada uno reflejaba su propio temperamento: Denny enfadado, Nora arrepentida, Amanda buscando a quién culpar.

—¿Y cómo iba a decírtelo si estabas roncando en la cama? —le reprochó Amanda a Denny.

—¡Eh! —exclamó él, y se reclinó en la silla mientras extendía ambas manos en señal de protección.

—Cualquiera diría que estabas agotado de tanto trabajar —insistió Amanda.

—Bueno, no es que tú hayas venido a deslomarte, ¿eh?

—Basta ya, los dos —dijo Jeannie—. Nos estamos desviando del tema.

—¿Y cuál es el tema? —preguntó el Hugh de Amanda.

—Tengo un presentimiento horrible de que mamá quería que pusiéramos la canción «Good Vibrations» en su funeral.

—¡¿Qué?! —preguntó Hugh.

—La de los Beach Boys. Siempre lo decía. ¿A que sí, Mandy?

Amanda no podía responder porque se había echado a llorar, así que Denny intervino.

—Aunque no sé si lo decía en sentido literal —contestó.

—Tenemos que encontrar sus últimas voluntades. Recuerdo que las había escrito.

—¿Papá? —preguntó Brote—. ¿Sabes dónde pueden estar las últimas voluntades de mamá?

Red miraba al infinito, con las manos apoyadas en las rodillas.

—¿Eh? —preguntó.

—Las últimas voluntades de mamá, con las indicaciones para el funeral. ¿Te dijo dónde las había guardado?

Red negó con la cabeza.

—Deberíamos mirar en su estudio —les dijo Brote a los demás.

—Es imposible que estén en su estudio —comentó Nora—. Despejó esas estanterías cuando Denny se vino a vivir. Me dijo que iba a adjudicarse algo de espacio en el escritorio de padre Whitshank.

—¡Ah! —exclamó Red—. Es verdad. Me preguntó si podía meter sus cosas en uno de mis cajones.

Amanda se irguió en la silla y se limpió la nariz con un pañuelo de papel.

—Buscaremos allí —dijo sin más preámbulo—. Y Jeannie, estoy segura de que no quería «Good Vibrations». En el fondo de los fondos, no.

—Pues me parece que no conocías a mamá —dijo Jeannie.

—Mi único miedo es que haya pedido «Amazing Grace».

—A mí me gusta «Amazing Grace» —dijo Brote con timidez.

—A mí también me gustaba, hasta que se convirtió en un cliché.

—Para mí no es un cliché.

Amanda enarcó las cejas y miró al techo.

A la hora de comer, picaron lo que encontraron en la nevera en lugar de cocinar.

—Esto está lleno de guisos y cazuelas —se quejó Denny.

—¿No os parece curioso? —comentó Amanda—. La gente nunca trae licor cuando alguien muere, ¿os habéis fijado? ¿Y por qué no regalan una caja de cervezas? ¿O una botella de buen vino? No, solo esos guisos interminables. Y además, ¿quién come guisos hoy en día?

—Yo como guisos —le dijo Nora—. Los preparo varias veces a la semana.

Amanda le dedicó a Denny una mirada cargada de culpabilidad y no dijo nada más.

Helen Hall Library
100 W. Walker
League City, TX 77573
281-554-1111
leaguecitylibrary.org

Items that you checked out

Title: El hilo azul
ID: 33046005144989
Due: Tuesday, October 29, 2019

Title: Boda en la Toscana
ID: 33046003576968
Due: Tuesday, October 29, 2019

Title: Amor encubierto
ID: 33046002686107
Due: Tuesday, October 29, 2019

Title: Noticias del corazon
ID: 33046002837510
Due: Tuesday, October 29, 2019

Title: M'as alla de la verdad
ID: 33046002720559
Due: Tuesday, October 29, 2019

Total items: 5
Account balance: $0.00
10/8/2019 10:46 AM
Checked out: 5
Overdue: 0
Hold requests: 0
Ready for pickup: 0

Like us on Facebook at
Facebook.com/helenhalllibrary

—Esta mañana, al despertarme, he pensado en los vecinos de al lado —musitó Jeannie—. Los vecinos de la playa. El verano que viene, se dirán unos a otros: «Vaya, mira. ¡La madre ya no está!».

—¿Seguiremos yendo a la playa? —preguntó Brote.

—Claro que iremos —le contestó Amanda—. Mamá querría que fuésemos. ¡Se moriría si dejásemos de ir!

Se hizo un silencio. Entonces Jeannie soltó un aullido y se llevó las manos a la cara.

Nora se levantó y rodeó la mesa, con Sammy apoyado en su cadera, para acariciarle el hombro a Jeannie. Sammy se inclinó para mirar a su tía con interés.

—Ya está, ya está —le dijo Nora—. Luego será más fácil, te lo prometo. Dios nunca nos da más de lo que podemos soportar.

Jeannie lloró todavía más fuerte.

—Perdona, pero eso no es cierto —dijo Denny en un tono informativo.

Estaba apoyado contra la puerta de la nevera y tenía los brazos cruzados.

—Le da a la gente más de lo que puede soportar todos los días del año —dijo dirigiéndose a Nora—. La mitad del mundo deambula… destrozada la mayor parte del tiempo.

Los demás se volvieron hacia Nora para ver su reacción, pero no pareció ofenderse.

—Douglas, ¿puedes ir a buscar el vaso del zumo de Sammy, por favor? —preguntó sin más.

Brote se levantó y salió de la cocina. Los demás se quedaron donde estaban. Algo no acababa de encajar entre ellos, andaban cojos, como desafinados.

Brote fue quien buscó en el escritorio de Red las indicaciones para el funeral que pudiera haber dejado Abby, mientras su padre lo observaba desde el sillón con las manos lánguidas sobre las rodillas. Resultó que Abby se había apoderado del cajón inferior. Sus documentos lo llenaban a rebosar: sus poemas y diarios, cartas de huérfanos necesitados y de amigos de juventud, fotos de compañeros de colegio y de sus padres, así como de algunos desconocidos.

Brote hojeó los documentos de manera aleatoria y después se los entregó a Red, quien les dedicó más tiempo. Solo con las fotos se entretuvo varios minutos.

—Vaya, ¡pero si es Sue Ellen Moore! —dijo—. Hacía años que no pensaba en ella.

Luego miró con nostalgia la foto de una joven y risueña Abby del brazo de un chico taciturno que fumaba.

—Me enamoré de ella en cuanto la vi —le dijo a Brote—. Ay, ella siempre hablaba del día en que se enamoró de mí, ya lo sé. «Era una hermosa tarde amarilla y verde, y soplaba una suave brisa…», decía, pero eso fue cuando ya casi era adulta, mejor dicho, ya era adulta, mientras que yo… Uf, me quedé prendado de Abby desde el principio. Mira, en esta foto está con mi amigo Dane; al principio, el que le gustaba era Dane.

Una violeta desecada y prensada entre papel encerado hizo que Red primero frunciera el entrecejo de perplejidad y después sonriera, pero sin decir el motivo, y dedicó un buen rato a analizar una lista escrita a máquina de escribir de lo que debían de haber sido propósitos de Año Nuevo.

—«Me obligaré a contar hasta diez antes de hablarles a mis hijos enfadada» —leyó en voz alta—. «Me repetiré a diario que mi madre se hace mayor y no estará con nosotros eternamente.»

Sin embargo, cuando vio la carpeta de poemas de Abby la apartó sin mirarla siquiera, como si temiera que le provocasen demasiado dolor, y tampoco abrió ninguno de sus diarios de tapas negras y rojas.

Algunos de los recuerdos eran sorprendentes. Un envoltorio de una barrita de Hershey arrugado y aplanado; un pedazo de corteza de árbol en una bolsita de papel marrón; un folleto amarillento de dos páginas de una residencia en Catonsville.

—«Cinco tareas antes de morir» —leyó en voz alta Brote mirando el folleto.

—¿Para dormir?

—Morir.

—Ah, ¿y qué dice?

—Nada que tenga que ver con el funeral —dijo Brote, y lo apartó—. Decirle a la gente que la quieres, despedirte…

—Solo una cosa: por favor, Dios mío, que no pida que hagamos una «celebración» —dijo Red—. Ahora mismo no tengo ánimos para celebrar.

Dejó el folleto en el sillón sin leerlo. Sin embargo, parecía que Brote no lo había oído. En ese momento escudriñaba una hoja de papel cebolla cubierta con letras emborronadas; sin duda era una copia calcada; la única cosa que estaba guardada en un sobre de papel manila sin nombre.

—¿Lo has encontrado? —le preguntó Red.

—No, pero…

Brote siguió leyendo. Entonces levantó la cabeza. Se le habían quedado los labios blancos; tenía una expresión demacrada, casi deshidratada.

—Toma —dijo, y le entregó el papel a Red.

—«Yo, Abigail Whitshank —leyó en voz alta el anciano—, por la presente acuerdo que…» —Se detuvo. Bajó la mirada hasta el pie del documento. Carraspeó y siguió leyendo—: «… por la presente acuerdo que Douglas Alan O'Brian sea educado como si fuese hijo mío, con todos los derechos y privilegios asociados. Prometo que se le garantizará a su madre pleno acceso a él siempre que lo desee, y que si las circunstancias de su vida se lo permiten podrá reclamarlo como propio. Este acuerdo depende de la promesa de su madre de no revelarle nunca jamás, bajo ningún concepto, cuál es su identidad a su hijo a menos y hasta que asuma la responsabilidad permanente de cuidarlo; yo tampoco se lo revelaré.» —Volvió a carraspear y dijo—: «Firmado: Abigail Dalton Whitshank. Firmado: Barbara Jane Autry.»

—No lo entiendo —dijo Brote.

Red no contestó. Tenía la mirada fija en el contrato.

—¿Se trata de B. J. Autry? —le preguntó Brote.

Red seguía sin abrir la boca.

—Sí —dijo el propio Brote—. Tiene que ser. Primero era Barbara Jane Eames y en algún momento debió de casarse con alguien que se apellidara Autry. La tuvimos aquí, delante de las narices, todo el tiempo.

—Supongo que te encontró en el listín telefónico —dijo Red, levantando la mirada del contrato.

—¿Por qué no me lo contasteis? —exigió saber Brote—. ¡Teníais la obligación de contármelo! ¡Me da igual lo que hubierais prometido!

—Yo no prometí nada —dijo Red—. No sabía nada de todo esto.

—Tenías que saberlo.

—Te lo juro: tu madre no me dijo ni media palabra.

—¿Me estás diciendo que ella supo la verdad todos estos años y se lo ocultó incluso a su marido?

—Salta a la vista —dijo Red.

Se frotó la frente.

—Es imposible —le dijo Brote—. ¿Por qué demonios iba a hacerlo?

—Bueno, a lo mejor… le preocupaba que yo la obligara a devolverte —le dijo Red—. Que le dijera que tenía que devolverte a B. J. Autry. Y tenía razón: lo habría hecho.

Brote se quedó boquiabierto.

—¿Me habrías devuelto? —le preguntó a Red.

—Bueno, reconócelo, Brote: este acuerdo es una locura.

—Pero aun así —dijo Brote.

—¿Aun así qué? Eras el descendiente legal de B. J.

—Entonces supongo que debo alegrarme de que ya no esté por aquí —dijo Brote con amargura—. Murió, ¿verdad?

—Sí, creo recordar que murió.

—«Crees recordar» —dijo Brote, como si fuese una acusación.

—Brote, te juro por Dios que no tenía la menor idea de todo esto. ¡Si apenas conocía a esa mujer! No me cabe en la cabeza cómo logró tu madre que un abogado aceptara tramitar ese acuerdo.

—No fue a un abogado. Mira qué vocabulario usa. Vamos, intentó que sonara legal: «los derechos y privilegios asociados», «a menos y hasta que…». Pero ¿qué abogado escribe «nunca jamás»? ¿Qué documento oficial tiene solo un párrafo? Ella se lo guisó y ella se lo comió, bueno, lo hicieron entre B. J. y ella. ¡Ni siquiera lo llevaron al notario!

—Tengo que reconocer —dijo Red, y volvió a mirar el acuerdo— que estoy un poco… molesto.

Brote soltó un bufido exento de humor.

—A veces tu madre podía ser… A ver, me refiero a que Abby podía ser… —Red se calló.

—Mira —dijo Brote—. Prométeme una cosa. Prométeme que no se lo dirás a nadie.

—¿Cómo? ¿A nadie? ¿Ni siquiera a Denny y a las chicas?

—A nadie. Prométeme que guardarás el secreto.

—Pero ¿por qué? —le preguntó Red.

—Porque quiero que lo hagas, y punto.

—Pero ya eres adulto. No cambiaría nada.

—Lo digo en serio: necesito que olvides que has visto este documento.

—Bueno —dijo Red.

Y se inclinó hacia delante para devolvérselo a Brote, que dobló el acuerdo y se lo metió en el bolsillo de la camisa.

Resultó que el cajón inferior del escritorio de Red se había quedado pequeño para todos los papeles de Abby. Donde por fin aparecieron sus últimas voluntades con las indicaciones para el funeral fue en el armarito que había debajo del banco de la ventana, entremezcladas con las esquelas de los funerales de otras personas: las de sus padres y la de su hermano, y la de una «ceremonia de recuerdo» en honor de alguien llamada Shawanda Simms, de la que el resto de la familia no había oído hablar. Y no, no pedía que pusieran «Good Vibrations» y tampoco «Amazing Grace». Quería los himnos «Sheep May Safely Graze» y «Brother James's Air», en ambos casos cantados solo por el coro, gracias al cielo; y luego la congregación debería unirse para entonar el «Shall We Gather at the River?». Los amigos y familiares podían dar discursos, suponiendo que quisieran (sus hijas consideraron que la forma de expresarlo era patéticamente tentadora) y el reverendo Stock podría decir algo breve y —si no era mucho pedir— «que no incidiera demasiado en la religión».

La mención al reverendo Stock los puso nerviosos a todos. Para empezar, ni siquiera sabían a quién se refería. Luego, Jeannie supuso que debía de ser el pastor de la parroquia de Hampden, la humilde iglesia a la que iba Abby de vez en cuando, pues había pertenecido a ella desde su infancia. Pero el lugar de oración oficial de los Whitshank, por lo menos para Nochebuena y Pascua, era la iglesia de Saint David, y en Saint David era donde Amanda había reservado sitio para las once de la mañana del lunes. ¿Tanto importaba en el fondo que fuese en otra parroquia?, se preguntó en voz alta la mujer. Red dijo que sí. A lo mejor, debido a que Nora era la experta en materia religiosa, le encargó a ella que realizara las llamadas pertinentes a la parroquia de Saint David y al reverendo Stock. Nora se dirigió al teléfono que había en la galería y regresó al cabo de un rato para informarles de que el reverendo Stock se había jubilado hacía unos cuantos años, pero que el reverendo Edwin Alban sentía mucho su pérdida y les haría una visita esa tarde para comentar los pormenores de la ceremonia. Red se puso pálido al pensar en la posible visita, pero le dio las gracias a Nora por organizarlo.

A esas alturas, todos los miembros de la familia estaban al límite. Los tres niños se despertaban mucho por la noche y cruzaban el pasillo para meterse en la cama de Brote y Nora. Brote se olvidó de anular una visita con una mujer de Guilford que se estaba planteando añadir una ampliación importante a su casa. Jeannie y Amanda discutieron porque Amanda dijo que, aunque era posible que Alexander tuviera un lugar especial en el corazón de Abby, era de esperar porque «Alexander es tan... ya sabes». «¿Es tan qué? ¿Qué?», exigió saber Jeannie. Y Amanda dijo: «Déjalo», y fingió cerrarse la boca con cremallera. Al cabo de menos de diez minutos, Deb le puso un ojo morado a Elise por afirmar que su abuela le había confesado una vez que ella era su nieta favorita. «¿Y cómo los alegraremos hoy?», preguntó Red: un verso de un poema de Christopher Robin que Abby solía recitar cada vez que se avecinaba una catástrofe familiar. Entonces se le ensombreció el semblante, sin duda porque la voz alegre de la propia Abby resonó en su cabeza. Mientras tanto, Denny, fiel a su costumbre, empezó a pasar largos períodos encerrado en su habitación haciendo quién sabe qué, aunque de vez en cuando lo oían hablar por el móvil. Pero ¿con quién hablaba? Era un misterio. Incluso Heidi tenía una conducta rara. No paraba de rebuscar en el cubo de la basura que había bajo el fregadero y dejaba unas asquerosas bolitas de plástico masticado debajo de la mesa del comedor.

—Chicas, tenéis que avisarme cuando empiece a parecer desaliñado —les dijo Red a sus hijas—. Ya no tengo a vuestra madre por aquí para asegurarse de que voy hecho un pincel.

Sin embargo, conforme avanzaba la semana y empezó a llevar las camisas con manchas de comida y a no despegarse de las zapatillas de estar en casa, dejó de hacer caso a los consejos de sus hijas.

—¿Sabes qué, papá? —le comentó Jeannie—. Creo que esos pantalones te están pidiendo a gritos que los eches a lavar.

—Pero ¿qué dices? —contestó él—. Si ahora es cuando empiezan a amoldarse al cuerpo.

Cuando Amanda se ofreció a llevarle el traje a la tintorería para que lo tuviera listo para el funeral, le dijo que no hacía falta; se pondría un *dashiki*.

—¿Un qué? —le preguntó Amanda.

Red se dio la vuelta y salió de la galería. Sus hijas se miraron a los ojos, impotentes. Al cabo de unos minutos, regresó con una especie de camisola larga de un azul verdoso tan brillante, de un color tan eléctrico y vibrante, que hacía daño a la vista.

—Me lo hizo vuestra madre para la boda —les dijo—, y he pensado que sería adecuado ponérmelo para su funeral.

—Pero, papá —dijo Amanda—, si os casasteis en los años sesenta.

—¿Y?

—A lo mejor en los sesenta la gente llevaba esa ropa, aunque no acabo de… ¡Pero ha pasado casi medio siglo! Todas las costuras están ajadas, míralas. Y tiene un roto en la sisa.

—Pues lo arreglaremos —dijo Red—. Quedará como nuevo.

Amanda y Jeannie intercambiaron una mirada, de la que Red se percató. Se volvió de forma abrupta hacia Denny, que estaba tumbado en el sofá, zapeando entre los canales de televisión.

—Es fácil de arreglar —le dijo Red mientras le enseñaba el *dashiki* colgado en la percha—. ¿A que tengo razón? ¿A que sí?

—Ajá —contestó Denny. Y echó un vistazo—. Claro, yo te lo coso. Si encuentro hilo del mismo color.

Las chicas protestaron, pero Denny se levantó, cogió el *dashiki* y salió de la habitación.

—Gracias —le dijo Red, aunque ya se había ido. Luego, dirigiéndose a sus hijas, les dijo—: Tengo unos pantalones de pana que le pegarían, son de un tono gris claro. El gris combina con el azul, ¿no?

—Sí, papá —respondió Amanda.

—En nuestra boda llevé pantalones de campana —les contó—. A vuestro abuelo Dalton casi le dio un síncope.

No habían hecho fotos de la boda, porque Abby consideraba que un fotógrafo estropearía el ambiente. Así pues, Amanda y Jeannie entraron por fin en el juego y le preguntaron:

—¿Qué llevaba mamá?

—Esa especie de túnica vaporosa, nunca sé cómo se llama —dijo Red—. ¿Un «caplan»?

—¿Un caftán?

—Eso es. —Se le llenaron los ojos de lágrimas—. Qué guapa estaba.

—Sí, estoy segura.

—Sé que no puedo preguntar: «¿Por qué a mí?» —añadió. Había empezado a llorar a borbotones, pero no parecía darse cuenta—. Pasamos cuarenta y ocho años juntos y felices. Es más de lo que mucha gente tiene. Y sé que debería estar contento de que ella haya muerto antes, porque nunca se las habría arreglado sin mí. ¡Ni siquiera sabía arreglar un grifo!

—Claro, papá —dijo Jeannie.

Tanto ella como Amanda se habían puesto a llorar también.

—Pero algunas veces me lo pregunto de todos modos. ¿Sabéis a qué me refiero?

—Sí, papá. Lo sabemos.

A Carla no le hacía gracia que Susan se saltara las clases para ir al funeral. Todos oyeron a Denny discutiendo con ella por teléfono. «Era la nieta favorita de mi madre. ¿Y me estás diciendo que la cría no puede saltarse un mísero control de mates por su abuela?»

Al final, acordaron que acudiría pero no se quedaría a dormir, para que pudiera ir al colegio el martes por la mañana. Así pues, justo después del desayuno, la mañana del funeral, Denny fue a la estación de tren a recibirla. La chica con la que regresó a casa era una versión mucho más solemne, mucho más digna de Susan que la que había ido a la playa con la familia unos meses antes. Llevaba un vestido de punto color carbón con un recatado cuello blanco y medias negras con zapatos de tacón de ante negro. Parecía que llevara una especie de sujetador deportivo. Al principio, los tres hijos de Brote la miraron con timidez y no se atrevían a hablar con ella, pero luego Susan los animó a que la acompañaran a la galería acristalada y a los pocos minutos empezaron a emerger unas vocecillas parlanchinas que llegaron a la cocina, donde los adultos seguían sentados alrededor de la mesa del desayuno.

Red vestía unos pantalones de pana anchos y su *dashiki*, que resultaba todavía más llamativo fuera de la percha. Las mangas se abombaban de manera extravagante sobre unos puños elásticos y le daban un aire de bucanero, y la abertura del cuello era tan pronunciada que dejaba ver unos pelillos canosos del pecho. A pesar de todo, Nora lo alabó.

—¡Vaya, desde luego Denny lo ha remendado de maravilla! —exclamó.

Red se sintió satisfecho, y no pareció percatarse de que su nuera no había dicho nada sobre el efecto del conjunto en general.

Cuando sonó el timbre y Heidi empezó a ladrar, todos recuperaron la compostura. Era la criada de Ree Bascomb, que había accedido a hacer de canguro de los tres niños. Después de darle las instrucciones, fueron saliendo uno tras otro por la puerta de atrás —Brote y Nora, Red, Denny y Susan—, y se montaron en el coche de Abby. Conducía Denny. Red se sentó a su lado. Durante el trayecto de diez minutos a la iglesia, Red no dijo ni una palabra, se limitó a mirar por la ventanilla de su puerta. En el asiento posterior, Nora daba conversación a Susan. ¿Qué tal le iban las clases ese curso? ¿Cómo estaba su madre? Susan contestaba con educación pero sin explayarse, como si considerase que era una falta de respeto pensar en otras cosas en lugar de en el funeral. Denny repiqueteaba con los dedos en el volante cada vez que se paraban en un semáforo.

En Hampden, el resto del mundo disfrutaba de una mañana de lunes como cualquier otra. Dos mujeres gruesas charlaban en la acera, una de ellas con un carrito de ruedas lleno de ropa de la colada. Un hombre llevaba a un bebé rebozado en mil capas en el carrito. Por la mañana hacía fresco, pero poco a poco había subido la temperatura, así que se veía gente con jersey, pero también vieron a una chica que salió de una licorería con pantalones cortos y sandalias de tiras.

La iglesia resultó ser un cubículo blanco y pequeño con pocas pretensiones, terminada en algo que se parecía más a una cúpula que a una aguja, apretujada entre una verdulería familiar y una casa que ya estaba decorada hasta la bandera con motivos de Halloween. Lo más probable era que hubiesen pasado de largo sin verla, de no haber sido por el cartel que había en la puerta. PARROQUIA DE HAMPDEN, estaba escrito encima del dintel, y debajo las palabras BIENVENIDO A CASA PRIVADA SPRINKLE en letras de quita y pon. Ni siquiera había aparcamiento, o por lo menos, Denny no supo verlo. Tuvieron que aparcar en la calle. Mientras salían del coche, Jeannie y Hugh estacionaron detrás de ellos. Iban con sus dos hijos y la madre de Hugh. Entonces aparecieron

Amanda y su Hugh con Elise, que llevaba tacones de charol negros y un vestido brillante de frufrú tan corto que podría haber sido una camarera de noche. Un emplaste de maquillaje le tapaba el ojo morado. Bastó con que Jeannie y Amanda se vieran para que se deshicieran en torrentes de lágrimas, y se quedaron abrazadas en la acera mientras la señora Angell chasqueaba la lengua para indicar que las comprendía y se apretaba el bolso contra el pecho. Lucía un bonito sombrero de flores típico de ir a misa. De hecho, ese día todos iban vestidos con sus mejores galas salvo Red, cuyo *dashiki* asomaba por debajo de la cazadora de los Orioles.

Por fin, subieron los dos peldaños que los separaban de la puerta de la iglesia y entraron en una sala blanca de techo bajo con filas de bancos oscuros. Hacía ese fresco que cala de los lugares que han pasado una noche de otoño sin calefacción, aunque en ese momento se oía el murmullo de una caldera en algún lugar recóndito. Enfrente tenían un atril de madera, con una sencilla cruz oscura en la pared posterior, y a un lado, una mujer con el pelo teñido de rojo tocaba «Sheep May Safely Graze» en un piano vertical. (El reverendo Alban ya les había contado que los miembros del coro eran gente trabajadora y no podrían cantar un día entre semana.) La pianista no miró en dirección a ellos, sino que continuó tocando mientras recorrían el pasillo y se aposentaban en la segunda fila. Seguramente, podrían haber elegido los bancos de la primera fila, pero acordaron de manera tácita que eso habría parecido demasiado pretencioso.

Había un jarrón alto con hortensias blancas delante del púlpito. ¿De dónde habían salido? Los Whitshank no habían pedido flores, y en la esquela del *Sun* especificaron que no querían que nadie les mandara ramos de flores, solo donativos para la beneficencia, si alguien lo deseaba. Abby tenía un punto de vista peculiar sobre las flores. Le gustaba que crecieran al aire libre, silvestres.

—A lo mejor las han cogido en el jardín de alguien —susurró Jeannie, algo que por lo menos habría sido preferible a un ramo de la floristería.

Pero Amanda, que estaba sentada a su lado, respondió también en un susurro:

—¿No crees que ya ha pasado la temporada?

Podrían haber hablado en un tono normal, pero todos se sentían un poco cohibidos. Ninguno de ellos dominaba el protocolo de un funeral: a quién saludar, hacia dónde mirar, a quién deberían entregar discretos sobres con efectivo al final de la ceremonia. Esa misma mañana, Amanda había telefoneado dos veces a Ree Bascomb para pedirle consejo.

Los niños estaban sentados en una punta del banco, con Susan en medio, porque era de fuera y, por lo tanto, más interesante que el resto. Red se había puesto en el pasillo, porque Amanda insistió. La joven había comentado que los amigos querrían acercarse a él para decirle unas palabras. Como eso era justo lo que temía Red, se sentó con los hombros hundidos y la cabeza gacha, como un pájaro en medio de la tormenta, y no despegó la mirada de las rodillas.

El reverendo Alban entró por una puerta lateral que había junto al piano. Les había pedido que lo llamasen Eddie. Era un hombre muy rubio y tan joven que resultaba desconcertante. Llevaba un traje negro y tenía la piel tan blanca que se le notaba la sangre que corría por debajo. Primero se inclinó hacia Red y le apretó la mano derecha entre sus manos. Después le preguntó a Amanda si tenía la lista de las personas que iban a leer. Cuando había ido a verlos a su casa, todavía no habían decidido quién hablaría, pero ahora Amanda sí le entregó una hoja de papel. El párroco la repasó y asintió.

—Excelente —dijo—. ¿Y cómo se pronuncia este nombre? ¿Elise?

—Eliiis —dijo Amanda con voz rotunda, y Jeannie, que estaba a su lado, se puso tensa.

No parecía buena señal que tuviera que preguntarlo. El reverendo se metió el papel en la americana y fue a sentarse en una silla de respaldo recto que había junto al púlpito.

Los invitados empezaron a sentarse con cuentagotas en los bancos que había detrás de la familia. Los Whitshank oyeron pasos y murmullos, pero siguieron mirando hacia delante.

Durante su visita, el reverendo Alban (Eddie) había admitido que no conocía personalmente a Abby.

—Solo llevo tres años en la parroquia de Hampden —había dicho—. Siento no haber tenido la oportunidad de conocerla. Seguro que era una anciana encantadora.

La palabra «anciana» hizo que todos pusieran cara seria y recelosa. ¡Ese hombre no tenía ni idea de cómo era Abby! Se imaginaba a una de esas abuelitas frágiles con zapatos ortopédicos.

—Solo tenía setenta y dos años —le contestó Jeannie levantando la barbilla.

Sin embargo, él era tan joven que esa edad debió de parecerle bastante avanzada.

—Sí —comentó el párroco—, siempre parece demasiado pronto. Pero el Señor, en su sabiduría… Dígame, señor Whitshank, ¿hay algo en concreto que quiere que hagamos en la ceremonia?

—¿Yo? No, no —dijo Red—. No, yo no... No he... No hemos celebrado muchos funerales en esta familia.

—Ya entiendo. Entonces les recomiendo...

—Por supuesto, mis padres murieron, pero me refiero a que fue tan repentino... Se les encalló el coche en las vías del tren. Supongo que caí en estado de shock; de verdad, apenas me acuerdo de su funeral.

—Seguro que fue...

—Ahora que lo pienso, me parece que no llegué a asimilarlo. Es como si hubiera pasado de puntillas. Y resulta tan lejano, aunque a decir verdad fue en los años sesenta, no hace tanto. ¡Tiempos modernos! El hombre ya había llegado al espacio. Vaya, mis padres vivieron lo suficiente para ver las mosquiteras con marco de aluminio para las ventanas, y los parteluces falsos premontados y las puertas lisas contrachapadas y las bañeras de fibra de vidrio.

—Imagínese —había respondido el reverendo Alban.

Así pues, entre una cosa y otra, no habían atado muchos cabos durante su visita. Ninguno de los miembros de la familia sabía qué les aguardaba cuando el párroco se colocó por fin en el púlpito, detrás del atril, y el piano enmudeció.

—Oremos —indicó a la congregación.

Levantó los brazos y los asistentes se incorporaron; los bancos crujieron por toda la iglesia. El reverendo cerró los ojos, mientras que los Whitshank los mantuvieron abiertos, todos salvo Nora.

—Padre celestial —entonó en voz grave—, te pedimos hoy que nos consueles en nuestro dolor. Te pedimos...

—Ha venido aquella mujer, Atta —susurró Jeannie inclinándose hacia su marido.

—¿Quién?

—La huérfana que vino a comer con nosotros el mes pasado, ¿no te acuerdas?

Al parecer, en el proceso de levantarse para rezar, Jeannie había aprovechado para echar un vistazo a los feligreses. Volvió a mirar hacia atrás.

—¡Ay! Y está la conductora del coche. La acompaña alguien; podría ser su marido.

—Pobre mujer —dijo Hugh.

La conductora del coche que había atropellado a Abby había ido a verlos a su casa el día después del accidente, afectadísima, y se había disculpado una docena de veces, aunque todo el mundo sabía que no había sido culpa suya. No paraba de decir que vería ese perro tan dulce hasta el día de su muerte.

—Ha venido muchísima gente —susurró Jeannie, pero una mirada recriminatoria de Amanda la hizo callar.

Abby no había especificado qué lectura de la Biblia quería, así que el reverendo Alban había buscado una: un pasaje largo de los Proverbios que hablaba de una mujer virtuosa. No estuvo mal. Por lo menos, la familia no encontró nada ofensivo en la lectura. Después les pidió que cantaran un himno titulado «Here I Am, Lord», pero ninguno de ellos lo conocía. Era evidente que el reverendo Alban había sentido la necesidad de incluir una selección musical más extensa que la que había indicado Abby. No obstante, tampoco les pareció mal. Más tarde, Jeannie diría que el himno le había hecho imaginarse a Abby llegando al cielo con garbo y la ilusión propia de una asistenta social: «Aquí estoy, Señor; ¿en qué puedo ayudar?».

Sin embargo, Abby sí había especificado que quería un poema. Era de Emily Dickinson y se titulaba «Si puedo evitar que un corazón sufra», que Amanda leyó en voz alta en el púlpito, después de dar la bienvenida a todos y agradecerles que hubieran ido. Fue la única de los hijos de Red y Abby que quiso hablar en la iglesia. Denny afirmó que a él no se le daban bien esas cosas; Jeannie temía deshacerse en lágrimas si hablaba en público; Brote se limitó a decir que no, sin dar explicaciones.

Sin embargo, Merrick sí se ofreció. ¡Merrick! No se lo esperaban. En cuanto se había enterado de la noticia voló desde Florida y fue directa a la casa, preparada para remangarse y tomar el mando. Amanda consiguió echarla, si bien nadie podía negarle el derecho a decir unas palabras en la ceremonia. «Conocí a Abby antes que todos los demás —les dijo en casa—. ¡Antes incluso que Red!»

Y así fue como empezó su discurso. No se colocó detrás del atril sino al lado, como si quisiera dar a la congregación la oportunidad de admirar al completo su vestido de luto riguroso con las costuras asimétricas.

—Conocía a Abby Dalton desde que ella tenía doce años —dijo—. Desde que era una criaja desaliñada de Hampden, cuyo padre era dueño de una de esas ferreterías en las que uno entra por casualidad y dice: «¡Ay, Dios! Cuánto lo siento. ¡Me he metido en el sótano de una casa particular!». Había palas y rastrillos y carretillas apilados en un rincón, rollos de cuerda y cadenas que colgaban del techo, que era tan bajo que casi te chocabas con la cabeza, y tenían un gato atigrado que siempre dormía como un tronco sobre un saco de semillas de césped. Pero ¿saben qué? Abby resultó ser la más espabilada de nuestro colegio. ¡No la avergonzaban sus orígenes! Era como un cohete, y estoy orgullosa de poder decir que fue mi mejor amiga, la más querida.

Entonces empezó a temblarle la barbilla, se llevó las yemas de los dedos a los labios y meneó la cabeza antes de apresurarse a volver a su sitio, que resultó estar al lado de su suegra. Todos los demás Whitshank se miraron unos a otros con los ojos como platos, incluso Red.

La siguiente en hablar fue Ree Bascomb, qué buena era, tan pequeñita que parecía un duende con su casco de sueltos rizos canosos. Empezó a hacerlo mientras todavía recorría el pasillo.

—Es curioso, pero una vez estuve en una ferretería con Abby —dijo—. No me refiero a la de su padre, claro. No la conocía en esa época. La conocí cuando éramos madres jóvenes que se volvían locas en casa, y algunas veces dábamos un paseo juntas, nos metíamos en su coche o en el mío y colocábamos a los niños en el asiento de atrás. Íbamos en coche a algún sitio solo por el placer de conducir. El caso es que un día fuimos a la tienda Topps Casa y Jardín porque Abby necesitaba un extintor, y mientras el dependiente pedía que se lo trajeran del almacén, Abby le preguntó: «¿Le importaría darse prisa? Digamos que es una emergencia». Ya saben, lo dijo solo por hacer la gracia; era una broma. Bueno, pues el hombre no lo captó. Nos dijo: «Tengo que seguir el protocolo, señora», y Abby y yo nos desternillamos de risa. ¡Llorábamos de la risa! Ay, creo que nunca volveré a reírme con tantas ganas como cuando me reía con Abby. ¡La echaré mucho de menos!

Se alejó del púlpito con los ojos secos, sonrió a los Whitshank cuando pasó por delante de ellos, pero el suyo fue el discurso que hizo que Jeannie y Amanda se deshicieran en lágrimas otra vez.

—Gracias —dijo el reverendo Alban—. Y ahora escucharemos a Elise Baylor, la nieta de la señora Whitshank.

Elise llevaba una cartulina. Se acercó vacilante al púlpito con sus tacones de tiras, miró a los feligreses con una sonrisa radiante y carraspeó.

—Cuando mis primos y yo éramos pequeños, la abuela nos llamaba por teléfono y nos decía: «¡Es sábado! ¡Vamos de campamento a casa de la abuela!». Y entonces íbamos todos a su casa y hacíamos manualidades juntos: flores prensadas y maceteros y marcos de fotos con palitos de helado; o nos leía en voz alta uno de esos cuentos sobre niños de otros países. A ver, algunos de esos libros eran aburridos, pero tenían partes, o sea, como interesantes. Siempre me acordaré de mi abuela, toda mi vida.

Deb y Susan la miraron fijamente (debía de ser el «mi abuela» lo que las había irritado), mientras que Alexander puso la expresión sombría de un chico que intenta no llorar. Elise miró victoriosa a los feligreses y regresó taconeando a su asiento.

—Gracias a todos —dijo el reverendo Alban.

Hizo un gesto con la cabeza a la pianista, quién se volvió a toda prisa hacia el piano y empezó a tocar una versión de «Brother James's Air». Parecía una melodía curiosamente alegre para la ocasión. El Hugh de Amanda, despistado, siguió el ritmo de la canción con el pie, hasta que Amanda se inclinó hacia delante y lo fulminó con la mirada desde el otro lado del banco.

Cuando terminó el himno, el reverendo Alban se levantó y volvió a acercarse al púlpito. Juntó las yemas de los dedos.

—No conocía a la señora Whitshank —dijo—, y por lo tanto, carezco de los recuerdos que pueden tener ustedes. Sin embargo, al escucharles se me ha ocurrido que tal vez lo importante no sean nuestros recuerdos de los seres queridos. Tal vez lo importante sean sus propios recuerdos: todo lo que se llevan consigo. ¿Y si el cielo no fuese más que una inmensa consciencia a la que regresan los difuntos? Tal vez su cometido sea relatar las experiencias que reúnen durante el tiempo que pasan en la tierra. La ferretería que tenía su padre con el gato dormido sobre las semillas de césped, la amiga con la que se reía hasta que se les saltaban las lágrimas y los sábados que pasaba con sus nietos pegando palitos de helado. Las mañanas de primavera en las que se despertaba con un millón de pájaros cantando a pleno pulmón, las tardes de verano con las toallas de la piscina colgadas en la barandilla del porche y el aire de octubre que olía a humo de madera y a sidra, y las cálidas ventanas iluminadas de su hogar cuando volvía a casa una noche de nevada. «Esas han sido mis experiencias», dirá la difunta, y su experiencia se mezclará con la de los demás: un relato más de cómo era la vida. De qué se sentía al estar vivo. —Entonces levantó los brazos—. Página doscientos treinta y nueve del cancionero: «Shall We Gather at the River?» —indicó.

Todos se pusieron de pie.

—No lo entiendo —le dijo Red a Amanda, camuflado por la música—. ¿Dónde ha dicho que ha ido Abby?

—A una inmensa consciencia —le contestó Amanda.

—Bueno, tu madre podría haber dicho algo así —comentó Red—. Pero no sé, confiaba en que hablase de un lugar más concreto.

Amanda le dio unas palmaditas en la mano y luego señaló el siguiente verso del cancionero.

Ree Bascomb ya les había advertido que la gente se presentaría sin falta en su casa justo después de la ceremonia. Tanto si los invitaban como si no, les dijo, irían, y esperarían que les ofrecieran comida y bebida. Así pues, por lo menos la familia estaba mentalizada cuando la primera visita llamó al timbre. Sin tener apenas tiempo para recuperar el aliento, se encontraron otra vez en la rueda de susurrar palabras de agradecimiento y aceptar abrazos y permitir que les estrecharan la mano. La criada de Ree iba ofreciendo bandejas con canapés que había llevado por la mañana el encargado del catering. Un trío de hombres de Oriente Próximo, con atuendo aún más formal que el de los propios hijos de Abby, observaban en silencio pero apabullados cómo los tres hijos de Brote se perseguían unos a otros por entre las piernas de los adultos, y una anciana diminuta a quien nadie conocía preguntó a varias personas si servirían esas galletas que siempre preparaba Abby.

Cuando Denny se despidió de todos antes de acompañar a Susan a la estación de tren, saltaba a la vista que daba por supuesto que los invitados se habrían ido antes de que él regresara. Pero no, allí seguían cuando volvió. Sax Brown y Marge Ellis discutían sobre Afganistán. Elise se había agenciado una copa de vino blanco; sujetaba con finura el tallo entre el pulgar y el índice, con los demás dedos extendidos, y ahora que ya no lo quedaba maquillaje, se le volvía a notar que tenía el ojo morado. La criada de Ree Bascomb, que se había descalzado y andaba en medias, servía crudités a los invitados, y la propia Ree, quien probablemente se hubiera pasado con la bebida, se mantenía en pie apoyada en la cintura del hijo adolescente de no se sabía quién. Red parecía agotado. Tenía el rostro pálido y demacrado. Nora intentaba convencerlo para que se sentase, pero él se empecinaba en seguir de pie.

Entonces, de repente, los invitados se marcharon todos a la vez, como si hubieran oído algún misterioso silbato para perros. En la sala de estar quedó únicamente la familia, y les pareció una liberación, como salir a la calle después de ir al cine de día. Había una tabla de quesos diezmada en una otomana, migas de tostaditas desperdigadas por la alfombra, y alguien se había dejado el chal en el respaldo de una silla. La criada de Ree Bascomb trajinaba con los vasos en la cocina. Se oyó la cadena del inodoro y Tommy apareció en la sala de estar subiéndose los pantalones.

—Bueno —dijo Red.

Miró a toda su familia.

—Bueno —se hizo eco Amanda.

Todos estaban de pie y con las manos vacías. Tenían el aspecto de las personas que esperan instrucciones para su siguiente obligación, pero no había ninguna otra obligación, por supuesto. Se había acabado. Ya habían despedido a Abby.

Les daba la impresión de que debía de haber algo más: alguna recapitulación, alguna anécdota que comunicarle. «No te vas a creer lo que ha dicho Merrick», querían contarle a Abby. Y: «Te habrías mondado de risa si hubieras visto a la Reina Eula. Ni rastro de Trey, no te lo pierdas, porque tenía una reunión importante, pero la Reina Eula sí ha venido. ¿A que es increíble? ¿Te acuerdas de cuando juraba que eras comunista?».

Pero, espera… Abby había muerto. Nunca oiría ninguna de esas anécdotas.

8

Sería lógico pensar que, ahora que Abby había muerto, ya no era necesario que ninguno de ellos se quedase en la casa con Red. Al fin y al cabo, más o menos se valía por sí mismo, y volvió a trabajar al día siguiente del funeral. Sin embargo, esa tarde volvió a casa antes que de costumbre y se coló en el dormitorio para tumbarse; y si Nora no hubiese entrado en la habitación de sus suegros con una pila de ropa recién lavada, Red habría podido quedarse allí sin que nadie se percatara quién sabe cuánto tiempo, con una mano aferrada al pecho y una arruga de dolor o preocupación en la frente. Decía que no era nada, solo cansancio, pero no protestó cuando Nora insistió en que Denny lo llevase a urgencias.

En realidad, no era nada: indigestión, dictaminaron los médicos seis horas después, y lo mandaron a casa junto con sus cuatro hijos, pues los otros tres se habían reunido en el hospital en cuanto Nora los había avisado por teléfono. Aun así, el tema dio que pensar a sus hijas.

Hasta entonces, ambas habían estado de acuerdo en que habría tiempo de sobra para solucionar el tema de la casa. Se decían la una a la otra que era mejor dejar que las cosas reposaran un poco. No obstante, durante el resto de la semana las dos mujeres pasaron más tiempo en Bouton Road que en sus respectivas casas y solían ir a ver a su padre sin sus maridos e hijos, como para indicar que iban dispuestas a echar una mano. Se pasaban por allí con cualquier excusa; Jeannie quería las recetas de Abby o Amanda llevaba unas cajas de la verdulería para distribuir la ropa de Abby, y después se quedaban charlando con unos y otros, pero siempre sobre lo mismo.

—Ya sabes que, a la larga, no podemos depender de Denny —le dijo Amanda a Nora, por ejemplo—. Puede prometernos la luna, pero un día u otro, nos dejará. Me sorprende que se haya quedado tanto tiempo.

Entonces Denny entró en la cocina y su hermana enmudeció. ¿La habría oído? Curiosamente, aun después de que Denny dejara la taza en el fregadero y volviese a salir, Nora no respondió nada. Siguió sacando galletas de la bandeja del horno con expresión plácida y evasiva, como si Amanda hubiese hablado consigo misma.

¡Y Brote! A lo mejor era el duelo, pero llevaba varios días muy callado.

—En el fondo —intentó decirle un día Jeannie—, creo que papá siempre ha dado por hecho que Nora y tú viviríais aquí. Me refiero a que heredaríais la casa cuando él ya no estuviera.

Entonces Jeannie miró con culpabilidad a Denny, que estaba sentado junto a Brote en el sofá, zapeando entre los canales, pero Denny se limitó a hacer una mueca. Incluso él sabía que Red tenía puestas sus esperanzas en Brote. En cuanto al propio Brote, daba la impresión de que no la hubiera oído. Mantuvo la mirada fija en la pantalla, a pesar de que no había nada que ver, salvo un anuncio detrás de otro.

Después de la comida dominical, mientras Red echaba una siesta en su habitación, Amanda les dijo a los demás:

—En realidad, no es que papá necesite un cuidador. Os lo garantizo. Pero estaría bien que por lo menos alguien se asegurase todas las mañanas de que ha pasado bien la noche.

—Para eso bastaría con llamar por teléfono —dijo Brote.

Jeannie y Amanda enarcaron las cejas y se miraron. Era un comentario que habrían esperado de Denny, pero no de Brote.

Brote no miraba a ninguna de las dos. Observaba a los niños tumbados en la alfombra, entretenidos con un juego de mesa.

—Bueno, tranquilas, puede que papá acabe por encontrar alguna señora que le haga compañía —dijo Denny.

—¡Vamos, Denny! —exclamó Jeannie.

—¿Qué?

—Sí, eso podría ocurrir —dijo Amanda, ecuánime—. En cierto modo, una parte de mí desea que sea así. Una mujer amable y que lo cuide. Aunque otra parte de mí piensa: «¿Y si no nos cae bien esa persona? ¿Y si es alguien que lleva el cuello de la camisa subido o algo así?».

—¡Papá nunca se enamoraría de alguien que llevara el cuello subido! —exclamó Jeannie.

Entonces oyeron los pasos de Red en la escalera y todos se callaron.

Esa misma tarde, cuando las familias de las chicas ya habían llegado a buscarlas y se estaban despidiendo en la puerta, Red le preguntó a Amanda si debía comunicarle a su abogado que Abby había fallecido.

—Dios mío, claro que sí —contestó Amanda—. ¿No lo has hecho todavía? Y ¿quién es vuestro abogado?

—No tengo ni idea —dijo Red—. Hicimos el testamento hace siglos. Tu madre era la que se encargaba de esos temas.

Brote emitió un sonido repentino y seco que se parecía a una risa, y todos lo miraron.

—Es como en el chiste —les dijo—. El marido dice: «Mi mujer decide las cosas pequeñas, como de qué trabajo y qué casa compramos, y yo decido las cosas importantes, como si deberíamos admitir a China en las Naciones Unidas».

—¿Ajá? —dijo el Hugh de Jeannie.

—Las mujeres son las que llevan los pantalones —le dijo Brote—. No te confundas.

—Pero ¿China no está ya en las Naciones Unidas?

Por suerte, en ese momento intervino Nora:

—No se preocupe, padre Whitshank, yo averiguaré el nombre de su abogado.

Y puso fin a la situación incómoda.

El lunes siguiente, mientras Red estaba en la empresa, Amanda llegó con más cajas de cartón. Daba la impresión de que no tuviese que trabajar... No obstante, iba vestida con el traje de oficina, así que debía de haberse acercado de camino al trabajo.

—Dime la verdad, Nora —dijo en cuanto dejó las cajas en un rincón del comedor—. ¿Te imaginas a Brote y a ti viviendo aquí siempre?

—Ya sabes que nunca dejaríamos a padre Whitshank solo si de verdad necesitase ayuda —dijo Nora.

—Pero ¿crees que necesita ayuda?

—Bueno, es mejor que Douglas conteste a eso.

Amanda se encorvó, se volvió sin decir ni una palabra y salió.

En el recibidor se encontró con Denny, que bajaba la escalera en calcetines.

—Algunas veces preferiría que Brote y Nora no fuesen tan… virtuosos —le dijo—. Es agotador, te lo aseguro.

—¿Me lo dices o me lo cuentas? —respondió Denny.

Red les comentó a sus hijos que no sabía dónde había oído que cuando muere la esposa, el viudo debería dormir en el lado de la cama en el que dormía ella. Así era menos probable que alargara los brazos para buscarla por la noche por equivocación.

—Lo he probado —les dijo.

—¿Y funciona? —le preguntó Denny.

—De momento, no del todo. Me parece que incluso cuando estoy dormido me repito que ya no está aquí.

Denny le entregó el destornillador a Brote. Estaban desmontando todas las mosquiteras de las ventanas para después colocar las contraventanas de madera que utilizaban en invierno, y Red supervisaba la labor. En realidad no hacía falta, porque los chicos lo habían hecho ya muchas veces. Se había sentado en los peldaños posteriores, con un enorme jersey de lana que le había hecho Abby la temporada en que le había dado por tejer.

—Anoche soñé con ella —comentó—. Llevaba un chal por los hombros con un ribete de borlas, y tenía el pelo largo, como en los viejos tiempos. Me dijo: «Red, quiero aprender todos los pasos de ti, y bailar hasta que termine la noche».

Calló. Sacó un pañuelo del bolsillo y se sonó. Denny y Brote se detuvieron, con una mosquitera en equilibrio entre los dos, y se miraron con expresión impotente.

—Entonces me desperté —dijo Red al cabo de un minuto. Se metió el pañuelo en el bolsillo a la fuerza—. Pensé: «Debe de significar que echo de menos que me dedique toda su atención, como me ocurría siempre». Entonces me desperté otra vez, pero de verdad. ¿No os ha pasado nunca? ¿No habéis soñado que os despertabais y luego os habéis dado cuenta de que seguíais dormidos? El caso es que me desperté de verdad y pensé: «Uf, chaval. Me temo que todavía me queda mucho por asimilar». Me da la impresión de que todavía no lo he superado, ¿sabéis?

—Ostras —le dijo Brote—. Es que es difícil.

—A lo mejor con un somnífero… —propuso Denny.

—¿Y de qué serviría? —preguntó Red.

—Bueno, era una sugerencia.

—¿Crees que todos los problemas de la vida se pueden solucionar con una pastilla?

—Vamos a apoyarla contra el árbol —le dijo Brote a Denny.

Denny asintió, con los labios apretados, y se desplazó para caminar de espaldas hacia un álamo con la mosquitera en los brazos.

A última hora de la tarde, Ree Bascomb les llevó una tarta de manzana y se quedó a tomarla con ellos.

—Lleva ron, por eso he esperado hasta que los niños estuvieran en la cama —dijo.

En realidad, los niños no estaban en la cama, aunque ya eran casi las nueve. (Parecía que no tenían una hora fija de acostarse, como solía comentar con retintín Abby cuando hablaba con sus hijas.) Pero estaban entretenidos con una especie de pista de carreras que habían montado por todo el suelo de la sala de estar, así que los adultos se habían desplazado al comedor —Ree, Brote y Nora, Red y Denny— y, una vez allí, Ree sirvió cuadraditos de tarta en los platos de diario de Abby y los fue repartiendo por la mesa. Conocía la casa de Abby tan bien como la suya propia, solía decir.

—No hace falta que muevas ni un dedo —le dijo a Nora, pero esta ya había empezado a preparar un café descafeinado y había dejado en la mesa leche y azúcar, tazas, cubiertos y servilletas.

Ree se sentó a la mesa.

—Buen provecho a todos —les dijo, y cogió el tenedor—. Dicen que los dulces ayudan en los momentos tristes. Siempre me ha parecido una gran verdad.

—Bueno, es un detalle por tu parte, Ree —comentó Red.

—A mí también me vendría bien comer algo dulce esta noche. No sé si os habéis enterado, pero para colmo ha muerto Jeeter.

—Vaya, qué pena —dijo Nora.

Jeeter era el gato atigrado de Ree, que tenía unos veinte años. Todos los vecinos lo conocían.

—¡Santo Dios! —exclamó Red. Dejó el tenedor en la mesa—. ¿Y cómo puede haber ocurrido semejante desgracia? —preguntó.

—Pues he salido por la puerta de atrás esta mañana y me lo he encontrado allí tumbado, encima del felpudo. Confío en que no se hubiera pasado toda la noche allí, esperando a entrar, pobrecillo.

—¡Por el amor de Dios! ¡Es horrible! Pero supongo que investigarán la causa de la muerte, ¿verdad? —dijo Red. Parecía devastado—. Estas cosas no ocurren así como así, sin motivo.

—Bueno, sí ocurren cuando uno es viejo, Red.

—¡Viejo! ¡Pero si todavía no iba a la guardería!

—¿Qué? —preguntó Ree.

Todos miraron a Red.

—¡Me acuerdo del día en que nació! Y de eso no hace más de dos o tres años.

—Pero ¿de qué hablas? —le preguntó Ree.

—Bueno, yo… ¿no has dicho que se ha muerto Peter? ¿Tu nieto?

—¡Jeeter! Eso he dicho —le dijo Ree elevando la voz—. Jeeter, mi gato. ¡Gracias a Dios!

—Ah, perdóname —contestó Red—. Es culpa mía.

—Me preguntaba por qué te habías convertido de repente en un amante de los gatos, la verdad.

—¡Ja! Sí, y yo me preguntaba cómo podías hablar como si tal cosa del fallecimiento de tu nieto.

Red chasqueó la lengua, avergonzado, y volvió a coger el tenedor de postre. Luego paseó la mirada por la mesa hasta llegar a Nora, que se había llevado la servilleta a la boca y sacudía los hombros mientras emitía un leve chillido. Al principio parecía que se estaba ahogando, hasta que se dieron cuenta de que las lágrimas que le resbalaban por las mejillas eran de risa.

—¿Cariño? —le dijo Brote.

Los demás la miraron a la cara. Ninguno de ellos había visto jamás a Nora en esa situación, sin poder contener la risa.

—Disculpad —dijo ella cuando por fin pudo hablar, pero de inmediato volvió a taparse la boca con la servilleta—. ¡Lo siento mucho! —exclamó entre jadeos.

—Me alegro de saber que te parezco tan divertido —dijo Red algo irritado.

—Le pido disculpas, padre Whitshank.

Nora dejó la servilleta en la mesa y se irguió en la silla. Tenía la cara sonrojada y las mejillas mojadas de lágrimas.

—Creo que debe de ser el estrés —dijo.

—Pues claro que sí —le dijo Ree—. ¡Todos habéis pasado por un infierno muy estresante! Tendría que haberlo pensado dos veces antes de molestaros con mi ridícula noticia.

—No, en serio, yo...

—Qué gracia, nunca me había fijado en que los dos nombres rimaban —dijo Ree, pensativa—. Peter, Jeeter.

—Has sido muy amable de venir a vernos, Ree —le dijo Red—, y la tarta de manzana está riquísima, de verdad.

Al parecer, él mismo no se había dado cuenta de que ni siquiera la había probado todavía.

—He puesto manzanas granny smith —comentó Ree—. En mi opinión, todos los demás tipos de manzana se deshacen.

—Pues estas no se deshacen en absoluto.

—Sí, son fantásticas —dijo Denny, y Brote se sumó con un murmullo casi ininteligible.

Seguía con la mirada fija en Nora, aunque parecía que esta ya había recuperado la compostura.

—¡Bueno! —exclamó Ree—. Ahora que ya hemos acabado con las bromas y los juegos, hablemos de vosotros. Familia, ¿qué planes tenéis? ¿Brote? ¿Denny? ¿Vais a quedaros con vuestro padre?

Podría haber sido un momento incómodo —saltaba a la vista que todos los comensales intentaban eludirlo—, pero por suerte Red los sacó del apuro.

—Qué va, se marcharán dentro de poco. Hasta yo me iré: voy a buscarme un piso —contestó.

—¡Un piso! —exclamó Ree.

Los demás se quedaron de piedra.

—Bueno, al fin y al cabo, los chicos tienen su vida —dijo Red—. Y carece de sentido que yo deambule por aquí solo. Estaba pensando que podría alquilar algo, uno de esos pisos sencillos pero equipados que no necesitan casi mantenimiento. Incluso podría mudarme a un edificio con ascensor, por si me hago viejo y empiezo a tener achaques.

Chasqueó la lengua según tenía por costumbre, como si quisiera dar a entender lo improbable que era eso.

—¡Vaya, Red! ¡Qué atrevido por tu parte! Conozco un sitio que te iría como anillo al dedo. ¿Te acuerdas de Sissy Bailey? Se ha ido a vivir a un edificio nuevo en Charles Village, y le encanta. Ya sabes que tenía esa casa grande en Saint John's, pero dice que ahora no tiene que preocuparse de cortar el césped, quitar la nieve a paladas, colocar las contraventanas para el invierno…

—Los chicos han puesto las contraventanas justo esa tarde —dijo Red—. ¿Sabes cuántas veces he pasado por eso en vida? Ponerlas en otoño, quitarlas en primavera. Ponerlas, quitarlas. Ponerlas, quitarlas. ¿Es que no se acaba nunca?, se pregunta uno.

—Me parece de lo más razonable querer poner fin a todo eso —dijo Ree. Miró con alegría a todos los comensales—. ¿No estáis de acuerdo?

Tras un breve momento de duda, Denny, Brote y Nora asintieron. Los tres tenían el rostro inexpresivo.

Amanda dijo que era como cuando juegas al tira y afloja y el otro equipo suelta la cuerda sin avisar.

—No sé, es casi una decepción —comentó.

—Por supuesto que queremos dejar de tener que preocuparnos por él —dijo Jeannie—, pero ¿lo ha pensado bien? ¿Irse a vivir a un sitio pequeñajo y moderno sin molduras en el techo?

—Yo creo que finge —dijo Amanda—. No puede ser tan sencillo. Tenemos que averiguar qué se cuece detrás de todo esto.

—Sí, es para plantearse por qué tiene tanta prisa.

Hablaban por el móvil: Jeannie contra un fondo de taladros eléctricos y pistolas de clavos, y Amanda en la tranquilidad de su despacho. Por sorprendente que parezca, nadie se lo había comunicado a las hermanas inmediatamente después de que Red anunciara la noticia. Se habían enterado a la mañana siguiente. Brote lo comentó de pasada en el trabajo, mientras Jeannie y él intentaban solucionar un problema de ebanistería.

—¿Y no le dijiste que tendríamos que hablarlo antes? —le preguntó Jeannie enseguida.

—¿Por qué iba a decírselo?

—Vamos a ver, Brote…

—Es adulto —dijo Brote—, y está haciendo lo que querías que hiciera desde el principio. Es igual: haga lo que haga, Nora y yo nos marchamos.

—¿Ah, sí?

—Estamos esperando a que la iglesia de Nora les encuentre otro hogar a los inquilinos de nuestra casa.

—¡Pero no me lo habías dicho! ¡No lo has consultado con los demás!

—¿Por qué tendría que consultároslo? —preguntó Brote—. Yo también soy adulto.

Enrolló los planos y salió del despacho.

—Es como si desde hace unos días Brote fuera otra persona —le dijo Jeannie a Amanda por teléfono—. Está casi resentido. Antes nunca era así.

—Tendrá que ver con Denny —dijo Amanda.

—¿Denny?

—Seguro que Denny le ha dicho algo que lo ha ofendido. Ya sabes que Denny nunca ha aceptado que Brote se instalara en casa de papá y mamá.

—¿Y qué puede haberle dicho?

—Te referirás a qué puede haberle dicho que no le haya dicho ya, ¿no? Esa es la cuestión. Sea lo que sea, debió de ser un golpe bajo.

—No me lo creo —dijo Jeannie—. Últimamente Denny se ha comportado bastante bien.

Pero en cuanto colgó, llamó por teléfono a Denny. (¿No era curioso que incluso ahora que volvía a vivir en Bouton Road tuviera que llamarlo al móvil si quería hablar con él?)

Pasaban de las diez de la mañana, pero Denny todavía no debía de estar del todo despierto. Respondió con voz de dormido.

—¿Sí?

—Dice Brote que papá se va a vivir a un piso —soltó Jeannie.

—Sí, eso parece.

—¿Y de dónde ha salido eso?

—Ni idea.

—Y Brote y Nora están esperando a que sus inquilinos encuentren otra cosa para marcharse también.

Denny bostezó.

—Bueno, tiene sentido.

—¿Le has dicho algo?

—¿A Brote?

—¿Le has dicho algo que haya provocado que quiera marcharse?

—Jeannie, papá se va. ¿Por qué iba a quedarse Brote?

—Pero me dijo que se iban a marchar de todos modos. Y desde hace unos días actúa de manera distinta, está gruñón y pierde la paciencia enseguida.

—¿Ah, sí? —le preguntó Denny.

—Hay algo que lo reconcome, te lo aseguro. Me da la impresión de que ni siquiera intentó quitarle la idea de la cabeza a papá.

—No. Ninguno le dijimos nada.

—Te refieres a que os parece bien, ¿eh? ¿Os parece bien que papá deje la casa que construyó su padre?

—Claro.

—Te quedarás sin techo, ¿sabes? —le pinchó Jeannie—. Tendremos que venderla. Porque no te veo pagando los impuestos de una casa de ocho habitaciones en Bouton Road; ni siquiera trabajas.

—Es verdad —dijo Denny. No parecía ofendido.

—Entonces, ¿volverás a New Jersey?

—Lo más probable.

Jeannie permaneció en silencio unos segundos.

—No te entiendo —dijo al fin.

—Vale…

—Vives aquí, luego vives allá; vas por la vida como si diera igual dónde vives. Parece que no tienes amigos; no tienes una profesión en condiciones… ¿Hay alguien que te importe de verdad? Y no vale contar a Susan; nuestros hijos son… apéndices de nuestro propio ser. Pero ¿te importa lo mucho que se han preocupado por ti mamá y papá? ¿Te importamos nosotros? ¿Y yo? ¿Le has recriminado algo a Brote que pueda haber hecho que se cabree con todos?

—No le he dicho ni una palabra a Brote —dijo Denny.

Y colgó.

—Me siento fatal —le dijo Jeannie a Amanda.

Volvían a hablar por teléfono, pero esta vez Amanda había contestado con un tono apresurado e impaciente. «¿Y ahora qué pasa?», preguntó al más puro estilo de Denny.

—Le he echado la bronca a Denny —reconoció Jeannie—. Lo he acusado de ser egoísta con Brote y hacer sufrir a papá y mamá, y de no trabajar ni tener amigos.

—¿Y qué? ¿Qué parte de todo eso no es cierta?

—Le he preguntado si le importábamos. Bueno, en concreto si le importaba yo.

—Una pregunta razonable, diría yo —contestó Amanda.

—No debería habérselo preguntado.

—Déjalo ya, Jeannie. Se merecía todas y cada una de esas palabras.

—Pero preguntarle si le importo después de aquella vez en que dejó el trabajo por mí y se retrasó en el pago del alquiler para venir a ayudarme porque yo tenía miedo de acabar estampando a mi hijo contra la pared…

Se quedaron en silencio.

—No lo sabía —dijo Amanda por fin.

—Pero ¿no te acuerdas de que Denny se quedó unos días en mi casa?

—No sabía que tenías miedo de estampar a Alexander.

—Bah, olvídate de esa parte.

—Podrías habérmelo contado a mí. O a mamá. Era asistenta social, ¡por el amor de Dios!

—Amanda, olvídalo, por favor.

Volvieron a quedarse en silencio.

—Bueno, pues da igual —dijo Amanda al cabo de un momento—. El resto de lo que le has dicho a Denny se lo tenía merecido. Fue egoísta con Brote. Y sí que hizo sufrir a mamá y papá; convirtió sus vidas en un infierno. Y no trabaja, y si tiene amigos, desde luego no nos los ha presentado. ¡Y dudo de si le importamos un comino! Tú misma me dijiste que tenía voz triste el día que lo llamaste antes de que viniera a casa de papá y mamá. A lo mejor sencillamente buscaba una excusa para volver a casa.

—Aun así, me siento fatal —dijo Jeannie.

—Mira, tengo que darme prisa, llego tarde a una reunión.

—Pues ve —dijo Jeannie.

Y apretó con saña el botón de colgar.

Denny y Nora estaban en la cocina, recogiendo después de cenar. O por lo menos Nora recogía, porque Denny había hecho la cena. Aun así, seguía pululando por allí, cogía objetos al azar de la encimera y les daba la vuelta para mirar la base, pero luego los dejaba en el mismo sitio.

Nora le había hablado del piso de Sissy Bailey. Había llevado a Red a verlo esa misma tarde. Sin embargo, él alegó que las paredes eran tan finas que podía hacer un agujero con el dedo. Por eso el sábado una amiga de la familia que trabajaba en una inmobiliaria…

—¿Está mosqueado Brote por algo? —le preguntó de repente Denny.

—¿Cómo? —dijo Nora.

—Jeannie dice que Brote está de mal humor.

—¿Por qué no se lo preguntas a él? —propuso Nora.

Colocó la última sartén en un rinconcito que quedaba en el lavavajillas.

—No sé, a lo mejor podrías decírmelo tú.

—¿Tanto te cuesta hablar con él? ¿Tan mal te cae?

—¡No me cae mal! ¡Joder!

Nora cerró el lavavajillas y se volvió hacia él.

—¿Qué? ¿No me crees? —preguntó Denny—. ¡Nos llevamos bien! Siempre nos hemos llevado bien. A ver, es verdad que a veces se pasa de bonachón, como si pensara: «Mirad, soy mejor que cualquier otra persona», y habla siempre con tanta paciencia que acaba sonando condescendiente, y en la familia se suele decir que se comporta igual de bien cuando la vida no le sonríe, pero admítelo, ¿cuántas veces no le sonríe la vida a Brote? Aun así, yo no tengo ningún problema con él.

Nora le dirigió una de sus misteriosas sonrisas.

—De acuerdo —dijo Denny—. Iré a preguntárselo.

—Gracias por hacer la cena —le dijo Nora—. Estaba riquísima.

Denny levantó un brazo y lo dejó caer mientras salía de la cocina.

En el televisor de la galería acristalada estaban puestas las noticias vespertinas, pero Red era el único que las veía.

—¿Dónde está Brote? —le preguntó Denny.

—Arriba, con los niños. Creo que alguien ha roto algo.

Denny volvió a salir al recibidor y subió las escaleras. Las voces infantiles se superponían en la habitación de las literas. Cuando entró, los niños seguían colocando las piezas de la pista de carreras que serpenteaba por el suelo, mientras Brote, sentado en la litera inferior, observaba dos partes rotas de un cajón del escritorio.

—¿Qué ha pasado aquí? —le preguntó Denny.

—Parece que los chicos han confundido el escritorio con una montaña.

—Era el Everest —le dijo Petey a Denny.

—Ah.

—¿Puedes acercarme la cola? —le preguntó Brote.

—¿De verdad quieres pegarlo con cola?

Brote lo miró muy serio.

Denny le dio el bote de cola de carpintero que había encima del escritorio. Luego se apoyó contra el marco de la puerta con los brazos cruzados y un pie sobre el otro.

—Bueno, parece que os mudáis, ¿no?

—Sí —contestó Brote.

Echó un chorro de cola en la arista de una de las piezas que tenía que pegar.

—Supongo que ya lo tenéis decidido.

Brote levantó la cabeza y miró fijamente a Denny.

—No se te ocurra decirme que se lo debo —advirtió.

—¿Eh?

Los niños levantaron la mirada, pero luego volvieron a su pista de carreras.

—Ya he cumplido mi parte —le dijo Brote a Denny—. Quédate tú, si crees que alguien debería quedarse.

—¿Acaso he dicho eso? —le preguntó Denny—. ¿Por qué iba a quedarse alguien? Papá se marcha.

—Sabes perfectamente que espera que le quitemos la idea de la cabeza.

—No sé de qué me hablas —dijo Denny—. ¿Y qué mosca te ha picado estos días? Estás de malas pulgas. Y no me digas que es solo por mamá.

—Tu mamá —dijo Brote. Dejó el bote de cola en el suelo—. No era mi madre.

—Bueno, vale, si te pones así…

—Mi madre era B. J. Autry, para tu información.

—Ah —dijo Denny.

Los niños continuaban jugando, ajenos a la conversación. Simulaban accidentes aparatosos en un paso elevado.

—Y Abby lo supo desde el principio —dijo Brote—. Lo sabía y no me lo contó. Ni siquiera se lo contó a papá.

—Aun así, no entiendo por qué tienes ahora tan mala uva.

—Tengo mala uva, como dices tú, porque…—Brote se interrumpió en mitad de la frase y miró a Denny a la cara—. También lo sabías —lo acusó.

—¿Eeeeh?

—No te ha pillado por sorpresa, ¿a que no? ¡Tendría que habérmelo imaginado! ¡Con lo que te gustaba husmear de pequeño! ¡Hace años que lo sabes!

Denny se encogió de hombros.

—Para mí es indiferente quién era tu madre.

—Pues prométeme una cosa —le dijo Brote—. Prométeme que no se lo contarás a los demás.

—¿Por qué iba a contárselo a los demás?

—Si se lo cuentas, te mato.

—Uuuuh, qué miedo —dijo Denny.

A esas alturas, los niños ya se habían dado cuenta de lo que ocurría. Habían dejado de jugar y miraban muy atentos a Brote.

—¿Papá? —le preguntó Tommy.

—Bajad al comedor —contestó Brote—. Los tres.

—Pero, papá…

—¡Ya! —ordenó Brote.

Los niños se pusieron de pie con torpeza y se marcharon; miraron hacia su padre mientras salían. Sammy aún llevaba un remolque de plástico en la mano. Denny le guiñó el ojo cuando el niño pasó por delante.

—¡Júramelo! —le exigió Brote a Denny.

—¡Vale! ¡Vale! —dijo Denny, y levantando las manos—. Oye, Brote, ¿te das cuenta de lo rápido que seca esa cola? Convendría que juntaras ya las dos mitades.

—Jura por tu vida que no se lo contarás a nadie jamás.

—Te juro por mi vida que no se lo contaré a nadie jamás —repitió solemnemente Denny—. Aunque no lo pillo. ¿Por qué te importa tanto?

—Pues porque sí, y punto. No tengo que darte explicaciones —dijo Brote. Sin embargo, enseguida añadió—: Un día leí que incluso los niños recién nacidos reconocen la voz de su madre. ¿Lo sabías? La reconocen porque la han oído en el vientre. Desde el momento en que nacen, la voz que prefieren es la de su madre. Y pensé: «Dios mío, no me acuerdo de qué voz prefería en esa época». Me parecía triste que hubiese una voz que había anhelado escuchar toda mi vida pero que nunca hubiese llegado a oír, por lo menos después de los primeros días. Y ahora mira: era la voz de B. J. Autry; esa voz ronca y rasposa, con ese vocabulario barriobajero. Cuando pienso en cómo habla Abby, perdón, ¡en cómo hablaba…! Me correspondía ser de Abby.

—¿Y? —preguntó Denny—. Al final fuiste suyo. Un final feliz, mira qué bien.

—Pero ¿no te acuerdas de cómo se burlaba la familia de B. J. a sus espaldas? Todos cerraban los ojos cuando soltaba una risotada de las suyas; ponían muecas cuando decía alguna barbaridad sin pensar. «Ay, pero ya me conocéis; digo las cosas como son», decía. «Lo digo como lo veo; no mido las palabras ni le saco punta a las cosas.» ¡Como si eso fuera algo de lo que presumir! Y entonces todo el mundo intercambiaba esas miradas furtivas, que recorrían la mesa de un extremo a otro. Por eso ahora pienso: «Dios, me moriría de vergüenza si se enterasen de que era mi madre». Sin embargo, también me avergüenzo de sentir vergüenza de ella. Empiezo a pensar que la familia no tenía derecho a ser tan cruel con ella. ¡No sé qué pensar! A veces es como si llorara por haber perdido algo que no tuve: mi verdadera madre estaba sentada aquí mismo, en nuestro comedor, y nunca tuve la menor idea, y me pongo como una fiera al pensar que Abby no me lo contó; y todo por ese contrato absurdo y tonto. ¡Abby no le permitió a mi madre contarme que era su hijo! Aunque en el acuerdo que firmaron decía que si B. J. quería recuperarme alguna vez, ah, pues Abby estaría encantada de devolverme. «Toma, aquí tienes», visto y no visto. Y papá, ¿te lo puedes creer? Me dijo que él me habría devuelto a mi madre sin pensárselo dos veces.

—¿Has hablado con papá del tema?

—Pero mira lo que pasó —siguió Brote, como si no lo hubiera oído—. Resulta que B. J. nunca quiso recuperarme. Me observaba desde el otro lado de la mesa y no quería que estuviera con ella. Si apenas me veía… Podría haber venido a visitarme en cualquier momento, siempre que hubiese querido, pero solo venía a casa de vez en cuando, dos o tres veces al año.

—¿Y qué? Ni siquiera te caía bien. Decías que no soportabas su voz.

—Aun así, era mi madre. La única mujer en todo el mundo que piensa que de verdad eres especial: ¿no crees que todos los niños se merecen algo así?

—Tú lo tuviste. Tenías a Abby.

—Bueno, perdona, pero no era suficiente. Abby era tu madre. Yo necesitaba una propia.

—¿No crees que Abby pensaba que eras especial? —le preguntó Denny.

Brote guardó silencio. Bajó la mirada al cajón que tenía entre las manos.

—Vamos, por favor —dijo Denny—. Si pensaba que hasta tu nuca era especial. De no haberlo pensado, habrías tenido una vida muy diferente, créeme. Te habrían mandado a quién sabe dónde, habrías acabado sin raíces, sin hogar, en algún centro de acogida, y lo más probable es que habrías terminado siendo uno de esos desgraciados que no aguantan en ningún trabajo, que no se casan ni tienen amigos. Te habrías sentido desplazado en todas partes; no habrías pertenecido a ningún sitio.

Se calló. Algún quiebro de su voz hizo que Brote lo mirara. Pero entonces, Denny retomó la palabra:

—¡Ja! Ya sabes qué demuestra eso.

—¿Qué?

—Pues que sigues la tradición familiar, nada más. La tradición de «ojalá tuviera algo que tiene otra persona», hasta que lo consigues… Como el viejo Junior con su casa de ensueño, o Merrick con su marido de ensueño. ¡Claro! Podría ser la tercera historia familiar. «Había una vez», entonó Denny con aire teatral, «uno de nosotros que se pasó treinta años suspirando por oír la voz de su verdadera madre, pero cuando la encontró, se dio cuenta de que no le gustaba ni la mitad que la voz de su madre postiza.»

Brote esbozó una tímida sonrisa triste.

—Joder, si tienes más de los Whitshank que yo —le dijo Denny. Luego añadió—: La cola estará dura como una piedra. Ya te lo he advertido antes. Tendrás que lijarla y volver a empezar.

Entones se separó del marco de la puerta y volvió a la planta de abajo.

La amiga de la familia que trabajaba en la inmobiliaria se remontaba a la época en la que Brenda todavía estaba lo bastante activa para querer corretear de vez en cuando por el Robert E. Lee Park. Helen Wylie solía sacar a pasear por ese parque a su setter irlandés, y Abby y ella habían entablado conversación un día. Por eso, cuando Helen llegó el sábado por la mañana (una mujer jovial pero madura con pantalones de pana y cazadora campera), no hicieron falta muchas explicaciones.

—Ya lo sé —le dijo a Red sin más preámbulo—. Lo que quiere es algo de construcción sólida. De antes de la guerra, se me ocurre. ¡Fue una locura que se planteara siquiera ir a ver ese edificio nuevo! Quiere un lugar que no le dé vergüenza enseñarles a sus colegas contratistas.

—Bueno, tiene razón —dijo Red.

Aunque no tenía ningún colega contratista; por lo menos, ninguno que fuera a visitarlo.

—Pues a por ello —le dijo Helen a Amanda.

Amanda era quien se había puesto en contacto con ella, e iba a acompañarlos a ver los pisos. Incluso Red admitió que no le vendría mal que le echaran una mano con ese tema.

El primer piso que vieron estaba cerca de University Parkway: viejo pero cuidado, con suelos de madera relucientes. El dueño dijo que habían remodelado la cocina en 2010. «¿Quién le hizo las obras?», le preguntó Red. Arrugó la frente cuando oyó el nombre del albañil.

El segundo apartamento estaba en una tercera planta sin ascensor. Red apenas notó que le faltara el resuello al llegar al último rellano, aunque no protestó cuando Amanda señaló que no sería una buena opción a largo plazo.

El tercer piso sí tenía ascensor y el edificio era de una edad aceptable, pero con tantos cachivaches del anterior dueño acumulados que costaba hacerse a la idea de cómo eran las estancias en realidad.

—Les seré sincero —dijo quien les enseñaba el piso—. El anterior inquilino murió. Pero sus hijos van a sacar las cosas dentro de un par de semanas, y entonces encargaré que lo limpien y le den una buena mano de pintura.

Amanda miró decepcionada a Helen y esta curvó la boca hacia abajo. Un jersey marrón oscuro colgaba del respaldo de una mecedora. Había una taza en una mesita baja abarrotada de objetos, con la bolsita del té todavía dentro. Sin embargo, parecía que a Red no le afectase. Recorrió la sala de estar y fue a la cocina.

—Mirad, lo tenía todo preparado para no tener que levantarse de la mesa cuando se sentaba a desayunar.

Y tenía razón; la mesa de conglomerado de aspecto enclenque tenía una tostadora, un hervidor de agua eléctrico, una radio con reloj, todo alineado contra la pared, junto con un pastillero dividido por días en el centro, donde la mayor parte de la gente habría colocado un jarrón con flores.

—Hay una tele que se puede ver desde la cama —dijo Red, que había entrado en el dormitorio.

El aparato era voluminoso y estaba pasado de moda, con más fondo que anchura, y se hallaba sobre una cajonera baja que había a los pies de la cama.

—Ves las noticias y luego te vas a dormir directamente —comentó Red con aprobación, a pesar de que en su dormitorio de

Bouton Road nunca había tenido televisor. Aunque quizá hubiese sido porque Abby no quería—. Me parece un lugar de lo más conveniente para un hombre que se las apaña solo —dijo Red.

—Sí, pero... —intentó decir Amanda.

Helen y ella intercambiaron otra mirada.

—Imagíneselo sin los muebles —le sugirió Helen—. Se llevarán la televisión y todo lo demás, no se olvide.

—Aunque podría poner mi televisor —dijo Red.

—Claro que sí. Sin embargo, conviene que nos fijemos en el piso en sí. ¿Le gusta la distribución? ¿Le parece lo bastante espacioso? En mi opinión, las habitaciones son un poco pequeñas. ¿Y qué me dice de la cocina, señor Whitshank?

—La cocina está bien. Alargas la mano desde la mesa, coges la tostada de la tostadora. Te tomas las pastillas para el corazón. Ves la previsión del tiempo.

—Sí... El suelo es de linóleo, ¿se ha fijado?

—¿Eh? El suelo está bien. Creo que mis padres tenían un suelo como este en la cocina de nuestra primera casa.

Y así se zanjó el asunto. Como Amanda les contó a sus hermanos más tarde, creía que era un tema de imaginación. De la imaginación de Red: no tenía. Parecía encantado de que otra persona hubiera organizado los elementos para no tener que hacerlo él.

Bueno, eso facilitaba las cosas a sus hijos. Y siempre podrían renovar un poco el mobiliario una vez que se hubiese mudado.

Helen iba a gestionar asimismo la venta de la casa. Los acompañó a la casa familiar después de la ruta de los pisos para comentar los pormenores del proceso, y Brote y Denny se unieron también.

—Qué sitio tan cómodo y tan antiguo —dijo, mientras paseaba la mirada por la sala de estar—. Y, por supuesto, el porche es una gran baza. Será una gozada enseñarlo.

Todos salvo Red parecían esperanzados. Red miraba un periódico que tenía al lado, como si deseara que le dejasen leerlo.

—Pero aun con todo, el mercado sigue fatal —dijo Helen—. Y si algo he aprendido es que en estos tiempos los compradores esperan la perfección. Habrá que acicalarla un poco.

—¿Acicalarla? —le preguntó Red—. ¿Qué más se podría pedir? Todas las habitaciones de la planta de abajo salvo la cocina tienen puertas correderas de hoja doble.

—Sí, me encanta el…

—Y pocas veces se ve un vestíbulo como el nuestro, con el techo alto hasta el segundo piso. O esos dinteles abiertos con las celosías serradas a mano.

—Pero no tiene aire acondicionado —apuntó Helen.

—Dios mío —dijo Red. —Y se derrumbó en la silla.

—Hoy en día… —empezó Helen.

—Ya lo sé, ya lo sé.

—No será tan difícil —le dijo Denny—. Existen esos sistemas con mini conductos para los que no hace falta picar las paredes.

—¿Con quién te crees que hablas? —replicó Red—. Conozco perfectamente esos sistemas.

Denny se encogió de hombros.

—Además —dijo Helen, y carraspeó. Luego siguió—: Por supuesto, es vuestra decisión y no voy a meterme, pero podríais plantearos dividir el cuarto de baño principal en dos, uno para él y otro para ella.

Red levantó la cabeza.

—¿Plantearnos qué?

—No lo mencionaría si no tuvieseis una empresa de construcción, porque para vosotros no será tanto gasto. El cuarto de baño principal que tenéis es gigantesco. Sería muy fácil dividirlo en dos, con una ducha con mampara en el centro, a la que se pudiera acceder desde los dos lados. Una vez vi una ducha impresionante, con el suelo de guijarros y varios chorros de agua.

—Cuando mi padre construyó esta casa, solo tenía un cuarto de baño: el que está junto al distribuidor de arriba.

—Bueno, pero eso era en la época de…

—Y cuando nuestra familia se instaló aquí, mi padre añadió el aseo de abajo, y pensábamos que era algo especial.

—Sí, desde luego que…

—El cuarto de baño principal en suite no lo puso hasta que mi hermana y yo empezamos el instituto. No puedo ni imaginarme qué diría mi padre si oyera la barbaridad de partir el baño en una parte para él y otra para ella.

—Pero en la actualidad cada vez es más frecuente en los hogares más refinados. Estoy segura de que lo sabrá por su negocio.

—Mi propio padre se crió con un aseo exterior, sin ducha —dijo Red. Se dirigió a los demás—: ¿A que no sabíais eso de vuestro abuelo, eh?

No lo sabían. En realidad, no sabían casi nada de su abuelo.

—Vaya, un aseo exterior —dijo Helen, y soltó una risita—. ¡Eso sí que costaría de vender!

—Bueno, olvidémonos del baño para él y para ella —le dijo Red—. ¿Cuánto crees que se puede tardar en encontrar comprador?

—Uf, una vez que hayáis instalado el aire acondicionado, y tal vez hayáis modernizado un poco la encimera de la cocina…

—¡La encimera! —exclamó Red.

Sin embargo, a continuación apretó fuerte los labios, como si se repitiera a sí mismo que no debía poner pegas.

—Lo cierto es que el mercado se empieza a animar —dijo Helen—. Hemos pasado una época en que las casas languidecían durante un año o más, pero últimamente tengo una media de, eh, de entre cuatro y seis meses nada más, para las propiedades más interesantes.

—En cuatro o seis meses se quedará hecha polvo —le dijo Red—. Ya sabes que a las casas no les sienta bien estar vacías. Se enmohecerá; se estropeará todo; se me romperá el corazón.

—Vamos, papá, nunca dejaremos que ocurra eso —dijo Amanda—. Pasaremos de vez en cuando y, no sé, podemos celebrar aquí las comidas familiares y tal.

Red se limitó a mirarla con tristeza, con los ojos tan faltos de luz que casi parecía ciego.

—Sé sincera —le dijo Jeannie a Amanda—. ¿No hay una pequeña parte de ti que se siente aliviada de que mamá haya muerto de forma tan repentina?

—Lo dices por sus lapsus de memoria —contestó Amanda.

—No habrían hecho más que empeorar; estoy completamente segura. Fueran lo que fuesen. Y papá habría intentado cuidarla, igual que Nora; y Denny habría encontrado alguna excusa para largarse.

—Pero a lo mejor era solo, no sé, un problema circulatorio o algo así, y los médicos podrían haberlo solucionado.

—Es poco probable —dijo Jeannie.

Era una tarde lluviosa de domingo y estaban en el dormitorio de Red, preparando cajas mientras los demás veían un partido de béisbol en la planta baja. Ambas vestían ropa cómoda y gastada, y Amanda tenía la barbilla manchada de tinta de periódico.

Llevaban toda la semana metiendo objetos en cajas, en cualquier momento libre que encontraban. Varias islas separadas de pertenencias habían ido apareciendo aquí y allá por la casa, conforme cada uno decía qué quería: el material de costura y manualidades de Abby y la máquina de coser estaban arriba para Nora; la porcelana fina estaba embalada dentro de una caja rígida en el comedor para Amanda. (Red se quedaría con la vajilla de diario, que dejarían en el armario justo hasta el día de la mudanza.) Unas pegatinas con un código de colores moteaban el mobiliario: unos cuantos muebles para el piso de Red, unos cuantos más para Brote, Jeannie y Amanda, y la inmensa mayoría para el Ejército de Salvación.

Jeannie y Amanda arrastraron entre las dos una caja llena hasta el vestíbulo, donde uno de sus hermanos pudiera recogerla más tarde. Después Jeannie desplegó otra caja de cartón y puso cinta adhesiva para sellar las solapas inferiores.

—Conociendo a mamá —comentó—, me huelo que no habría querido operarse.

—Es verdad —dijo Amanda—. Su advertencia siempre era que la sacáramos a la intemperie en un témpano de hielo si le salía cualquier cosa, incluso un repelón en la uña.

Recogió las fotos enmarcadas que había encima del escritorio de Abby.

—Voy a envolver estas fotos para papá —le dijo a Jeannie.

—¿Tendrá espacio donde ponerlas?

—Ay, puede que no.

Miró con atención la foto más antigua: una instantánea de los cuatro hijos riendo en la playa. Amanda apenas había entrado en la adolescencia y el resto todavía eran niños.

—Tenemos cara de divertirnos de lo lindo.

—Es que nos divertíamos de lo lindo.

—Bueno, sí. Pero de vez en cuando había situaciones muy tensas.

—En el funeral —comentó Jeannie—, Marilee Hodges me dijo: «Siempre envidiaba a vuestra familia. Salíais todos al porche y jugabais a las cartas apostando palillos, y tus dos hermanos, tan altos y tan guapos, y esa furgoneta roja tan masculina en la que os llevaba vuestro padre, con los cuatro críos montando jaleo en el asiento de atrás».

—Marilee Hodges era boba —comentó Amanda.

—Ay, por favor, ¿a qué viene eso?

—Ir en esa furgoneta roja era un tormento. Dudo que fuera legal siquiera. Y creo que los niños deberían tener habitaciones separadas. Y a veces mamá era muy insensible, no se enteraba de nada y era estrecha de miras. Como aquella vez en que mandó a Denny a que le hicieran unas pruebas psicológicas y luego nos contó a todos los resultados.

—No me acuerdo.

—Al parecer, uno de esos borrones de tinta indicaba que de niño lo había decepcionado una mujer. «¿Y qué mujer habrá sido?», nos preguntaba mamá una y otra vez. «¡Si no conocía a ninguna mujer!»

—No me suena nada de lo que cuentas.

—Saltaba a la vista que lo quería más a él —dijo Amanda—, aunque la volvía loca.

—Dices eso porque tienes una única hija —le contestó Jeannie—. Las madres no quieren más a un hijo que a otro, los quieren a todos…

—… de manera diferente, claro —Amanda terminó la frase por ella—. Sí, sí, ya lo sé. —Entonces cogió una foto de Brote cuando tenía cuatro o cinco años—. ¿Crees que a Nora le gustaría tener esta foto?

Jeannie entornó los ojos.

—Métela en su caja —sugirió.

—Y ¿qué hacemos con esta de Denny?

—¿Tiene alguna caja?

—Dice que no quiere nada.

—Pues móntale una casa igualmente. Me apuesto lo que quieras a que viva donde viva tiene las paredes peladas.

—Ayer le pregunté si le había comunicado a su casera que iba a regresar y lo único que me contestó fue: «Estamos en ello» —dijo Amanda.

—¡«Estamos en ello»! ¿Qué se supone que significa eso?

—Ostras, con él todo son secretos —dijo Amanda—. Mete las narices en nuestras vidas y husmea siempre que puede, pero luego se pone paranoico cuando le preguntamos a él.

—Aunque me parece que se está ablandando —le dijo Jeannie—. A lo mejor es por la pérdida de mamá. Hace un rato, he quitado las fotografías y los pósters de la pared de su habitación y le he preguntado: «¿Quieres que tire todo esto?». Todas esas fotos de los Dalton, esas tías robustas de los años cuarenta con las hombreras y los leotardos. Pero Denny me ha dicho: «Ay, no sé. Me parece un poco radical, ¿no?». Le he dado unos golpecitos en la cabeza con los nudillos. «Toc, toc», le he dicho. «¿Estás ahí dentro?»

—Bueno —dijo Amanda de repente—. Pues dale estas fotos.

Y alargó la mano para coger una hoja de periódico y empezó a envolver una fotografía.

—Denny está cada vez más simpático y Brote, cada vez más cascarrabias —dijo Jeannie—. ¡Y papá! Está imposible.

—Uf, papá —dijo Amanda—. Es como si todo lo que le dijéramos le molestara. —Metió la foto envuelta en la caja que Jeannie acababa de montar—. También está muy pesado con lo de la casa. Cuánto tardará en venderse, que la gente no sabrá valorarla… Así que se me ocurrió preguntarle: «¿Y si nos ponemos en contacto con los Brill?».

—Los Brill —repitió Jeannie.

—Sí, los Brill, los primeros propietarios. Los que mandaron construir la casa al abuelo.

—Sí, ya sé quiénes son, Amanda, pero ¿no crees que a estas alturas estarán muertos?

—Pero los hijos no, supongo. Los hijos tenían trece o catorce años cuando papá era pequeño. Total, que le pregunté: «¿Y si durante todos estos años los hijos han suspirado por esta casa y se lamentaban de no vivir aquí?». No sé si te acuerdas de lo que dijo uno de ellos cuando su madre anunció que se mudaban. Dijo: «Vamos, mamá». Bueno, pues cuando se lo mencioné a papá, reaccionó como si hubiera propuesto prenderle fuego a la casa. «Pero ¿qué ideas son esas?», me preguntó ofendido. «¿De dónde has sacado semejante ocurrencia? Es una majadería. Esos dos críos malcriados no volverán a poner las zarpas en esta casa. Que te quede claro», me dijo. Y yo le contesté: «Bueno, vale, lo siento. Ha sido culpa mía».

—Es el duelo —le dijo Jeannie—. Acaba de perder al amor de vida, no lo olvides.

—¿De qué pérdida hablas: de mamá o de la casa?

—Bueno, de las dos, supongo.

—Ajá —contestó Amanda—. Nunca había oído que el duelo y la pena volvieran cascarrabias a la gente.

—A algunos les pasa y a otros no —dijo Jeannie.

Llegaron a un punto en el proceso de empaquetado en el que parecía que habían generado más desorden que lo que habían despejado. Había varias cajas abiertas y a medio llenar en la habitación: las fotos en una caja para Denny, mantas en otra caja para Red, una amalgama de jerséis de Abby en una caja para la beneficencia. Con cada jersey habían tenido la misma conversación: «¿No quieres quedarte este? ¡Seguro que te sentaría bien!». Pero después de sopesarlo un momento, una o la otra suspiraba y lo dejaba caer en la caja con las demás prendas. La alfombra tenía pelusa, el suelo estaba plagado de perchas olvidadas y bolsas de la tintorería, y la sobria luz grisácea que se colaba por las ventanas desnudas daba a la estancia un aire deprimente y descuidado.

—Tendrías que haber oído la reacción de papá cuando le insinué que quizá debería dejar aquí su cama de matrimonio y comprarse una individual —dijo Amanda.

—Bueno, lo comprendo: quiere dormir en la cama a la que ya está acostumbrado.

—Pero no has visto su piso. Es minúsculo.

—Se me hará raro ir a visitarlo allí —dijo Jeannie.

—Sí, anoche hubo un momento curioso cuando me despedía de él. Me preguntó: «¿No quieres llevarte lo que ha sobrado?». ¡Lo que habría dicho mamá! «Así no tendrás que cocinar», me dijo. «Te ahorras la cena de un día de la semana.» Dios mío, qué raro es ver que la vida, no sé…, se reajusta después de una muerte.

—Incluso los niños se han adaptado —dijo Jeannie—. Es sorprendente, ¿no? Si lo piensas, asombra que los niños se percaten desde tan pequeños de que las personas mueren.

—Sí, hace que me plantee por qué nos molestamos en acumular y acumular, cuando sabemos desde la más tierna infancia cómo será el final.

Amanda paseaba la mirada por el cúmulo de cosas mientras hablaba: las cajas y las almohadas apiladas, los fajos de revistas antiguas atadas con cordel, las lámparas a las que habían quitado las pantallas. Y eso no era nada comparado con la quincalla que había por toda la casa: torres de libros descoloridos en precario equilibrio sobre el escritorio de la galería, las alfombras enrolladas del comedor, las copas que tintineaban encima del mueble cada vez que los niños pasaban corriendo como búfalos por delante. Y en el porche delantero, esperando a que la llevaran al vertedero, la mezcolanza de objetos que nadie quería: una cuna plegable con tres patas, un carrito roto, una trona a la que le faltaba la bandeja y una cesta de la compra de mimbre llena a rebosar de juguetes de plástico rotos, sobre los que había una tosca casita de cerámica de no se sabía quién, pintada de rojo, verde y amarillo, con los típicos colores que usaban los niños en parvulitos.

SEGUNDA PARTE

Vaya mundo, vaya mundo

9

Era una hermosa mañana amarilla y verde de julio de 1959, y soplaba una suave brisa. Abby Dalton estaba apostada junto a la ventana esperando a que llegara su cita. Quería salir de casa antes de que al chico le diera tiempo de tocar el claxon. Su madre tenía la norma de que los chicos debían llamar al timbre y entrar en la casa para darle un poco de conversación de cortesía antes de llevarse a Abby a dar una vuelta, pero ¡a ver quién convencía a Dane Quinn de eso! No era dado a hablar por hablar.

Si su madre protestaba luego, Abby le diría: «Ay, ¿no has oído el timbre? Sí que ha llamado». Lo más probable era que su madre no la creyese, pero haría la vista gorda.

Abby se había vestido con el nuevo estilo que había adquirido en la universidad y con el que volvió a casa ese verano: una falda floreada traslúcida con unas mallas cortas negras de punto y unas medias de nailon también negras, aunque la mañana ya empezaba a ser calurosa. Las medias oscuras le daban un toque *beatnik*, o en eso confiaba. (Eran las únicas que tenía, y cuando se las quitara por la noche, sabía que encontraría unos llamativos topos negros repartidos por las piernas, en los puntos donde había pintado los agujeros de las medias con rotulador.) Algunos mechones largos de pelo rubio se le habían aclarado con el sol después de haber pasado medio verano al aire libre y se había pintado la raya negra con Maybelline para que le destacaran los ojos, pero tenía los labios pálidos, detalle que, según su madre, hacía que pareciese que se había olvidado de algo. Dane no era propenso a echarle piropos —no pasaba nada; Abby lo comprendía—, pero de vez en cuando, cuando Abby se metía en su coche, el chico mantenía los ojos fijos en ella un momento más de lo habitual, y confiaba en que esa mañana lo hiciera. Se había esmerado más que de costumbre para arreglarse, se había humedecido el pelo para peinárselo mejor y que le quedase más liso, y se había dado un toque de perfume de vainilla en la cara interna de las muñecas. Algunos días se ponía extracto de almendra, agua de rosas o aceite de limón, pero había decidido que hoy, sin duda, lo que correspondía era el aroma de vainilla.

Oyó los pasos de su madre por el distribuidor de la planta superior y se volvió, pero los pasos se detuvieron y su madre le dijo algo a su padre. Se estaba afeitando en el lavabo y tenía la puerta del cuarto de baño abierta; era domingo y, para sus estándares, se había levantado tarde. «¿Te has acordado de...?», le preguntó su madre, y luego algo y algo más. Abby se relajó y volvió a mirar por la ventana. Los Vincent, los vecinos de al lado, estaban entrando en el Chevrolet. Qué bien que se marcharan; la señora Vincent era de ese tipo de mujer que podría haberle preguntado a la madre de Abby con aparente inocencia: «Vaya, ¿quién es ese muchacho con el que Abby salió de casa escopeteada el otro día? Ay, esta juventud de hoy en día es tan... informal, ¿verdad?».

Lo único que le había dicho Abby a su madre era que Dane la llevaría en coche a casa de Merrick Whitshank para ayudar con los preparativos de la boda. Lo había dicho como si fuera una obligación, más que una cita. (A pesar de que era una cita, por lo menos, a ojos de Abby. Dane y ella todavía estaban en esa fase incipiente de una relación, en la que ir con alguien a hacer un recado cualquiera hacía que se sintiera especial, la elegida.) De momento, Dane y su madre solo se habían visto cara a cara dos veces, y no había ido muy bien. En ocasiones su madre le cogía ojeriza a la gente sin motivo. No decía nada abiertamente, pero Abby siempre se daba cuenta.

Los Vincent se marcharon con el coche, y justo entonces una furgoneta aparcó en el hueco que habían dejado. Había pocas plazas de aparcamiento en esa manzana. Casi nadie tenía garaje propio. Lo que podría haber sido el garaje de los Dalton —la zona del sótano que quedaba a pie de calle y que se abría al caminito de entrada— era el almacén de material del padre de Abby. Si Dane hubiera querido bajar para ir a buscarla a la puerta, habría tenido que aparcar en un sitio alejado y caminar desde allí hasta la casa. Así pues, tocar el claxon era mucho más lógico.

Su madre se quejó de algo, con ese tono amable que siempre usaba. «Si no te lo he pedido cien veces, no te lo he pedido ninguna», dijo en ese momento, y el padre de Abby contestó sin entrar al trapo, con algo del estilo: «Lo siento, cariño mío», o tal vez: «... ya te dije que lo haría yo». El gato de Abby bajó con determinación las escaleras; cada una de las patas emitía un plop, plop, plop muy digno, como si estuviera ofendido. Se coló en el sillón junto a Abby, se acurrucó y husmeó con desagrado.

Había algo opresivo en la habitación —su tamaño reducido, o los muebles recargados, o la penumbra que había en comparación con la luz de la calle— que hizo que a Abby le entrasen unas ganas locas de huir. Aunque en realidad le tenía mucho cariño a su casa. También le tenía mucho cariño a su familia, y antes de empezar la carrera creía que se le haría eterno el primer curso de la universidad, tras el cual podría volver al lugar donde tanto la querían, la valoraban y admiraban. Sin embargo, se había pasado todo el verano irritable e impaciente. Su padre no paraba de contar chistes malos y luego se reía más fuerte que su público: «¡Ja, ja, ja!», con la boca abierta como un buzón, y su madre tenía la costumbre de tararear un fragmento corto de algún himno cada pocos minutos, apenas dos versos casi inaudibles, tras los cuales se suponía que el himno continuaba sonando en silencio dentro de su cabeza, hasta que unas cuantas notas más salían a la superficie instantes después. ¿Lo había hecho siempre? Todo habría sido más fácil si el hermano de Abby hubiese estado por allí, pero se había ido de vigilante a un campamento de boy scouts en Pennsylvania.

¡Ay, por fin veía a Dane! Su Buick de dos colores, azul y blanco, frenó junto a la señal de stop de la esquina. Le llegó a los oídos la vibración machacona de la radio del coche. Cogió el monedero y abrió de par en par la puerta mosquitera para salir de casa escopeteada; bajó tan rápido que cuando él aparcó en doble fila delante de la lavandería que había enfrente, la joven ya volaba escaleras abajo por el lateral de la casa, y no hizo falta que tocara el claxon. Dane sacó el brazo por la ventanilla —piel morena, sutilmente musculado, reluciente por el vello dorado, como bien sabía Abby— y volvió la cabeza hacia ella, pero Abby no era capaz de leerle la expresión del semblante porque no paraban de pasar coches. (De repente había tráfico, como si la presencia de Dane hubiese avivado el vecindario.) Abby esperó a que se alejara un conductor que hizo muchos aspavientos por tener que maniobrar alrededor del coche del joven y luego corrió como una flecha; salió a la carretera tan de improviso que obligó a otro conductor a frenar y tocar la bocina. Rodeó el Buick por delante y abrió la puerta del copiloto. Dio un saltito al entrar y su falda ondeó con el movimiento. Sonaba «Johnny B. Goode». Chuck Berry punteaba la guitarra. Dejó el monedero en la parte de asiento que quedaba entre ambos y se volvió para mirar a los ojos a Dane.

Él apagó el cigarrillo en la parte exterior de la ventanilla.

—Hey, hola.

—Hey, hola.

La noche anterior se habían deshecho en besos y abrazos, pero saltaba a la vista que ahora se hacían los duros.

Dane cambió de marcha y empezó a conducir, sin mover el brazo que había sacado por la ventanilla. Apoyó la muñeca derecha con despreocupación en la parte superior del volante.

—Tienes cara de dormido —le dijo Abby.

De hecho, siempre parecía adormilado. Abría tan poco los ojos que apenas se distinguía de qué color eran, y llevaba el pelo rubio apagado tan largo que le caía sobra la cara.

—Ojalá estuviera dormido —dijo—. Lo último que quería oír era el despertador un domingo por la mañana.

—Bueno, es un detalle que hagas esto.

—No es un detalle, es porque necesito dinero —contestó él.

—Ah, ¿van a pagarte?

—¿Tú qué crees, que me iba a levantar tan temprano por la pura bondad?

Lo que pasaba era que le gustaba parecer un tipo duro, nada más. Red y él eran amigos de toda la vida, y Abby sabía que estaba encantado de poder echarle una mano.

De todas formas, probablemente fuera cierto que iba justo de dinero. Hacía pocas semanas que lo habían despedido del trabajo. Tenía una familia acomodada —mejor situada que la de ella, por lo menos—, pero últimamente había llevado a Abby a sitios económicos: a comer hamburguesas en un *drive-in*, o a sentarse con amigos en la sala de juegos de la casa de los padres de algún amigo, o a ver una película. Él se tragaba cualquier película que echaran, sobre todo las del Oeste y las de terror malas, que le hacían reír, aunque a ella no le hacía tanta ilusión ir, porque apenas podían hablar en el cine. ¿Y si Abby se ofrecía a pagarse su parte de ahora en adelante? Lo malo era que lo poco que ganaba tenía que ahorrarlo para los estudios. Y además, tal vez Dane lo tomara como un insulto. Abby se había dado cuenta de que Dane se ofendía por todo.

Se alejaron de Hampden. Poco a poco, las casas empezaron a espaciarse; los jardines eran más grandes y más verdes.

—Creo que no te he dicho que mi padre me ha dado puerta —comentó Dane.

—¿Puerta?

—Me ha echado de casa.

—¡Dios mío!

—Ahora estoy en casa de mi primo. Tiene un piso en Saint Paul.

Dane no acostumbraba a hablar mucho de su vida privada. Abby se quedó inmóvil. (En la radio sonaba ahora «Good Golly, Miss Molly», y costaba distinguir la voz arrastrada y aflautada de Dane por encima de la del cantante Little Richard.)

—Tengo que largarme de aquí como sea —le dijo—. Mi viejo y yo discutimos un montón.

—Vaya, ¿de qué?

Dane descolgó las gafas de sol que había puesto en el espejo retrovisor central y se las apoyó en la nariz. Eran de las que cubrían también los laterales, así que ahora Abby no podía verle los ojos.

—Bueno, a veces pasa en todas las familias —comentó ella por fin.

No se aventuró a volver a romper el silencio hasta que frenaron para esperar que el semáforo se pusiera verde en Roland Avenue.

—Por cierto, ¿a qué les tienes que ayudar hoy? —le preguntó.

—Van a acabar de cortar un árbol.

—¡Un árbol!

—Ayer unos trabajadores del señor Whitshank lo talaron y hoy hay que hacer leña con el tronco para sacarlo de allí. Quiere que el jardín quede bien para la boda.

—Pero si la boda es en la iglesia. Y el banquete se celebra en un restaurante del centro.

—Puede, pero el fotógrafo irá a la casa.

—Ya —dijo Abby, que seguía sin entender la lógica.

—Digamos que el señor Whitshank se ha formado una imagen mental. Nos lo contó a todos. ¡Cuando le da por hablar, no hay quien le cierre el pico! Quiere que hagan dos fotos. En una, quiere que Merrick salga bajando las escaleras con el vestido de novia, con todas las damas de honor colocadas en semicírculo detrás de ella en los peldaños más altos; esa será la primera foto. Y luego quiere que se ponga en el camino de adoquines con el ramo y que las damas de honor formen una V por detrás de ella. Esa será la segunda foto. El fotógrafo tendrá que situarse en la acera con una lente panorámica para que salga toda la casa. Lo que ocurría era que ese álamo caía en la parte izquierda del encuadre y tapaba a algunas de las damas de honor, por eso quería ventilárselo.

—¿Va a matar un álamo sano y fuerte para hacer una fotografía?

—Dice que ya se estaba muriendo.

—Ajá.

—Merrick y sus damas de honor tendrán que vestirse en cuanto despunte el día de la boda, porque para hacer esas dos fotos se necesitará un buen rato —añadió Dane—. La señora Whitshank dice que su marido hará que Merrick llegue tarde a su propia boda.

—¡Y con esos vestidos largos hasta los tobillos! ¡Se les llenarán de hojas y enganchones!

—El señor Whitshank asegura que no. Va a poner una alfombra blanca por todo el camino, y luego otras alfombras más cerca de la casa, donde se colocarán las damas de honor.

Abby miró a Dane boquiabierta. Detrás de las gafas oscuras, no se adivinaba qué opinaba sobre el plan del padre de la novia.

—Me sorprende que Merrick haya accedido —le dijo Abby.

—Uf, ya conoces al señor Whitshank —contestó Dane.

En realidad, Abby no conocía en absoluto al señor Whitshank. (Quien le caía muy bien era la señora Whitshank.) De todas formas, tenía la impresión de que era un hombre de ideas fijas.

Pasaron por delante de la iglesia en la que iba a celebrarse la boda al cabo de seis días. Había grupos de gente que se dirigían hacia allí, tal vez para ir a catequesis o a alguna misa matutina; las mujeres y las niñas con sombreros de flores y guantes blancos, y los hombres y los niños con traje. Abby buscó a Merrick, pero no la vio. También era la parroquia de Dane, aunque le daba la impresión de que no iba nunca.

Abby conocía a Dane, por lo menos de vista, desde que tenía trece o catorce años, pero no empezaron a salir hasta mayo, la primera semana en la que ella había vuelto a casa de la universidad. Se había topado con Red Whitshank en la cola de las entradas del cine Senator, y el joven iba con dos amigos; uno de ellos era Dane Quinn. Abby estaba con dos amigas; todo fue como la seda. Seguramente Red tenía la esperanza de poder sentarse al lado de Abby en el cine (se sabía que la chica le hacía tilín), pero en cuanto Abby puso los ojos en Dane y vio su arrebatador ceño fruncido y sus hombros hundidos y a la defensiva, se colocó entre él y su amiga Ruth como la pícara más descocada (o eso le dijo luego Ruth para tomarle el pelo). No sabía qué le había pasado, pero se sentía impelida hacia él. Le gustaba su recelo, su pose malhumorada, su evidente resentimiento contra el universo. Por no hablar de lo guapo que era. Bueno, todo el mundo sabía su historia. Era un alumno normalito de Gilman que había ido a estudiar a Princeton, igual que su padre y sus dos abuelos antes que él, pero en septiembre del año anterior —justo cuando empezaba el segundo curso— su madre se había hartado y había abandonado a su padre para irse a vivir a Hunt Valley con el hombre que cuidaba de su caballo quarter. En cuanto Dane se había enterado, había colgado los estudios y había vuelto con su padre. Al principio se había limitado a merodear por la casa, pero ante la insistencia de su padre, al final había empezado a trabajar de recadero en el banco Stephenson Savings & Loan. (Bertie Stephenson había sido compañero de habitación de su padre en la universidad.) Nunca hablaba de su madre; se quedaba petrificado si alguien la mencionaba, pero por eso mismo Abby se percataba de lo dolido que debía de estar. Ella sentía una especial debilidad por las personas que intentaban ocultar el dolor. Dane pasó a ser su última causa importante. Se volcó en él, se esforzó para que saliera de su caparazón, lo acechaba en todas las reuniones sociales, no aceptaba un no por respuesta. Sin embargo, la respuesta de él era «no», por lo menos al principio. Se alejaba del resto del grupo y bebía y fumaba sin parar; además, contestaba con monosílabos apáticos a los comentarios cariñosos que Abby le dedicaba. Entonces una noche —en el porche delantero de Red Whitshank, por cierto—, se dirigió a ella de forma casi amenazadora y la acorraló contra la pared.

—Quiero saber por qué no paras de seguirme los pasos —le dijo.

Abby podría haberle dado un sinfín de buenas razones. Podría haberle dicho que era por su evidente infelicidad, o porque estaba convencida de que sería capaz de cambiarle la vida. Pero lo que contestó fue:

—Por la hendidura que se te forma entre la nariz y el labio superior.

—¿Qué? —preguntó Dane.

—Porque el pelo te cae sobre la cara desordenado, como si estuvieras un poco loco.

El joven parpadeó varias veces y retrocedió un paso.

—No sé a qué te refieres.

—No hace falta que sepas a qué me refiero —le contestó ella, y entonces, a pesar de que no era propio de su carácter, se acercó a él, levantó la cara para mirarlo a los ojos y vio que Dane empezaba a creerla.

Ahora estaba más o menos aceptado que eran pareja, aunque Abby notaba que a los amigos de ambos les sorprendía. No les dio explicaciones. En cierto modo, se volvió un poco como Dane; cada vez era más cauta y reservada. Empezó a darse cuenta de lo aburridos que eran sus amigos; y aunque hasta ese momento había dado por supuesto que su objetivo final en la vida era tener marido y cuatro hijos, y vivir en una casa cómoda con jardín, de repente empezó a mascullar las palabras «doméstico» y «urbanización» con las cejas arqueadas y una mueca de disgusto. Cuando alguien preguntaba: «¿A quién le apetece ir al club a cenar?», y Dane contestaba: «Uf, el club, qué emocionante», todos miraban de reojo a Abby, pero ella se limitaba a sonreír con tolerancia y bebía otro trago de Coca-Cola. Su sonrisa indicaba que ella era la única que lo conocía, la única que adivinaba que Dane no era, ni por asomo, tan malo como fingía ser.

A pesar de todo, de vez en cuando, por una fracción de segundo, Abby se preguntaba si su maldad había sido precisamente lo que la había atraído. No era que fuese malo de verdad, sino que tenía un punto atrevido, peligroso, algo temerario y belicoso. Cuando lo despidieron, por ejemplo, Dane hurtó veinticuatro cajas de grapas antes de salir del edificio. Cincuenta y siete mil seiscientas grapas; más tarde había hecho el cálculo. (El regocijo que sentía cuando se lo contó a Abby la hizo sonreír.) ¡Y ni siquiera tenía grapadora! Una vez, había ido en coche a la casa en la que vivía su madre con el Tío del Caballo, como lo llamaba Dane, y había precintado todas las puertas con cinta adhesiva por la noche. Esa gamberrada consiguió que Abby se riera a carcajadas. «¿Cómo narices se te ocurrió…?», le preguntó, pero él no podía o bien no quería justificarse; fue casi la única vez que dejó que la palabra «madre» le saliera de los labios, y quizá se arrepintió enseguida de haberla dicho.

Luego estaba la bebida. A pesar de que era deplorable, beber le daba un aire dejado, descarado, de delincuente juvenil, que tocaba la fibra sensible de Abby aunque le reprendiera cuando lo tenía delante. Era posible reconocerlo desde media manzana de distancia por la forma en que arrastraba los pies, con las manos metidas en los bolsillos, la cara medio escondida entre los mechones del flequillo y la espalda encorvada formando una C. ¡Ay, no solo los desafortunados necesitaban compasión! En cierto modo, Dane llevaba una vida casi igual de dura que las vidas de esos pobres negritos a los que Abby ayudaba en verano. La tristeza le salía por los poros de la piel.

Abby observó el perfil de Dane, la parte de mejilla que se veía por debajo de las gafas de sol, y le dedicó una sonrisa modesta y cálida, aunque él no la vio.

—Bueno, eso, lo que te decía. —Dane retomó el hilo de la conversación y levantó el brazo para indicar que iba a girar—. Te hablaba de mi primo.

—Tu primo —repitió Abby.

—George. Con el que vivo ahora.

—Ah, ¿lo conozco?

—No, es mayor que nosotros. Tiene una carrera y tal. El fin de semana que viene va a ver a su novia a Boston.

El Buick se inclinó ligeramente al tomar la curva de Bouton Road, y Abby agarró el monedero antes de que se resbalara por el lateral del asiento.

—Tendré el piso para mí —dijo Dane.

Aparcó enfrente de los Whitshank y sacó la llave del contacto.

La música se paró de repente, pero Dane siguió sentado sin moverse, mirando por el retrovisor.

—Se me ha ocurrido que podrías venir el viernes por la noche. A lo mejor podrías decirle a tu madre que vas a dormir a casa de una amiga.

Abby ya había previsto que, tarde o temprano, podía darse una situación semejante. Era el punto al que se habían dirigido desde el principio. Y era a donde ella quería dirigirse.

Por eso, no supo de dónde salieron las siguientes palabras que pronunció.

—Ay, no lo sé —contestó.

Dane se volvió para mirarla a la cara, aunque seguía con una expresión neutra tras las gafas de sol.

—¿El qué no sabes? —le preguntó.

—No estoy segura de qué amiga podría usar como excusa y, además, a lo mejor tengo planes esa noche; puede que tenga que hacer algo con mis padres. No estoy segura.

No estaba saliendo airosa. Se enfadó consigo misma por parecer tan indecisa.

—Tendré que pensarlo —le contestó.

Abrió la puerta de par en par, pero casi se cayó del coche a causa de la prisa por salir y acabar con ese momento tan embarazoso.

Sin embargo, mientras caminaba delante de él hacia la casa, lució la cintura de avispa, el vuelo de la falda y la melena que le ondeaba y caía por la espalda. Seguro que Dane llevaba tiempo pensando en eso. Debía de haber decidido de manera consciente que quería estar con ella, y se habría imaginado cómo sería. Saberlo hizo que se sintiera misteriosa, deseada y adulta.

Red Whitshank y otro amigo suyo, Ward Rainey, estaban hablando con dos trabajadores en el extremo inferior del jardín. Uno de ellos tenía una motosierra, y Red y el otro trabajador llevaban hachas en la mano. A su alrededor, hechas un amasijo, había un montón de ramas inmensas y pedazos de leña. Ese álamo debía de ser gigantesco. (Y desde luego, no parecía moribundo, a juzgar por todas las hojas verdes.) Lo que quedaba del tronco, un tocón de unos tres metros de altura, todavía se alzaba cerca del porche delantero de la casa, tan plano por la parte superior y con una circunferencia tan perfecta como una columna arquitectónica.

—… supongo que cuando llegue Mitch nos dirá cuánto tronco quiere que dejemos —comentó Red.

—Bueno, supongo que no querrá que dejemos nada —contestó el hombre de la motosierra—, aunque dudo que arranque las raíces y demás, ¿no? Porque dejaría un boquete increíble.

—¿Cómo? ¿Crees que traerá una caladora de madera para el tocón?

—Creo que sería lo más lógico.

—Hey, hola a todos —saludó Abby.

Se volvieron.

—¡Hola, Abby! —contestó Red—. Hola, Dane.

—Red —dijo Dane sin inmutarse.

Abby siempre había pensado que el aspecto de Red no pegaba con su nombre. Llamándose «Rojo», debería haber sido pelirrojo y de piel rosada; debería haber tenido pecas y la cara rolliza. En lugar de eso, era todo blanco y negro, flaco y enclenque, con una nuez de Adán prominente que le hacía parecer adolescente y los huesos de las muñecas tan salidos como el pomo de un cajón. Ese día llevaba una camiseta de manga corta que tenía más agujeros que tela, y unos pantalones de lona con las rodillas sucias. Podría haber sido uno de los obreros de su padre.

—Os presento a Earl y Landis —dijo Red—. Son los colegas que han talado el árbol.

Earl y Landis saludaron con la cabeza sin sonreír, y Ward levantó la palma de la mano.

—¿Lo habéis derribado vosotros dos solos? —les preguntó Abby.

—Qué va, Red nos ha ayudado un montón —dijo Earl.

—Solo con la fuerza del músculo —apuntó Red—. Earl y Landis eran los que sabían cómo conseguir que no nos lleváramos todo lo demás por delante.

—Lo hemos dejado en el suelo con cuidado, como a un bebé —añadió Landis con satisfacción.

Abby levantó la vista para observar el dosel de hojas que tenían encima. Quedaban tantos árboles que no advirtió diferencia alguna en la forma en que se colaba la luz, pero aun con todo le pareció una pena que hubieran sacrificado el álamo. Los pedazos de leña desperdigados parecían compactos y sanos, y la savia impregnaba el aire con un aroma tan vital e intenso como la sangre fresca.

Los hombres retomaron el tema de cómo quitar el tocón. Earl opinaba que debían seguir cortando el tronco hasta dejarlo al nivel del suelo, mientras que Landis propuso esperar a Mitch.

—Entretanto, podemos pelar estas ramas —comentó, y pisó la que tenía más cerca.

Le dio un golpe certero con el hacha a una de las ramitas laterales. A Abby le gustaba escuchar a los hombres cuando hablaban de logística. Hacía que se sintiera como si hubiera vuelto a la infancia, sentada en el mostrador de la tienda de su padre, balanceando los pies y respirando el olor a metal y a aceite de motor.

Earl tiró de la cuerda de la motosierra y hubo un rugido ensordecedor. Bajó la hoja dentada hacia la parte más gruesa de la rama mientras Ward se agachaba para coger otra rama y apartarla a fin de que no le molestase.

—Supongo que no habrás traído hacha, ¿verdad? —le gritó Red a Dane.

Este, que acababa de encender un cigarrillo, sacudió la cerilla para apagarla.

—Venga ya. ¿De dónde querías que sacara un hacha?

—Iré a buscar otra al sótano —dijo Red. Apoyo la suya contra el cerezo silvestre—. Vamos, Ab, te acompaño a la casa.

—¿Seguro que no puedo ayudaros aquí? —preguntó ella.

Le daba pena marcharse y dejar allí a Dane.

—Si quieres, puedes ayudar a mi madre a preparar la comida —contestó Red.

—Ah, vale.

Dane enarcó una ceja mientras la miraba a modo de despedida silenciosa, y después Red y ella tomaron el camino de adoquines. Cuando dejaron atrás el zumbido de la motosierra, Abby creyó que se había quedado sorda.

—¿De verdad crees que se va a alargar hasta la hora de comer? —le preguntó a Red.

—Uf, y más aún —dijo—. Tendremos suerte si acabamos antes de que anochezca.

A Abby no le importó. Así tendría más tiempo para recuperar la compostura y responderle a Dane en condiciones. Por la tarde sería una persona completamente distinta, contenida y madura.

Llegaron a los peldaños del porche, pero en lugar de dejar a Abby allí, Red se detuvo para decirle una cosa.

—Oye, me preguntaba si quieres que te lleve en coche a la boda.

—Aún no sé si iré a la boda —contestó Abby.

Es más, acababa de decidir que no iría. La invitación (en una cartulina tan gruesa que había precisado dos sellos de correos) le había sorprendido mucho; Merrick y ella no eran tan amigas. Además, no habían invitado a Dane. Merrick apenas lo conocía. Así pues, Abby llevaba semanas buscando la manera de contestar para rechazar la invitación.

—¿No irás? Mamá contaba contigo —le dijo Red.

Abby arrugó la frente.

—Y yo también —añadió—. Porque si no, no conoceré a nadie entre la multitud.

—¿No tienes que hacer de padrino o algo así? —preguntó Abby.

—No me han dicho nada —comentó él.

—Bueno, gracias, Red. Eres muy amable por ofrecerte a llevarme. Si me decido a ir, te avisaré, ¿de acuerdo?

Red dudó un momento, como si quisiera decirle algo más, pero luego sonrió y cambió de rumbo para ir a la parte posterior de la casa.

Junior Whitshank, alto y desgarbado como Abraham Lincoln, y vestido de forma parecida al propio Lincoln, cruzó el porche con tres zancadas, inclinó la cabeza levemente en dirección a Abby y luego bajó los peldaños con brío.

—Buenos días, jovencita —le dijo.

—Buenos días, señor Whitshank.

—Me parece que Merrick todavía no se ha levantado.

—Ah, bueno, buscaba a la señora Whitshank.

—La señora Whitshank está en la cocina.

—Gracias.

El señor Whitshank tomó el camino de adoquines y se dirigió al lugar en el que trajinaban los hombres. Abby lo siguió con la mirada y se preguntó dónde demonios se compraba las camisas. Siempre eran blancas y tenían el cuello tan alto que parecían pasadas de moda, como si una franja ancha blanca le rodeara la escuálida garganta. A menudo, Abby tenía la impresión de que el señor Whitshank quería convertirse en algún ídolo personal, emular a alguna figura ilustre del pasado a quien hubiese admirado. Sin embargo, los estrechos pantalones negros le quedaban huecos por detrás, y la Y de los tirantes acentuaba la postura cansada, cargada de hombros, propia de un hombre que trabaja con las manos.

—¿Aún no ha llegado Mitch? —oyó Abby que preguntaba el señor Whitshank.

Y un murmullo de respuestas se elevó por encima del rugido de la motosierra, igual que abejas zumbando junto a un tronco.

Abby subió las escaleras, cruzó el porche, abrió la puerta mosquitera y saludó con un alegre «¡Yujuuuu!». Eso podría haberlo hecho Linnie Whitshank. Parecía que Abby hubiese cambiado automáticamente de registro para hablar igual que la señora Whitshank; también había adoptado su tono de voz: agudo y aflautado.

—¡Estoy aquí! —exclamó la señora Whitshank desde la cocina.

A Abby le encantaba la casa de los Whitshank. Incluso un

caluroso día de julio como aquel estaba fresca y en penumbra, y un ventilador de techo daba vueltas y vueltas sobre el vestíbulo principal, mientras que otro giraba delicadamente en el comedor. En una esquina de la mesa había un mantel doblado, con un haz de cubiertos encima, esperando a que alguien los distribuyera. Abby siguió caminando hasta la cocina, donde la señora Whitshank estaba lavando vainas de quimbombós en el fregadero. La señora Whitshank tenía un aspecto delicado y frágil, pero un pecho tan voluminoso y bajo que resultaba desproporcionado y llenaba la parte superior de su vestido de tela de cuadros. Su melena apagada y lacia le llegaba casi a los hombros. Era un corte de pelo propio de una jovencita, y cuando se volvió para mirar a Abby, su cara también parecía joven: sin arrugas, lisa e ingenua.

—¡Hey, hola! —le dijo.

—Hola —la saludó Abby.

—¡Pero qué guapa estás hoy!

—Vengo a ver si la puedo ayudar en algo —dijo Abby.

—Ay, cariño, no querrás ensuciarte esa ropa tan bonita. Siéntate y hazme compañía, nada más.

Abby apartó una silla de la mesa de la cocina y se sentó. Había aprendido a no discutir con la señora Whitshank, que tenía el mismo ímpetu que las fuerzas de la naturaleza cuando cocinaba y solo veía a Abby como un estorbo.

—¿Qué tal va ese tronco? —le preguntó la señora Whitshank.

—Ahora han empezado a cortar las ramas.

—¿Habías visto alguna vez algo semejante? Talar un álamo sano solo por una dichosa foto.

Lo pronunció casi «afoto». Tenía una forma de hablar rural,

si bien, a diferencia de su marido, no se esforzaba por disimularlo.

—Dane dice que, según el señor Whitshank, el árbol ya estaba enfermo —dijo Abby.

—Huy, algunas veces Junior tiene una especie de «visión» de cómo quiere que sean las cosas —repuso la señora Whitshank.

Cerró el grifo y se secó las manos en el delantal.

—Ya ha comprado marcos para las fotos, ¿no te parece significativo? Dos enormes marcos de madera. Le pregunté: «¿Piensas colocarlos en la repisa de la chimenea?». Y me dijo: «Ay, Linnie Mae». —Impostó la voz para que sonara grave y gruñona—. Me dijo: «La gente no pone las fotos familiares en la sala de estar». «No lo sabía», le dije. ¿Y tú lo sabías?

—Pues mi madre tiene fotografías por toda la sala de estar —contestó Abby.

—Claro, es normal. ¿Lo ves?

La señora Whitshank sacó una botella de leche de la nevera y echó un poco en un cuenco.

—Voy a preparar quimbombó y tomates laminados —le dijo a Abby—. Y pollo frito con galletitas saladas caseras. Ay, si quieres, luego puedes ayudarme a preparar las galletas, ahora que ya sabes cómo se hacen. Y tarta de melocotón de postre.

—Suena delicioso.

—¿Te ha dicho Red que puede llevarte en coche a la boda?

—Sí, me lo ha dicho —contestó Abby—, pero no estoy segura de si iré.

De repente le dio vergüenza haber esperado tanto para decidirse. Si su madre lo hubiera sabido, se habría horrorizado. No obstante, la señora Whitshank solo dijo una cosa:

—¡Ay, me encantaría que vinieses! Necesito que alguien me ayude a arreglarme.

Abby se echó a reír.

—Merrick hizo que me comprara un vestido amarillo en Hutzler —dijo la señora Whitshank—. Cuando me lo pongo, parece que tenga ictericia, pero Merrick insistió mucho. Es como su padre; de ideas fijas.

Iba echando cucharadas de harina de maíz en otro cuenco.

—Pero tengo miedo de no conocer a nadie —contestó Abby—. Todos los amigos de Merrick son mayores que yo.

—Bueno, yo tampoco los conozco —dijo la señora Whitshank—. Casi todos son amigos de la universidad... No habrá mucha gente de por aquí.

—¿Y quién de su familia asistirá? —le preguntó Abby.

—¿A qué te refieres?

—Me refiero a si habrá abuelos, tíos, tías...

—Ah, no tenemos —respondió la señora Whitshank.

No parecía lamentarlo. Abby esperó por si se explayaba un poco más en el tema, pero la señora Whitshank se puso a medir la sal.

—Bueno, le he dicho a Red que le agradezco el gesto —comentó Abby por fin—. Es bueno saber que puedo contar con chófer si lo necesito.

En realidad, lo que tenía que hacer era aceptar la invitación y zanjar de una vez el asunto. No estaba segura de qué se lo impedía. No era más que medio sábado, una porción minúscula de su vida.

El sábado después de haber pasado la noche con Dane. Si es que pasaba la noche con él.

Se imaginó que él le diría: «Bah, ¿no querrás dejarme solo la mañana después de que hayamos...?»

Después de que hayamos…

Se miró la falda y se la alisó por encima de las rodillas.

—¿Qué tal te va el trabajo? —le preguntó la señora Whitshank—. ¿Todavía te gusta ayudar a esos niños de color?

—Ay, sí, me encantan.

—Pues me pongo mala solo de pensar que te metes en ese barrio —comentó la señora Whitshank.

—No es un mal barrio.

—Es un barrio «pobre», ¿no? Los que viven allí son tan pobres como las ratas, y serían capaces de robarte antes de que te dieras cuenta. Te lo aseguro, Abby, algunas veces no tienes muchas luces cuando se trata de saber de quién hay que tener miedo.

—¡Nunca podría tener miedo de esas personas!

La señora Whitshank meneó la cabeza y vertió el quimbombó que había escurrido en el colador encima de la tabla de cortar.

—Ay, vaya mundo, vaya mundo —dijo Abby.

—¿A qué viene eso, bonita?

—Es lo que dice la bruja malvada en *El mago de Oz*. ¿Lo sabía? Están poniendo una reposición en el centro y anoche fui a verla con Dane. La bruja dice: «¡Me derrito! ¡Me derrito! Ay, vaya mundo, vaya mundo». Eso dice.

—Recuerdo la parte del «Me derrito» —comentó la señora Whitshank—. Llevé a Red y a Merrick a ver la película cuando eran unos mocosos.

—Sí, pues luego es cuando dice lo de «vaya mundo». Después de la película se lo comenté a Dane; le dije: «¡No lo había oído nunca! ¡No tenía ni idea de que dijera algo así!».

—Yo tampoco —coincidió la señora Whitshank—. En cierto modo, da pena.

—Exacto —afirmó Abby—. De repente, empecé a sentir lástima por ella, ¿sabe? Estoy convencida de que la mayoría de la gente que parece peligrosa en realidad solo está triste.

—Oh, Abby, Dios te conserve como eres —dijo la señora Whitshank, y se rió con cariño.

Unos tacones ruidosos y puntiagudos bajaron las escaleras y recorrieron el vestíbulo principal. El taconeo cruzó el comedor y a continuación apareció Merrick en el vano de la puerta de la cocina, vestida con un quimono de satén rojo y unas zapatillas de tacón rojas con borlas de plumas también rojas de adorno. Unos enormes rulos de metal le rodeaban la cabeza, que se parecía a un casco espacial.

—Ostras, ¿qué hora es? —preguntó.

Retiró una silla de la mesa y se sentó junto a Abby. Se sacó un paquete de Kents de la manga del quimono.

—Buenos días, Merrick —dijo Abby.

—Buenas. ¿Eso es quimbombó? Puaj.

—Es para la comida —le aclaró la señora Whitshank—. Tenemos a todos esos hombres trabajando en el jardín y habrá que alimentarlos.

—Mamá es la única persona que cree que es de mala educación decirles a los trabajadores que se traigan ellos el bocadillo —le contó Merrick a Abby—. Abby Dalton, ¿llevas medias? ¿No te estás derritiendo?

—¡Me derrito! —repitió Abby con voz de bruja malvada, y la señora Whitshank se echó a reír, pero Merrick se limitó a mirarla con expresión irritada.

Se encendió un cigarrillo y exhaló una larga columna de humo.

—He tenido un sueño espantoso —dijo—. He soñado que conducía muy deprisa por una carretera de montaña llena de curvas y me salía de la calzada en una de las curvas. Pensaba: «Oh, no, esto pinta fatal». Me refiero a ese momento en que te das cuenta de que algo malo tiene que pasar, y va a pasar. Salía disparada por un precipicio y cerraba los ojos con fuerza y me preparaba para el impacto. Pero lo curioso era que, en lugar de caer, seguía volando. No llegaba a tocar el suelo.

—¡Qué sueño tan horrible! —exclamó Abby.

Pero la señora Whitshank continuó laminando el quimbombó como si nada.

—Entonces pensé: «Ah, ya lo pillo» —dijo Merrick—. «Debo de estar muerta ya.» Y entonces me he despertado.

—¿Era un coche descapotable? —preguntó la señora Whitshank.

Merrick hizo una pausa, con el cigarrillo suspendido en el aire.

—¿Cómo? —preguntó.

—El coche del sueño. ¿Era descapotable?

—Bueno, pues ahora que lo dices, sí.

—Si sueñas con un descapotable significa que vas a cometer una grave equivocación —dijo la señora Whitshank.

Merrick miró a Abby con un asombro exagerado.

—Me pregunto en qué equivocación estarás pensando —dijo.

—Pero si el coche no era descapotable, significa que vas a tener algún tipo de ascenso.

—Vaya, pues qué coincidencia que haya soñado con un descapotable —dijo Merrick—. Y el mundo entero sabe que te opones por completo a esta boda, así que no sigas malgastando saliva, Linnie Mae.

Con frecuencia, Merrick se dirigía a su madre como «Linnie Mae». Dicho por ella, el sonido agudo del nombre lograba transmitir todas las carencias de su madre: su voz nasal, sus vestidos anchos que parecían sacos, su pronunciación exagerada de palabras como «supuestame-nete» o «ec-cétera». A Abby le daba pena la señora Whitshank, pero la mujer no parecía ofenderse.

—Era solo un comentario —dijo con dulzura la señora Whitshank, y echó un puñado de copos de quimbombó en el cuenco de la leche.

Merrick dio una calada larga al cigarrillo y expulsó el humo hacia el techo.

—¡Da igual! —dijo Abby mirando a Merrick—. El caso es que seguro que era uno de esos sueños en los que uno se alegra mucho de despertarse, ¿verdad?

—Ajá —contestó Merrick.

Tenía la mirada fija en las hojas del ventilador que daba vueltas por encima de ella.

—¿Merrick? ¿Hola? —la llamó entonces una voz femenina.

Merrick se irguió en la silla.

—En la cocina —respondió.

Se oyó el portazo de la mosquitera de la entrada, y al cabo de un momento llegaron a la cocina Pixie Kincaid y Maddie Lane. Ambas iban con bermudas, y Maddie llevaba un maletín de maquillaje Samsonite de un azul pólvora.

—Merrick Whitshank, ¡pero si todavía no te has vestido! —exclamó Pixie.

—Cuando llegué a casa de la fiesta pasaban de las tres de la madrugada.

—Bueno, igual que nosotras, ¡pero ya son casi las diez! ¿Se te ha olvidado que hoy íbamos a hacerte pruebas de maquillaje?

—Me acuerdo perfectamente —dijo Merrick. Apagó el cigarrillo—. Ahora mismo nos ponemos. Subid conmigo.

—Hola, señora Whitshank —dijo Pixie con retraso—. Ay, hola, Abby. Hasta luego.

Maddie se limitó a saludar con timidez con la mano, igual que un limpiaparabrisas. A continuación, las tres chicas salieron de la cocina. Los tacones de las zapatillas de Merrick volvieron a repiquetear. A eso siguió un repentino silencio.

—Supongo que Merrick debe de estar algo tensa últimamente —dijo Abby al cabo de un momento.

—Ay, no, ella siempre es así —dijo la señora Whitshank con alegría.

Había terminado de trocear el quimbombó. Empezó a darles vueltas a las láminas suspendidas en la leche con una espumadera.

—De pequeña era una niña arisca y ahora es una jovencita arisca —dijo—. No puedo hacer gran cosa para evitarlo.

A continuación fue pasando las láminas mojadas en leche por la mezcla de harina de maíz para rebozarlas.

—Algunas veces, me da la impresión de que hay ciertas clases de personas que reaparecen una y otra vez en nuestras vidas, ¿sabes a qué me refiero? —le preguntó a Abby—. Hay personas fáciles y personas difíciles; nos topamos con ellas una y otra vez. Merrick siempre me ha recordado a mi abuela Inman. Era una mujer muy quisquillosa, de lengua viperina. Nunca estuvo muy orgullosa de mí. Pero tú, por ejemplo, eres una persona comprensiva, igual que mi tía Louise.

—Ah —dijo Abby—. Sí, ya sé a qué se refiere. Es una especie de reencarnación.

—Bueno… —fue la respuesta de la señora Whitshank.

—Salvo porque ocurre dentro de la misma vida en lugar de repartirse en distintas vidas.

—Bueno, tal vez —dijo entonces la señora Whitshank. Y añadió—: Bonita, ¿podrías hacerme un favor?

—Lo que quiera —contestó Abby.

—Saca una jarra de agua fresca de la nevera y coge esos vasos de cartón que hay en la encimera. Llévaselos a los hombres, ¿quieres? Sé que deben de estar muertos de sed. Y diles que enseguida estará lista la comida; me apuesto lo que quieras a que ya les pica el gusanillo.

Abby se levantó y se dirigió a la nevera. Se le habían pegado las medias a la parte posterior de los muslos por el sudor. Tal vez no había sido muy buena idea ponerse medias un día tan caluroso como aquel.

Mientras pasaba por el vestíbulo, oyó sin querer al señor Whitshank, que hablaba por teléfono en la galería acristalada.

—¿Esta tarde? ¡¿Pero qué demonios?! —exclamó—. ¡Maldita sea, Mitch, tengo a cinco hombres ahí fuera esperándote para que les digas qué tienen que hacer con el tocón del árbol!

Abby intentó que no se oyeran sus pisadas, pues pensó que quizá el señor Whitshank sentiría vergüenza si se enteraba de que lo había oído diciendo palabras malsonantes.

Al salir al jardín, el aire le azotó la cara igual que un paño húmedo y templado, y las tablas del suelo del porche olían a barniz caliente. No obstante, la suave brisa fresca —poco habitual en aquella época del año— le separó de la cara unos mechones de pelo húmedos y la jarra de agua fría que llevaba abrazada hizo que se le pusiera la piel de gallina en la parte interna de los brazos.

Landis había sacado una segunda motosierra de algún sitio, y Earl y él estaban partiendo las ramas más gruesas del árbol para dejarlas de un tamaño que cupiera en el hogaril. Por su parte, Dane y Ward cortaban las ramas más finas y las arrastraban hasta una pila inmensa que había cerca de la calle; mientras tanto, Red había dispuesto un bloque para cortar leña e iba dividiendo los leños gruesos en cuatro partes. Todos dejaron su actividad al ver llegar a Abby. Earl y Landis apagaron las motosierras y se hizo un silencio manifiesto, en el cual la voz de la muchacha sonó con una claridad asombrosa.

—¿Alguien quiere agua?

—No te diré que no —le dijo Earl, y todos dejaron las herramientas para acercarse a ella.

Ward se había quitado la camiseta, un gesto que le hacía parecer poco profesional, y Dane y él estaban colorados por el esfuerzo. Red, por supuesto, llevaba trabajando a destajo todo el verano, pero incluso a él le caían ríos de sudor por la cara, mientras que Earl y Landis llevaban las camisas azul claro de chambray tan empapadas de sudor que parecían de color azul marino.

Repartió los vasos de cartón entre los trabajadores y los llenó de agua conforme los hombres se los tendían. Los apuraron de un solo trago y volvieron a extender el brazo para que los rellenara antes de que a Abby le diera tiempo de acabar la primera ronda. Hasta que se los llenó tres veces no empezaron a verse saciados y a decir algo más que «gracias».

—¿Sabes si mi padre ha localizado a Mitch? —preguntó entonces Red.

—Creo que estaba hablando por teléfono con él ahora mismo.

—Sigo pensando que lo mejor es talar todo el tronco —le dijo Earl a Red.

—Ya, pero no quiero que se presente Mitch y diga que le hemos complicado el trabajo.

Dane y Abby se miraron a los ojos. Dane llevaba el pelo húmedo y desprendía un fabuloso olor a sudor limpio y a tabaco. De pronto, Abby pensó en algo preocupante: no tenía ropa interior bonita. Solo bragas sencillas de algodón blanco y sujetadores también de algodón con una rosita minúscula cosida en el centro del escote. Apartó la mirada.

—¿Hola?

Era un hombre corpulento con un traje de algodón, que separó en dos el seto de azaleas que delimitaba el jardín del vecino. Las ramitas crujían bajo sus zapatos blancos como la tiza conforme se acercaba a ellos.

—Sí, hablo contigo —dijo cuando llegó hasta donde estaba el grupo.

Miraba en concreto a Red.

—Hola, señor Barkalow —lo saludó Red.

—Me pregunto si te has dado cuenta de qué hora era cuando tus hombres se han puesto a trabajar esta mañana.

Landis fue quien contestó:

—Las ocho en punto.

—Las ocho en punto —repitió el señor Barkalow, sin dejar de mirar a Red.

—A esa hora es cuando hemos empezado a trabajar Red, Earl y yo —insistió Landis—. Los demás han aparecido más tarde.

—Las ocho —insistió el señor Barkalow—. ¡De un domingo por la mañana! En fin de semana. ¿Acaso te parece aceptable?

—Bueno, a mí me parece bien, señor —dijo Red con voz segura.

—Ah, fabuloso. Las ocho en punto de un domingo por la mañana te parece una buena hora para encender una motosierra.

Sus cejas pelirrojas se curvaron en señal amenazadora, aunque Red no parecía intimidado.

—Supongo que a esa hora mucha gente… —empezó a decir.

—¡Hombre, buenos días a todos! —exclamó el señor Whitshank.

Caminaba a grandes zancadas hacia ellos por el césped en pendiente. Llevaba una americana negra que debía de haberse puesto a toda prisa. La solapa izquierda se le había quedado mal colocada, como la oreja de un perro cuando se dobla hacia dentro.

—¡Qué buen día hace! —añadió mirando al señor Barkalow—. Me alegro de que haya salido a disfrutarlo.

—Le estaba preguntando a su hijo, señor Whitshank, si considera que es una hora aceptable para usar la motosierra.

—Ah, vaya, ¿por qué? ¿Hay algún problema?

—El problema es que hoy es domingo. No sé si se ha percatado —le dijo el señor Barkalow.

Había dejado de mirar a Red para fijar los ojos de cejas pobladas en el señor Whitshank, quien asentía enfáticamente con la cabeza, como si le diera la razón.

—Sí, bueno, desde luego, no era nuestra intención…

—Es perverso que la gente como usted quiera hacer ruido mientras el resto intentamos dormir. Se ponen a dar martillazos en las tuberías, levantan los adoquines del camino… Ayer mismo, ¡talaron un árbol nada menos! Un árbol sano como una manzana, si me permite que se lo diga. Y siempre, siempre, parece que tenga que ser en fin de semana.

De repente, el señor Whitshank se irguió como si se sintiera crecido.

—No es que parezca que tiene que ser en fin de semana; es que tiene que ser en fin de semana —dijo—. Es el único momento en que las personas honradas y trabajadoras como nosotros no estamos ocupadas en trabajar para ustedes.

—Debería dar las gracias a los astros de que no llame a la policía, señor Whitshank —dijo el señor Barkalow—. Cualquier día aprobarán ordenanzas municipales para regular este tipo de asuntos.

—¡Ordenanzas! No me haga reír. Solo porque a todos los que son como usted les gusta quedarse en la cama hasta el mediodía, a usted y a ese hijo malcriado que tiene, con su gorda…

—Bien pensado —intervino Red—, en realidad no importa si hay ordenanzas municipales o no.

Ambos hombres lo miraron.

—Lo que importa es que, al parecer, hemos despertado a los vecinos. Lo siento mucho, señor Barkalow. Desde luego, no era nuestra intención importunarlo.

—¿«Importunarlo»? —repitió su padre con voz incrédula.

—Me pregunto si podríamos acordar una hora que sea mutuamente adecuada.

—¿«Mutuamente adecuada»? —se hizo eco su padre.

—Ah —dijo el señor Barkalow—. Bueno.

—Por ejemplo, ¿qué le parecería las diez? —le preguntó Red.

—¡Las diez! —exclamó el señor Whitshank.

—¿Las diez? —repitió el señor Barkalow—. Ah, bueno, incluso las diez me parece… Pero, en fin, supongo que podríamos tolerar las diez si nos viéramos obligados.

El señor Whitshank miró al cielo, como si pidiera clemencia, pero su hijo repuso:

—Las diez. Trato hecho. Nos aseguraremos de cumplir ese horario de ahora en adelante, señor Barkalow.

—De acuerdo —dijo el señor Barkalow.

No parecía muy convencido. Volvió a mirar al señor Whitshank.

—Bueno, entonces de acuerdo —le dijo al fin—. Supongo que asunto zanjado.

Y se dio la vuelta para encaminarse de nuevo hacia su seto.

—¡Pero mira lo que has hecho! —le recriminó el señor Whitshank a Red—. ¡Las diez de la mañana, por el amor de Dios! ¡Si es prácticamente la hora de comer!

Red le tendió el vaso a Abby sin hacer más comentarios.

—¿Eh, jefe? —preguntó Landis.

—Qué pasa —dijo el señor Whitshank.

—¿Ha tenido noticias de Mitch?

—Vendrá por la tarde con la picadora de madera de su cuñado. Dice que podéis talar todo el tronco.

—Entonces, ¿lo cortamos a ras de suelo?

—Tan bajo como podáis —respondió el señor Whitshank.

Antes de contestar, el señor Whitshank ya se había dado la vuelta y había empezado a ascender la pendiente del césped, como si se lavara las manos y no quisiera saber nada de lo que hacía el resto. Abby se fijó en que la costura de la americana le quedaba irregular: le colgaba por los laterales y se levantaba tirante por el centro, como si perteneciera a un hombre mucho más viejo y desgarbado.

Se acercó a cada uno de los hombres y recogió los vasos de cartón en silencio. Después también ella subió la pendiente.

—Algunas veces Junior piensa que los vecinos lo miran por encima del hombro —dijo la señora Whitshank cuando se enteró de la escena del jardín—. Es muy sensible a ese tema.

Abby no contestó, pero en realidad entendía el punto de vista del hombre. Durante su etapa de estudiante becada en el instituto, había tenido que lidiar con varias estudiantes del tipo del señor Barkalow: tan altaneras, tan convencidas de que había una única manera de vivir. Sin duda, todos sus hijos jugaban al lacrosse y todas sus hijas se preparaban para el baile de presentación en sociedad. Sin embargo, Abby apartó ese pensamiento de su mente y dobló la capa de masa que estaba trabajando en la encimera por segunda vez, y luego por tercera vez. («Dóblala, dóblala y dóblala sin parar —eran las instrucciones que le había dado la señora Whitshank cuando le enseñó a hacer galletas dulces y saladas—. Dóblala hasta que, cuando estires la masa y la dobles, oigas que suelta un eructo.»)

—Bueno —dijo Abby—, el caso es que Red ha sabido llegar a un acuerdo. Al final todo se ha solucionado.

—Es difícil que Red se ofenda —dijo la señora Whitshank.

Sacó un bol grande de la nevera y quitó el paño de cocina que lo cubría.

—Creo que es porque se crió aquí. Está acostumbrado a la gente como Barkalow.

En el bol había tacos de pollo en una crema líquida y blanquecina. La señora Whitshank fue sacándolos uno por uno con pinzas y los colocó en una bandeja para que escurrieran.

—Es como si se sintiera cómodo con ambos tipos de persona —añadió—. Con los vecinos y con los trabajadores. De todas formas, sé que si le permitiéramos hacer lo que quisiera, dejaría los estudios ahora mismo y se pondría a trabajar a jornada completa. Si sigue estudiando hasta la graduación es solo por Junior.

—Bueno, nunca está de más tener un título —dijo Abby.

—Eso es lo que le dice Junior. Le insiste: «Te conviene tener opción a algo mejor. No querrás acabar igual que yo». Pero Red le contesta: «¿Y qué tiene de malo acabar igual que tú?». Dice que el problema con la universidad es que no es práctica. La gente que va allí no es práctica. «A veces me parece una solemne tontería», dice Red.

Abby nunca había oído a Red hablar de la universidad. Iba dos cursos por delante de ella y casi nunca se encontraban en el campus, ni por casualidad.

—¿Qué notas saca? —le preguntó a la señora Whitshank.

—Están bien. Bueno, normalitas. Es que su mente funciona de otra manera, ¿sabes? Es de esas personas a las que les enseñas un artilugio que no han visto nunca y dicen: «Ah, ya lo entiendo; sí, esta parte va en esa parte y luego se conecta con esta otra parte…». Igual que su padre, pero su padre quiere que Red sea diferente. ¿No ocurre siempre eso?

—Seguro que Red era de esos niños que desmontaban el reloj de la cocina —dijo Abby.

—Sí, pero en su caso, era capaz de volver a montarlo y que funcionara, a diferencia de la mayoría de los niños. Uy, ten cuidado con lo que haces, Abby. ¡Mira cómo estás arrastrando el vaso!

Se refería al vaso que Abby estaba empleando para cortar la forma de las galletas.

—Recuerda que debes presionarlo sobre la masa sin moverlo —le indicó.

—Lo siento.

—Espera, voy por una sartén.

Abby se enjugó la frente con el dorso de la mano. La cocina empezaba a caldearse y se moría de calor con el delantal entero de la señora Whitshank que se había enfundado.

Si era cierto, pensó Abby, que ella representaba una figura recurrente en la vida de la señora Whitshank (la «comprensiva»), también lo era que la señora Whitshank era un tipo de persona que ya había aparecido antes en la de Abby: la mujer con afán de instruir. La abuela que le había enseñado a tejer, la profesora de inglés que se había quedado hasta tarde con ella para ayudarla con los poemas. Esas personas, más pacientes y dulces que la eficaz pero brusca madre de Abby, la habían guiado y alentado, igual que la señora Whitshank, que ahora le decía:

—¡Mira qué buena pinta tienen! A mí no me habrían salido mejor.

—Quizá Red pueda entrar a trabajar a jornada completa en la empresa de su padre cuando termine la universidad —dijo Abby—. Entonces se llamaría Whitshank and Son Construction. ¿No cree que al señor Whitshank le gustaría?

—No lo creo —dijo la señora Whitshank—. Tiene esperanzas de que Red sea abogado. Abogado o empresario, una de las dos cosas. Red tiene buen ojo para los negocios.

—Pero si así no es feliz… —dijo Abby.

—Junior dice que la felicidad no está aquí ni allá —explicó la señora Whitshank—. Dice que Red debería proponerse ser feliz y punto.

En ese momento dejó de hurgar en el cajón de los utensilios de cocina.

—No quiero que te lleves la impresión de que es mezquino.

—Claro que no —dijo Abby.

—Lo único que quiere es lo mejor para su familia, ¿sabes? Somos lo único que tiene.

—Bueno, por supuesto.

—Ninguno de los dos mantenemos la relación con nuestras respectivas familias. Ya no.

—¿Y por qué? —le preguntó Abby.

—Bueno, ya sabes. Las circunstancias. Digamos que poco a poco cortamos los lazos —dijo la señora Whitshank—. Todos viven en Carolina del Norte y, además, mi parte de la familia no veía con buenos ojos que estuviéramos juntos.

—¿Se refiere al señor Whitshank y usted?

—Sí, igual que Romeo y Julieta —contestó la señora Whitshank. Se echó a reír, pero al cabo de un momento recuperó la compostura y continuó hablando—: A lo mejor hay algo que no sabes. Adivina cuántos años tenía Julieta cuando se enamoró de Romeo.

—Trece —dijo Abby sin pensarlo dos veces.

—Ah.

—Nos lo enseñaron en clase.

—A Merrick también se lo enseñaron, en secundaria —dijo la señora Whitshank—. Un día volvió a casa del colegio y me lo contó. Dijo: «¿A que es ridículo?». Decía que, desde que se había enterado, no podía tomarse a Shakespeare en serio.

—Ay, pues no veo por qué no —dijo Abby—. Una persona puede enamorarse a los trece años.

—¡Sí! ¡Claro que puede! Como yo.

—¿Usted?

—Tenía trece años cuando me enamoré de Junior —le contó la señora Whitshank—. Eso era lo que intentaba decirte.

—Madre mía, y ¡mire ahora! ¡Está casada con él! —exclamó Abby—. ¡Es asombroso! ¿Cuántos años tenía el señor Whitshank?

—Veintiséis.

Abby tardó unos segundos en asimilarlo.

—¿Él tenía veintiséis años cuando usted tenía trece?

—Sí, veintiséis años nada menos —repitió la señora Whitshank.

—Oh —dijo Abby.

—No es poca cosa, ¿eh?

—Desde luego.

—Era un joven guapísimo, un poco gamberro, trabajaba en el almacén de madera, pero no todos los días. Se pasaba el resto del tiempo cazando, pescando, pillando lo que podía y metiéndose en líos. Te puedes imaginar lo atractivo que resultaba. ¿Quién podría resistirse a un chico así? Sobre todo cuando tienes trece años. Y yo estaba bastante desarrollada para mis trece años; me desarrollé muy pronto. Lo conocí en un picnic de la parroquia al que él había ido con otra chica, y fue amor a primera vista para los dos. Empezó a cortejarme en ese preciso momento. Y después nos escabullíamos para vernos a solas a la menor oportunidad. ¡Uf, no podíamos dejar de toquetearnos! Sin embargo, una noche mi padre nos pilló.

—¿Los pilló dónde? —preguntó Abby.

—Bueno, en el granero. Pero nos pilló… Ya sabes. —La señora Whitshank sacudió una mano en el aire—. ¡Ay, fue horroroso! —dijo con tono divertido—. Parecía sacado de una película. Mi padre le apuntó con una pistola en la nuca. Luego mi padre y mis hermanos lo persiguieron para echarlo del condado de Yancey. ¿Te lo puedes creer? Ostras, cuando vuelvo a pensar en todo el lío, tengo la sensación de que le sucedió a otra persona. «¿Esa era yo?», me pregunto. No volví a verlo hasta casi cinco años después.

Abby había dejado de cortar galletas. Se limitaba a mirar a la señora Whitshank, así que esta le cogió el vaso que tenía en la mano y se dispuso a acabar con la tarea por la vía rápida: clan, clan.

—Pero mantuvieron el contacto —dijo Abby.

—¡Qué va! No tenía ni idea de dónde estaba Junior.

La señora Whitshank fue colocando láminas de masa de las galletas en la sartén engrasada; los bordes se tocaban y formaban círculos concéntricos.

—No obstante, siempre le fui fiel. Nunca lo olvidé, ni un solo segundo. Ay, a nuestra manera, ¡vivimos una de las historias de amor más maravillosas del mundo! Y en cuanto volvimos a estar juntos, fue como si nunca nos hubiésemos separado. Ya sabes que a veces ocurre eso. Lo retomamos donde lo habíamos dejado, igual que siempre.

—Pero… —la interrumpió Abby.

¿Nunca se le había pasado por la cabeza a la señora Whitshank que lo que acababa de contarle era…, ejem, un delito?

—Aunque no sé por qué te lo cuento —dijo entonces la señora Whitshank—. Se suponía que era un secreto. ¡Ni siquiera se lo he contado a mis propios hijos! Bueno, desde luego, mis propios hijos serían los últimos a los que se lo contaría. Merrick se burlaría de mí. Prométeme que no se lo contarás, Abby. Júralo por tu vida.

—Le juro que no se lo contaré ni a un alma —dijo Abby.

Ni siquiera hubiera sabido en qué términos exponerlo. Era demasiado fuerte y desconcertante.

El señor y la señora Whitshank, junto con Red, Earl y Landis, Ward, Dane y Abby: ocho personas para comer. (Según dijo la señora Whitshank, Merrick no comería con ellos.) Abby rodeó la mesa para ir repartiendo tenedores y cuchillos. La cubertería de los Whitshank era de plata de ley y llevaba grabada la inicial W en letra antigua. Se preguntó cuándo la habrían comprado. Se suponía que no había sido un regalo de bodas.

Los padres de Abby usaban cubiertos baratos, ni siquiera a juego.

De repente, le entró nostalgia de su madre, sensata y animada, y de su padre amable, con el bolsillo de la camisa lleno de bolígrafos y portalápices.

Todas las ventanas del comedor de los Whitshank estaban abiertas, y las cortinas se hinchaban y se movían por la brisa. Por entre las telas entrevió el porche. Pixie y Madie estaban sentadas en el columpio de metal de espaldas a ella y hablaban en voz baja y relajada. Debía de haber terminado la sesión de maquillaje de Merrick; Abby oyó la ducha del cuarto de baño de arriba.

Fue a la cocina a buscar los platos, y cuando regresó una de las motosierras cobró vida de nuevo. Hasta ese momento no se había percatado del silencio. El ruido sonaba tan cercano que se inclinó sobre el alféizar de una ventana para ver qué ocurría. Al parecer, los hombres estaban cortando lo que quedaba del tronco. Landis se encontraba a la izquierda, observando, mientras Earl se agachaba con la motosierra en mano. Se hallaba en el lado más alejado del árbol, casi fuera del ángulo de visión de

Abby. Lo más probable era que estuviera realizando una muesca para que el tronco cayera lejos de la casa, pero Abby no estaba segura, porque no lo distinguía desde su atalaya. Siempre le preocupaba que algún hombre acabara aplastado cuando veía talar un árbol, aunque desde luego parecía que esos dos sabían lo que hacían.

Colocó los platos en su sitio y luego sacó las servilletas del cajón y las contó para que hubiese suficientes. Dejó una al lado de cada tenedor. Regresó a la cocina.

—¿Quiere que sirva ya el té con hielo? —le preguntó a la señora Whitshank.

—No, espera un poco —le contestó esta.

Estaba de pie junto a los fogones, friendo el pollo.

—Ve a sentarte en el porche y refréscate un poco, ¿quieres? Te avisaré cuando llegue el momento.

Abby no discutió. Se alegró de poder salir de la calurosa cocina. Se quitó el delantal y lo colgó del respaldo de una silla. Después salió al porche y se acomodó en una de las mecedoras, a cierta distancia de Pixie y Maddie. Buscó a Dane con la mirada y lo encontró arrastrando una enorme rama frondosa hasta la pila de restos que habían formado junto a la calle. Su pelo adquiría un tono casi metálico cuando pasaba por un claro de sol.

¿Qué le contaría a su madre? Podía decirle: «Me quedaré a dormir en casa de Ruth», pero entonces su madre podía llamar por teléfono a casa de Ruth; había sucedido más de una vez. E incluso si Abby se atrevía a pedirle a Ruth que le sirviera de coartada, estaba el problema de los padres de su amiga.

Red estaba echando troncos ya partidos en una carretilla. Ward se limpió la frente con la camisa remangada. Earl apagó la moto-

sierra justo cuando Merrick salió al porche y exclamó «¡Guau!».
Soltó la puerta mosquitera, que se cerró de golpe a su espalda.

—Es como si me hubiese quitado una careta de goma —les
dijo a Pixie y Maddie.

Iba comiendo un bol de cereales. Anduvo hasta una silla de
mimbre, la arrastró con un pie y la acercó al columpio antes de sentarse. Todavía llevaba los rulos, pero se había vestido con unas bermudas y una blusa blanca sin mangas.

—Nos preguntábamos quién era el James Dean —le dijo Pixie.

—¿Quién? Ah, es Dane.

—¡Menudo tipazo!

—Si el sábado que viene hace tanto calor como hoy —dijo
Merrick—, se me va a escurrir la base del maquillaje por la cara.
Y el rímel me dejará los ojos como a un mapache.

—Irás a juego con tu suegra —le dijo Maddie entre risitas.

—Uf, por favor, matadme si alguna vez me salen las mismas
ojeras que a ella —dijo Merrick—. ¿Sabéis qué sospecho? Me
huelo que se las pinta. Es una de esas personas a las que les gusta
parecer enferma. Se pasa el día yendo al médico y, claro, él le dice
que no tiene nada, pero cuando vuelve a casa dice: «Bueno, el
médico piensa que no tengo nada, pero…».

—¿Vendrá a la boda? —preguntó Pixie.

—¿Si vendrá a la boda quién?

—Ese tal Dane.

—Ah, no lo sé. ¿Dane vendrá a la boda? —preguntó Merrick
en voz más alta, dirigiéndose a Abby, que seguía en el otro extremo del porche.

—No está invitado —contestó ella.

—¿Ah no? Bueno, tráetelo si te apetece.

—Vaya, ¿estáis juntos? —le preguntó Pixie a Abby.

Abby se medio encogió de hombros, con la esperanza de transmitir que sí lo estaban, pero que le daba igual estar o no con él, y Pixie soltó un exagerado suspiro de decepción.

—Bueno, he aquí la pregunta del millón —dijo Merrick—. Los rulos.

—¿Qué les pasa? —le preguntó Maddie.

—Ya habéis visto lo grandes y voluminosos que son. Me acuesto con los rulos puestos desde que tenía catorce años. De lo contrario, tengo el pelo tan liso como una tabla. La pregunta es: ¿qué voy a hacer la noche de bodas?

—Pregúntame algo más difícil —dijo Maddie—. Pues te vas a la cama sin rulos, tonta. Luego, a primera hora de la mañana, te despiertas antes que Trey y te cuelas en el cuarto de baño para ponerte los rulos y darte una ducha. En realidad no te mojes el pelo, solo deja que le dé el vapor. Después ponte debajo del secador... Tendrás que meter a hurtadillas el secador en el cuarto de baño la noche anterior...

—¡No puedo llevarme el secador a la luna de miel! Necesitaría una maleta grande solo para eso.

—Entonces cómprate uno de esos nuevos que se sujetan con la mano.

—¿Qué? ¿Y electrocutarme como esa mujer del periódico? Además, no sabes lo indomable que tengo el pelo. Dos minutos de vapor no servirán de nada.

—Deberías peinarte como ella —dijo Pixie.

—¿Como quién?

—Como ella —repitió Pixie, y señaló con la barbilla en dirección a Abby. Sonrió con suficiencia—. Abby.

Merrick no se molestó en contestar a ese comentario.

—Ojalá pudiera escaparme de Trey un par de horas muertas —dijo—. Si hubiera peluquería en el hotel y abriera a las cinco de la madrugada…

La motosierra volvió a rugir y sofocó el resto de sus palabras. Landis se acercó al cerezo y se agachó para coger un rollo de cuerda. Dane empezó a subir la cuesta hacia el lugar en el que había dejado el hacha.

Antes de que los hombres fueran a comer, metieron la cabeza debajo del grifo que había en el lateral de la casa, así que cuando entraron iban chorreando y quitándose las gotas de la cara con las manos. Earl incluso se sacudió de la cabeza a los pies, igual que un perro, mientras tomaba asiento.

El señor Whitshank se sentó a la cabecera de la mesa y la señora Whitshank en el otro extremo. Abby tomó asiento entre Dane y Landis. Dane y ella estaban a casi dos palmos de distancia, pero el joven deslizó el pie hasta tocar el de ella. De todas formas, seguía con la mirada fija en el plato, como si Abby y él no tuvieran nada que ver entre sí.

El señor Whitshank arremetió contra Billie Holiday. Había muerto hacía un par de días y él no entendía por qué la gente montaba tanto revuelo.

—Siempre me ha parecido que era incapaz de aguantar una nota —dijo—. Tenía una voz que iba y venía, y algunas veces desafinaba.

El señor Whitshank tenía la manía de pasear la cabeza poco a poco entre los comensales de un lado a otro de la mesa mientras hablaba, como para incluir a todos sus interlocutores. Abby se sintió una especie de discípulo que intenta aprehender todas las palabras de su maestro, y supuso que ese era el propósito del señor Whitshank. Entonces Abby modificó mentalmente lo que veía —se le daba muy bien— y se imaginó que estaba sentada a una mesa con trilladores o recolectores de maíz o algo similar, como en una estampa de la cosecha de épocas remotas, y eso la animó un poco. Cuando tuviera casa propia, quería ser tan expansiva y hospitalaria como los Whitshank, con gente que se apuntaba a las comidas de improviso y jóvenes que charlaban en el porche. La casa de sus padres era tan cerrada… Por el contrario, la casa de los Whitshank se notaba abierta. No era gracias al señor Whitshank, claro. Aunque, ¿acaso no era siempre así? Solía ser la mujer la que marcaba el tono de un hogar.

—A ver, la música que más me gusta —dijo entonces el señor Whitshank— es más del estilo de John Philip Sousa. Supongo que todos sabéis de quién hablo. Redcliffe, ¿de quién hablo?

—Del Rey de la Marcha —dijo Red con la boca llena.

Había hincado el diente a un muslo de pollo frito.

—El Rey de la Marcha —coincidió el señor Whitshank—. ¿Alguien se acuerda de *The Cities Services Band of America*?

Al parecer, nadie se acordaba. Bajaron la cabeza y miraron cada uno su plato.

—El programa de la radio —dijo el señor Whitshank—. No hay música mejor que las marchas militares. «Stars and Stripes Forever» y la marcha «The Washington Post» son mis favoritas. Casi me da un ataque cuando dejaron de emitir el programa.

Abby intentó hallar en él algún rastro del joven gamberro del condado de Yancey. Podía figurarse que alguien lo considerase guapo, con la cara angulosa y la ausencia total de barriga, a pesar de estar ya en los cincuenta, o incluso en los sesenta. Pero llevaba una ropa tan digna, casi una caricatura de la dignidad (ya se había colocado bien la solapa) y los párpados le caían lánguidos y sin encanto por la parte exterior. Tenía nudosas venas moradas en el dorso de la mano y unos puntos negros de pelillos incipientes en la barbilla. ¡Por favor, Abby no quería envejecer nunca! Presionó el tobillo izquierdo contra el tobillo de Dane y le ofreció las galletitas saladas a Landis.

—Mi padre dice que Billie Holiday es la más grande —comentó Dane. Dio un trago al té con hielo y luego se reclinó en la silla. Se sentía cómodo—. Dice que lo más célebre que tiene Baltimore es que Billie Holiday solía barrer la entrada de las casas del centro por veinticinco centavos.

—Bueno, pues yo y tu padre no nos pondremos de acuerdo —dijo el señor Whitshank. Luego frunció el entrecejo y añadió—: ¿Quién es tu padre?

—Dick Quinn —contestó Dane.

—¿Quinn el de Quinn Marketing?

—El mismo.

—¿Vas a seguir con el negocio familiar?

—Pues no —dijo Dane.

El señor Whitshank aguardó. Dane le sostuvo la mirada con tranquilidad.

—En mi opinión, sería una oportunidad de oro —dijo el señor Whitshank al cabo de un momento.

—Mi viejo y yo no solemos tener el mismo parecer —le dijo Dane—. Además, está mosqueado porque me han echado del trabajo.

No parecía importarle en absoluto compartir esa información con el resto. El señor Whitshank volvió a fruncir el entrecejo.

—¿Y por qué te han despedido? —le preguntó.

—Supongo que no encajaba —dijo Dane.

—Lo que yo le digo a Redcliffe es: «Hagas lo que hagas en la vida, hazlo lo mejor posible. Me da igual si es recoger basura, hazlo mejor que nadie». Le digo: «Tienes que estar orgulloso de lo que haces». ¿Un despido? Es un borrón en tu expediente para siempre. Te rondará y te perseguirá toda tu vida.

—Era en una oficina de ahorros y préstamos —dijo Dane—. No tengo pensado ganarme la vida en el sector de los ahorros y los préstamos, créame.

—Lo importante es la reputación que te ganas. La opinión que tiene de ti tu comunidad. Puede que pienses que una caja de ahorros no es el trabajo de tu vida, donde quieres terminar...

¿Cómo podía haber sido ese hombre alguna vez el héroe de la historia romántica de la señora Whitshank? Tanto si la considerabas una historia elegante como chabacana, por lo menos había sido una historia romántica, no le había faltado de nada: intriga, escándalo y una separación dolorosa. Pero Junior Whitshank era duro como el hueso y no paraba de perorar mientras el resto de los comensales comían en un silencio servil. Su esposa era la única que lo miraba, con el rostro encendido por el interés, mientras él recordaba el valor del trabajo duro, luego la deplorable falta de iniciativa de la generación más joven, después las ventajas que aportaba el haber sobrevivido a la Gran Depresión. Si los jóvenes de hoy en día hubiesen vivido una Depresión del mismo modo que él la había vivido... Pero entonces se interrumpió para exclamar:

—¡Ah! ¿Te vas con tus amigas?

Se dirigía a Merrick. Cruzó el vestíbulo en dirección a la puerta principal, pero se detuvo y se volvió para mirar a su padre.

—Sí —dijo—. No me esperéis para cenar.

Su melena se había convertido en una saltarina cascada de rizos negros que rebotaban por toda la cabeza.

—Por ejemplo, el prometido de Merrick; él sí que ha entrado en el negocio familiar —les dijo el señor Whitshank a los demás—. Y creo que se le da bien. Por supuesto, no puede decirse que sea un tipo muy práctico... No sabe ni cambiar el aceite del coche, ¿os lo podéis creer?

—Bueno, ciao, ciao —dijo Merrick.

Dio unos golpecitos en la mesa con los dedos y se marchó. Su padre guiñó el ojo, aunque enseguida retomó el hilo de su monólogo (lo «malcriados» que estaban los ricos y su total incapacidad para valerse por sí mismos), pero Abby había dejado de escucharle. De repente se sintió indefensa, abatida por la pronunciación cansina y arrogante del señor Whitshank, por su egocéntrico «yo y tu padre», que casi era incorrecto, y por su exagerado esfuerzo en pronunciar bien las vocales, esa atención tan minuciosa por todo lo relativo a las clases sociales y los privilegios. Sin embargo, la señora Whitshank seguía sonriéndole, mientras que Red se limitó a servirse otra rodaja de tomate. Earl había cogido tantas galletas que le rebosaban del plato, como si pensara llevarse unas cuantas a casa. Ward tenía un hilillo de pollo adherido al labio inferior.

—Y todo eso te demuestra —dijo en ese momento el señor Whitshank— por qué nunca. Jamás. Bajo ninguna circunstancia. Deberías arrodillarte ante esas personas. Hablo contigo, Redcliffe.

Red dejó de echar sal a la rodaja de tomate y levantó la vista.

—¿Conmigo?

—¿Por qué no te arrodillas ante ellos y les besas los pies? ¿Por qué no les das coba, eh? Diles, como al vecino: «Sí, señor Barkalow» y «No, señor Barkalow» y «Lo que usted diga, señor Barkalow. Ay, no querríamos importunarlo, señor Barkalow».

Red empezó a cortar el tomate, apartando la mirada de los ojos de su padre y haciendo caso omiso de sus palabras, pero tenía la mandíbula apretada y los pómulos enrojecidos, como si alguien lo hubiera arañado con las uñas.

—«Perdón, señor Barkalow» —dijo el señor Whitshank impostando la voz—. «¿Le parece una hora mutuamente conveniente?»

—Ya hemos talado todo el tronco, jefe —dijo Landis—. Lo hemos dejado a ras de suelo.

Abby sintió ganas de abrazarlo.

El señor Whitshank se preparó para decir algo más, pero entonces se calló y miró a Landis.

—Ah, muy bien —le dijo al fin—. Ahora lo único que hace falta es que Mitch termine de comer en casa de sus puñeteros suegros.

—Yo no me metería con su suegra, jefe. ¿La ha visto alguna vez? Esa mujer es una fiera en la cocina. Tiene siete hijos, todos ellos casados, todos con hijos ya, y todos los domingos después de misa se reúnen en su casa y les ofrece tres tipos distintos de carne, dos clases de patatas, ensalada, encurtidos, verduras…

Abby se apoyó contra el respaldo de la silla. No se había dado cuenta de lo mucho que había tensado los músculos. Se le había pasado el hambre, así que cuando la señora Whitshank les preguntó si querían más pollo, negó con la cabeza sin abrir la boca.

—Cambiando de tema —dijo Red.

Cuando los hombres se levantaron de la mesa para salir al jardín, se quedó rezagado junto a Abby. Ella, que estaba recogiendo unos cuantos cubiertos sucios, se volvió para mirarlo.

—Si se te ha pasado por la cabeza que no puedes ir a la boda porque nos has avisado con poco tiempo, no te preocupes —le dijo—. Te lo prometo. Muchas de las personas que ha invitado Merrick han cancelado. Todos esos amigos de Pookie Vanderlin, y también sus padres…, la mayoría de ellos han dicho que no. Al final vamos a terminar con un montón de comida de sobra en el banquete.

—Lo tendré en cuenta —le contestó Abby, y le dio un golpecito rápido en el brazo como si quisiera darle las gracias, pero lo que de verdad quería transmitirle era que ya se había olvidado de la perorata de su padre y que confiaba en que él hiciera lo mismo.

Dane, que esperaba a Red en el vano de la puerta, le guiñó un ojo a Abby. En ocasiones le gustaba burlarse de la devoción que Red sentía hacia ella, y se refería a él como «tu pretendiente». Normalmente el comentario le hacía gracia, pero ese día al ver el gesto de Dane se limitó a seguir recogiendo la mesa, y al cabo de un momento Red y él salieron para reunirse con los demás.

Abby dejó los cubiertos junto al fregadero, en el que la señora Whitshank estaba fregando vasos, y volvió al comedor. Allí estaba el señor Whitshank, pescando con los dedos un buen pellizco de tarta de melocotón de la bandeja. Se quedó petrificado cuando vio a Abby, pero después levantó la barbilla con aire desafiante y se llevó el pedazo de pastel a la boca. Con una ostentación deliberada, se limpió los dedos en una servilleta.

—Debe de ser difícil estar en su piel, señor Whitshank.

Los dedos se detuvieron en la servilleta.

—¿Qué has dicho?

—Se alegra de que su hija se case con un niño rico, pero le irrita que los niños ricos sean unos malcriados. Quiere que su hijo se codee con las clases altas, pero se pone de los nervios cuando ve que es educado con ellas. Supongo que es incapaz de sentirse satisfecho, ¿verdad?

—Señorita, no tienes derecho a hablarme en ese tono —le contestó él.

Abby sintió que le faltaba el aliento, pero mantuvo la compostura.

—Dígame. ¿Se siente satisfecho o no? —le preguntó.

—Estoy orgulloso de mis dos hijos —dijo el señor Whitshank con voz fría como el acero—. Que es más de lo que podrá decir tu padre de ti, creo yo, con lo deslenguada que eres.

—Mi padre está muy orgulloso de mí —le contestó Abby.

—Bueno, no sé por qué me sorprende, teniendo en cuenta de dónde vienes.

Abby abrió la boca pero volvió a cerrarla. Agarró la bandeja del pastel y se marchó con paso firme a la cocina. Caminaba con la espalda erguida y la cabeza bien alta.

La señora Whitshank había dejado de fregar platos para empezar a secar algunos de los que había en el escurridero. Abby le cogió el paño de cocina de las manos y la señora Whitshank le dijo: «Vaya, gracias, bonita», y volvió al fregadero. No parecía que se hubiera dado cuenta de que a Abby le temblaban las manos. La joven se sentía extremadamente victoriosa, pero al mismo también herida: como si la hubieran arrancado de cuajo.

¿Cómo se atrevía ese hombre a criticar los orígenes de Abby? ¡Precisamente él, con su pasado turbio y vergonzoso! La familia de Abby era muy respetable. Tenían antepasados de los que podía sentirse orgullosa: su tatarabuelo, por ejemplo, había rescatado a un rey. (De acuerdo, el rescate consistió en ayudar a levantar la rueda de un carruaje que se había quedado hundida en un surco del camino, pero el rey le dio las gracias con un gesto de la cabeza a título personal, según decían.) Y una tía abuela de Abby que vivía en el oeste del país había ido al mismo instituto que Willa Cather, aunque era cierto que en aquella época su tía no sabía de la existencia de Willa Cather. Vamos, no había nada barriobajero en los Dalton, nada de segunda clase, y tal vez su casa estuviese en un barrio más modesto, pero por lo menos se llevaban bien con los vecinos.

La señora Whitshank empezó a hablarle de máquinas lavavajillas. En su opinión, no les veía utilidad.

—¡Pero si algunas de las conversaciones más bonitas ocurren alrededor de un fregadero lleno de platos sucios! Sin embargo, Junior piensa que deberíamos comprarnos un lavavajillas. Se muere de ganas de ir a buscarlo.

—¿Y el qué sabe de eso? —le preguntó Abby con irritación.

La señora Whitshank se quedó callada un momento.

—Ah, supongo que solo quiere hacerme la vida más fácil —contestó al cabo de unos segundos.

Abby secó una bandeja con mucho ímpetu.

—A veces a la gente le cuesta entender a Junior —dijo la señora Whitshank—. Pero Abby, es mejor de lo que crees, bonita.

—Ajá —contestó la muchacha.

La señora Whitshank le sonrió.

—¿Podrías ir a mirar en el porche, por favor? Asegúrate de que no quedan platos por fregar.

Abby se alegró de poder salir. Estaba a punto de contestar algo de lo que habría podido arrepentirse.

En el porche no había nadie. Recogió el bol de cereales de Merrick y la cuchara, y después se incorporó y barrió el césped con la mirada. En ese momento, ambas motosierras guardaban silencio. Había una luz poco habitual; desde luego, ese tronco desnudo había dejado un hueco mayor de lo que Abby pensaba. Ahora estaba tumbado en el terreno, con la parte superior hacia la calle, y Landis estaba desatando una cuerda que habían amarrado alrededor de la circunferencia del árbol. Dane descansaba mientras fumaba un cigarrillo, Earl y Ward cargaban la carretilla y Red se hallaba junto el tocón talado, con la cabeza agachada.

Al fijarse en su postura, al principio Abby pensó que seguía dándole vueltas a lo que había sucedido en la comida, así que se apartó muy deprisa para que no se diera cuenta de que lo había visto. Pero mientras se daba la vuelta, se percató de que lo que hacía era contar los anillos del árbol.

Después de todo lo que había tenido que soportar Red ese día (el increíble esfuerzo físico, el estruendo y el calor abrasador, el altercado con el vecino y la desagradable escena que había montado su padre), Red se dedicaba a contar tranquilamente los anillos para saber cuántos años tenía el árbol.

¿Por qué se sintió tan embelesada al contemplarlo? Tal vez fuera por verlo tan concentrado. O quizá fuera su inmunidad ante el insulto, o su falta de rencor. «Bah, ¿eso? —parecía que dijesen sus ojos—. Olvídalo, no pasa nada. Todas las familias tienen sus altibajos; vamos a calcular la edad de este álamo.»

Abby sintió una especie de hueco en el centro de su cuerpo, igual que el hueco aireado en el césped que había dejado el tronco al caer. Se metió en la casa con tanta cautela que apenas hizo ruido.

—¿Qué se cuece ahí fuera? —preguntó la señora Whitshank.

Estaba secando la encimera; ya había secado y recogido las últimas cazuelas y los recipientes.

—Bueno, ya han acabado de cortar el tronco, pero Mitch aún no se ha presentado —dijo Abby—. Dane está fumando, y Ward, Earl y Landis están despejando el jardín. Red está contando los anillos del árbol.

—¿Los anillos del árbol? —repitió la señora Whitshank. A continuación, tal vez imaginando que Abby carecería de toda noción sobre el mundo natural, añadió—: ¡Ah! Debe de estar calculando la edad.

—Sí, después de todo el jaleo, estaba ahí fuera sin más planteándose la edad del álamo —dijo Abby, y de repente notó que estaba al borde de las lágrimas; ignoraba por qué—. Es un buen hombre, señora Whitshank.

La señora Whitshank levantó la vista sorprendida, y después sonrió. Una sonrisa serena, satisfecha y radiante que convirtió sus ojos en dos hilillos.

—Ay, sí, bonita, sí que lo es —respondió.

Entonces Abby volvió a salir al porche y se sentó en el columpio. Era la tarde más preciosa del mundo, con la brisa y los colores verdes y amarillentos, con el cielo de un azul eléctrico irreal, y en un abrir y cerrar de ojos iría a decirle a Red que sí le apetecía ir con él a la boda. No obstante, esperó para deleitarse en ese momento: lo abrazó para estrecharlo junto a su corazón.

Se dio impulso con el pie en las tablas del suelo del porche para poner en movimiento el columpio y se balanceó lentamente hacia delante y hacia atrás, resiguiendo con los dedos la parte interna de los reposabrazos, de tacto arenoso, con la mente perdida. Miró a Dane; lo observó con un distante sentimiento de pena. Vio cómo bajaba el cigarrillo, cómo lo apagaba contra la suela del zapato, cómo agarraba el hacha y la acercaba a una rama. Vaya mundo, vaya mundo. Y entonces recordó la frase que seguía a esa en el cuento: «¿Quién iba a decir —había preguntado la bruja— que una niñita buena como tú podría destruir mi hermosa maldad?».

Sin embargo, Abby se levantó del columpio sin prisa y empezó a caminar hacia Red. Y a cada paso que daba se sentía más feliz y más segura.

TERCERA PARTE

Un cubo de pintura azul

10

Todas las habitaciones de la planta inferior salvo la cocina tenían puertas correderas dobles, y encima de cada una de ellas había una celosía de madera calada para que circulara el aire en verano. Las ventanas estaban tan bien ajustadas que ni siquiera el vendaval más fuerte era capaz de hacerlas retemblar. El distribuidor de la planta superior tenía una barandilla biselada que se anclaba a la perfección en las escaleras para desde ahí descender hasta el recibidor de la entrada. Todos los suelos eran de castaño envejecido. Todas las piezas metálicas eran de cobre macizo: los pomos de las puertas y los armarios, incluso los ganchos que servían para sujetar los cordones que recogían las cortinas de lino azul marino que bajaban de la buhardilla todas las primaveras para vestir las ventanas. En cada una de las habitaciones de las dos plantas había ventiladores de techo con las aspas de madera, y en el porche había otros tres más. El que se encontraba encima del recibidor tenía una envergadura de seis pies y medio.

La señora Brill quería una lámpara de araña en el recibidor, una de esas brillantes, de cristal, con una forma parecida a una tarta nupcial del revés. Qué mujer tan tonta. Junior le había quitado la idea de la cabeza apelando a la falta de practicidad, pues cada vez que una tela de araña, por pequeña que fuera, se advirtiera en uno de los prismas, tendría que mandar a un operario con una escalera de dieciséis pies para limpiarla. (Prefirió no contarle que para otro cliente había diseñado un ingenioso sistema de poleas para levantar y bajar la lámpara de araña siempre que fuese preciso.) Por supuesto, la mayor objeción de Junior ante semejante lámpara era que no estaba en consonancia con el resto de la casa. Era una vivienda sobria; lucía la misma sobriedad que un baúl para mantas hecho a mano: era sencilla, pero construida de manera impecable, algo que Junior, que la había edificado, sabía muy bien. Había supervisado todos los detalles, había dejado su huella en cada tarea, salvo en aquellas que otra persona podía hacer mejor que él, como el encerado de las diminutas baldosas de cerámica blancas y negras del cuarto de baño, que habían colocado dos hermanos de Little Italy que no hablaban ni una palabra de inglés. Por el contrario, la escalinata, con los postes que entraban a la perfección en las hendiduras cortadas a mano de los travesaños, y esas puertas correderas invisibles que se deslizaban en un silencio casi absoluto dentro de sus respectivas paredes eran obra de Junior. Era un hombre brusco y apresurado en todas las demás parcelas de su vida, un hombre que pasaba por delante de las señales de stop sin apenas rozar el freno, un hombre que engullía la comida y tragaba la bebida como un animal y que le decía a los niños cuando tartamudeaban: «Vamos, escúpelo», aunque cuando se trataba de construir una casa tenía toda la paciencia del mundo.

La señora Brill también quería un empapelado de terciopelo en el cuarto de estar, moquetas que cubrieran todo el suelo en los dormitorios y cristal tintado de rojo y azul en el montante de aba nico de la puerta principal. No consiguió nada de todo eso. ¡Ja! Junior salió victorioso de todas y cada una de las discusiones. Casi siempre, igual que en el caso de la lámpara, alegaba que eran elementos poco prácticos, pero cuando era preciso no tenía reparos en sacar a colación el tema del buen gusto. «Ay, no sé por qué, señora Brill —le decía—, pero eso no se estila. Ni los Remington ni los Waring lo pusieron así», y nombraba a dos familias de Guilford a quienes la señora Brill admiraba especialmente. Entonces la señora Brill se achantaba: «Bueno, supongo que usted tiene más idea que yo». Y Junior procedía según su plan original. Al fin y al cabo, era la casa de su vida (del mismo modo que otro hombre habría tenido el amor de su vida). Y contra todo tipo de lógica, se aferraba a la convicción de que algún día viviría allí. Incluso después de que los Brill se instalaran y su decoración recargada sofocara las habitaciones ventiladas, mantuvo un sereno optimismo. Y cuando la señora Brill empezó a hablarle de lo aislada que se sentía, de lo lejos que estaban del centro, cuando se derrumbó después de encontrarse las herramientas de un ladrón en la galería, oyó el clic del engranaje de su mundo, que se colocaba en el lugar que le correspondía. Por fin, la casa sería suya.

Como en realidad había sido desde el principio.

Algunas veces, durante las semanas en las que terminó de acondicionar la casa antes de instalarse allí con su familia, se acercaba con el coche a primera hora de la mañana solo para pasearse, para deleitarse en las habitaciones vacías que tanto lo emocionaban y en los suelos que no crujían y en la grifería tan sólida del lavabo del cuarto de baño de arriba. (La señora Brill quería que le pusiera los grifos que había visto en un hotel de París, unos grifos con el centro de cristal facetado en forma de pelota de ping-pong.

No obstante, en opinión de Junior, el único diseño adecuado para esos baños era una sólida cruz de porcelana blanca —más fácil de girar con los dedos enjabonados— y, por una vez, el señor Brill había dado su opinión y se había puesto de su parte.)

A Junior le gustaba pasear la mirada por las escaleras e imaginarse a su hija bajando lentamente, una joven elegante con un vestido de novia de seda blanca. Se imaginaba la mesa del comedor abarrotada con una doble hilera de nietos, casi todos varones, los hijos de su hijo, que harían perdurar el apellido de los Whitshank. Todos volverían la cabeza hacia Junior como girasoles que buscan el sol, y lo escucharían con atención mientras los ilustraba sobre algún tema educativo. Quizá pudiera asignar un tema de conversación diferente al principio de cada cena: música, arte o actualidad. En el centro de la mesa habría un solomillo de cerdo o un ganso al horno, esperando a que él lo trinchara, y servirían el agua en copas bajas, y refrigerarían los cubiertos de la ensalada con antelación, como se había fijado que hacía la sirvienta en la casa de los Remington, en Guilford.

Hasta ese momento, todo en su vida había sido improvisado: su infancia desharrapada, su tormentoso noviazgo, su matrimonio anodino y su destartalada casa alquilada en un barrio modesto. Pero ahora eso iba a cambiar. Por fin comenzaría su verdadera vida.

Entonces tuvo que llegar Linnie Mae y entrometerse en el columpio del porche.

En la época de los Brill, el columpio del porche era un feo armatoste blanco de hierro forjado con una rejilla puntiaguda que maltrataba la columna vertebral. Los ganchos oxidados con forma de ocho de los que colgaba emitían un chirrido como un lamento, y las gruesas cadenas te podían pillar los dedos si las agarrabas mal. Pero la señora Brill se columpiaba en él de niña, le había dicho a Junior, y por la nostalgia con que hablaba, se notaba el cariño que sentía por su etapa infantil, el regocijo que le producía la noción de sí misma como una graciosa niñita. Así pues, Junior tuvo que ceder.

Cuando los Brill se marcharon, dejaron todos los muebles del porche porque se mudaban a un apartamento. La señora Brill le pidió a Junior con voz triste que cuidara bien de su columpio, y Junior le contestó: «Sí, señora, desde luego que lo haré». No obstante, en cuanto se marcharon, se subió a una escalera y descolgó los ganchos del columpio con sus propias manos. Sabía muy bien qué quería en su lugar: un sencillo columpio con un banco de madera barnizado en un tono miel, con unas barras torneadas en el respaldo en las que se encajarían los reposabrazos. Colgaría de unas cuerdas especiales, más blancas y suaves que las cuerdas normales, más agradables para las manos, y cuando se moviera, no se oiría nada, o como mucho un levísimo crujido, como el que Junior se imaginaba que debían de hacer las velas de un barco. Había visto un tipo de columpio así en el barrio de su infancia, en casa del señor Muldoon. El señor Muldoon era el director de las minas de mica, y su casa tenía un porche delantero alargado con las tablas del suelo barnizadas, y también los peldaños de la entrada estaban barnizados, igual que el columpio.

Junior fue incapaz de encontrar un columpio ya fabricado que cumpliera sus deseos, así que tuvo que encargarlo a medida. Le costó un dineral. No le dijo a Linnie cuánto. Ella se lo preguntó, porque andaban justos de dinero; la entrada de la compra de la casa los había dejado en la ruina. Pero le contestó: «¿Qué más da? Es materialmente imposible que yo viva en un sitio con un columpio blanco y recargado en el porche».

Llegó sin barnizar, tal como lo había pedido, para que pudieran darle los acabados en el tono que él deseaba. Le pidió a Eugene, su mejor pintor, que se encargara. Otro de sus hombres engarzó las cuerdas en las pesadas piezas de bronce, un tipo de la costa Este que sabía cómo se hacían esas cosas. (Y que silbó cuando vio el bronce, pero Junior tenía sus propias provisiones, y no era culpa suya que estuvieran en guerra.) Cuando por fin colgaron el columpio —con la veta de la madera que brillaba a través del barniz, las cuerdas blancas sedosas y silenciosas— sintió una satisfacción suprema. Por una vez, algo que había soñado había resultado ser exactamente como había planeado.

Hasta ese momento, Linnie Mae apenas había ido a ver la casa. Digamos que no estaba tan emocionada como Junior. A él no le cabía en la cabeza. ¡La mayor parte de las mujeres darían saltos de alegría! Pero ella no paraba de sacarle faltas: demasiado cara, demasiado ostentosa, demasiado lejos de sus amigas. Bueno, ya entraría en razón. No iba a malgastar saliva en convencerla. Sin embargo, una vez que estuvo montado el columpio, Junior se moría de ganas de enseñárselo, así que el domingo siguiente por la mañana le propuso a su Linnie llevarla junto con los niños en la furgoneta después de salir de misa. Junior no mencionó el columpio porque quería que fuese una especie de sorpresa. Solo dijo que, como apenas faltaban un par de semanas para mudarse, a lo mejor a Linnie le apetecía llevar unas cuantas cajas de las que había estado preparando. Linnie se limitó a decir: «Ah, vale». Pero después de misa empezó a arrepentirse. Le propuso comer antes de ir, y cuando Junior le dijo que ya comerían después de ver la casa, contestó:

—Bueno, pues tendré que cambiarme de ropa por lo menos. Voy con el traje de domingo.

—¿Y para qué quieres cambiarte? —le preguntó él—. Ve tal como estás.

No había sacado todavía ese tema, pero Junior pensaba que, una vez que se mudaran a la casa, Linnie tendría que prestar un poco más de atención a su forma de vestir. Se vestía como las mujeres de su pueblo. Y se cosía ella casi todas las prendas, igual que las de los niños. Junior se había fijado en que casi toda la ropa que llevaban sus hijos les quedaba demasiado holgada y con la cintura llena de fruncidos.

Sin embargo, Linnie no cedió.

—No pienso cargar bolsas viejas y llenas de polvo con mis mejores galas.

Por lo tanto, Junior tuvo que esperar a que se cambiara y les pusiera a los niños la ropa de jugar. No obstante, él se dejó el traje de domingo. Hasta ese momento sus futuros vecinos, si es que habían mirado por la ventana (y se apostaba lo que fuera a que lo habían hecho), lo habrían visto siempre con mono de trabajo, y quería mostrarles su mejor cara.

En la furgoneta, Merrick se sentó entre Junior y Linnie, mientras que Redcliffe fue encima de la falda de su madre. Junior eligió circular por las calles más bonitas para enseñárselas con orgullo a Linnie. Era abril y todo estaba en plena floración, las azaleas, los rosados árboles de Judas y los rododendros, y cuando llegaron a la casa de los Brill (¡la casa de los Whitshank!), Junior señaló con el dedo el cerezo silvestre de flores blancas.

—Si quieres, cuando nos hayamos instalado puedes plantar rosas —le dijo a Linnie.

—¡No se pueden cultivar rosas en ese jardín! Pero si no hay más que sombra —contestó ella.

Junior se mordió la lengua. Aparcó delante de la propiedad, aunque con todo lo que tenían que descargar habría sido mejor aparcar en la explanada posterior, y salió de la furgoneta. Esperó a que su Linnie sacara a los niños del vehículo mientras contemplaba la casa e intentaba verla a través de los ojos de su mujer. Tenía que encantarle. Era una casa que decía «Bienvenidos», que decía «Familia», que decía «Aquí vive gente como es debido». Sin embargo, Linnie no levantó la vista hacia la casa, sino que fue directa a la parte trasera de la furgoneta, donde estaban las cajas.

—Olvídate de las cajas —le dijo Junior—. Enseguida las cogemos. Ven, quiero presentarte tu nueva casa.

Le puso la mano en la parte baja de la espalda para animarla a avanzar. Merrick le dio la otra mano a su padre y caminó a su lado mientras Redcliffe jugaba con un tractor de madera artesano del que tiraba con una cuerda.

—Ay, mira, se han dejado los muebles del porche —comentó Linnie.

—Ya te dije que lo harían —contestó él.

—¿Te han cobrado algo?

—No. Me dijeron que podía quedármelos gratis.

—Vaya, qué detalle.

Junior no pensaba mencionar el columpio. Quería esperar a que ella se percatara.

Llegó un momento en el que se preguntó si llegaría a percatarse (algunas veces, Linnie podía ser muy despistada), pero entonces se paró en seco, y él también se detuvo y la observó mientras su mujer contemplaba el columpio.

—Ay, ese columpio es una preciosidad, Junior.

—¿Te gusta?

—Entiendo que lo prefirieras al de hierro forjado.

Junior deslizó hacia arriba la mano que tenía en la espalda de su esposa para abrazarle la cintura, y la estrechó más contra su cuerpo.

—Es muchísimo más cómodo, te lo aseguro —dijo Junior.

—¿De qué color vas a pintarlo?

—¿Qué?

—¿Podemos pintarlo de azul?

—¡Azul! —exclamó él.

—Podría quedar bien en un azul medio, como… ay, no sé cómo se llama ese tono, pero es más oscuro que el azul celeste y más claro que el azul marino. Un azul intermedio, ¿sabes? Como… Me parece que lo llaman azul sueco. O… ¿existe el azul danés? No, puede que no. Mi tía Louise tenía un columpio en el porche del tipo de azul que me imagino para el nuestro; ya sabes, la esposa de mi tío Guy. Vivían en Spruce Pine, en una casita monísima. Hacían una pareja estupenda. Me habría encantado que mis padres fueran como ellos. Mis padres eran más, bueno, ya sabes; pero la tía Louise y el tío Guy eran tan cariñosos y extrovertidos…, les encantaba divertirse y no tenían hijos y yo siempre pensaba: «Ojalá me pidieran que fuera su hija». Y se sentaban juntos en el columpio del porche todas las noches de verano en las que hacía bueno, y era de un azul muy bonito. Puede que sea azul mediterráneo. ¿Existe el azul mediterráneo?

—Linnie Mae —le dijo Junior—. El columpio ya está pintado.

—¿Ah, sí?

—O por lo menos, barnizado. Está terminado. Así es como va a quedar.

—Ay, Junie, ¿no podemos pintarlo de azul? Creo que la mejor descripción que se me ocurre de ese azul es «azul celeste», pero me refiero al color del cielo de verdad, un cielo estival de un azul intenso. No azul clarito ni azul agua ni azul pastel, sino un tono, ¿cómo se dice…?

—Sueco —masculló Junior.

—¿Qué?

—Se llama azul sueco; lo has acertado a la primera. Lo sé porque todas las dichosas casas de Spruce Pine tenían muebles de un azul sueco en el porche. Parecía que fuese una norma municipal, por Dios. Era un color normal y corriente. Más que eso: era vulgar.

Linnie lo miraba boquiabierta, mientras Merrick le tiraba de la mano para obligarle a avanzar hacia la casa. Junior soltó los dedos que le había cogido la niña y echó a andar a grandes zancadas por el camino. Dejó a su familia atrás. Si Linnie decía una palabra más, estaba dispuesto a volver la cabeza y rugir como una especie de bestia enjaulada. Pero no dijo nada.

La tarea más importante que le quedaba por hacer antes de mudarse era añadir un porche en la parte posterior. Lo único que había ahora en esa fachada de la casa era una modesta escalera de cemento: una de las pocas batallas que los Brill le habían ganado a Junior, aunque les había repetido una y mil veces que su arquitecto no había dejado espacio para los cachivaches de la vida diaria: las botas para la nieve, el equipo de béisbol, los palos de hockey y los paraguas mojados.

Junior tenía la costumbre de chasquear la lengua cuando alguien mencionaba a los arquitectos.

Debido a la guerra, en esa época no tenía muchos empleados libres. Dos de sus hombres se habían alistado justo después del ataque a Pearl Harbor, y otro se había ido a trabajar a la fábrica naval de Sparrows Point, a los que se añadían dos más, a quienes habían llamado a filas. Así pues, lo que hizo Junior fue mandar a Dodd y Cary que pararan unos días la obra de Adams y se pusieran a construir la estructura del porche; después él terminó el resto. Solía ir a la casa por las tardes, al salir de trabajar, y aprovechaba las últimas horas de luz natural para las tareas de exterior. Una vez que anochecía, entraba en la parte cerrada del porche y continuaba trabajando a la luz de una bombilla que su electricista había instalado en el techo.

Le gustaba trabajar en solitario. Sospechaba que la mayoría de sus obreros —o por lo menos, los más jóvenes— lo consideraban serio e intimidante. No los sacaba de su error. Solían hablar entre sí de sus problemas con las mujeres e intercambiaban batallitas del fin de semana, pero en cuanto él se presentaba en la obra, se callaban, y Junior sonreía para sus adentros porque le hacía gracia lo poco que sabían de él. No obstante, era mejor que no lo descubrieran nunca. Todavía le gustaba realizar parte del trabajo manual; no se le caían los anillos por trabajar con las manos, si bien solía hacerlo en una habitación distinta que el resto; por ejemplo, se ponía a cortar rodapiés en una parte de la casa mientras los demás apuntalaban una extensión. Seguramente, cotilleaban, bromeaban y se tomaban el pelo unos a otros, pero Junior (que solía ser tan hablador) trabajaba en silencio. A menudo se le metía una cancioncilla en la cabeza, pero no siempre era la misma —para unas tareas era «You Are My Sunshine» y para otras, «Blueberry Hill», por ejemplo—, y sus movimientos seguían el ritmo de la canción. Una semana en que tuvieron que trabajar muchas horas para instalar una escalera complicada se le pegó sin querer la canción lenta «White Cliffs of Dover», y pensó que no terminaría nunca la tarea, porque avanzaba muy despacio y con movimientos apesadumbrados. Aunque al final la escalera quedó muy bien. Ay, no había nada como el placer del trabajo bien hecho: ver cómo una espiga de madera entraba a la perfección en una muesca, o cómo una cuña del tamaño idóneo, bien lijada y cepillada, si encajaba al milímetro en el lugar que le correspondía, podía lograr que no se notara una junta.

Un par de días después de llevar a Linnie a ver la casa, volvió a las cuatro de la tarde y aparcó en la parte de atrás. Sin embargo, mientras salía de la furgoneta vio algo que lo dejó clavado en el sitio.

El columpio del porche estaba apoyado junto al camino de entrada, sobre un plástico protector para pintura.

Y era azul.

Dios mío, un azul feísimo, un azul sueco aburrido, sin personalidad, anodino… El shock fue tan grande que por unos instantes se preguntó si no era una alucinación, si no estaba experimentando un flash visual tormentoso de su época de juventud. Emitió una especie de gemido. Cerró la puerta de la furgoneta de golpe y se dirigió al columpio. Azul, exacto. Se inclinó para poner el dedo en el reposabrazos y se le quedó pringoso, lo cual no le sorprendió porque, en cuanto se acercó, percibió el olor a pintura fresca.

Miró a su alrededor rápidamente, como si tuviera la impresión de que lo observaban. Alguien estaría agazapado en las sombras, observándolo y riéndose de él. Pero no, estaba solo.

Sacó la llave del bolsillo antes de darse cuenta de que la puerta trasera ya estaba abierta.

—¿Linnie? —la llamó.

Entró en la casa y se encontró a Dodd McDowell en el fregadero de la cocina, secando un pincel en un retal de tela manchado de pintura.

—¿Qué demonios crees que haces? —le preguntó Junior.

Dodd dio un respingo.

—¿Has pintado tú el columpio? —insistió Junior.

—Bueno, sí, Junior.

—¿Y por qué? ¿Quién te dijo que lo hicieras?

Dodd era un hombre muy pálido y calvo, con las cejas y las pestañas de un rubio casi blanco, pero en ese momento se puso rojo como un pimiento y sus ojos adoptaron un tono tan rosado que parecía a punto de echarse a llorar.

—Me lo mandó Linnie.

—¡Linnie!

—¿Usted no lo sabía?

—¿Dónde has visto a Linnie? —exigió saber Junior.

—Me llamó por teléfono anoche. Me preguntó si podía coger un cubo de pintura azul sueco de buena calidad y pintarle el columpio del porche. Pensaba que usted estaba al corriente.

—¿Pensabas que iba a remover cielo y tierra para conseguir madera de cerezo maciza, y dejarme un ojo de la cara para pagarla, que iba a poner a Eugene a barnizarla en un tono que combinara bien con el suelo del porche, para que luego tú lo embadurnaras de pintura azul?

—Bueno, cómo iba a saberlo. Pensé: cosas de mujeres. ¿Sabe?

Y Dodd extendió las manos, en las que todavía tenía el pincel y el retal.

Junior se obligó a respirar hondo.

—Exacto —dijo—. Cosas de mujeres. —Chasqueó la lengua y meneó la cabeza—. Las mujeres no tienen remedio. Pero, mira —le dijo Junior, y fue recuperando la compostura—, Dodd, a partir de ahora, las órdenes te las daré solo yo. ¿Entendido?

—Entendido, Junior. Lo siento mucho.

Dodd todavía parecía al borde de las lágrimas.

—Bueno, no pasa nada. Se puede arreglar. ¡Cosas de mujeres! —repitió, y soltó una carcajada.

Se dio la vuelta, salió al jardín y cerró la puerta. Solo necesitaba unos minutos para tranquilizarse del todo.

Ella era la ruina de su existencia. Era su losa colgada del cuello. Esa noche, allá por el año 1931, cuando fue a buscarla a la estación de tren y se la encontró esperándolo en la puerta —con su abrigo gris de costuras irregulares, demasiado fino para el invierno de Baltimore, con su sombrero de fieltro blando de ala ancha, tan pasado de moda que incluso Junior se había dado cuenta—, tuvo el incongruente pensamiento de que era como el moho en la madera. Crees que lo has extraído todo, pero un día descubres que ha reaparecido.

Se planteó incluso no ir a buscarla. Lo había llamado por teléfono a la casa de huéspedes en la que vivía, y cuando oyó ese aturdido «¿Junie?» (nadie más lo llamaba así) pronunciado en esa voz aguda y chillona, supo al instante quién era y su corazón se hundió como una piedra en el lago. Le entraron ganas de colgar de inmediato dando un trompazo con el auricular en el soporte. Pero estaba atrapado. La joven tenía el teléfono de su casera. A saber cómo lo había conseguido.

—¿Qué? —dijo él.

—¡Soy yo! ¡Soy Linnie Mae!

—¿Qué quieres?

—Estoy en Baltimore, ¿te lo puedes creer? ¡Estoy en la estación! ¿Podrías venir a buscarme?

—¿Para qué?

A eso siguió una breve pausa.

—¿Cómo que para qué? —repitió entonces ella.

Toda la emoción desapareció de su voz.

—Por favor, Junie, tengo miedo —le dijo—. Por aquí hay un montón de gente de color.

—La gente de color no te va a hacer daño —contestó Junior. (En su pueblo no había nadie de color.)—. Finge que no los ves.

—Pero ¿qué voy a hacer, Junior? ¿Cómo voy a encontrarte? Tienes que venir a buscarme.

No, no tenía que ir a buscarla. Ella no tenía el menor derecho sobre él. No había nada entre los dos. O mejor dicho, lo único que había entre los dos era la peor experiencia de su vida.

Sin embargo, ya empezaba a admitir ante sí mismo que no podía dejarla allí sin más. Era tan indefensa como un polluelo.

Además, empezaba a picarle la curiosidad por verla. Alguien de su pueblo. ¡Allí, en Baltimore!

La verdad era que no tenía muchos conocidos con quienes hablar en Baltimore. Terminó por ceder.

—Vale, entonces espérame —dijo al fin.

—¡Ay, date prisa, Junie!

—Espera fuera. Ve a la puerta principal y espera hasta que veas mi coche, ¿de acuerdo?

—¿Tienes coche?

—Claro —contestó Junior.

Intentó que pareciera lo más normal del mundo.

Volvió a su habitación a buscar la cazadora. Cuando bajó de nuevo, la casera abrió un ápice la puerta de la portería y asomó la cabeza. Tenía el pelo de un peculiar color dorado, con unos rizos que Junior era incapaz de entender: todos eran redondos y planos como un penique, aplastados contra las sienes.

—¿Va todo bien, señor Whitshank? —le preguntó.

—Sí, señora —contestó Junior.

Recorrió el vestíbulo en cuatro zancadas y se marchó.

En realidad, las pertenencias de Junior en esa época habrían cabido en una maleta de tamaño medio, y aún habría sobrado espacio, aunque sí tenía coche propio: un Essex de 1921. Se lo había comprado a otro carpintero por treinta y siete dólares cuando todos se habían quedado sin empleo con las vacas flacas. Había justificado el gasto alegando que un coche le ayudaría a buscar trabajo, y al final acabó siendo así, aunque no había contado con todas las reparaciones y problemas mecánicos. Mientras intentaba que el motor cobrara vida, se le pasó por la cabeza que podría haberle dicho a Linnie que tomara el tranvía. Pero sabía que eso la habría superado. La chica ignoraba cómo funcionaban los tranvías. Seguro que se habría equivocado. Ya le costaba imaginársela viajando sola en tren, porque Junior sabía que habría tenido que hacer transbordo en Washington, D.C., por no mencionar el montón de estaciones pequeñas por las que también habría tenido que pasar antes.

Junior vivía en el Mill District, al norte de la estación; en realidad, un buen trecho al norte. Para ir en dirección sur, atajó por el este hacia Saint Paul y después se coló entre las hileras de casas mal iluminadas. De vez en cuando se inclinaba sobre el parabrisas para limpiar el vaho que dejaba su respiración. Al cabo de un rato, llegó a la estación de tren y giró a la derecha, hacia la zona pavimentada que quedaba delante de sus imponentes columnas. Distinguió a Linnie de inmediato: la única persona que había fuera, con su rostro blanco y ansioso, que barría la calle de un lado a otro con la mirada. Sin embargo, no se paró a recogerla. Sin haberlo decidido de manera consciente, aceleró y siguió conduciendo. Volvió a girar a la derecha para tomar Charles Street y puso rumbo a la residencia; pero cuando llevaba menos de media manzana, empezó a imaginarse cómo habría relajado Linnie la frente al verlo, lo aliviada que se habría sentido, lo experimentado y desenvuelto que habría parecido él al llegar en su Essex rojo. Dio la vuelta de nuevo y pasó una vez más por delante de las imponentes columnas, si bien esta vez giró para entrar en el carril de recogida de pasajeros. Frenó hasta detenerse y la observó mientras agarraba la maleta de cartón y se apresuraba a abrir la puerta del copiloto.

—¿Acabas de pasar por delante? —le preguntó en cuanto se hubo sentado.

De un plumazo, Junior perdió toda su ventaja.

—Estaba a punto de irme a la cama —contestó él, y sin saber por qué, de pronto su voz sonó como un lamento—. Estoy medio dormido.

—Ay, pobre Junie, lo siento mucho —dijo ella.

Y se inclinó por encima de la maleta para darle un beso en la mejilla. Tenía los labios cálidos, pero olía a escarcha. Además, por debajo del olor frío desprendía otro olor, que él asoció a su pueblo natal: algo parecido al beicon frito. Se le cayó el alma a los pies.

No obstante, cuando volvió a encender el Essex y se puso a

cambiar de marcha, empezó a sentir que recuperaba el control de la situación.

—No sé por qué has venido —le dijo.

—¿No sabes por qué he venido? —repitió ella.

—Y no sé dónde voy a llevarte. No tengo dinero para alojarte en un hotel. A menos que tú tengas dinero.

Si era así, no pensaba decírselo.

—Vas a llevarme a casa contigo —le dijo.

—No, ni hablar. Mi casera solo alquila a hombres.

—Pero podrías colarme.

—¿Qué? ¿Colarte en mi habitación?

Ella asintió.

—Ni lo sueñes —contestó Junior.

Pero siguió conduciendo en dirección a la hospedería, porque no sabía qué otra cosa podía hacer.

Cuando llegaron a una intersección, Junior frenó y se volvió para mirarla. Cinco años, más o menos, y no había cambiado en absoluto, como si todavía tuviera trece años. Aún tenía la cara demasiado tirante, como si le faltara piel para cubrirla entera, y sus labios eran finos y sin color. Era como si se hubiera congelado en el tiempo el día que él se había marchado. No sabía cómo había podido encontrarla atractiva. Por supuesto, ella no averiguó qué pensaba Junior, porque sonrió, bajó la barbilla y lo miró de reojo.

—Me he puesto esos zapatos que te gustaban tanto —le dijo.

¿Qué zapatos podían ser? No recordaba ningún zapato de Linnie. Bajó la mirada hacia sus pies y vio unos zapatones oscuros de tacón con hebillas en el tobillo, tan grandotes y exagerados que sus espinillas parecían delgadas como tallos de trébol.

—¿Cómo has averiguado dónde estaba? —le preguntó Junior a la joven.

Ella dejó de sonreír. Se irguió en el asiento y colocó el bolsito de pie encima de las rodillas.

—Bueno —dijo, y asintió con la cabeza de manera rotunda.

(Junior se había olvidado de que solía hacer ese gesto. Un gesto que decía: «Manos a la obra». Decía: «Déjame a mí. Yo me encargo».)

—Hace cuatro días fue mi cumpleaños —le contó—. Ahora tengo dieciocho años.

—Felicidades —dijo él con apatía.

—¡Dieciocho, Junior! ¡Ya soy mayor de edad!

—La mayoría de edad es a los veintiuno —repuso él.

—Bueno, a lo mejor para votar, pero… Y ya tenía la maleta preparada; había ahorrado bastante dinero. Lo he ganado trabajando en la cosecha todos los otoños desde que te marchaste. Pero lo he llevado en secreto hasta cumplir los dieciocho, para que nadie pudiera impedírmelo. Entonces, al día siguiente de mi cumpleaños, le pedí a Martha Moffat que me llevara a la maderería de Parryville y pregunté a los trabajadores si podían decirme hacia dónde te habías marchado.

—¿Preguntaste a toda la cuadrilla? —preguntó incrédulo Junior, y ella volvió a asentir.

Se imaginaba perfectamente la estampa.

—Y hubo un tipo que me dijo que tal vez hubieras ido rumbo al norte. Me dijo que se acordaba de que habías llegado un día al almacén y habías preguntado si alguien sabía dónde estaba un carpintero al que llamaban Trifulca, porque se llamaba Trimble. Y te contaron que el tal Trifulca había ido a Baltimore, conque tal vez fuera allí donde habías ido tú, me dijo el tipo ese, para buscar trabajo. Así pues, le pedí a Martha que me llevara en coche a Mountain City y me compré un billete a Baltimore.

Junior se acordó de repente de esos dibujos animados en los que Bosko u otro personaje se cae por un acantilado y ni siquiera se da cuenta de que está en el espacio vacío. ¿Acaso Linnie no había calibrado los riesgos de su iniciativa? Junior podría haberse mudado a otra ciudad hacía años. Ahora podría estar viviendo en Chicago o en París.

De repente, le pareció una especie de fracaso el que no fuera así; el que siguiera en el mismo sitio, después de tanto tiempo. Y el que ella, en cierto modo, supiera que estaría.

—Ahora Martha Moffat se apellida Shuford —le contó Linnie—. ¿Sabías que Martha se ha casado? Pues se ha casado con Tommy Shuford, pero Mary Moffat, su hermana, sigue soltera, y se le nota que se siente herida. Se pone como loca cada vez que Martha hace algo, aunque sea una tontería. Pero claro, en realidad nunca se han llevado tan bien que cabría esperar.

—«Tan bien como» —rectificó Junior.

—¿Qué?

Desistió.

Ahora recorrían las calles del centro, donde los edificios estaban pegados unos a otros y los semáforos centelleaban, pero Linnie apenas miraba por la ventanilla. Junior creía que la ciudad la impresionaría más.

—Cuando me bajé del tren en Baltimore —comentó Linnie— fui directa a una cabina telefónica y te busqué en el listín, y como no te encontré, llamé a todos los Trimble que había. O mejor dicho, estaba dispuesta a llamarlos a todos, pero no me hizo falta, porque por suerte Trifulca ha resultado llamarse Dean, y era uno de los primeros nombres que salían por orden alfabético. Y me contó que tú también te habías puesto en contacto con él y te había dicho dónde podías encontrar trabajo, pero que no sabía si te habían contratado o no, ni podía decirme dónde vivías, a menos que siguieras en la casa de la señora Bess Davies, donde recalan muchos trabajadores cuando acaban de llegar al norte.

—Deberías ir a la agencia Pinkerton. Seguro que te dan trabajo de detective —le dijo Junior.

No le gustó enterarse de lo fácil que había sido encontrarlo.

—Me preocupaba que hubieras cambiado de dirección, que hubieras encontrado un piso para ti solo o algo así.

Junior frunció el entrecejo.

—Estamos en la Gran Depresión —se defendió—. ¿O no te has enterado?

—No me importa que vivas en una casa de huéspedes —dijo Linnie, y le dio unas palmaditas en el brazo.

Junior se apartó, y Linnie permaneció callada un rato.

Cuando llegaron a la calle de la residencia de la señora Davies, Junior aparcó a cierta distancia del edificio, en el extremo más oscuro de la calle. No quería que los viera nadie.

—¿Te alegras de que haya venido? —le preguntó Linnie.

Junior apagó el motor.

—Linnie…

—Por el amor de Dios, ¡no hace falta que lo hablemos todo ahora mismo! —exclamó Linnie—. Ay, Junior, ¡cuánto te he echado de menos! No he mirado ni a un solo chico más desde que te marchaste.

—Tenías trece años —dijo Junior.

Con eso quería decir: «¿Has pasado todos estos años, desde que tenías trece años, sin un solo novio?».

Pero Linnie, que no entendió el comentario implícito, le sonrió de oreja a oreja.

—Ya lo sé —contestó.

Le cogió la mano derecha, que Junior tenía apoyada en el cambio de marchas, y la apretó entre las suyas. Linnie tenía las manos cálidas a pesar del frío de la noche, así que debió de notar fría la de él.

—Manos frías, corazón caliente —le dijo. Y luego añadió—: Bueno, pues aquí estoy, a punto de pasar mi primera noche completa contigo. La primera de toda mi vida.

Parecía que diera por hecho que al final había decidido colarla en la casa de huéspedes.

—La primera y la última —le dijo él—. Porque mañana vas a buscarte otro sitio donde dormir. Ya corremos bastantes riesgos así; si la señora Davies te pillara, nos pondría a los dos de patitas en la calle.

—No me importaría —dijo Linnie—. Por lo menos, si estuviera contigo. Sería romántico.

Junior retiró la mano y salió del coche.

Cuando llegaron al pie de las escaleras, la hizo esperar, y abrió la puerta principal con cautela para asegurarse de que no estaba la señora Davies antes de indicarle a Linnie que entrase. Cada vez que Linnie hacía crujir las escaleras al subir, Junior se detenía un instante, aterrorizado, pero lo consiguieron. Al llegar a la tercera planta —la planta de los criados, se imaginaba siempre Junior, debido al reducido tamaño de las habitaciones y los techos bajos e inclinados— señaló con la barbilla una puerta entreabierta y susurró: «El baño», porque no quería que ella entrara y saliera del dormitorio en plena noche. Linnie se despidió de él moviendo los dedos y desapareció en el cuarto de baño, mientras él seguía andando con la maleta. Dejó la puerta de la habitación abierta un par de dedos, de modo que la luz se colaba e iluminaba los tablones del suelo, hasta que Linnie entró y la cerró por completo. Sujetaba el sombrero en una mano y Junior se fijó en que tenía el pelo húmedo en las sienes. Lo llevaba más corto que cuando se habían conocido. Antes la melena le caía por la espalda, pero ahora la llevaba cortita, alineada con la mandíbula. A Linnie le faltaba el aliento y soltaba risitas nerviosas.

—No tenía jabón ni toalla ni nada —comentó.

Aunque lo dijo en un susurro, fue un susurro alto y claro, así que él la reprendió.

—Chist.

En su ausencia, Junior se había desnudado y se había quedado en calzones largos. Había un sillón pequeño y de líneas cuadradas en un rincón, con una otomana que no hacía juego enfrente —los únicos muebles aparte de un catre estrecho y un escritorio de dos cajones—, y Junior se acomodó en la otomana lo mejor que pudo y se abrigó con la chaqueta de invierno a modo de manta. Linnie se plantó en el centro de la habitación y lo observó boquiabierta.

—¿Junie?

—Estoy cansado —dijo él—. Mañana tengo que trabajar.

Y volvió la cabeza para apartar la mirada de ella. Cerró los ojos.

Durante unos minutos Junior no oyó movimiento alguno. Después, oyó el roce de la ropa de Linnie, el clic de los dos cierres de la maleta, más sonidos de tela. Luego el roce más audible del

11

Esto es lo que Linnie había hecho mal.

Bueno, para empezar no le había dicho qué edad tenía. La primera vez que la había visto, estaba sentada en la manta del picnic con las hermanas Moffat, Mary y Martha, ambas en el último curso del instituto, y Junior dio por hecho que Linnie era de la misma edad. Qué tonto había sido. Tendría que haberse dado cuenta por su cara limpia y sin maquillaje, por el pelo que le caía suelto por la espalda, por el evidente orgullo que sentía al verse recién desarrollada: orgullosa sobre todo de su pecho, que se tocaba subrepticiamente de vez en cuando, como si comprobara que seguía allí. Pero tenía tanto pecho que tensaba el corpiño de su vestido de topos, y llevaba unas sandalias blancas de tacón. ¿Tan sorprendente era que hubiese pensado que era mayor? Nadie de trece años que Junior conociera llevaba sandalias de tacón.

Había ido al picnic con Tillie Gouge, aunque solo porque ella se lo había pedido. No se sentía vinculado a esa chica. Cogió una galleta trenzada de melaza de la mesa con la comida y se acercó a Linnie Mae. Se inclinó hacia delante (un gesto que debió de parecer una reverencia) y le ofreció la galleta.

—Para ti —le dijo.

Linnie levantó los ojos, que resultaron ser del azul casi transparente de las jarras Mason.

—¡Ah! —exclamó la chica.

Se ruborizó y la aceptó. Las hermanas Moffat se pusieron en alerta y se sentaron muy erguidas para no perderse detalle de lo que pudiera ocurrir a continuación, pero Linnie se limitó a bajar las pestañas finas y pálidas y mordisqueó una puntita de la galleta. Luego se lamió los dedos uno por uno. Junior también tenía los dedos pringosos de la melaza —tendría que haber escogido una galleta de jengibre—, así que se los limpió en el pañuelo que sacó del bolsillo, pero lo hizo sin despegar los ojos de ella. Cuando terminó, le ofreció el pañuelo. Linnie lo aceptó sin establecer contacto visual, se secó los dedos y se lo devolvió y entonces mordió otro pedacito de galleta.

—¿Eres de la iglesia baptista de Whence? —le preguntó.

(Porque era un picnic de la parroquia, en honor de la Virgen de Mayo.)

Ella asintió mientras masticaba a conciencia, con la mirada baja.

—Nunca te había visto por aquí —le dijo—. ¿Por qué no me enseñas el lugar?

Ella volvió a asentir, y por un momento pareció que ahí se acabaría todo, pero entonces se levantó con torpeza, casi dando un traspiés (se había sentado sobre el bajo del vestido y se le enganchó en uno de los tacones) y se puso a andar junto a él, sin atreverse a mirar ni una sola vez a las gemelas Moffat. Seguía comiendo la galleta. En el punto en el que el jardín de la iglesia confluía con el cementerio, se detuvo y se cambió la galleta de mano. Volvió a lamerse los dedos. Una vez más, él le ofreció el pañuelo, y una vez más, ella lo aceptó. Junior pensó, con cierta gracia, que el ritual podía seguir eternamente, pero cuando Linnie acabó de limpiarse los dedos, envolvió la galleta en el pañuelo y después lo dobló con sumo cuidado, como si estuviera envolviendo un regalo, y se lo dio a Junior. Él se lo metió en el bolsillo izquierdo y continuaron paseando.

Ahora que volvía a recordar la escena, le daba la impresión de que todos los detalles, todos los gestos, le gritaban «¡Trece!». Pero juraba que en aquella época ni siquiera se le pasó por la cabeza. No era un asaltacunas.

No obstante, tenía que admitir que el momento en el que se había fijado en ella había sido cuando la muchacha se había tocado el pecho. En el contexto le había parecido seductor, aunque ahora que lo pensaba mejor, suponía que podía interpretarse simplemente como un gesto infantil. Quizá lo único que hacía Linnie era maravillarse ante su existencia recién estrenada.

Ella se abría paso por el cementerio delante de él, y sus tobillos huesudos bailaban en los zapatos de tacón. Señaló las lápidas de los padres de su padre: Jonas Inman y Loretta Carroll Inman. Así pues, era del linaje de los Inman, una familia famosa por su altanería.

—¿Cómo te llamas? —le preguntó Junior.

—Linnie Mae —respondió la chica, y volvió a ruborizarse.

—Bueno, yo soy Junior Whitshank.

—Ya lo sé.

Se preguntó cómo podía saberlo, qué podían haberle contado de él.

—Dime, Linnie Mae, ¿podría entrar en esta iglesia tuya?

—Si quieres —dijo ella.

Se dieron la vuelta y dejaron atrás el cementerio, cruzaron un patio de tierra compacta y subieron los peldaños para entrar en la casa del Señor. El interior era una única estancia de luz tenue con paredes oscurecidas por el humo y una capilla panzuda; las pocas filas de bancos de madera que había miraban una mesa decorada con un tapete. Se detuvieron en el umbral de la puerta; no había nada más que ver.

—¿Eres religiosa? —le preguntó a Linnie.

Ella se encogió de hombros.

—No mucho.

La respuesta provocó un momento de incomodidad, porque no era lo que Junior esperaba oír. Desde luego, era una chica más complicada de lo que había pensado al verla. Sonrió.

—Una chica como a mí me gustan —dijo él.

De repente, ella lo miró a los ojos con mucha intensidad. La palidez de sus pupilas volvió a abrumarlo.

—Bueno, supongo que debería ir a hacer un poco de caso a la muchacha con la que he venido —dijo, medio en broma—. Pero si quieres, podría llevarte al cine mañana por la tarde.

—De acuerdo —contestó ella.

—¿Dónde vives exactamente?

—Podemos quedar en la puerta de la droguería.

—Ah —dijo Junior.

Se preguntó si le daba vergüenza presentarle a su familia. Luego decidió no darle más vueltas al asunto.

—¿A las siete en punto? —propuso Junior.

—Muy bien.

Volvieron a salir a la luz del sol, y sin mirarlo más Linnie lo dejó en los peldaños de la iglesia y se marchó al encuentro de las gemelas Moffat. Por supuesto, las hermanas estaban observándolos, atentas como gorriones, con sus caritas afiladas en dirección a donde estaban Junior y Linnie.

Hacía tres semanas que se veían cuando el tema de la edad de Linnie salió a colación. No era que ella hubiera decidido confesársela, sino que una noche, por casualidad, mencionó que su hermano mayor iba a celebrar al día siguiente que terminaba la secundaria.

—¿Tu hermano mayor? —le preguntó Junior.

Al principio ella no lo pilló. Empezó a contarle que su hermano menor era listo como un zorro, pero que su hermano mayor no, y que les había suplicado a sus padres que le permitieran dejar de estudiar ya en lugar de tener que ir al instituto de Mountain City, que era lo que sus padres esperaban que hiciera.

—Nunca se le han dado bien los libros —comentó la chica—. Prefiere ir a cazar y esas cosas.

—¿Cuántos años tiene? —le preguntó Junior.

—¿Qué? Catorce.

—Catorce —repitió Junior.

—Ajá.

—¿Y cuántos tienes tú? —le preguntó entonces Junior.

En ese preciso momento fue cuando Linnie se dio cuenta. Se ruborizó e intentó enmendarlo a la desesperada.

—A ver, me refiero a que es mayor que mi otro hermano.

—¿Cuántos años tienes? —volvió a preguntarle Junior.

Ella levantó la barbilla.

—Trece.

Junior se sintió como si le hubieran dado una patada en el estómago.

—¡Trece! —exclamó—. Pero si solo… ¡Si apenas tienes la mitad de años que yo!

—Pero soy muy madura para los trece —dijo Linnie.

—¡Por el amor de Dios, Linnie Mae!

Porque a esas alturas, ya lo habían hecho. Llevaban haciéndolo desde la tercera cita. Ya no iban al cine, ni a comer helado, y desde luego no quedaban con amigos. (Además, ¿con qué amigos habrían podido ir?) Se limitaban a ir al río en la furgoneta del cuñado de Junior y extendían una manta vieja de cualquier manera debajo de un árbol, para luego abalanzarse el uno sobre el otro y deshacerse en besos y abrazos. Una noche se puso a llover a cántaros, y ni siquiera eso los detuvo ni un instante; después de terminar se tumbaron boca arriba con los brazos abiertos y dejaron que la lluvia les llenara la boca de agua. Sin embargo, no era que él la hubiese embaucado. Había sido Linnie la que había dado el primer paso. Una noche, mientras estaban en la furgoneta aparcada, se separó un momento de él y, temblando, se desabrochó con urgencia los botones delanteros del vestido.

Podían arrestarlo.

Su padre cultivaba cebada y era dueño de la tierra que trabajaba. Su madre provenía de Virginia; todo el mundo sabía que los habitantes de Virginia pensaban que eran mejores que nadie. Llamarían al sheriff para que lo arrestara sin pensarlo dos veces. Ay, qué boba había sido Linnie, tan descerebrada que lo sacaba de quicio. ¡Cómo había podido quedar con él en la droguería, en medio de su pueblo, con un vestido elegante y los zapatos de tacón! Junior vivía cerca de Parryville, a siete u ocho millas de allí, así que tal vez ninguno de sus conocidos los hubiera visto en Yarrow, pero a nadie se le habría pasado por alto que él era un adulto, que solía ir con ropa desaliñada y unas botas de trabajo viejas, con barba de tres días, y a la gente no le costaría mucho averiguar cómo se llamaba y seguirle la pista.

—¿Le has hablado a alguien de lo nuestro? —le preguntó a Linnie.

—No, Junior. Te lo juro.

—¿Ni siquiera a las gemelas Moffat ni a nadie?

—A nadie.

—Porque podrían meterme entre rejas, Linnie.

—No se lo contado ni a un alma.

Tomó la decisión de dejar de verla, aunque no se lo dijo en ese momento, porque se habría puesto a llorar y le habría suplicado que cambiase de opinión. Había algo que le asfixiaba un poco de Linnie. Se pasaba el día hablando de ese gran romance que vivían, y le decía que lo amaba, a pesar de que él nunca mencionaba el amor, y le preguntaba continuamente si pensaba que tal o cual chica era más guapa que ella. Junior suponía que se debía a que todo era muy nuevo para ella. Por Dios, se había acostado con una niña. No podía creer que hubiese estado tan ciego.

Doblaron la manta y se metieron en la furgoneta. Junior la llevó al pueblo, pero no dijo ni una sola palabra, a pesar de que Linnie Mae parloteó sin cesar sobre la inminente fiesta de graduación de su hermano. Cuando llegaron a la puerta de la droguería, le anunció que no podría quedar con ella la noche siguiente porque le había prometido a su padre que lo ayudaría con un encargo de carpintería. A Linnie no pareció extrañarle que tuvieran que realizar tareas de carpintería por la noche.

—¿Y qué tal la noche siguiente? —preguntó.

—Ya veremos.

—Pero ¿cómo voy a saberlo?

—Ya te avisaré cuando esté libre —contestó Junior.

—¡Te voy a echar muchísimo de menos, Junior!

Y se arrojó sobre él para abrazarle el cuello, pero él le apartó los brazos.

—Será mejor que te vayas. Vamos.

Por supuesto, Junior no la avisó. (No sabía cómo pensaba Linnie que se pondría en contacto con ella, si le había dicho que no podían contarle lo suyo a nadie más.) Procuró no salir de su terreno: dos acres de arcilla roja en las afueras de Parryville rodeadas por una valla en zigzag, con una cabaña de tres habitaciones que compartía con su padre y el último hermano soltero que le quedaba.

Al final resultó que los tres sí tuvieron trabajo esa semana, pues les mandaron sustituir el tejadillo de un cobertizo de una señora de la misma calle. Se montaban en el carro a primera hora de la mañana, con una lata de suero de leche y un pedazo de torta de maíz para el almuerzo, soltaban la mula en los pastos de la señora Honeycutt y se subían al tejado, donde se pasaban todo el día trabajando a pleno sol. Por la tarde, Junior estaba tan agotado que le costaba verdaderos esfuerzos obligarse a cenar. (Su hermano Jimmy se encargaba de cocinar desde que había muerto su madre: se limitaba a freír cualquier carne que acabaran de cazar, con un dado de manteca de cerdo que esperaba eternamente en la sartén que había en la cocina de leña.) A las ocho o las ocho y media se metían en la cama, horario de trabajador. Hicieron lo mismo tres días seguidos, y Junior no pensó más que un par de veces en Linnie Mae. Una vez, Jimmy le preguntó si le apetecía ir al pueblo después de cenar para ver si ligaban y Junior le dijo que no, pero no fue por Linnie, sino porque estaba molido.

Después de terminar con el tejadillo, no tenían nada más en perspectiva. Junior se pasó el día siguiente en casa, pero se aburría como una ostra y su padre estaba de mal genio, así que se planteó bajar a la maderería a la mañana siguiente para pedir trabajo. Ya estaban acostumbrados a verlo entrar y salir; normalmente les venía bien que les echara una mano.

Estaba sentado en el escalón de la entrada con los perros, fumando —el atardecer todavía se hallaba en ese punto en el que el cielo es transparente, y las luciérnagas empezaban a aparecer y desaparecer por el jardín—, cuando un coche que no conocía se acercó, un Chevrolet destartalado que conducía un tipo con una gorra de la tienda de piensos. Y entonces una chica salió de un salto por la puerta del copiloto y se dirigió hacia él.

—Hey, hola, Junior.

Una de las gemelas Moffat.

Los perros levantaron la cabeza, pero enseguida volvieron a apoyar el morro en las pezuñas.

—Hey, hola —le devolvió el saludo.

No dijo el nombre porque no sabía cuál de las dos gemelas era. La chica le dio un papelito, que él desdobló, aunque le costaba leerlo con la escasa luz del atardecer.

—¿Qué es esto? —le preguntó.

—Es de Linnie Mae.

Acercó la nota a la tenue luz que salía por la puerta mosquitera.

«Junior, tengo que hablar contigo —leyó —. Deja que las hermanas Moffat te lleven a mi casa.»

Notó un nudo de hielo que le oprimía el pecho. Cuando una chica decía que tenía que hablar… Ay, Dios. Parte de él ya empezaba a calibrar hacia dónde huir, cómo fugarse antes de que le diera la noticia que lo atraparía de por vida.

—¿Vienes? —le preguntó la hermana Moffat.

—¿Qué? ¿Ahora?

—Ahora —contestó la chica—. Te llevamos con el coche.

Se puso de pie y apagó el cigarrillo.

—Bueno, vale.

La siguió hasta el vehículo. Era un coche cerrado con cuatro puertas. La chica se sentó delante y le dijo que fuera detrás con su hermana gemela.

—Hola, Junior —le dijo esta.

—Hola —saludó él.

—¿Conoces a nuestro hermano Freddy?

—Hola, Freddy.

No recordaba haberlo visto antes. Freddy se limitó a gruñir a modo de respuesta y luego cambió de marcha. Salió del terreno y tomó la Seven Mile Road.

Junior sabía que se esperaba que les diera conversación, pero en lo único en que podía pensar era en lo que le comunicaría Linnie y en lo que él haría al respecto. ¿Qué podía hacer? No era tan cabrón como para fingir que no había sido él. Aunque se le pasó por la cabeza.

—Los padres de Linnie dan una fiesta en honor de Clifford esta noche —dijo la primera gemela.

—¿Quién es Clifford?

—Clifford es su hermano. Ha terminado la secundaria.

—Ah.

Le parecía casi divertido que montaran semejante tinglado solo por la secundaria. Cuando él había terminado la enseñanza obligatoria, el gran revuelo en su casa fue por qué diantres se le había metido en la cabeza ir al instituto después. Su padre tenía pensado ponerlo a trabajar, mientras que Junior creía que aún había cosas que no había aprendido.

Era imposible que Linnie esperara que él fuese a la fiesta, ¿verdad? Ni siquiera ella podía ser tan tonta.

Sin embargo, la gemela lo sacó de dudas.

—Así le será más fácil escabullirse de casa, porque habrá muchos familiares rondando por allí. No se darán cuenta de que se ha ido.

—Ah —contestó aliviado.

Daba la impresión de que con eso se les habían agotado los temas de conversación.

Atajaron por Sawyer Road en lugar de seguir recto hasta Yarrow, de modo que Junior supuso que la granja de los Inman debía de quedar al norte de la localidad. El olor a estiércol fresco empezó a colarse por la ventanilla abierta. Sawyer Road era de gravilla, y cada vez que el Chevrolet pillaba un bache, los faros delanteros parpadeaban y amenazaban con apagarse. Lo ponían nervioso. Jolín, todo lo ponía nervioso.

Se preguntó si sería una emboscada, si tendrían al sheriff preparado esperándolo en la casa. El sheriff no veía a Junior con buenos ojos. De niño había estado a punto de causar un accidente cuando iba con unos amigos en el remolque de un carro y habían indicado al coche que tenían detrás que podía pasar. Y a lo largo de los años se habían producido unos cuantos altercados más.

Freddy giró a la izquierda en el punto en que Sawyer Road moría en Pee Creek Road, que estaba asfaltada y resultaba mucho más fácil de circular. Al cabo de unos minutos el coche giró a la derecha y entró en un camino de tierra. A Junior la casa le pareció grande. Estaba pintada de blanco o de un gris muy claro, y tenía todas las luces encendidas. Había unos cuantos coches y furgonetas aparcados en distintas direcciones en el retazo de hierba que había delante. No obstante, Freddy condujo hasta la parte posterior de la casa, donde Junior distinguió las siluetas de diversos cobertizos y graneros oscuros.

—Ya hemos llegado —dijo la primera gemela.

Una sombra se alejó del granero más cercano a ellos y se convirtió en Linnie. Vestía algo de color pálido. Conforme la chica se acercaba al vehículo, Junior les preguntó a los hermanos Moffat:

—Me esperaréis, ¿no?

Antes de que pudieran contestar, Linnie se aproximó a su ventanilla y le susurró:

—¿Junior?

—Hola —respondió él.

Linnie se inclinó para acercarse a él, aunque no pensaría que Junior se iba a atrever a hacerle una carantoña delante de esa gente, ¿verdad? La apartó abriendo la puerta y la obligó a retroceder.

—Esperadme aquí, ¿eh? —les dijo a los hermanos Moffat—. Alguien tendrá que llevarme a casa.

—Gracias, Freddy —dijo Linnie—. Hey, hola, Martha; hola, Mary.

—Hola, Linnie —dijeron las gemelas a coro.

Junior salió del coche y cerró la puerta. De inmediato, Freddy puso la marcha atrás y empezó a retroceder.

—¿Adónde van? —le preguntó Junior a Linnie.

—Eh, pues no sé, por ahí.

—¿Cómo voy a regresar a casa?

—¡Ya volverán! Ven.

Lo cogió de la mano y lo condujo al granero del que acababa de salir ella. Junior se resistió.

—No me quedaré ni un minuto —dijo él—. Tendrían que haberme esperado.

—Vamos, Junior. ¡Podría verte alguien!

Se rindió y la siguió al interior del granero, que quedó a oscuras, negro como la boca del lobo, en cuanto ella cerró la puerta.

—Subamos al altillo —le susurró.

Pero a él le olía a chamusquina. En el altillo podían acorralarlo.

—Podemos hablar aquí abajo —le dijo—. No puedo quedarme mucho rato. Tengo que volver a casa. ¿Estás segura de que los Moffat vendrán a buscarme? ¿Por qué les has contado lo nuestro? Me juraste que no se lo contarías ni a un alma.

—¡Y no lo he hecho! Solo a las gemelas. Les parece romántico. Se alegran mucho por nosotros.

—Santo Dios, Linnie.

—Subamos al altillo, lo digo en serio. Allí estaremos mucho más cómodos. Hay heno.

Junior hizo caso omiso de las palabras de Linnie y se dirigió a la parte posterior del granero. Los tablones del suelo, cubiertos de paja, crujían al andar.

—No sé por qué estás tan esquivo.

Linnie avanzó a tientas en la oscuridad, tocó algo y tiró de una cuerda, y la bombilla que había en el techo se encendió. A Junior le dolían los ojos. Esa gente tenía electricidad incluso en los edificios anexos. Vio que estaba junto a un arado oxidado. En el rincón había un pequeño montículo de heno prensado. El rostro de Linnie parecía arrugado a causa de la repentina iluminación, y Junior supuso que el suyo estaría igual. Llevaba un vestido con el escote demasiado pronunciado. Le sorprendió que su madre la hubiese dejado ponérselo; Linnie siempre insistía en que su madre era estricta. Notó los montículos de sus senos que se hinchaban y destacaban en medio de la tela, pero no le afectó. Sacó los Camel del bolsillo de la camisa.

—¿De qué quieres que hablemos? —le preguntó.

—¡No puedes fumar aquí dentro!

Guardó los Camel.

—Vamos, dilo de una vez —le instó Junior.

—¿Decir el qué?

—Dime por qué me has traído aquí.

Ella se irguió.

—Junior, ya sé por qué has dejado de quedar conmigo. Piensas que soy demasiado joven para ti.

—¿Qué? Espera.

—Pero la edad no es más que una fecha en el calendario. Eres injusto conmigo. Vas en contra de algo que no puedo evitar. Y sabes perfectamente que soy una mujer. ¿Acaso no me he comportado como una mujer? ¿No te parezco una mujer cuando me tocas?

Le cogió una de las manos y la colocó sobre el escote, donde empezaba el canalillo.

—¿Eso es lo que querías decirme? —le preguntó.

—Quiero decirte que eres estrecho de miras.

—Ostras, Linnie. ¿No estarás metida en un lío?

—¿En un lío? ¡No!

Junior no sabía por qué ella se escandalizaba tanto ante su pregunta; no siempre habían tomado precauciones. Pero sintió que le quitaban semejante peso de encima que se echó a reír a carcajadas, y entonces se inclinó para besarla en los labios y deslizó la mano por el escote, por dentro, donde parecía que no llevara sujetador, aunque desde luego tenía motivos de sobra para llevarlo. La tocó y Linnie soltó un gemido, así que avanzó con ella de espaldas hacia un rincón del granero y la tumbó sobre el heno, sin separar los labios de los de la chica ni una sola vez. Se quitó las botas sin saber cómo. Se liberó del peto y de los calzones con un solo movimiento. Linnie se esforzaba por quitarse la braga a toda prisa, y justo cuando él levantó la mano para ayudarla oyó... No fueron palabras sino una especie de bufido, como el resoplido de un toro. Y luego:

—¡Santo Dios Todopoderoso!

Rodó por el heno y se incorporó como pudo. Un hombrecillo escuálido avanzaba hacia él para embestirlo con las manos extendidas, pero Junior se apartó. El hombre aterrizó contra el arado y se puso de pie a toda prisa.

—¡Clifford! —rugió—. ¡Brandon!

Junior tenía la confusa impresión de que el hombre decía nombres al tuntún para ver si acertaba el suyo, pero entonces, desde la casa, oyó otra voz.

—¿Papi?

—¡Salid ahora mismo! ¡Traed una pistola!

—Papá, espera, no lo entiendes —dijo Linnie.

Sin embargo, su padre estaba demasiado ocupado intentando estrangular a Junior con sus propias manos para escucharla. Junior pensaba que por lo menos debería dejarle ponerse los calzones; estaba en situación de desventaja. Consiguió zafarse de los dedos del señor Inman con poca dificultad, pero cuando dio un brinco hacia donde estaba su ropa, el hombre volvió a atraparlo. Y entonces:

—¡Quieto! —gritó alguien.

Junior se dio la vuelta y se encontró con dos muchachos en el vano de la puerta que le apuntaban con sendos Winchester.

Se quedó quieto.

—Pásamelo —ordenó el señor Inman a uno de ellos, y el menor de sus hijos se acercó y le entregó el rifle.

El señor Inman retrocedió lo justo para poner la longitud del rifle entre Junior y él, y quitó el seguro del arma.

—Date la vuelta —le dijo al joven.

Junior se dio la vuelta, de modo que quedó de cara a los dos chicos, quienes parecían más curiosos que enfadados. Tenían la mirada fija en su entrepierna. Junior notó el círculo perfecto y frío de la boca del rifle en el centro de la nuca. El arma lo empujó.

—Avanza —le mandó el señor Inman.

—Bueno, si me deja un momento para...

—¡Avanza!

—Señor, ¿podría recoger la ropa por lo menos?

—No, no puedes recoger la ropa. ¡Que si puede recoger la ropa! Vete y punto. Sal de mi granero, sal de mi terreno y sal de este estado, ¿me oyes? Porque si no estás a dos estados de aquí cuando amanezca, te denunciaré y el peso de la ley caerá sobre ti, lo juro por Dios. Me estoy planteando denunciarte igualmente, pero no quiero que la deshonra caiga sobre mi familia.

—Pero, papi, está medio en cueros —dijo Linnie.

—Tú calla —le ordenó el señor Inman.

Apuntaló aún más el cañón del arma en la nuca de Junior, que avanzó a trompicones. Miró por última vez a la desesperada el bulto de ropa que seguía en el heno. La puntera de una bota asomaba por debajo de las prendas.

El jardín estaba oscuro, aunque la bombilla que había encima de la puerta posterior de la casa lo iluminó a la perfección; lo supo porque las personas que se habían congregado en los peldaños de entrada suspiraron y murmuraron: mujeres, un par de hombres y una tropa de niños de todas las edades, con los ojos como platos; los más pequeños se daban codazos entre sí.

Fue una bendición salir del haz luminoso y entrar en la negrura aterciopelada y profunda que había a continuación. Tras darle un último empujón con el rifle, el señor Inman se detuvo y dejó que Junior continuara caminando solo.

No había andado descalzo desde que estaba en primaria. Los guijarros y las ramas secas le hacían ver las estrellas.

Junto al terreno de los Inman estaba el bosque, uno de esos bosques llenos de maleza espesa y zarzas que le arañaban la piel desnuda, pero era mejor que la carretera abierta, donde las luces de los faros podían hacerlo destacar en cualquier momento. Localizó un árbol de tamaño intermedio detrás del cual pudo esconderse, lo bastante cerca del terreno para seguir viendo las ventanas iluminadas de los Inman a través del sotobosque. Confiaba en que Linnie Mae se presentara en algún momento con su ropa.

Los mosquitos le zumbaban en los oídos y las ranas de zarzal croaban. Cambió el peso de un pie a otro y sacudió algo con alas, una polilla. Su corazón empezó a recuperar un ritmo normal.

Linnie no apareció. Supuso que debían de haberla retenido.

Al cabo de un rato, se quitó la camisa y se ató las mangas alrededor de la cintura, con el cuerpo de la camisa colgando por delante, igual que un delantal. Luego salió de detrás del árbol y se dirigió a la carretera. El arcén tenía piedras, así que prefirió caminar por el asfalto, que era más liso y todavía mantenía parte del calor después de toda la jornada al sol. A cada paso que daba, aguzaba el oído por si oía llegar un coche. Si era el coche de los Moffat, tendría que bracear para que parase. Ya se imaginaba la estampa de las gemelas riéndose a hurtadillas al verlo.

En un momento dado, oyó un leve murmullo por delante y vio una especie de haz radiante en el horizonte. Volvió a esconderse en los arbustos por si acaso y se mantuvo alerta, pero la carretera siguió vacía y el resplandor se apagó. Quienfuera que fuese, debía de haber atajado por algún camino. Volvió a salir a la carretera.

Si al final los Moffat regresaban, ¿sería capaz de reconocer su coche a tiempo? ¿O confundiría su coche con otro y lo pillarían unos desconocidos sin calzoncillos?

Era el tipo de mal trago del que se reían los hombres con los que trabajaba, el tema de los típicos chistes, si bien cuando intentaba imaginarse a sí mismo contándoselo a alguien, a quien fuese, no podía. Para empezar, la chica tenía trece años. Eso bastaba para que la situación adoptara un cariz muy distinto.

Tardó tanto en llegar a Sawyer Road que empezó a temer que hubiera pasado de largo. Habría jurado que quedaba más cerca. Cruzó al otro lado de la calzada para asegurarse de que no se la saltaba, aunque en esa parte los campos estaban más despejados y sería más fácil que lo descubrieran. Oyó un revoloteo sobre su cabeza y después el ulular de un búho. Por alguna extraña razón, eso lo reconfortó.

Mucho, mucho más tarde de lo que esperaba, se topó con la estrecha franja pálida que era Sawyer Road y tomó ese camino. La gravilla era una tortura, pero había dejado de molestarse en caminar con cuidado para no hacerse daño. Ahora pisaba con fuerza, con obstinación, con un placer peculiar al pensar que debía de tener las plantas de los pies hechas trizas.

Confiaba en que Linnie hubiese encontrado la manera de salir de la casa y estuviera plantada en el terreno de su padre gritando: «¿Junior? ¿Junior?» y retorciéndose las manos. Que tuviera buena suerte, porque no lo vería ni en pintura en lo que le quedaba de vida. Si por lo menos no hubiera hecho notar que lo habían pillado sin pantalones, tal vez habría sido capaz de perdonarla, pero no: «¡Papi, está medio en cueros!», había dicho, y ahora cualquier sentimiento que hubiera podido tener hacia ella estaba muerto y enterrado.

Ignoraba qué hora era cuando por fin llegó a Seven Mile Road. Andaba por el centro mismo de la calzada, donde el asfalto estaba más liso, pero a esas alturas tenía los pies tan destrozados que incluso eso era una tortura.

Cuando llegó a casa el cielo ya empezaba a clarear, o quizá era simplemente que se había convertido en una especie de animal con visión nocturna. Apartó con el pie un perro dormido, abrió la puerta mosquitera y entró en la oscuridad cerrada y húmeda, se oían unos ronquidos. Una vez en el dormitorio, se soltó la camisa que llevaba atada a la cintura y anduvo a tientas hasta la cómoda, de donde sacó unos calzones. Cuando se los puso experimentó la sensación más dulce del mundo. Se hundió en las sábanas arrugadas junto a Jimmy y cerró los ojos.

Sin embargo, no pudo dormir. Claro que no. Durante toda la caminata hasta casa se moría de ganas de dormir, pero ahora estaba despierto y despejado, y rememoraba vívidos flashes del pasado. Los invitados de la fiesta que suspiraban en las escaleras. Sus piernas esqueléticas sin calzones. La cara tonta de Linnie con la mandíbula caída.

¡Está medio en cueros!

La odiaba.

Durante los primeros meses que pasó en Baltimore, esas imágenes le hacían estremecerse y sacudir la cabeza con violencia hacia un lado, como si quisiera quitárselas de encima. Sin embargo, poco a poco se habían ido apagando. Tenía otras cosas en las que pensar. Por ejemplo, tenía que abrirse camino en el mundo. Averiguar cómo funcionaba todo. Adaptarse a la perturbadora estampa del horizonte por esos lares: la amalgama de edificios bajos y apretados mirase donde mirase, la falta de esas montañas violetas de anchas espaldas que se elevaban en la distancia para darle cierta sensación protectora.

En un momento dado, se le ocurrió que era poco probable que el señor Inman lo denunciase. Como el propio hombre había dicho, no quería la deshonra para su familia. Habría bastado con que Junior se mantuviese al margen durante un tiempo para que las aguas volvieran a su cauce; como mucho, tal vez habría tenido que defenderse en alguna pelea si por mala pata hubiese recalado en el lugar equivocado. No obstante, darse cuenta de eso no provocó que sintiera ganas de hacer las maletas y volver a casa. Por una razón: le había resultado sorprendentemente fácil dejar atrás a su familia. Su madre era la persona que más le importaba, y había muerto cuando él tenía doce años. Tras su fallecimiento, su padre se había vuelto mezquino, y Junior nunca había mantenido una relación estrecha con sus hermanos ni con su hermana. Todos ellos eran bastante mayores que él. (¿Acaso en realidad solo buscaba una excusa para alejarse de su familia?) Pero había algo aún más importante: a esas alturas había descubierto el trabajo. Un trabajo del que estar orgulloso, el tipo de empleo que logra que te apetezca levantarte de la cama todos los días.

Cuando había preguntado en la maderería por dónde andaba Trifulca, albergaba la leve esperanza de poder trabajar para él. Trifulca siempre le había parecido un tipo interesante. Se tomaba en serio la madera. De hecho, su apodo no era casual: la mera aparición de su furgoneta en la maderería provocaba gruñidos bienintencionados por parte de los hombres, porque sabían que querría escudriñar todas y cada una de las tablas como si fuera a casarse con ellas. No podía tener nudos, ni muescas en la parte exterior ni vetas antiestéticas. (Esa era la palabra que empleaba: «antiestéticas».) Fabricaba muebles de buena calidad, por eso se fijaba tanto. Solía trabajar en una factoría de High Point, pero dejó el trabajo asqueado y se estableció en Parryville, el lugar del que provenía la familia de su esposa. Y más de una vez les había dicho a los trabajadores del almacén de madera que el día menos pensado se marcharía también de Parryville rumbo al norte, donde había más mercado para el tipo de producto que él ofrecía.

Así pues, cuando Junior fue a ver a su cuñado la mañana después de marcharse de casa (con los zapatos de domingo de cordones, que hacían que le dolieran todavía más los pies destrozados) le pidió si podía acercarlo un momento al almacén de madera antes de salir de la ciudad. Lo único que obtuvo en la maderería fue una mención a Baltimore, pero tuvo que conformarse con eso.

Volvió a subir a la furgoneta y se dirigieron a la gasolinera que había en la autopista 80.

—Dile a mi familia que mandaré una postal en cuanto sepa dónde estoy —dijo al salir del vehículo.

Raymond levantó una mano del volante y luego volvió a incorporarse a la carretera. Junior entró en la estación para buscar a alguien que fuese hacia el norte.

Llevaba un petate con dos mudas de ropa, una maquinilla de afeitar y un peine, y veintiocho dólares en el bolsillo.

No obstante, debería haberse imaginado que Trifulca no querría contratarlo. A Trifulca le gustaba trabajar en solitario. (Y en cierto modo, lo más probable era que le faltara dinero para pagar a un ayudante.) Después de que Junior se pasara dos días peinando la ciudad para localizar su establecimiento, el hombre no le ofreció ni un vaso de agua, aunque fue bastante correcto en el trato.

—¿Trabajo? ¿Te refieres a trabajo de carpintero? —le preguntó, sin despegar los ojos del frontal de un cajón que estaba lijando.

—Había pensado en algo para lo que hiciera falta ser mañoso —dijo Junior—. Se me da bien montar cosas. Me gustaría fabricar algo de lo que después pudiera estar orgulloso.

En ese momento, Trifulca dejó la tarea. Levantó la vista hacia Junior.

—Bueno, por estos parajes hay un constructor que me parece muy exigente. Se llama Clyde Ward; de vez en cuando fabrico armarios para él. Puedo decirte dónde encontrarlo.

También le sugirió que se instalara en la casa de huéspedes de la señora Davies. A Junior le encantó oírlo, porque hasta entonces se había alojado en un hotel de marineros próximo al muelle, donde esperaban que cantase himnos todas las noches.

No volvió a ver a Trifulca después de ese día. De todas formas, alquiló una habitación en la casa de huéspedes de la señora Davies, que tenía una vivienda de tres plantas en Hampden que en otros tiempos debía de haber pertenecido al dueño de un molino, o por lo menos al capataz, y entró a trabajar con Clyde Ward, el constructor más puntilloso con el que se había topado en su vida. Gracias al señor Ward conoció el inmenso placer de hacer las cosas bien.

Al cabo de un tiempo, sí que le envió una postal a su familia, pero nunca le contestaron, y no se molestó en enviar otra. No pasaba nada; ni siquiera pensaba en ellos. Ya puestos, ni siquiera pensaba en Linnie Mae. La chica era una persona minúscula y difusa enterrada en el fondo de su mente, junto con esa otra persona, su yo del pasado; ese yo completamente ajeno al actual que salía de juerga todos los fines de semana, se gastaba el dinero en tabaco, chicas y whisky de contrabando. El nuevo Junior tenía un plan. Algún día sería su propio jefe. Ahora su vida era una carretera recta y reluciente con un destino claro, y supuso que tenía que agradecerle a Linnie que lo hubiera empujado para adentrarse en esa carretera.

12

Lo primero que consiguió Linnie al llegar a Baltimore fue que los echaran a los dos de la casa de huéspedes.

Por la noche, Junior se había despertado dos veces: la primera, con el corazón a cien porque notaba la presencia de alguien más en la habitación, pero luego se percató de que estaba tumbado en el sofá y pensó: «Ah, es Linnie, nada más», lo cual le proporcionó cierto alivio dadas las circunstancias; la segunda, cuando se despertó sobresaltado de lo que él creía que no era un sueño al caer en la cuenta de que, en el momento en que Linnie había dicho que ahora ya era mayor de edad, probablemente se refería a que tenía edad para casarse. «Es como... uno de esos monos —pensó Junior— que entrelazan los brazos sobre el cuello del hombre que toca el organillo.» En esa segunda ocasión, tardó horas en lograr conciliar el sueño de nuevo.

A pesar de todo, madrugó, tanto por inclinación natural como porque siempre había cola en el cuarto de baño por las mañanas. Se vistió y salió a afeitarse, y luego regresó al dormitorio y le dio unos golpecitos en el omóplato a Linnie.

—Despierta.

Ella se dio la vuelta y lo miró. Le dio la impresión de que Linnie llevaba un buen rato despierta; tenía los ojos bien abiertos y despejados.

—No puedes quedarte aquí mientras trabajo —le dijo—. Tienes que salir. Hay una chica que sube a limpiar por las mañanas.

—Ah —dijo ella—. Vale.

Y se sentó en la cama. Apartó las sábanas y apoyó los pies en el suelo. Llevaba un camisón fino que habría sido más apropiado en verano, una prenda suelta de algodón blanco que apenas le tapaba las rodillas. Era la primera vez que Junior la veía sin la ropa de invierno, y entonces se dio cuenta de que había cambiado más de lo que creyó a primera vista. Quizá siguiera estando igual de delgada, aunque ya no era la niña desgarbada y frágil de cinco años antes. Sus pantorrillas y la parte superior de los brazos eran más curvos.

Cuando se puso de pie, Junior se dio la vuelta para no verla mientras se cambiaba de ropa y se dirigió a la cómoda. Encima había una lata de avena; la abrió y sacó un paquete de pan de molde que guardaba allí para que no se la comieran los ratones. Luego levantó la ventana de guillotina y alargó la mano para coger la leche que estaba en el alféizar.

—El desayuno —le dijo a Linnie.

—¿Eso desayunas? ¿No te da de desayunar tu casera?

—A mí no. A algunos huéspedes sí, ellos pueden permitirse estar a pensión completa, pero yo no.

Cerró la ventana y quitó la tapa de la botella de leche. Dio un sorbo. (Sintió una oleada de placer al alardear de lo bien que lidiaba con la adversidad.) A continuación, le ofreció la botella de leche a Linnie, con cuidado de no mirarla, y notó que se la quitaba de la mano.

—Pero ¿y cuando haga calor? —le preguntó—. ¿Cómo haremos para que no se estropee la leche entonces?

¿Haremos? Junior notó la opresión en el cuello del organillero, si bien respondió con serenidad.

—Cuando hace calor, tomo suero de manteca —le dijo—. Es difícil que se estropee.

La botella de leche le tocó el codo y Junior la cogió. A cambio le pasó a Linnie una rebanada de pan. Se esforzaba con tesón por mantener la cara frente a la ventana, por la que veía el humo de las chimeneas detenido, como si hiciera demasiado frío para que ascendiera. Esa noche entraría la leche; no quería que se le congelara.

Por el sonido que oyó, Linnie Mae debía de estar abriendo los cierres de la maleta. Junior dobló su rebanada de pan en cuatro cuartos para engullirla más rápido, dio un mordisco grande y lo masticó con fruición, mientras oía el trajín de la maleta a su espalda. Luego oyó el clic del pestillo y se dio la vuelta. Linnie había agarrado el pomo para abrir la puerta; se abalanzó sobre la chica y se interpuso entre ella y la puerta. Ella retrocedió como si temiera que le pegase, algo que Junior no habría hecho nunca, pero aun así no le importó que se diera cuenta de que él no estaba para tonterías.

—¿Adónde crees que vas? —le preguntó.

—Tengo que ir al lavabo.

—No puedes. ¿Y si te ve alguien?

—Pero tengo que hacer pis, Junior. Me muero de ganas.

—En la cafetería de enfrente tienen aseos —le dijo—. Ponte el abrigo; nos vamos. Te enseñaré dónde está la cafetería.

Se había puesto lo que parecía un vestido veraniego, con cinturón y de manga corta. ¿Es que en su pueblo ya no existía el invierno o qué? Como calzado llevaba aquellos eternos zapatos de tacón.

—Ponte unos zapatos más abrigados, vamos —le dijo.

—No he traído zapatos de invierno.

Pero ¿qué demonios tenía esa chica en la cabeza?

—Pues entonces ve tal como estás —le dijo—. Aquí es muy peligroso utilizar el cuarto de baño; hay seis hombres por lo menos haciendo cola por las mañanas.

Linnie sacó el abrigo del armario y se lo puso con tanta parsimonia que parecía que lo hiciera a propósito para irritarlo, y después bajó el bolso que había dejado en la estantería del armario. Mientras tanto, Junior volvió a sacar la botella de leche a la ventana y se enfundó la cazadora. Se acercó a la cama, donde la maleta estaba abierta de par en par con las cosas medio fuera. La cerró y se agachó para esconderla debajo de la cama. La empujó hasta pegarla a la pared. Comprobó por última vez el estado de la habitación.

—Muy bien. Vamos —dijo entonces.

Primero asomó la cabeza por la puerta para asegurarse de que el pasillo estaba vacío. Le indicó con un gesto que fuera ella delante y cerró con llave al salir. Recorrieron el pasillo y bajaron dos tramos de escalera sin encontrarse a nadie. Cruzaron el vestíbulo, que era la parte más peligrosa, pero la puerta del comedor seguía cerrada. Junior oyó el tintineo de las tazas de porcelana y olió a café. A él no le gustaba mucho el café, pero al olerlo siempre echaba de menos probarlo; o por lo menos, echaba de menos la compañía de varias personas que desayunan juntas, un rayito de sol matutino que incide sobre el mantel.

Una vez en la acera, al principio el aire frío le pareció una bendición. (En la tercera planta siempre se concentraba el calor.)

Junior se detuvo y señaló la intersección con Dutch Street, donde destacaba el cartel de la cafetería.

—Pero ¿y si todavía no han abierto? —le preguntó Linnie.

Ya no se molestaba en hablar en voz baja, a pesar de que seguían delante de la ventana del comedor de la señora Davies.

—Estará abierto. Es un barrio obrero.

—Y después, ¿qué hago? ¿Adónde voy?

—Es asunto tuyo —contestó Junior.

—¿No puedo acompañarte al trabajo? A lo mejor os puedo ayudar en algo. Sé darle al martillo y también serrar.

—No es buena idea.

—En ese caso, ¡puedo esperarte en el coche! ¿No querrás que me pase todo el día a la intemperie con el frío que hace?

Se había acercado mucho a Junior y había alzado la barbilla, desafiante. Él notó el aliento cálido, de neblina, y percibió el olor de Linnie a recién levantada. Tenía la melena despeinada, encrespada, y la nariz sonrosada.

—Haberlo pensado antes de presentarte aquí —le recriminó—. Ve a sentarte a la estación o algo así. O móntate en el tranvía y da vueltas. Nos vemos delante de la cafetería a las cinco y poco.

—¡Las cinco!

—Entonces hablaremos de tus planes.

Por cómo le desaparecieron las arrugas de la frente a Linnie, Junior supo que ella pensaba que se refería a los plantes de ambos. No se molestó en sacarla de su error.

El encargo en el que estaba enfrascado esa semana era para una pareja de ancianos de Homeland. Tenía que poner el suelo en una buhardilla y cambiar el respiradero de listones por una ventana. Lo había encontrado igual que encontraba casi todos sus trabajos en esa época: paseándose con el coche por los barrios de la gente acomodada y llamando a la puerta de las casas. En la guantera llevaba la carta de recomendación que el señor Ward le había escrito cuando su empresa de construcción tuvo que cerrar, pero por norma general la gente solía tomarle la palabra a Junior y todos confiaban en que sabía lo que hacía. Se esforzaba por llevar siempre ropa limpia y afeitarse todos los días; hablaba con respeto y ponía los cinco sentidos para no cometer errores gramaticales. Luego, una vez que tenía apalabrada la obra, iba con el coche a buscar el material que necesitara; tenía una cuenta a crédito en uno de los proveedores de albañilería de Locust Point. Después regresaba con el Essex cargado igual que una hormiga bajo una miga de pan de tamaño inmenso. La mejor decisión de su vida había sido comprar aquel Essex. Muchos trabajadores tenían que transportar el material en el tranvía —y pagar la tarifa extra si llevaban tuberías largas o tablones, y pedirle ayuda al revisor para que les abriera paso hasta la puerta de salida—, pero Junior no.

Ese encargo en concreto no era muy interesante, aunque bastante más útil que las repisas de chimenea talladas a mano o las estanterías de obra para recuerditos de la época en que había trabajado con el señor Ward. La hija de la pareja iba a mudarse a casa de sus padres junto con sus cuatro hijos y su marido, que se había quedado en paro, y los niños dormirían en la buhardilla. Además, Junior sabía que tarde o temprano la situación mejoraría. La gente de esos barrios volvería a querer sus repisas de chimenea y sus estanterías para recuerditos, y entonces les vendría a la cabeza el nombre de Junior.

Muchas veces, la gente de Homeland se mostraba elitista, pero esa pareja era muy simpática, y algunos días la esposa lo llamaba desde el pie de la escalera de la buhardilla y le decía que le había dejado una cosita para comer. Ese día se encontró un sándwich de huevo cortado en diagonal, y se comió la mitad, pero envolvió la otra mitad en el pañuelo para llevársela a Linnie. A pesar de que estaba desesperado por perderla de vista, no estaba mal saber que alguien en algún sitio lo esperaba.

A decir verdad, Junior no había tenido mucha suerte con las chicas en Baltimore. Las muchachas del norte eran más duras. Más duras cuando te acercabas a ellas, y más duras por dentro, las dos cosas.

Por eso salió de trabajar un poco antes, más cerca de las cuatro y media que de las cinco.

Encontró aparcamiento a media manzana de la casa de huéspedes de la señora Davies, una ventaja de volver a casa a esa hora. Mientras maniobraba para aparcar en la plaza, echó un vistazo por casualidad a la casa de huéspedes; ¿y qué vio? Nada menos que un sombrero de fieltro pasado de moda y a Linnie Mae debajo del sombrero, enfundada en la inmensa cazadora vaquera de Junior, sentada en la escalera de entrada de la señora Davies con todo el descaro del mundo. Junior no sabía qué lo disgustaba más: que se mostrara en público de semejante manera o que se las hubiera arreglado para recuperar el sombrero, que no llevaba por la mañana, y que hubiera cogido la cazadora que él guardaba en el fondo del armario, a la espera de que llegaran días más cálidos. ¿Cómo lo había hecho? ¿Había vuelto a la habitación? ¿Había forzado la cerradura o qué? Cerró la puerta del coche con rabia, y al oírlo Linnie miró en esa dirección y su rostro se iluminó.

—¡Eres tú! —exclamó.

—Pero ¿qué demonios haces aquí, Linnie?

La chica se levantó y se abrigó aún más con la cazadora. Debajo llevaba su abrigo.

—Vamos, Junie, no te enfades —le dijo en cuanto lo tuvo cerca.

—Se suponía que ibas a esperarme en la esquina.

—Intenté esperarte en la esquina, pero no había ningún sitio para sentarse.

Junior la tomó del codo, no con cariño sino con autoridad, y la apartó de los peldaños para colocarse delante de la casa de al lado.

—¿Y cómo es que llevas mi cazadora? —le preguntó.

—Bueno, la cosa ha ido así —dijo ella—. Primero fui a la cafetería para usar el lavabo, y allí me dijeron que no podía porque no había consumido nada. Conque les dije que después me pediría un chocolate caliente, y luego me senté con el chocolate y me pasé mil horas sentada; cada treinta minutos o así daba un sorbito. Pero, Junior, eran muy poco hospitalarios. Al cabo de un rato me dijeron que necesitaban mi taburete. Entonces me marché, caminé un buen trecho y llegué a un sitio donde había un banco de listones y me senté un rato. Y se acercó una anciana que se puso a hablar conmigo y me dijo que a tres manzanas de allí había un comedor donde daban comida; tenía que acompañarla, me dijo, porque ella se iba ya; había que ponerse en la cola temprano, si no, se les acababa la comida. Eran las diez o las diez y media, pero insistió en que debíamos ir ya para guardar sitio. Exclamé: «¡Un comedor!». Y le pregunté: «¿Caridad?». Pero la acompañé porque supuse, bueno, que habría algún sitio calentito donde sentarse. Total, que esperamos en esa cola que se me hizo eterna; había un montón de gente que esperaba con nosotras, algunos iban con niños, Junior, y dejé de notarme los pies; eran como dos témpanos de hielo. Y luego, cuando por fin llegó la hora en que tenía que abrir el comedor, ¿sabes qué? No nos dejaron entrar. Se limitaron a salir a la escalera y nos dieron un bocadillo a cada uno envuelto en papel encerado; dos tristes rebanadas de pan con una loncha de queso dentro. Le pregunté a la anciana con la que iba, le dije: «¿No van a dejar que nos sentemos en algún sitio?». «¡Sentarnos!», exclamó. «Da gracias de que tengamos algo que llevarnos al estómago. Los mendigos no podemos elegir», me dijo. Y pensé: «Vaya, tiene razón. Somos mendigos». Pensé: «Acabo de hacer cola para suplicar a unos desconocidos que me den de comer», y me eché a llorar. Dejé allí a la anciana y me puse a andar sin rumbo comiéndome el bocadillo y llorando. Y perdí la noción de dónde estaba o de dónde caía la cafetería en la que se suponía que tenía que encontrarme contigo; y, por cierto, ese bocadillo estaba duro como una piedra, y quería beber agua y notaba los pies como cuchillas. Entonces levanté la mirada ¿y sabes qué vi? La casa de huéspedes de la señora Davies. Después de todo lo que había tenido que soportar, me pareció como volver a casa. Y pensé: «Bueno, Junior me ha dicho que por las mañanas iba una chica a limpiar. Pero ya no es por la mañana, así que...».

Junior gruñó.

—... así que entré decidida, ¡y se estaba tan calentita y a gusto en el vestíbulo! Subí sin que nadie me viera y me acerqué a tu habitación e intenté abrir la puerta, pero estaba cerrada con llave.

—Ya lo sabías —le dijo Junior—. Viste cómo la cerraba.

—¿Ah, sí? Bueno, no me acordaba; debía de estar distraída. Me metiste tanta prisa para salir... «Bueno», pensé. «No pasa nada. Me sentaré en el pasillo y lo esperaré. Por lo menos aquí hace calor.» Se me ocurrió sentarme en el suelo, delante de la puerta de tu dormitorio.

Junior volvió a gruñir.

—Y lo siguiente que pasó fue que oí «¡Aaaarg!». Creo que me había quedado dormida. «¡Aaarg!», oí de nuevo, y había una chica de color delante de mí, con los ojos como platos. «¡Señora Davies! ¡Venga ahora mismo! ¡Una *ladorona*!», chilló. Cuando podía haberse fijado en que yo iba bien vestida. Y la señora Davies la oyó y llegó corriendo, subió las escaleras como una apisonadora, y se quedó sin resuello. Y me dice: «¿Qué haces aquí?». Pensé que, como era una mujer, a lo mejor tenía buen corazón. Apelé a su misericordia. «Señora Davies», le dije. «Le seré sincera: he venido del pueblo, en el sur, para ver a Junior, porque estamos enamorados. Y fuera hace tanto frío que ni se lo imagina, un frío que pela, y lo único que he comido en todo el día ha sido un vaso de chocolate caliente y un bocadillo que me han dado en un comedor de beneficencia, y un trago de leche de la que Junior guarda en el alféizar con una rebanada de pan de molde...»

—Por el amor de Dios, Linnie —dijo Junior con desagrado.

—¿Y qué querías que le dijera? Se me ocurrió que como era una mujer... ¿No habrías pensado lo mismo? Pensé que a lo mejor decía: «Ay, pobrecilla. Debes de tener el frío metido en los huesos». Pero fue antipática conmigo, Junior. Tendría que habérmelo imaginado en cuanto le vi ese pelo teñido. Me gritó: «¡Fuera!». Y repitió: «¡Él y tú, los dos! ¡Fuera! ¡Y yo que pensaba que Junior Whitshank era un hombre decente y trabajador!», me dice. «Bah, podría haber alquilado la habitación más cara a alguien que tuviera pensión completa, pero le dejé estar por espíritu cristiano, ¿y así es como me lo agradece? Fuera», me dice. «Esto no es un burdel.» Y saca un manojo de llaves que llevaba colgando del cinturón y abre tu puerta y me dice: «Recoge todas tus cosas, las tuyas y las suyas, las de los dos, y márchate».

Junior se llevó una mano a la frente.

—Y luego se quedó allí plantada como si yo fuera una delincuente, Junior, vigilando todos mis movimientos mientras recogía las cosas. La chica de color estaba a su lado, y seguía con los ojos como platos. ¿Qué creían, que iba a robar, que iba a querer robar, eh? No encontré ninguna maleta para tus cosas, así que le pedí con mucha educación: «Señora Davies, ¿sería tan amable de prestarme una caja de cartón que le prometo que le devolveré después?». Pero me dijo: «¡Ja! No me fío de ti». Como si una caja usada de cartón fuera algo muy preciado. Tuve que meter tus cosas en un par de pantalones que tenías y hacer un hatillo, porque no encontré nada mejor.

—¿Has recogido todo lo que tenía? —le preguntó Junior.

—Todo está aquí, en este enorme hatillo improvisado. Y luego tuve que…

—¿Has metido también mi lata de tabaco picado Prince Albert?

—He recogido absolutamente todo, ya te lo he dicho.

—Pero ¿seguro que has cogido la lata de Prince Albert, Linnie?

—Que sí, he cogido la lata de Prince Albert. ¿Por qué te pones tan pesado con esa lata? Creía que fumabas Camel.

—Ahora ya no fumo nada —contestó Junior con amargura—. Es muy caro.

—Entonces, ¿por qué…?

—A ver si lo he entendido —le dijo—. Ya no tengo un sitio en el que vivir, ¿es eso lo que me estás diciendo?

—No, y yo tampoco. ¿Te lo puedes creer? ¿Habrías imaginado que la señora Davies pudiera ser tan desagradable? Y luego tuve que acarrear con todas esas cosas hasta la calle: mi maleta y ese bulto de ropa y la lata del pan y… ¡Ay, Junior! ¡La botella de leche! ¡Se me ha olvidado la botella de leche! ¡Cuánto lo siento!

—¿Eso es lo que sientes tanto?

—Compraré otra. La leche costaba diez centavos en una tienda que he visto. Tengo diez centavos, no pasa nada.

—Me estás diciendo que esta noche vamos a dormir en la calle —dijo Junior.

—No, espera. Ahora llego a esa parte. Ahí estaba yo, cargando con todas nuestras pertenencias terrenales, caminando por la calle y llorando, y buscaba un cartel de SE ALQUILA HABITACIÓN, pero no vi ni uno, así que al final llamé a la puerta de una señora y dije: «Por favor, mi marido y yo nos hemos quedado sin casa y no tenemos dónde dormir».

—Bah, es imposible que eso funcione —le dijo Junior.

(No se molestó en abordar de momento el tema del «marido».)

—La mitad del país podría decir lo mismo —añadió.

—Tienes razón —contestó Linnie sonriente—. No funcionó ni por asomo, ni con esa señora ni con la vecina de al lado, ni con la señora de al lado, aunque todas ellas fueron muy amables. «Lo siento, cariño», me decían y una señora me ofreció un poco de bizcocho de jengibre, aunque seguía llena después del bocadillo que me habían dado. En esas llegué a Dutch Street. Había girado a la izquierda en la cafetería y, por supuesto, ni me molesté en preguntar allí, no después de cómo me habían tratado. Pero la señora de la casa de al lado me dijo que nos podía alojar.

—¿Qué?

—Y es una habitación muy bonita. Tiene la cama más grande que la tuya, así no tendrás que dormir en un sillón. No hay cómoda, pero sí una mesita de noche con cajones y un armario. La señora de la casa me ha dejado alquilarla porque su marido se ha quedado sin empleo y, según me ha dicho, lleva un tiempo dándole vueltas al tema de que su hijo pequeño comparta habitación con su hija para poder alquilar esa habitación a cinco dólares la semana.

—¡Cinco dólares! —dijo Junior—. ¿Por qué tan caro?

—¿Es caro?

—En la casa de huéspedes de la señora Davies pagaba cuatro.

—¿Ah, sí?

—¿Con las comidas incluidas? —preguntó Junior.

—Ay, pues no.

Junior miró con nostalgia hacia la casa de la señora Davies. Durante una fracción de segundo se planteó subir la escalera de la entrada y llamar al timbre. A lo mejor conseguía que la casera entrara en razón. Siempre había creído que le caía bien. Por ejemplo, incluso le había pedido que la llamase Bess, pero él no lo hacía, porque le habría parecido una falta de respeto; tendría por lo menos cuarenta años. Y justo la Nochebuena pasada lo había invitado a su comedor a que tomara una copa de algo especial (así lo llamó la casera) que había comprado en la tienda de pinturas, pero se sintió un poco incómodo, porque aunque Junior echaba de menos tener con quién hablar, sin saber por qué, con la señora Davies no fue capaz de pensar ni un solo tema de conversación.

Tal vez pudiera fingir que había vuelto a devolverle la llave y luego podría mencionar de pasada que apenas conocía a Linnie

Mae (lo cual era cierto, en realidad), que no había nada entre ellos, que no era más que una chica de su pueblo que necesitaba un sitio donde quedarse, y había sentido lástima por ella.

Sin embargo, justo cuando contemplaba la casa, una rendija de la cortina del comedor se cerró de repente con un gesto airado y supo que no valía la pena intentarlo.

Emprendió el camino hacia el Essex, y Linnie anduvo a su lado, dando saltitos a cada paso, casi como si fuese saltando a la comba.

—Te va a encantar Cora Lee —le dijo—. Es de Virginia Occidental.

—Ah, ya la llamas Cora Lee, ¿eh?

—Le parece muy romántico que estemos aquí solos, tan lejos de nuestras familias. Dice que es una aventura.

—Linnie Mae —dijo Junior. Se paró en seco en la acera—: ¿Cómo se te ha ocurrido decir que era tu marido?

—Bueno, ¿y qué otra cosa podía decirle a la gente? ¿Cómo iban a ofrecernos una habitación si pensaban que no estábamos casados? Además, yo me siento casada. No me ha dado la impresión de estar contando una historia.

—«Mentira», así se llama por aquí —rectificó Junior—. Aquí no se andan con rodeos ni dicen que cuentan «historias».

—Bueno, no lo puedo evitar. En nuestro pueblo es de mala educación decir «mentira», como tú mismo sabes muy bien.

Le dio un golpecito en las costillas y reemprendieron la marcha.

—De todas formas —dijo Linnie—, ninguna de las dos cosas encaja. Ni «historia» ni «mentira». Te lo digo de verdad, me siento como si tú y yo hubiéramos sido marido y mujer desde siempre, desde antes incluso de nacer.

Junior no supo ni por dónde empezar a llevarle la contraria. Habían llegado al coche, de modo que el joven dio la vuelta para acceder al asiento del conductor, entró y encendió el motor sin tener la deferencia de abrirle la puerta del copiloto a Linnie Mae. De no haber sido porque ella era la única que sabía dónde estaban sus pertenencias, con gusto la habría dejado allí plantada.

La habitación nueva no era más bonita que la anterior. Era incluso más pequeña y estaba en una casa de tablones dentro del barrio de molineros, unas cinco manzanas al sur de la casa de huéspedes de la señora Davies. La cama era individual y tenía el colchón hundido; había que admitir que era más ancha que el catre de la casa de la señora Davies, pero no mucho más, y había una mancha de humedad en el techo, cerca de la ventana. No obstante, Cora Lee parecía bastante simpática —una mujer regordeta y de pelo castaño de treinta y pocos años—, y mientras les enseñaba la habitación casi lo primero que dijo fue:

—Ya saben, díganme si hay algo que no está bien, porque nunca hemos tenido inquilinos y no sabemos cómo funciona.

—Bueno —contestó Junior—, en el sitio anterior yo pagaba cuatro dólares. Pagábamos cuatro dólares, quiero decir.

Pero al ver que el semblante de Cora Lee se contraía y se congelaba de repente, supo que ya contaba con cobrarles cinco. Un hombre más pícaro habría insistido de todos modos, pero Junior no era de esa clase de personas, de modo que cambió de tema y preguntó por las normas del cuarto de baño. Cora Lee volvió a alegrarse. Les dijo que, ahora que su marido no tenía que ir a trabajar, Junior podía ser el primero en entrar en el cuarto de baño por las mañanas. Mientras tanto, Linnie merodeaba por la habitación y alisaba la colcha. Saltaba a la vista que la incomodaba hablar de dinero.

Cuando Cora Lee los dejó a solas, Linnie se colocó frente a él y lo abrazó, como si estuvieran en la luna de miel o algo así, pero él se zafó y fue a mirar qué había en el armario.

—¿Dónde está la lata de Prince Albert? —preguntó.

—Con tus cosas de afeitar.

Bajó una bolsa de papel arrugado de la estantería del armario. Por suerte, allí estaba la lata, con el fajo de billetes todavía doblado dentro. Volvió a dejarla en la estantería.

—Tenemos que comprar algo para cenar —dijo Junior.

—Ah, vamos a cenar fuera. Invito yo.

—¿Fuera? ¿Adónde?

—¿Has visto ese restaurante de la esquina? El restaurante de Sam y David. Cora Lee me ha dicho que está limpio. El plato especial de esta noche es pastel de carne, a veinte centavos cada uno.

—Eso significa cuarenta centavos en total —dijo Junior—. En la tienda de comestibles una lata grande de salmón no cuesta más de veintitrés centavos, y me dura media semana.

Aunque entonces cayó en la cuenta de que si eran dos no les duraría media semana, y sintió algo parecido al miedo al pensar que tendría que alimentar dos bocas en lugar de una.

—Pero quiero que lo celebremos —dijo Linnie—. Es nuestra primera noche juntos de verdad; anoche no cuenta. Y quiero ser yo la que invite.

—Pero vamos a ver, ¿cuánto dinero tienes?

—¡Siete dólares y cincuenta y ocho centavos! —exclamó Linnie, como si fuera algo de lo que pudiera estar orgullosa.

Junior suspiró.

—Será mejor que lo ahorres —le contestó.

—Solo esta vez, Junie… ¿Solo nuestra primera noche?

—¿Quieres hacer el favor de no llamarme Junie? —dijo él. Sin embargo, ya había empezado a ponerse la cazadora.

Cuando salieron a la calle, Linnie estaba exultante, se le colgó del brazo y no paró de hablar mientras paseaban. Le contó que Cora Lee le había dicho que les dejaría una estantería libre en la heladera. «La nevera», se corrigió enseguida.

—Tienen una Kelvinator. Podríamos guardar allí la leche y un poco de queso, y luego, cuando le coja más confianza a Cora Lee, le pediré que me deje utilizar la cocinilla una vez. Después de cocinar la limpiaré tan bien que me dejará utilizarla otra vez, y antes de que te des cuenta seremos los amos de la cocina. Déjame a mí. Sé cómo manejarme.

Junior no se lo podía creer.

—Además, voy a ponerme a trabajar —dijo ella—. Mañana mismo encontraré empleo.

—Ya, ¿y cómo vas a conseguirlo? —le preguntó Junior—. Por si no lo sabías, hay miles de hombres pateándose las calles en busca de cualquier trabajo que puedan rascar.

—Ay, ya encontraré algo. Espera y verás.

Junior se apartó y siguió caminando a cierta distancia de Linnie. Se sentía atrapado en unas hebras de caramelo líquido: si se las despegaba de los dedos de una mano, Linnie se le pegaba a los dedos de la otra. Pero sabía que tenía que jugar bien sus cartas, porque necesitaba la habitación que había conseguido Linnie. Suponiendo que no pudiera convencer a la señora Davies para que lo dejara volver.

El restaurante de Sam y David era diminuto, y los platos del día estaban escritos con pintura blanca en el ventanal empañado por el vaho. Los veinte centavos del plato de carne incluían pan y unas judías verdes. Al final, Junior accedió a la petición de Linnie y entró en el local. Había cuatro mesitas y una barra con seis taburetes; Linnie eligió una de las mesas, a pesar de que Junior se habría sentido más cómodo en la barra. Los clientes de la barra eran hombres solos con ropa de trabajo, mientras que los de las mesas eran parejas.

—No hace falta que te pidas el plato del día —le dijo Linnie—. Puedes elegir algo de la carta.

—El pastel de carne me parece bien.

Se les acercó una mujer con delantal y les llenó los vasos de agua. Linnie le sonrió de oreja a oreja.

—¡Bueno, pues aquí estamos! Soy Linnie Mae, y él es Junior. Acabamos de mudarnos al barrio.

—¿Ah, sí? —comentó la señora—. Bueno, pues yo soy Bertha. La esposa de Sam. Me apuesto lo que quieran a que se hospedan en casa de los Murphy, ¿a que sí?

—Vaya, ¿cómo lo sabe?

—Cora Lee ha pasado por aquí y me lo ha contado. Estaba como unas castañuelas por haber encontrado a una pareja joven tan simpática. Le he dicho: «Ellos son los que deberían estar como unas castañuelas». En este barrio no hay personas más bondadosas que Cora Lee y Joe Murphy.

—Ya me he dado cuenta —dijo Linnie—. Lo supe en cuanto la vi. Bastó con mirar esa cara sonriente y dulce, y lo supe. Es como la gente de nuestra tierra.

—Aquí todos somos como la gente de su tierra —dijo Bertha—. Bueno, es que somos la gente de su tierra. Así es como se formó Hampden.

—Vaya, ¡pues qué suerte hemos tenido!

Junior se dedicó a mirar la lista de precios de la pared que quedaba detrás de la barra hasta que las mujeres terminaron de hablar.

Mientras comían el pastel de carne, que resultó estar más bueno que todo lo que había comido Junior desde hacía una buena temporada, Linnie le dijo que se le había ocurrido un plan para que les bajaran el alquiler.

—Tú ten los ojos muy abiertos y fíjate en si hay algo en la casa que haya que arreglar —dijo—. Una tabla suelta o una bisagra mal puesta o algo. Luego le preguntas a Cora Lee si le parece bien que lo arregles. No menciones el dinero ni tal.

—Ni nada —la corrigió él.

Ella cerró la boca de repente.

—Tienes que dejar de hablar como en el pueblo si quieres integrarte aquí —le dijo.

—Bueno, a lo que iba. Al cabo de unos días, les arreglas otra cosa. Pero esa vez no se lo preguntes; arréglalo y ya está. Cora Lee oirá los martillazos y subirá corriendo. «Espero que no le importe», le dices entonces. «Lo he visto y no he podido contenerme.» Por supuesto, te dirá que no le importa en absoluto; claro que puedes arreglarle la fuga o la gotera del techo que su marido no arregla… Entonces le dices algo del tipo: «¿Sabe? Le he estado dando vueltas y me parece que les hace falta alguien que mantenga a punto la casa. Se me ha ocurrido que podríamos llegar a un acuerdo».

—Linnie, me parece que necesitan la pasta —le dijo Junior.

—¿La pasta?

—Preferirían que se les cayera la casa a pedazos si así pueden comer, a eso me refiero.

—Vaya, ¿y cómo puede ser? ¡Bien necesitarán un techo para guarecerse! Y necesitarán un techo sin goteras, ¿no?

—Dime una cosa: ¿es que en el condado de Yancey la gente no pasa estrecheces? —le preguntó Junior.

—¡Pues claro que pasan estrecheces! La mitad de las tiendas han cerrado y todo el mundo se ha quedado sin trabajo —contestó Linnie Mae.

—Entonces, ¿por qué no comprendes lo que les pasa a los Murphy? Lo más probable es que lleven un mes de hipoteca de retraso y el banco esté a punto de embargarles la casa.

—Vaya —dijo Linnie Mae.

—Ya nada es como antes —dijo Junior—. Nadie está en condiciones de rebajarnos nada. Y nadie te dará trabajo. Agotarás tus siete dólares y ahí acabará la historia, y yo no podría permitirme el lujo de mantenerte, aunque quisiera. ¿Quieres saber qué hay dentro de mi lata de tabaco Prince Albert? Cuarenta y tres dólares. Eso es todo lo que he ahorrado en la vida. Antes de que las cosas fueran mal, tenía ciento veinte dólares. Llevo muchos años apretándome el cinturón, incluso en los buenos tiempos: dejé de fumar, dejé de beber alcohol, he comido peor que comían los perros de mi padre, y si el estómago me rugía de hambre, iba a la verdulería y me compraba un pepinillo grande del barril por un centavo; un pepinillo en vinagre es capaz de quitarle el apetito al más pintado. Era el inquilino que más tiempo llevaba en la casa de huéspedes de la señora Davies, y no porque me encantara pelearme con cinco hombres más para poder ir al cuarto de baño, sino porque tenía ambiciones. Quería montar mi propio negocio. Quería construir casas elegantes para personas que supieran valorarlas: con tejas de verdad en los tejados, con baldosas de verdad en los suelos, nada de tela asfáltica y linóleo. Tendría a buenos empleados a mi cargo, como Dodd McDowell y Gary Sherman, de Ward Builders, y llevaría mi propia furgoneta, con el nombre de mi empresa en los laterales. Pero para eso se necesitan clientes, y hoy en día no los hay. Ahora veo que nunca lo conseguiré.

—¡Pues claro que lo conseguirás! —le dijo Linnie—. ¡Junior Whitshank! Crees que no lo sé, pero sí que lo sé: estudiaste en el instituto de Mountain City y nunca sacaste menos de un sobresaliente. Y llevas trabajando de carpintero con tu padre desde que eras un renacuajo, y todos los empleados de la maderería sabían que eras capaz de responder a cualquier cosa que te preguntaran. ¡Claro que lo conseguirás! ¡Tiene que ser así!

—No —contestó él—. Las cosas ya no funcionan de esa manera. —Y luego añadió—: Debes volver a casa, Linnie.

La chica abrió la boca, incrédula.

—¿A casa?

—¿Has terminado el instituto siquiera? ¿A que no?

Linnie levantó la barbilla por toda respuesta.

—Y tus padres se preguntarán dónde estás.

—Me importa un bledo si se lo preguntan —dijo Linnie—. Además, no les importo. Ya sabes que mi madre y yo nunca nos hemos llevado bien.

—Aun así —dijo Junior.

—Y mi padre no me dirige la palabra desde hace cuatro años y diez meses.

Junior dejó el tenedor en la mesa.

—¿Cómo? ¿Ni una palabra? —le preguntó.

—Ni una sola palabra. Si quiere que le acerque la sal, le dice a mamá: «Dile que me pase la sal».

—Ostras, es muy ruin —dijo Junior.

—Vamos, Junior, ¿qué esperabas? ¿Me pillan con un chico en el granero y crees que al día siguiente todos se habrán olvidado del tema? Durante un tiempo pensé que a lo mejor volvías a buscarme. Solía imaginarme cómo sería. Aparecerías en la furgoneta de tu cuñado mientras yo paseaba por Pee Creek Road y me dirías: «Móntate. Voy a sacarte de aquí». Luego pensé que a lo mejor me mandabas una carta con el dinero para el billete de tren. Habría hecho las maletas y me habría marchado sin pensármelo dos veces, ¡ojalá me hubieras escrito! Mi padre no era el único que no me dirigía la palabra; casi nadie me hablaba. Incluso mis dos hermanos empezaron a tratarme de otra manera, y resultó que las chicas que eran simpáticas conmigo en clase solo querían que les tomara confianza para que les contara todos los detalles. Creía que cuando fuera al instituto nadie estaría al corriente y allí podría empezar desde cero, pero por supuesto que lo sabían, porque las niñas de mi colegio que fueron al mismo instituto que yo se lo contaron a todo el mundo. «Esa es Linnie Mae Inman», decían. «Su novio y ella se pasearon en cueros por la fiesta de graduación de su hermano.» Porque a esas alturas, la bola se había hecho más grande y eso era lo que decían.

—Lo dices como si fuera culpa mía —contestó Junior—. Fuiste tú quien empezó.

—Y nunca lo negaré. Fui mala. Pero estaba enamorada. ¡Sigo enamorada! Y sé que tú también lo estás.

—Linnie…

—Por favor, Junior —le suplicó. Sonreía, y Junior no sabía por qué, pero tenía lágrimas en los ojos—. Dame una oportunidad. Por favor, es lo único que te pido. No hace falta que lo hablemos justo ahora; vamos a disfrutar de la cena. ¿No te parece que es fabulosa? ¿A que el pastel de carne está riquísimo?

Junior bajó la mirada al plato.

—Sí, muy bueno —dijo.

Pero no volvió a coger el tenedor.

De camino a casa, Linnie empezó a preguntarle por su día a día: cómo pasaba las tardes, qué hacía los fines de semana, si tenía amigos. Aunque no había bebido más que agua durante la cena, Junior comenzó a sentir esa euforia que solía provocarle el alcohol. Debía de ser por haber escupido de una vez todas las palabras que había tenido almacenadas tanto tiempo. Porque la realidad era que no tenía amigos desde que había cerrado la empresa Ward Builders y había perdido el contacto con los otros trabajadores. (Para socializar, una persona necesitaba dinero; por lo menos, los hombres necesitaban dinero. Tenían que comprar licor, hamburguesas y gasolina; no podían sentarse en cualquier sitio a charlar sin más como hacían las mujeres.) Le contó a Linnie que no hacía nada por las tardes, que a menudo se las pasaba lavando la ropa en la bañera. Ella se echó a reír.

—No, en serio. Y los fines de semana me dedico a dormir —añadió entonces Junior.

Ya no se avergonzaba de su vida. Se lo contó con franqueza, sin intentar parecer el rey de la fiesta, ni un triunfador, ni un hombre con experiencia en la vida. Subieron los escalones que daban a la puerta de los Murphy y entraron. Pasaron por delante de un salón en el que se oía una radio encendida —una especie de música de baile— y las voces de dos niños que discutían de buenas por alguna tontería. «Has mirado, ¡te he visto!» «¡No he mirado!» Aunque no era el comedor de Junior y ni siquiera conocía a esos niños, experimentó una sensación hogareña.

Subieron la escalera y entraron en su habitación (a diferencia de la anterior, en esta no había pestillo) y, de inmediato, Junior se preocupó por cuál sería el paso siguiente. Si hubiera estado solo, se habría metido en la cama directamente, porque siempre tenía que madrugar mucho por las mañanas, pero eso le habría dado una idea errónea a Linnie acerca de sus intenciones. Incluso sin que hiciese nada, Linnie ya podía llevarse una idea errónea; lo notaba por la parsimonia con que se quitaba el abrigo, por el cuidado con que lo colgaba en la percha. Se quitó el sombrero y lo dejó en la estantería del armario. Se había despeinado al quitárselo, y se atusó con delicadeza el pelo con las yemas de los dedos, de espaldas a Junior, como si se preparase para él. Había algo en su nuca pálida y dócil, expuesta a la luz por la separación azarosa del pelo en la parte posterior de la cabeza, que hizo que Junior sintiese pena por ella. Carraspeó.

—Linnie Mae —la llamó.

Ella se volvió.

—¿Qué? —Y luego añadió—: ¿Por qué no te quitas la cazadora? Ponte cómodo.

—Mira, voy a intentar ser sincero —dijo Junior—. Me gustaría dejar las cosas claras entre los dos.

Una arruga incipiente se formó entre las cejas de Linnie.

—Lo siento mucho por todo lo que has tenido que pasar en tu casa —le dijo—. No habrá sido plato de gusto. Pero si lo piensas bien, Linnie, en el fondo, ¿qué relación existe entre nosotros dos? ¡Casi no nos conocemos! ¡Salimos juntos menos de un mes! Y ahora intento ganarme la vida aquí por mi cuenta. Ya es bastante difícil para uno solo; para dos, es imposible. En el pueblo por lo menos tienes a tu familia. Nunca dejarán que te mueras de hambre, por mucho que no les guste lo que hagas. Creo que deberías volver a casa.

—Solo lo dices porque te has enfadado conmigo —le contestó Linnie.

—¿Qué? No, no estoy…

—Estás enfadado porque no te dije qué edad tenía, pero ¿por qué no me lo preguntaste? ¿Por qué no preguntaste si todavía iba al colegio, o si trabajaba en algún sitio, o qué hacía cuando no estaba contigo? ¿Por qué no te interesaba mi vida?

—¿Qué? ¡Claro que me interesaba, te lo prometo!

—¡Vamos! ¡Los dos sabemos qué era lo que te interesaba!

—Espera, espera —dijo él—. ¿Te parece justo? ¿Quién fue la primera que se quitó la ropa, si me permites que te lo recuerde? ¿Y quién me arrastró hasta el granero? ¿Quién me animó a que le metiera mano? ¿Acaso te interesaba a ti qué hacía yo con mi vida?

—Pues claro —se defendió Linnie—. Y te lo preguntaba. Solo que tú nunca te molestabas en contestar, porque ya tenías bastante tarea con hacer que me tumbara bocarriba. Te decía: «Háblame de tu vida, Junior. Vamos, quiero saberlo todo de ti». Pero ¿acaso me contabas algo? No. Te limitabas a desabrocharme los botones.

Junior tuvo la impresión de que estaba perdiendo una discusión que ni siquiera le importaba. Lo que quería transmitirle era algo totalmente distinto.

—Ostras, Linnie Mae —le dijo, y apretó los puños, que había metido en los bolsillos de la cazadora.

Sin embargo, notó algo en el bolsillo izquierdo que le impidió seguir apretando. Lo sacó para ver qué era. Medio sándwich envuelto en un pañuelo.

—¿Qué es eso? —le preguntó Linnie.

—Es… un sándwich.

—¿De qué es?

—¿De huevo? Sí, de huevo.

—¿De dónde has sacado un sándwich de huevo?

—Me lo ha dado la señora para la que he trabajado hoy —contestó Junior—. Me comí la mitad y guardé la otra mitad para dártela cuando nos viéramos, pero entonces te empeñaste en que saliéramos a cenar.

—Ay, Junior —dijo ella—. ¡Qué detalle!

—No, era solo…

—¡Qué gesto tan bonito, de verdad! —insistió Linnie, y le quitó el sándwich de la mano, con pañuelo incluido.

Tenía la cara sonrosada; de repente le pareció guapa.

—Me encanta que me hayas traído un sándwich.

Lo desenvolvió con suma reverencia, lo contempló un instante y luego levantó la vista hacia él, con los ojos vidriosos.

—Aunque se ha aplastado un poco —dijo Junior.

—¡No me importa que esté aplastado! Me encanta que hayas pensado en mí mientras estabas en el trabajo. Ay, Junior, ¡me he sentido tan sola todos estos años! No te puedes imaginar lo sola que estaba. ¡Sola, más sola que la una todo este tiempo!

Y se abalanzó sobre él, con el sándwich todavía en la mano, y empezó a sollozar.

Al cabo de un momento, Junior levantó los brazos para consolarla y la abrazó también.

Por supuesto, Linnie Mae no encontró trabajo. Esa parte de su plan no salió bien. Sin embargo, el plan de compartir la cocina sí funcionó. Cora Lee y ella se hicieron amigas, y cocinaban juntas mientras charlaban de los típicos temas de los que suelen hablar las mujeres, y al cabo de poco tiempo Junior y Linnie se sentaban a comer con Cora Lee y su familia; tenía más sentido. Después el clima empezó a mejorar y a las dos mujeres se les ocurrió la estrategia de comprar frutas y verduras directamente a los campesinos que iban a Hampden con sus carros, y luego se pasaban el día envasándolas. La cocina hervía de tanto calor y vapor. A continuación, Linnie era la valiente que iba por las casas de los vecinos anunciando sus productos. No ganaban mucho dinero, pero se sacaban un pellizco.

Y al final Junior sí que arregló algunos desperfectos de la casa, solo porque, de lo contrario, nadie lo habría hecho, aunque no les cobró nada ni intentó regatear con el alquiler.

Incluso después de que la situación mejorara y Junior y Linnie se mudaran a una casa en Cotton Street, Linnie y Cora Lee siguieron siendo amigas. Bueno, en realidad Linnie entablaba amistad con todo el mundo, o eso le parecía a Junior. Algunas veces se preguntaba si esos años en los que había sido una descastada le habían provocado una necesidad exagerada de socializar. Cuando volvía de trabajar, se la encontraba con varias vecinas en la cocina, mientras todos los chiquillos jugaban en el patio de atrás. «¿No vas a darme de cenar?», le preguntaba, y las mujeres se desperdigaban, llevándose a sus niños al vuelo mientras salían. Pero nunca diría que Linnie era vaga. Qué va. Cora y ella seguían con el pequeño negocio de envasado; además, atendía el teléfono para Junior y se encargaba de las facturas, y poco a poco empezó a tener más clientela. En el fondo, se le daba mejor que a él tratar con los clientes, pues siempre se tomaba la molestia de charlar un poco con ellos, y sabía sortear con simpatía cualquier problema o queja que tuvieran.

A esas alturas Junior ya se había comprado una furgoneta —de segunda mano, aunque buena— y tenía unos cuantos empleados. También contaba con una amplia colección de herramientas que había ido comprando aquí y allá a distintos obreros que estaban pasando una mala racha. Eran herramientas sólidas de verdad, de las de antes, fabricadas con esmero. Una sierra, por ejemplo, que tenía el mango de madera brillante del uso, tallada con total precisión y delicadeza con la forma de una rama de romero. Era cierto que el sudor que había oscurecido el mango no era el sudor de sus antepasados, pero aun así, sentía una especie de orgullo personal al utilizarla. Siempre cuidaba con mucho mimo sus herramientas. Y siempre se proveía de material en almacenes de madera en los que pudiera elegir la materia prima tabla a tabla. «Venga, muchachos, sé perfectamente que se os va a pasar por la cabeza encasquetarme algo. Pero no me deis nada con nudos muertos, ni me deis tablas combadas ni mohosas…»

—¿Y si hubiera estado casado? —se le ocurrió preguntarle a Linnie años después—. ¿Qué hubiera pasado si hubieras viajado al norte y me hubieras encontrado con mujer y seis hijos?

—Vamos, Junior —le contestó Linnie—. Nunca habrías hecho algo así.

—¿Cómo puedes estar tan segura?

—Bueno, para empezar, ¿cómo ibas a engendrar seis hijos en solo cinco años?

—No, pero ya sabes a qué me refiero.

Linnie se limitó a sonreír.

En algunos sentidos, se comportaba como si fuese mayor que

él, pero en otros, parecía que se hubiera quedado estancada en los trece años: era enérgica y desafiante, y tenía unas opiniones testarudas e inamovibles. Junior se había quedado de piedra al ver la facilidad con que Linnie había cortado de cuajo cualquier tipo de relación con su familia. Implicaba un grado de amargura del que no la creía capaz. Al mismo tiempo, no mostraba ningún deseo en dejar de utilizar los términos propios de su región al hablar: decía «bramido» en lugar de «grito», o «reventada» en lugar de «cansada», o «todo tieso» en lugar de «todo recto». Además, seguía empeñada en llamarlo «Junie». Tenía la irritante costumbre de reírse para sus adentros con mucha exageración antes de contarle algo gracioso, como si intentara azuzarlo para que se riera también. Y se pegaba mucho a Junior cuando quería engatusarlo para que hiciera algo. Le tiraba de la manga con los dedos en pinza mientras él hablaba con otras personas.

¡Ay, el peso terrible, aplastante y asfixiante de las personas que creen que son nuestras dueñas!

Además, si se suponía que Junior era el gamberro, ¿cómo podía ser que Linnie Mae hubiera ocasionado todos los problemas en los que se había visto inmerso desde que se habían conocido?

Era un hombre huesudo y de torso estrecho, un hombre sin un gramo de grasa que nunca había dado demasiada importancia a la comida. No obstante, años después, algunas veces, cuando volvía a casa tarde del trabajo y Linnie estaba en el patio trasero charlando con la vecina de al lado, Junior era capaz de plantarse delante de la nevera y comerse todas las costillas de cerdo que hubiesen quedado, y luego las salchichas, el puré de patatas frío, los guisantes y la remolacha hervida también fríos, alimentos que ni siquiera le gustaban, como si estuviese famélico, como si nunca se hubiese saciado con lo que de verdad le gustaba. Y más tarde, Linnie le preguntaba: «¿Has visto los guisantes que había guardado? ¿Dónde están los guisantes?», y él no decía ni mu. Seguro que Linnie lo sabía. ¿Qué creía, que a la pequeña Merrick le pirraban los guisantes fríos? Pero ella nunca le decía nada. El gesto hacía que Junior se sintiera a la vez agradecido y resentido. ¡Con qué prepotencia lo trataba! Desde luego, ¡debía de pensar que él era una marioneta!

En esos momentos, repasaba mentalmente el trayecto a la estación de tren de hacía tantos años, pero esta vez cambiaba la escena. Recorría las calles oscuras, giraba a la derecha dejando atrás la estación, volvía a girar a la derecha para tomar Charles Street y regresaba a la casa de huéspedes. Se metía en la habitación y cerraba la habitación con llave. Se tumbaba en el catre. Dormía solo.

13

Junior le mandó a Eugene que llevara el columpio del porche a Tilghman Brothers, un establecimiento próximo al puerto, al que la empresa Whitshank Construction llevaba las persianas de madera de los clientes cuando tenían tantas capas de pintura que parecían caramelos a medio comer. Las enviaban allí porque los hermanos Tilghman poseían una cuba inmensa de una solución cáustica que lo abrasaba todo y dejaba la madera pelada.

—Diles que necesitamos el columpio listo dentro de una semana exacta —le dijo Junior a Eugene.

—¿Una semana contando hoy?

—Eso es lo que he dicho.

—Jefe, pero esos tipos pueden tardar un mes para estas cosas. No les gusta que les metan prisa.

—Diles que es una emergencia. Diles que les pagaremos un plus si hace falta. La mudanza es dentro de dos domingos y quiero que para entonces el columpio ya esté colgado.

—De acuerdo, jefe, lo intentaré —contestó Eugene.

Junior se percató de que Eugene pensaba que estaba montando un follón tremendo por un simple columpio del porche, pero tuvo el buen juicio de no decirlo. Eugene era un experimento: el primer empleado de color que tenía Junior. Lo había contratado cuando habían llamado a filas a uno de los pintores de la empresa. De momento, el hombre trabajaba bien. De hecho, hacía una semana que Junior había contratado a otro.

Desde hacía un tiempo, a Linnie le preocupaba que pudieran mandar a combatir al propio Junior. Cuando él le recordó que ya tenía cuarenta y dos años, ella no se quedó muy convencida.

—No me importa; podrían aumentar la edad de la reserva cualquier día. O podrías decidir alistarte —dijo Linnie.

—¡Alistarme! —exclamó él—. ¿Me tomas por loco o qué?

Algunas veces Junior tenía la impresión de que su vida era como un vagón de tren que hubieran dejado abandonado en una vía muerta durante años: todos los años locos de su juventud malgastados, así como los años de la Gran Depresión. Ahora iba a la zaga; corría para ponerse a la altura del resto; por fin estaba en la vía principal y juraba que una maldita guerra en Europa no lo detendría.

Cuando le devolvieron el columpio, la madera estaba impoluta: un milagro. Ni el menor resquicio de pintura azul en la junta más diminuta. Junior lo repasó de arriba abajo, maravillado.

—Dios mío, no me quiero ni imaginar qué deben de tener en esa cuba —le dijo a Eugene.

Eugene chasqueó la lengua.

—¿Quiere que se lo barnice? —le preguntó a su jefe.

—No —contestó Junior—. Lo haré yo.

El operario lo miró con sorpresa, pero no hizo comentarios.

Trasladaron entre los dos el columpio hasta el jardín y lo colocaron del revés sobre un plástico protector, para que Junior pudiera barnizarlo por debajo primero y darle tiempo a secarse antes de darle la vuelta. Era un cálido día de mayo y no había previsión de lluvias, de modo que Junior supuso que podía dejarlo al raso por la noche sin temor a que se mojara y volver al día siguiente para terminar de aplicarle el barniz.

Como casi todos los carpinteros, sentía una aversión manifiesta por la pintura, y además, era consciente de que pintar no se le daba demasiado bien. Sin embargo, por alguna extraña razón, le parecía importante llevar a cabo la tarea de barnizarlo en persona, y lo hizo con cuidado y paciencia, a pesar de que esa parte del columpio no quedaría a la vista. En el fondo, era una ocupación placentera. La luz del sol se filtraba entre los árboles, y la brisa le refrescaba la cara. En su mente sonaba la melodía de «Chattanooga Choo Choo».

You leave the Pennsylvania Station 'bout a quarter to four,
Read a magazine and then you're in Baltimore...

Cuando hubo terminado, limpió el pincel y guardó el barniz y el aguarrás. Se marchó a casa a cenar, muy satisfecho consigo mismo.

A la mañana siguiente regresó para terminar la labor. El columpio estaba seco, pero se le había pegado una capa de polvillo de polen en la parte inferior del asiento. Debería habérselo imaginado. ¡Con razón odiaba pintar! Soltó un juramento entre dientes y tiró del plástico protector hacia el porche trasero para llevar a rastras el columpio. Después extendió otro plástico dentro de la parte cerrada del porche, metió allí el columpio y le dio la vuelta para que quedara boca arriba. Iba a hacerlo como era debido, desde luego que sí. Intentó olvidar que la superficie inferior de los reposabrazos le había raspado las yemas de los dedos al agarrarlos.

Eugene había pintado la parte cubierta del porche trasero a principios de esa semana, y la combinación del olor a pintura y barniz mareó un poco a Junior. Fue pasando el pincel por la madera con pinceladas ausentes. Resultaba curioso que las vetas de la madera casi contaran una historia: podías seguirlas y sorprenderte de lo lejos que llegaban, o de cómo se detenían en seco de forma inesperada.

Se preguntó si algún día le pedirían matrimonio a Merrick en ese columpio, o si los hijos de Redcliffe se columpiarían con tanto impulso que su madre agarraría las cuerdas para frenarlo. Después de que Junior aprendiera qué podía sentir alguien hacia sus hijos, había desarrollado una rabia profunda y permanente contra su padre. Su padre había tenido seis hijos y una hija, y los había dejado sueltos con la misma facilidad que un perro suelta a sus cachorros. Cuanto mayor se hacía Junior, más le costaba comprenderlo.

Realizó un movimiento rápido y seco con la cabeza, una sacudida, y volvió a mojar el pincel en el barniz.

Empleaba un barniz color miel oscura, que era capaz de extraer el carácter de la madera y añadía intensidad al tono. ¡Se acabaron esos eternos columpios de color azul sueco de su pueblo! Se acabaron las andrajosas esteras trenzadas y los columpios infantiles de metal oxidado en el jardín; se acabaron los techos del porche en azul clarito que suponía que querían imitar el color del cielo; se acabaron los suelos de color gris como un buque de guerra.

El día de la mudanza, cuando Linnie tomara el camino de entrada a la casa y llegase hasta los peldaños que conducían al porche, diría: «¡Ay!». Se quedaría mirando el columpio; se llevaría una mano a la boca. «¡Ay!, pero ¿por qué...?» O tal vez no. Tal vez ocultara su sorpresa; quizá fuera lo bastante hábil para no ponerse en evidencia. Fuera como fuese, Junior subiría esos peldaños sin perder comba. No daría la menor muestra de que algo había cambiado. «¿Entramos?», le preguntaría, y la miraría a la cara para invitarla a entrar en la nueva casa con un gesto hospitalario que señalara la puerta.

Sentía satisfacción al imaginarse la escena, pero al mismo tiempo notaba que le faltaba algo. Linnie no llegaría a advertir todo lo que subyacía: la conmoción que había sentido Junior, la indignación y la sensación de injusticia; lo mucho que le había costado reparar el daño. El viaje de Eugene a Tilghman Brothers, la tarifa exorbitante que les habían cobrado por el servicio exprés (justo el doble de la tarifa habitual), los dos viajes del propio Junior a la casa para dar el barniz y el último viaje que haría el viernes por la mañana para volver a atornillar los goznes y recolocar las cuerdas en sus anillas con forma de ocho y para colgar el columpio del techo; Linnie no tendría ni idea de eso. Era un eco del patrón de la vida que compartían; todos los secretos que Junior le había ocultado a pesar de la tentación que sentía por desvelárselos. Nunca sabría lo mucho que había anhelado liberarse durante todos esos años, ni sabría que solo había permanecido al lado de ella porque sabía que Linnie estaría perdida sin él, ni sabía la tremenda carga que había sido continuar, día tras día, enmendando lo que había hecho mal. No, Linnie tenía una fe ciega en que Junior había seguido con ella porque la amaba. Y si ahora le decía lo contrario —si de algún modo Junior lograba convencerla de que había hecho un sacrificio—, Linnie se enfadaría, y el sacrificio habría sido en vano.

Repasó todos los pernos con el pincel, alisó el barniz de todas las juntas, recorrió las grietas con pinceladas tiernas como caricias. Siguió tarareando «Chattanooga Choo Choo».

Dinner in the diner,
Nothing could be finer
Than to have your ham 'n' eggs in Carolina...

El viernes, cuando volvió a la nueva casa para colgar el columpio, aprovechó para llevar unas cuantas cajas de la mudanza y algunos muebles pequeños: la mesita de juguete de la habitación de los niños y las sillitas a juego. Le pareció buena idea adelantar trabajo antes de mudarse. Aparcó en la parte de atrás y llevó todo lo que pudo a la cocina, desde donde subió los bártulos a la planta superior. Mientras estaba arriba, se permitió el capricho de repasar su nueva propiedad. Permaneció unos minutos junto a la barandilla del distribuidor y admiró la reluciente entrada de la planta baja. Luego entró en el dormitorio principal para regodearse en lo espacioso que era. La cama de Linnie y la suya ya estaban colocadas: dos camas gemelas, como las que tenían los Brill, que les habían entregado la semana anterior los de Shofer. Linnie no comprendía por qué no podían seguir compartiendo la cama de matrimonio, pero Junior le había dicho:

—Es más lógico así, si lo piensas bien. Ya sabes que siempre me muevo y doy vueltas por la noche.

—No me importa que te muevas y des vueltas —dijo Linnie.

—Bueno, pero vamos a probar así, ¿qué te parece? Al fin y al cabo, no vamos a tirar la cama de matrimonio. Si cambiamos de opinión, siempre podemos sacarla de la habitación de invitados y ponerla en nuestra habitación.

A pesar de eso, Junior no tenía la menor intención de cambiar la cama de sitio. Le gustaba la idea de que hubiera dos camas; tenían un glamour que le recordaba a Hollywood. Además, ya se había pasado suficientes años de niño compartiendo cama con varios hermanos.

En el rincón del dormitorio estaba el guardarropa de los Brill, que Junior también consideraba glamuroso. Sin embargo, todavía se ruborizaba al pensar que al principio había entendido que lo llamaban «guardarropía».

—Señora Brill —le había dicho—, me he enterado de que no van a llevarse el guardarropía al piso nuevo. ¿Cree que podría comprárselo?

La señora Brill había arrugado las cejas.

—¿El qué…? —le preguntó.

—Sí, su guardarropía, el del dormitorio. Su hijo dijo que era demasiado grande.

—¡Ah! Bueno, por supuesto. ¿Jim? Junior me pregunta si puede comprarnos el guardarropa.

Junior no se dio cuenta de su error hasta ese momento. Y se puso furioso al saber que la señora Brill se había percatado, aunque tenía que admitir que la mujer se había comportado con mucho tacto.

En cierto modo, era su tacto lo que lo enfurecería.

Uf, siempre, siempre tenía que haber esa fisura entre «ellos y nosotros». Tanto si eran los críos del pueblo en el instituto como si era la gente rica de Roland Park, siempre había algo que indicaba que Junior no daba la talla en algún aspecto, que no cumplía los requisitos. Y se daba por hecho que era culpa suya, porque vivía en una nación en la que, en teoría, podía haber cumplido los requisitos. No había nada que se lo impidiera. Salvo porque sí había algo; pero era incapaz de señalarlo con el dedo. Siempre había algún detallito en la vestimenta o en la forma de hablar que hacía que siguiera en el margen y quisiera entrar.

Tonterías. Ya bastaba. Ahora poseía un armario gigante forrado de cedro que era solo para guardar mantas. El empapelado del dormitorio lo habían importado de Francia. Las ventanas eran tan altas que, cuando se plantaba delante de una de ellas, alguien que pasara por la calle podía ver desde la coronilla de Junior hasta casi las rodillas.

Por desgracia, de repente advirtió que la pintura estaba resquebrajada en una esquina de una de las repisas de madera. Seguro que los Brill se habían dejado la ventana abierta una noche de tormenta. O eso, o era consecuencia de la condensación; y eso sería fatal.

Para colmo, el empapelado que había junto a esa repisa tenía la unión de las tiras demasiado marcada. Es más, las tiras se estaban separando. Y aún es más, donde el papel tocaba la repisa, se estaba levantando un poquito de la pared, como si se rizara.

El sábado era el día que Junior dedicaba a dar presupuestos a sus clientes; era cuando los maridos estaban en casa. Así pues, no pasó por la casa nueva. Estableció todas las citas temprano, porque al día siguiente se mudarían y todavía les quedaban algunos bultos por recoger. Llegó a su hogar a las tres en punto y fue hasta la cocina, donde encontró a Linnie sacando productos de limpieza de la barquilla de naranjas que guardaban debajo del fregadero. Estaba arrodillada y tenía las plantas de los pies descalzos, que quedaban frente a Junior, grises de polvo.

—Ya estoy en casa —dijo él.

—Ah, qué bien. ¿Puedes bajarme la bandeja que hay en la parte de arriba de la heladera? ¡Se me había olvidado por completo! Habría sido capaz de marcharme sin ella.

Junior alargó el brazo para coger la bandeja de la nevera y la colocó en la encimera.

—Se me ha ocurrido que puedo hacer otro viaje con cajas a la casa antes de que anochezca —le anunció—. Así será todo mucho más fácil mañana.

—Bah, no lo hagas. Te vas a cansar. Espera a mañana, que es cuando vendrán Dodd y los demás.

—No me llevaría cosas de peso. Solo unas cuantas cajas y tal.

Linnie no contestó. Junior habría preferido que sacara la cabeza de la barquilla de naranjas y lo mirase, pero estaba muy atareada, así que al cabo de un momento se marchó y la dejó allí.

En la sala de estar, los niños estaban apilando cajas de cartón vacías para construir algo. O mejor dicho, Merrick las apilaba. Redcliffe todavía era demasiado pequeño para tener un plan en mente, pero estaba emocionado con que Merrick quisiera jugar con él y pululaba por allí encantado, arrastrando las cajas hasta donde le decía su hermana. Habían enrollado la alfombra para la mudanza y los niños contaban con una buena extensión de tarima desnuda.

—Mira el castillo que hemos hecho, papi —le dijo Merrick.

—Muy bonito —contestó Junior.

Y regresó al dormitorio para quitarse la ropa elegante. Siempre se ponía traje cuando daba presupuestos.

Cuando volvió a la cocina, Linnie estaba empaquetando los productos de limpieza en una caja grande de detergente Duz.

—El marido de la señora Abbott ha dicho que no a la mitad de las reformas que ella quería —dijo Junior—. Ha ido repasando la lista del presupuesto: «¿Por qué cuesta tanto esto? ¿Y esto por qué es así?». Ojalá me hubiera imaginado que haría eso antes de tomarme la molestia de hacer todos los cálculos.

—Qué lástima —dijo Linnie Mae—. A lo mejor luego habla con él y le hace cambiar de opinión.

—No, lo aceptará y punto. La mujer se limitaba a decir «Oh», con cara triste y lastimera, cada vez que él tachaba algo.

Esperaba que Linnie hiciera algún comentario, pero no dijo nada. Estaba concentrada en envolver una botella de amoníaco en un paño de cocina. Ojalá lo mirara a la cara. Empezaba a sentirse incómodo.

Linnie Mae no era de las personas que gritan, ponen morros o tiran cosas cuando están enfadadas por algo; se limitaba a dejar de mirarlo a la cara. Bueno, lo miraba si era preciso, pero no lo contemplaba. Le hablaba con afecto, le sonreía, se comportaba como de costumbre, y al mismo tiempo siempre parecía que hubiera otra cosa que llamara su atención. En esas situaciones, Junior se sorprendía ante su necesidad perentoria de que lo mirase. De repente, se daba cuenta de la frecuencia con que lo observaba, de cómo sus ojos se detenían en él, como si disfrutara sin más de su estampa.

De todas formas, a Junior no se le ocurría ningún motivo por el que pudiera estar irritada en ese momento. Él era el que debería estar enfadado: y lo estaba. Aun así, aborrecía esa sensación de incertidumbre. Se aproximó y se colocó justo delante de ella. La caja de Duz era lo único que los separaba.

—¿Te gustaría cenar hoy en el restaurante? —le preguntó Junior.

Casi nunca cenaban en restaurantes. Tenía que ser una ocasión especial. Pero Linnie no lo miró, ni siquiera entonces.

—Me da que tendremos que hacerlo, porque hoy he llevado a la nueva casa todo lo que había en la heladera.

—¿Ah, sí? —preguntó él—. ¿Y cómo es eso?

—Ah, Doris se había quedado con los niños para que yo pudiera seguir empaquetando cosas y pensé: «¿Por qué no voy a ver la casa nueva por mi cuenta?». Ya sabes que nunca lo había hecho. Entonces he llenado dos bolsas de comida y he cogido el tranvía.

—Habríamos podido poner la comida en el camión mañana —dijo Junior. La cabeza le iba a mil. ¿Habría visto el columpio rebarnizado? Seguro que sí—. No sé por qué se te ha ocurrido cargar con todo eso tú sola.

—Bueno, he pensado que iría de todos modos, así que se me ha ocurrido aprovechar para llevar algunas cosas —aclaró—. Así podremos desayunar allí mañana en lugar de estar por aquí en medio cuando vengan los hombres.

Tenía la mirada fija en la lata de limpiador Bon Ami que intentaba colocar de pie en una esquina de la caja.

—Bueno —dijo Junior—, ¿y qué te ha parecido el sitio?

—Está bien —dijo ella. Colocó un cepillo de mango largo en la otra esquina—. Aunque la puerta se atranca.

—¿La puerta?

—La puerta principal.

Es decir, sin duda había entrado por el porche delantero. Bueno, era lógico, porque habría ido andando desde la parada del tranvía.

—¡Esa puerta no se atranca! —exclamó Junior.

—Si empujas el pomo no cede. Al principio he pensado que no había abierto bien con la llave, pero cuando he tirado un poquito de la puerta hacia mí y luego he empujado, entonces sí que se ha abierto.

—Eso es por el burlete —le contó Junior—. Tiene un burlete grueso y de buena calidad, por eso le pasa. Esa puerta no se atranca.

—Bueno, pues a mí me ha parecido que sí.

—Bueno, pues no.

Junior esperó. Estuvo a punto de preguntárselo. Estuvo a punto de saltar y decirle: «¿Te has fijado en el columpio? ¿No te ha sorprendido encontrártelo igual que estaba? ¿No vas a darme la razón y a reconocer que queda mejor así?».

Pero eso habría sido descubrirse demasiado, habría sido como dejar que ella supiera que le importaba su opinión. O dejar que creyera que le importaba.

Tal vez Linnie le contestara que el columpio quedaba soso; o que era una copia demasiado esmerada del columpio de alguien rico; o que fingía ser alguien que no era.

Así pues, lo único que dijo Junior fue:

—Te alegrarás de tener ese burlete cuando llegue el frío del invierno, créeme.

Linnie colocó una caja de jabón en polvo al lado del Bon Ami. Al cabo de un momento, Junior salió de la cocina.

Mientras caminaban hasta el restaurante al atardecer, pasaron por delante de varias personas sentadas en los porches de sus casas y todas —conocidas y desconocidas— les dijeron: «Buenas noches» o «Que vaya bien la velada».

—Confío en que los vecinos nos saluden en el barrio nuevo —dijo Linnie.

—Vamos, pues claro que nos saludarán —contestó Junior.

Llevaba a Redcliffe subido a hombros. Merrick iba la primera en su bicicleta de madera sin pedales, a la que daba impulso con los pies. Ya era mayor para ir en esas bicis infantiles, pero no podían comprarle un triciclo porque había escasez de caucho.

—La tal señora Brill —dijo Linnie—. ¿Te acuerdas de cómo hablaba siempre de «mi» verdulería y «mi» boticario? ¡Como si le pertenecieran! Y en Navidad, cuando nos traía la cesta del aguinaldo: «Le he comprado el muérdago a mi florista», decía siempre. Y yo pensaba: «¡Cuánto se sorprendería el florista si oyera que es nuestro!». Espero de todo corazón que los nuevos vecinos no hablen así.

—No lo decía con esa intención —dijo Junior.

Entonces dio dos zancadas para adelantarse y se volvió, para retroceder mirándola a la cara.

—Seguro que lo que quería decir era que «nuestro» florista a lo mejor no tenía muérdago, pero el suyo sí.

Linnie se echó a reír.

—¡Nuestro florista! —repitió—. ¿Te lo imaginas?

Sin embargo, Linnie tenía la mirada puesta en el anciano señor Early, que estaba limpiando los peldaños de la entrada a manguerazos. Lo saludó con la mano.

—¿Qué tal está, señor Early? —le preguntó.

Junior se rindió y volvió a mirar al frente.

La vez que había estado más tiempo sin mirarlo había sido cuando ella quería tener un hijo y él no. Hacía varios años que Linnie quería tener hijos, pero él le había dado largas —no tenían dinero, no era el mejor momento...—, y ella lo había aceptado, al menos durante un tiempo. Luego por fin tuvo que confesarle: «Linnie Mae, en el fondo, la verdad es que no quiero tener hijos y punto». Linnie se quedó de piedra. Lloró, discutió, alegó que él se sentía así debido a lo que le había sucedido a su madre. (Su madre había muerto al dar a luz y el bebé tampoco había sobrevivido. Sin embargo, eso no tenía nada que ver. ¡En serio! Hacía años que lo había superado.) Y entonces, así sin más, a Junior le dio la impresión de que Linnie había dejado de deleitarse mirándolo. Tenía que reconocer que notaba la falta de atención. Siempre había sabido, aunque su mujer no se lo dijera, que le parecía guapo. ¡No es que a él le importasen esas cosas! Pero aun así, era consciente de serlo y, ahora que no contaba con su admiración le faltaba algo.

Esa vez, había sido él quien había cedido. Había resistido casi una semana. Entonces le había dicho a su mujer: «Mira, si tuviéramos hijos...». Y el barrido repentino y atento de los ojos de Linnie por su rostro hizo que se sintiera igual que debía de sentirse una planta agostada cuando por fin la riegan.

Durante la cena, Junior les contó a Merrick y a Redcliffe que ahora tendrían un cuarto para cada uno. Redcliffe se entretenía en aplastar las vainas de las judías y no dijo nada, pero Merrick sí contestó.

—¡Qué ganas tengo! ¡No me gusta nada compartir habitación! Redcliffe huele a pipí por la mañana.

—Vamos, no seas desagradable —la reprendió Linnie Mae—. Tú también olías a pipí.

—¡Nunca!

—Sí, olías así cuando eras bebé.

—¡Redcliffe es un bebé! —Merrick se burló de su hermano repitiendo la frase como una cancioncilla.

Redcliffe aplastó otra judía.

—¿Quién quiere helado? —preguntó Junior.

—¡Yo, yo! —exclamó Merrick.

—¡Yo, yo! —repitió Redcliffe.

—¿Linnie Mae? —preguntó Junior.

—Sí, también me apetece —contestó Linnie Mae.

Pero se había vuelto hacia Redcliffe y le estaba quitando las vainas de las judías de los dedos.

Tenían por costumbre escuchar la radio juntos después de que los niños se acostaran: Linnie aprovechaba para coser o remendar ropa, y Junior repasaba el plan de trabajo del día siguiente. Sin embargo, esa noche la sala de estar estaba hecha una leonera y la radio ya estaba embalada en una caja.

—Me parece que también me iré a la cama —dijo Linnie.

—Voy enseguida —contestó Junior.

Dedicó un rato a empaquetar los documentos de trabajo para la mudanza, y luego apagó las luces y subió. Linnie se había puesto el camisón, aunque seguía trajinando por el dormitorio. Metía en los cajones los objetos que había encima de la cómoda.

—¿Quieres que ponga el despertador? —le preguntó Linnie.

—No, seguro que me despierto solo.

Junior se desnudó hasta quedarse en ropa interior y colgó la camisa y el peto en las perchas interiores de la puerta del armario, aunque por norma general se hubiera limitado a dejarlos en la silla, teniendo en cuenta que iba a ponérselas otra vez al día siguiente.

—Nuestra última noche en esta casa, Linnie Mae —le dijo a su esposa.

—Ajá.

Ella dobló el pañito de la cómoda y lo metió en el primer cajón.

—Es más, nuestra última noche en esta cama.

Linnie se dirigió al armario y recogió unas cuantas perchas vacías.

—Aunque podré ir a hacerte una visita a tu nueva cama —añadió Junior, y le dio una palmadita en el trasero a Linnie cuando pasó por delante de él.

Linnie se movió con sutileza pero con rapidez y la mano de Junior acabó abanicando el aire. Entonces se agachó para colocar las perchas en otro de los cajones de la cómoda.

—Junior, dime la verdad —le instó—. ¿De dónde salió esa bolsa con las cosas del ladrón?

—¿Las cosas del ladrón? ¿De qué cosas hablas?

—Las que encontró la señora Brill en la galería, ya sabes.

—No tengo ni la más remota idea —contestó Junior.

Se metió en la cama y se tapó con la colcha. Se colocó de cara a la pared y cerró los ojos. Oyó que Linnie volvía a acercarse al armario y pescaba otra colección de perchas que aún colgaban de la barra. Como tenían la ventana abierta, oyó pasar un coche —un modelo bastante viejo, a juzgar por los resoplidos que emitía— y un perro empezó a ladrar.

Al cabo de unos minutos, oyó que Linnie caminaba hacia la cama y notó que se acomodaba en el lado en el que solía dormir. Se tumbó y le dio la espalda; notó que Linnie tiraba levemente de la colcha. La lamparita de la mesilla de noche se apagó con un clic.

Junior se preguntaba cómo habría reaccionado Linnie al ver de repente el columpio barnizado de nuevo. ¿Habría parpadeado? ¿Habría suspirado? ¿Habría soltado un grito?

Se la imaginaba subiendo con paso ligero por el caminito de entrada con las dos bolsas de comida: Linnie Mae Inman, con su campestre sombrero de paja que tenía unas cerezas de madera en el ala, con su vestido de algodón de mangas cortas ahuecadas que dejaban al descubierto sus brazos flacuchos y sus codos endurecidos. Hacía que Junior se sintiera… herido, sin saber por qué. Era él quien se sentía herido en sus sentimientos en lugar de ella. Debía de haber subido sola la colina bajo esos gigantescos álamos en dirección al amplio porche delantero. Debía de haber averiguado por sí misma qué tranvía era, pues se trataba de uno que no había cogido nunca —únicamente iba de compras al centro comercial de Howard Street— y después habría decidido en qué dirección girar al llegar a la esquina en la que estaba la parada del tranvía, y sin duda habría levantado la barbilla orgullosa mientras pasaba por delante de las demás casas, por si acaso había vecinos espiándola.

Junior abrió los ojos y se tumbó boca arriba.

—Linnie Mae —dijo mirando el techo—. ¿Estás despierta?

—Sí, estoy despierta.

Él se puso de medio lado para proteger con su cuerpo el de Linnie y la abrazó por detrás. Ella no se apartó, pero permaneció rígida. Junior inspiró una bocanada del olor salado y a humo que desprendía su mujer.

—Te pido perdón —le dijo.

Ella no contestó.

—Me esfuerzo mucho, Linnie. Creo que me esfuerzo demasiado. No hago más que intentar estar a la altura. Solo quiero hacer las cosas como es debido, nada más.

—Ay, Junior —dijo ella, y se volvió hacia él—. Junie, corazón, claro que sí. Ya lo sé. Te conozco muy bien, Junior Whitshank.

Y le cogió la cara entre las manos.

Como estaban a oscuras, Junior no podía saber si lo miraba o no, pero notó las yemas de los dedos que resiguieron sus facciones antes de que los labios de Linnie besaran los suyos.

Dodd McDowell, Hank Lothian y el hombre de color recién contratado tenían que llegar a las ocho —Junior dejaba que sus empleados empezaran la jornada un poco más tarde cuando trabajaban el fin de semana—, así que, a las siete, llevó en la furgoneta a Linnie y a los niños a la casa nueva. De paso, cargó unas cuantas cajas de utensilios de cocina. El plan era que Linnie se quedara en la nueva casa desembalando mientras él volvía a la antigua a ayudar a cargar los muebles.

Mientras salían a la calle, ya montados en el coche, Doris Nivers, la vecina de al lado, apareció en bata de ir por casa con una planta en una maceta. Linnie bajó la ventanilla y la saludó.

—¡Buenos días, Doris!

—Ay, intento contener las lágrimas —le dijo Doris—. ¡El barrio no será el mismo sin vosotros! Mira, puede que esta planta te parezca poca cosa, pero florecerá dentro de unas semanas y te dará un montón de zinnias.

Lo pronunció con el acento típico de Baltimore. Le pasó la planta a Linnie por la ventanilla y esta la cogió con ambas manos y aplastó la nariz contra las hojas como si ya hubiera florecido.

—No te daré las gracias para no marchitarla antes de tiempo, pero sabes que pensaré en ti cada vez que mire la planta.

—¡Más te vale! Adiós, chicos. Adiós, Junior —se despidió Doris. Dio un paso atrás y los saludó con la mano.

—Hasta pronto, Doris —dijo Junior.

Los niños, que todavía seguían medio dormidos, se limitaron a mirarla a la cara, pero Linnie se despidió con la mano y sacó la cabeza por la ventanilla hasta que la furgoneta dobló la esquina y dejó de ver a Doris.

—¡Ay, cuánto voy a echarla de menos! —le dijo Linnie a Junior mientras metía la cabeza.

Se inclinó por delante de Redcliffe para dejar la planta en el suelo, a sus pies.

—Me siento casi como si hubiera perdido a una hermana o algo así.

—Mujer, no la has perdido. ¡Te mudas a dos millas de aquí! Puedes invitarla a casa siempre que quieras.

—No, ya sé cómo irá el tema —dijo Linnie. Se secó la parte inferior del párpado derecho y después el párpado izquierdo con el dedo índice—. Imagínate que la invito a comer —dijo—. Les digo a Cora Lee y a ella y a todas las demás que vengan. Si les preparo algo muy sofisticado, dirán que me estoy volviendo una señorona, pero si les ofrezco lo que suelo cocinar, dirán que debo de pensar que no son de tan buena familia como mis nuevos vecinos. Y no me devolverán la invitación; dirán que sus casas ya no son adecuadas para mí y, poco a poco, dejarán de aceptar mis invitaciones, y así se acabará la historia.

—Linnie Mae, no es un pecado capital mudarse a una casa más grande —dijo Junior.

Linnie Mae se metió la mano en el bolsillo y sacó un pañuelo.

—¿No deberías aparcar detrás? Piensa en todo lo que tenemos que cargar —le preguntó cuando Junior frenó delante de la nueva casa.

—Se me ha ocurrido que podríamos desayunar primero —dijo él.

En realidad, el comentario no tenía sentido —podían desayunar perfectamente si aparcaba en el jardín trasero—, pero Junior quería que su llegada a la casa fuese una ocasión especial, que lo hiciesen con todos los honores. Y Linnie debió de percatarse, porque lo único que dijo fue:

—Ah, muy bien. ¿Lo ves? Ahora te alegras de que trajera la comida ayer.

Mientras Linnie se preparaba para salir —recogía el bolso del suelo y se inclinaba a coger la planta—, Junior rodeó el vehículo y le abrió la puerta. Linnie parecía sorprendida, pero le tendió a Redcliffe para que lo cogiera en brazos y después salió de la furgoneta.

—Vamos, niños —dijo Junior, y dejó a Redcliffe en el suelo—. Hagamos nuestra entrada triunfal.

Y los cuatro empezaron a subir por el camino de adoquines.

Al abrigo de los árboles, la fachada principal de la casa no recibía el sol matutino, pero era una ventaja, porque así el porche ancho y sombrío parecía aún más acogedor. Y el tono miel dorada del columpio, que se veía a través de la balaustrada, alegró el corazón de Junior. Tuvo que contenerse para no decirle a Linnie: «¿Lo ves? ¿A que queda mejor así?».

Cuando sus ojos captaron un destello de algo azul, lo achacó al poder de la sugestión: una especie de *déjà-vu* como consecuencia de lo que había ocurrido antes.

Entonces volvió a mirar y se quedó de piedra.

Un rastro de pintura azul recorría los adoquines del camino: una explosión de azul desperdigada que empezaba justo delante de los peldaños de la entrada y se extendía en una banda ancha por el camino, para acabar estrechándose hasta ser poco más que un hilillo al acercarse a sus zapatos. Era tan espesa que le dio la sensación de que podría alzar la capa de las piedras con los dedos; y brillaba tanto que por instinto levantó el pie por miedo a mancharse, aunque al observarla con más detenimiento vio que la pintura estaba seca. Y cualquier persona —¿o Junior era el único que lo percibía así?— podría decir a simple vista que la habían vertido con rabia.

Mientras tanto, Linnie le había soltado de la mano y se había adelantado.

—¡Más despacio, Merrick! —exclamaba—. ¡Más despacio, Redcliffe! ¡Papá tiene que abrir la puerta!

Sus hombres tardarían días en quitar la pintura. Necesitarían abrasivos y productos químicos (para ser sinceros, ni siquiera sabía de qué tipo) y tendrían que rascar, lijar y frotar; y aun así, siempre quedarían restos de color azul. En realidad, ese azul nunca desaparecería, por lo menos no del todo. Siempre quedarían puntitos microscópicos de azul en el cemento y las grietas de las piedras, para siempre jamás; tal vez pasaran inadvertidos para los desconocidos, pero no para Junior. Vio cómo se desplegaba su futuro ante él con la nitidez de una película: probaría con un método, luego otro, consultaría a los expertos, se pasaría noches en vela, investigaría diferentes soluciones como un poseso y, sin duda, al final tendría que levantar todos los adoquines del camino y empezar desde cero. Si no lo hacía, el camino quedaría marcado de forma indeleble, con ese azul sueco incrustado para toda la eternidad.

Y mientras tanto, Linnie Mae seguía subiendo el camino muy erguida y con el sombrero recto, inocente y despreocupada. Ni siquiera miró atrás una vez para comprobar cómo se lo había tomado Junior.

¿Por qué se había preocupado Junior de lo que habría pasado si la hubiese abandonado en la estación? ¡Se las habría apañado de maravilla sin él! Se las habría apañado de maravilla en cualquier parte.

Linnie se había propuesto atraparlo y lo había conseguido casi sin esfuerzo. Había soportado cinco años de escarnio público absolutamente sola. Había montado en quién sabe cuántos trenes y había hecho transbordo en quién sabe cuántos apeaderos y le había seguido el rastro a Junior sin pestañear. La veía alargando el cuello para buscarlo en el carril de recogida de viajeros; la veía llamando a la puerta de señoras desconocidas con su maleta y el hatillo con la ropa de él; la veía riéndose en la cocina con Cora Lee. La veía estirando y modelando toda la vida de Junior igual que estiraría un jersey húmedo recién sacado de la palangana de la colada para escurrirlo y luego devolverle la forma original.

Supuso que debía de estar contento por esta última parte.

Redcliffe se tropezó, pero se enderezó solo. Merrick corría la primera.

—Esperad —les dijo Junior, porque ya estaban cerca de los peldaños de entrada.

Todos se detuvieron y volvieron la cabeza hacia él, así que apretó el paso para alcanzarlos. Los pájaros cantaban en las copas de los álamos. Unas pequeñas mariposas blancas revoloteaban en un retazo de sol. Cuando llegó junto a Linnie la cogió de la mano, y los cuatro subieron juntos los escalones. Atravesaron el porche. Junior abrió la puerta. Entraron en la casa. Así empezaron sus vidas.

CUARTA PARTE

El hilo azul

14

Muchos años antes, cuando los niños eran pequeños, Abby había instaurado la tradición de colgar una fila de fantasmas a lo largo del porche delantero en octubre. Ponían seis. Las cabezas estaban hechas con pelotas de goma metidas dentro de una vaporosa tela de estopilla blanca atada con un nudo, que colgaba casi hasta el suelo y que se mecía en cuanto soplaba un poco de brisa. Toda la fachada principal de la casa adquiría un aspecto tenebroso y flotante. En Halloween, los niños que iban a pedirles caramelos y darles sustos tenían que abrirse paso por entre los velos diáfanos. Los mayores se reían, pero los más pequeños casi se aterrorizaban, sobre todo si la noche era ventosa y la tela de estopilla se levantaba y se rizaba, enroscándose alrededor de los niños.

Los tres hijos de Brote reclamaron a gritos que querían poner los fantasmas ese año igual que siempre, pero Nora les dijo que no podía ser.

—Halloween es el miércoles —les dijo—. Y entonces ya no estaremos.

Dejarían la casa vacía el domingo, el mismo día en que Red podía entrar en el apartamento que había alquilado. El plan era que todos estuvieran ya reubicados cuando empezara la semana.

Sin embargo, Red oyó la conversación e intervino:

—Vamos, deja que pongan los fantasmas, ¿por qué no? Será su última oportunidad. Luego nuestros obreros pueden descolgarlos cuando vengan a recoger el lunes por la mañana.

—¡Sí! —gritaron los niños, y Nora se echó a reír y alzó las manos en señal de derrota.

Así pues, sacaron los fantasmas de su caja de cartón rizado de la buhardilla, y Brote se subió a una escalera para colgarlos de una hilera de ganchos de latón que había clavados en el techo del porche. De cerca, se notaba que los fantasmas estaban rasgados. Les tocaba una de las renovaciones periódicas de vestuario, pero nadie tenía tiempo para esas cosas con todo lo que se traían entre manos.

Los dos Hugh ya habían cargado en la furgoneta de Red los objetos que habían elegido Jeannie y Amanda. Las pertenencias de Brote estaban acumuladas en un rincón del comedor. La única caja de Denny se encontraba en su habitación, aunque dijo que no se la podía llevar en el tren.

—Pues te la mandamos por mensajero —decidió Jeannie.

—Ah, no hace falta. ¿Por qué no la guarda uno de vosotros? —respondió él.

Y así fue como solucionaron el tema, de momento.

Todavía quedaban unas cuantas cosas en la buhardilla y varios objetos en el sótano, casi todo para tirar. El resto de la casa estaba tan vacía que había eco. En el suelo desnudo de la sala de estar había un sofá y un sillón, a la espera de que los llevaran al apartamento de Red. Habían dejado la mesa del comedor en un guardamuebles y la mesa de la cocina se hallaba en su sitio. Se veía tan pequeña y acogedora que resultaba ridícula. También iría al piso nuevo de Red. Tuvieron que sacar los muebles más grandes por la puerta principal, porque maniobrar con ellos por la puerta de la cocina, que era más estrecha, resultaba demasiado complicado; y cada vez que sacaban un mueble alguien tenía que apartar las largas colas de tela de los dos fantasmas centrales del porche y sujetarlos a los lados con goma elástica. Aun así, Brote y Denny —o quien llevase el mueble en cuestión— se enredaban de vez en cuando en los harapos de estopilla y, para liberarse, agachaban la cabeza y soltaban improperios mientras se sacudían. «¿Por qué demonios hemos tenido que colgar estos fantasmas de la narices justo ahora...?», se lamentaba alguno de los porteadores. Pero a nadie se le ocurrió proponer que los descolgaran.

La familia al completo había hecho comentarios acerca de lo voluntarioso que había estado Denny últimamente, pero ¿qué se le ocurrió hacer entonces? El sábado por la noche anunció que se marchaba a la mañana siguiente.

—¿Por la mañana? —le preguntó Jeannie.

El contingente de Bouton Road había ido a cenar a casa de Jeannie, porque ya habían embalado todos los cacharros y platos, y esta acababa de dejar el cerdo al horno delante del Hugh de Amanda para que lo cortara. Se hundió en la silla, sin quitarse siquiera las manoplas del horno.

—¡Pero si papá se muda por la mañana! —añadió.

—Ya, lo siento... —dijo Denny.

—¡Y Brote se va por la tarde!

—Bueno, pero ¿qué queréis que haga? —preguntó Denny a la mesa en general—. Se supone que se avecina un huracán. Eso lo cambia todo.

La familia se quedó descolocada. (En la noticias no paraban de hablar del huracán, pero estaba previsto que azotara la zona que quedaba justo al norte de Baltimore.)

—Normalmente la gente corre para alejarse del huracán, no para acercarse —apuntó el Hugh de Jeannie.

—Ya, pero tengo que asegurarme de que las cosas están bien protegidas en mi hogar —dijo Denny.

Se hizo un silencio, un atisbo de estupefacción en el ambiente. «Hogar» no era una palabra que la familia relacionara con New Jersey. Ni siquiera Denny, por lo menos que los demás supieran antes de ese momento. Jeannie parpadeó y abrió la boca para decir algo. Red paseó la mirada por la mesa con expresión interrogante; no quedaba claro si lo había entendido o no. Deb fue la primera en romper el silencio.

—Pensaba que tenías las cosas guardadas en un garaje, tío Denny.

—Y así es —dijo Denny—. Están en el garaje de mi casera. Pero la casera está sola; ¿no querréis que le deje a ella la responsabilidad de protegerlo todo?

—¿No podrías esperar por lo menos hasta que papá hiciera la mudanza? —le preguntó Brote.

—Lo que ocurre es que el canal meteorológico ha dicho que el Amtrak podría impedir que circulasen los trenes desde mañana por la tarde. Entonces me quedaré atrapado aquí.

—¡Atrapado! —exclamó Jeannie con aire ofendido.

—Se están planteando interrumpir el servicio de todo el cinturón nororiental.

—A ver… —intervino Red. Respiró hondo—. Vamos a ver si lo he captado. Tienes intención de marcharte por la mañana.

—Sí.

—Antes de que me vaya al piso nuevo.

—Me temo que sí.

—Pero hay un problema —dijo Red—. ¿Qué hacemos con mi ordenador?

—¿Qué le pasa a tu ordenador? —le preguntó Denny.

—Confiaba en que me instalaras el wifi. ¡Ya sabes que no se me dan bien esas mandangas! ¿Qué pasa si no puedo conectarme? ¿Qué pasa si mi portátil se mosquea porque lo hemos cambiado de sitio? ¿Qué pasa si intento registrarme y no sale más que una de esas malditas pantallas en las que pone «No está usted conectado a internet»? ¿Qué pasa si entro en uno de esos inmensos bucles y no sé salir de ahí, si el salvapantallas gira y gira sin parar, si no encuentro a los del servicio técnico, si no hay forma de establecer la conexión?

No solo le preguntaba a Denny, sino a todos ellos. Miraba de manera aleatoria por toda la mesa, con ojos inquietos y desenfocados.

—Papá. El Hugh de Amanda sabe infinitamente más de ordenadores que yo —dijo Denny.

Pero el Hugh de Amanda contestó:

—¿Quién, yo?

Y Red siguió mirándolos uno por uno, ahora por turnos. Al final Nora, que estaba sentada a su lado, puso la mano encima de la del anciano.

—Nosotros nos encargaremos de eso, se lo prometo, padre Whitshank —dijo.

Red la miró a la cara unos instantes y luego se relajó. Nadie sacó a colación que Nora ni siquiera tenía dirección de correo electrónico.

—En fin… Es fabuloso, ¿eh? —le dijo Jeannie a Denny. Se quitó las manoplas del horno y las dejó con un latigazo junto a su plato—. Te escabulles siempre que quieres; todo se detiene para lord Denny. Todo el mundo tiene que dar las gracias porque te hayas quedado tanto tiempo; todo el mundo se maravilla porque es un privilegio exquisito y glorioso que te dignes honrarnos con tu presencia.

—El hijo pródigo —dijo Nora en tono contenido, y sonrió a Petey, que estaba sentado enfrente de ella—. ¿A que sí? —le preguntó al niño.

Sin embargo, Petey solo podía pensar en el huracán.

—¿Y qué pasa si te quedas suspendido en el aire, tío Denny —le preguntó—, como la vecina mala de *El mago de Oz*? ¿Crees que podría ocurrir?

—Nunca se sabe —dijo Denny, y eligió un panecillo de la panera. Lo lanzó al aire con brío antes de dejarlo en el plato.

El domingo amaneció nublado y gris, pero no fue una sorpresa. A pesar de que el huracán no iba a tocarles de lleno, se esperaba que provocara vientos fuertes, tormentas y cortes eléctricos por toda la ciudad. Por eso, antes de que las cosas pudieran empeorar, Jeannie y Amanda dejaron a sus maridos en la casa familiar para que ayudasen con los objetos que más pesaban, y luego Amanda fue a buscar a los tres hijos de Brote y al perro para llevarlos a su casa, con el fin de que no estuvieran por ahí en medio. El cometido de Jeannie era llevar a Red al piso recién alquilado, junto con unos cuantos utensilios de cocina, y ayudarlo a instalarse. No valía la pena que el anciano presenciara el desmantelamiento final de la casa; al menos eso era lo que pensaban todos. Sin embargo,

Red se hacía el remolón. Aunque normalmente no le gustaba imponerse, ese día se negó en rotundo a aceptar los cereales con leche fría para desayunar que le había ofrecido Nora y pidió huevos fritos, a pesar de que los huevos ya estaban guardados en la nevera portátil y la sartén estaba en el fondo de una caja.

—Papá… —empezó a reprenderlo Brote.

Sin embargo, Nora intervino.

—No pasa nada. Voy a buscar los huevos en un santiamén.

Luego Red tardó tantísimo en comérselos que todavía estaba delante del plato cuando llegó Jeannie. Tuvo que esperarlo, sin apenas poder contener la impaciencia, mientras él cogía con el tenedor unos bocados diminutos, despacio y de manera metódica, y después los masticaba con aire contemplativo a la vez que observaba a Brote y a los dos Hugh, que no paraban de cruzar el comedor arriba y abajo con cajas que introducían en el coche de Jeannie.

—Siempre me dice que tendría que haber sabido qué clase de persona soy, desde el momento en que se enteró de que no reciclaba —le dijo el Hugh de Amanda a Brote—. Pero ¿qué me dices de lo que yo debería haber sospechado a partir de la nota que escribió para quejarse de eso?

Jeannie hizo tintinear las llaves del coche.

—¿Papá? ¿Nos ponemos en marcha?

—Anoche soñé que la casa se quemaba —le contestó su padre.

—¿Qué? ¿Esta casa?

—Y yo veía todos los maderos y postes que no habían estado expuestos desde que mi padre construyó el edificio.

—Vamos, por favor… —dijo Jeannie. Miró con tristeza a hurtadillas a Nora, que estaba envolviendo otra vez la sartén en papel de periódico—. Claro que es comprensible —añadió. Y luego preguntó—: ¿Denny ya se ha marchado? ¿Le ha ido bien?

—No —contestó Red—. Creo que sigue en la cama.

—¡En la cama!

—He llamado a su puerta hace un rato y me ha dicho que ya se levantaba, pero a lo mejor se ha vuelto a dormir.

—¡Pues para tener tanta prisa por marcharse…!

—Tranquilizaos —dijo Denny—. Ya me he levantado.

Estaba en el quicio de la puerta, ya con la cazadora puesta y sendos petates de lona a cada hombro. Tenía a los pies una tercera bolsa de viaje mucho más grande.

—Buenos días a todos —les dijo.

—¡Vaya, ya era hora! —exclamó Jeannie.

—Veo que de momento nos hemos librado de la lluvia.

—Solo por pura potra —dijo Jeannie—. ¡Pensaba que no podías esperar!

—Me he quedado dormido.

—¿Has perdido el tren?

—Qué va, aún tengo tiempo.

Miró a su padre, quien, absorto en sus pensamientos, perseguía un hilillo de clara de huevo con el tenedor.

—¿Cómo te encuentras, papá? —le preguntó.

—Estoy bien.

—¿Tienes ganas de ir al piso nuevo?

—No.

—Hay café hecho —le dijo Nora a Denny.

—Ah, gracias, pero no. Ya tomaré uno en la estación. —Esperó unos instantes—. ¿Hace falta que llame a un taxi o algo? —preguntó.

Miraba a Jeannie, pero Nora fue la que respondió.

—Puedo acercarte yo —se ofreció.

—Me parece que ya tienes las manos ocupadas.

Denny volvió a mirar a Jeannie. Esta se apartó la cola de caballo con un golpe airado.

—Bueno, pues yo no puedo. Tengo el coche cargado hasta los topes.

—No pasa nada. Voy yo —insistió Nora.

—¿Listo, papá? —preguntó Jeannie.

Red dejó el tenedor en el plato. Se limpió la boca con una servilleta de papel.

—No me parece bien marcharme así, sin más, y dejar que el resto se encargue de todo.

—Pero nosotros nos encargaremos de ordenar el piso nuevo, papá. Eres el único que puede decirme dónde quieres que te guarde las espátulas.

—¡Bah! ¡Y qué me importa dónde se guardan las espátulas! —exclamó Red de improviso y en voz exageradamente alta.

Sin embargo, se incorporó y Nora dio un paso adelante para acercar la mejilla a la suya a modo de despedida.

—Nos veremos mañana por la noche —le dijo—. No olvide que nos prometió que vendría a cenar a nuestra casa.

—Ya me acuerdo.

Red recogió el cortavientos que tenía colgado del respaldo de la silla y empezó a ponérselo. Luego se detuvo y miró a Denny.

—Oye —le dijo—. El chico que tocaba la trompa, ¿fue cosa tuya?

—¿Qué? —preguntó Denny.

—¿Lo contrataste tú? Ya veo la estampa. Debiste de gastarte un buen pellizco en pagar al tipo, ¿eh? Solo para que empezásemos a echarte de menos.

—No sé de qué me hablas.

Red negó con la cabeza.

—De acuerdo —dijo. Chasqueó la lengua como si hablara consigo mismo—. Sería una locura. —Encogió los hombros, ya cubiertos por el cortavientos, y se recolocó el cuello de la prenda—. Aunque de todos modos —insistió—, ¿cuántos chicos con camisetas de tirantes escuchan música clásica?

Denny miró con cara interrogante a Jeannie, pero ella hizo oídos sordos a la conversación.

—¿Lo tienes todo, papá? —le preguntó.

—Bueno, no —dijo—. Pero supongo que los otros me llevarán lo que falte.

Después anduvo hasta Denny y le puso la palma de la mano en la espalda; un gesto a medio camino entre una palmada y un abrazo.

—Que tengas buen viaje, hijo.

—Gracias —respondió Denny—. Espero que estés a gusto en el piso nuevo.

—Sí, yo también.

Red le dio la espalda a Denny y salió de la sala de estar, con Jeannie y Nora a la zaga. Denny recogió la bolsa de viaje que tenía a los pies y siguió a sus hermanas.

—Hasta dentro de un rato —les dijo Red a los dos Hugh en el recibidor.

Acababan de entrar a buscar otro cargamento de muebles. Los dos estaban sin resuello.

—¿Os vais ya? —le preguntó el Hugh de Jeannie a su esposa—. Creo que a lo mejor nos cabría una caja más en el coche.

—Es igual; meterla en el camión de la mudanza y listo —contestó ella—. Quiero ponerme en marcha de una vez.

Y se abrió paso con el hombro para sortearlo. Corrió a alcanzar a Red, como si temiera que su padre fuese a intentar escapar. Pasaron entre las telas de estopilla atadas a los laterales del porche; Brote se apartó para dejarlos pasar.

—Supongo que llegaremos en una hora más o menos —le dijo Brote a Red.

Este no respondió.

Al llegar al pie de las escaleras del porche, Red se detuvo y echó un último vistazo a la casa.

—En realidad, no fue un sueño en sentido estricto —le dijo a Jeannie.

—¿A qué te refieres, papá?

—Cuando te dije que había soñado que la casa se incendiaba, no fue un sueño «sueño». Fue más como una de esas imágenes que te creas en la cabeza cuando estás medio dormido. Estaba tumbado en la cama y se me ocurrió, una especie de... como los huesos calcinados de la casa. Pero entonces pensé: «No, no, no, no. Quítate eso de la cabeza». Pensé: «Se las apañará bien sin nosotros».

—Sí, se las arreglará. Todo irá bien —dijo Jeannie.

Red se dio la vuelta y emprendió el descenso por el caminito de adoquines, pero Jeannie esperó a Denny y Nora, y cuando la alcanzaron, metió los brazos entre el amasijo de bolsas de Denny para darle un abrazo.

—Despídete de la casa —le dijo.

—Adiós, casa —dijo Denny.

—La última vez que me salté la misa fue cuando estaba en el hospital, dando a luz a Petey —le dijo Nora a Denny mientras conducía.

—¿Y qué pasa? ¿Significa que vas a ir al infierno?

—No —dijo ella con suma seriedad—. Pero me siento rara. —Puso el intermitente para girar—. A lo mejor intento llegar al servicio religioso vespertino, si terminamos con la mudanza a tiempo.

Denny miraba por la ventanilla de su puerta y observaba el barrido de casas que iban dejando atrás. Tenía la mano izquierda apoyada en la rodilla y repiqueteaba con los dedos, tocando un ritmo que solo él conocía.

—Supongo que te alegrarás de poder retomar las clases que dabas —dijo al final Nora después de un rato de silencio.

—¿Ajá? —comentó Denny. Y luego añadió—: Claro.

—¿Vas a seguir siempre haciendo sustituciones o quieres optar a un puesto fijo algún día?

—Ah, para eso tendría que aceptar más horas de clase —dijo Denny.

Parecía que pensaba en otra cosa.

—Me da la impresión de que se te dan muy bien los adolescentes.

Denny desvió la mirada hacia ella.

—No —contestó—, en realidad todo el tinglado me decepcionó. Tenía un punto deprimente. Todo lo que se supone que tienes que enseñarles y que sabes que es como una gota en un cubo vacío… Y además, la mayor parte del tiempo, les enseñas cosas que no sirven para nada en la vida real. Creo que ahora probaré con otra cosa.

—¿Como por ejemplo?

—Bueno, estaba pensando en fabricar muebles.

—Muebles —dijo ella, como si saboreara la palabra.

—Me refiero a tener un trabajo que produzca algo… visible, ¿me explico? Algo que enseñar al final de la jornada. Y para qué negarlo: vengo de una familia de fabricantes de objetos.

Nora asintió con la cabeza, como para sí misma, y Denny volvió a mirar por la ventanilla.

—Oye, eso que ha dicho papá sobre la trompa —dijo como si hablara con un autobús de la calle—. ¿Sabes a qué se refería?

—No tengo ni idea —respondió Nora.

—Confío en que no pierda la chaveta.

—No le pasará nada —lo tranquilizó Nora—. Estaremos pendientes de él, no te preocupes.

Ya habían llegado a la parte alta de Saint Paul Street. Ahora solo tenían que ir en línea recta y dirección sur para llegar a la Penn Station. Nora se reclinó en su asiento y sujetó la parte inferior del volante con las yemas de los dedos. Incluso cuando conducía, daba la impresión de flotar.

—Denny, solo quería decirte, bueno, Douglas y yo queríamos decirte que te agradecemos mucho que hayas venido a ayudar. A tus padres les hizo mucha ilusión. Supongo que ya lo sabes.

Denny volvió a mirarla a la cara.

—Gracias. Es decir, no hay de qué. Bueno, sí, y gracias también a vosotros.

—Y también fue un detalle que no comentaras nada sobre su madre.

—Ah, bah, en realidad a los demás no les incumbe.

—Me refiero a que no se lo dijeras a Douglas. Cuando era pequeño.

—Ah.

Se hizo otro silencio.

—¿Sabes qué me pasó? —le preguntó Denny de improviso. Su voz sonaba sobresaltada, como si no tuviera intención de hablar hasta ese preciso momento—. ¿Te acuerdas de cuando le arreglé el traje a papá?

—Sí.

—¿Esa especie de *dashiki*?

—Sí, me acuerdo.

—Pues pensaba que nunca encontraría ese tono de azul, porque era un azul brillante, eléctrico. Pero fui al cajón de la ropa de casa en el que mamá siempre guardaba el costurero y abrí la puerta; pero antes de que me diera tiempo de coger el costurero siquiera, un carrete de hilo azul brillante salió rodando del fondo de la estantería. Bastó con que pusiera las manos debajo y el carrete de hilo cayó en ellas.

Se habían detenido en un semáforo en rojo. Nora lo miró con ojos pensativos, remotos.

—Bueno, claro, puede tener una explicación —se justificó Denny—. Para empezar, era lógico que mamá tuviera ese tono, porque era quien había cosido el *dashiki* en su día, y no se tira un carrete de hilo porque sea viejo. Y en cuanto a por qué estaba fuera del costurero… Bueno, yo mismo había sacado un montón de cosas un día que me cosí un botón. Y supongo que salió rodando porque abrí la puerta del armario con mucho ímpetu o algo. Quizá dejé que entrara una corriente de aire, no lo sé.

El semáforo se puso verde y Nora siguió conduciendo.

—Pero en la fracción de segundo que transcurrió hasta que me di cuenta de eso —dijo Denny—, casi me imaginé que mamá me lo entregaba. Como si fuera, no sé, una especie de señal secreta. Qué tontería, ¿no?

—No —respondió Nora.

—«Es como si me dijera que me perdona», pensé. Y luego me llevé el *dashiki* a mi cuarto y me senté encima de la cama para remendarlo, y de repente me vino otro pensamiento a la cabeza. Pensé: «O quizá quiera decirme que sabe que yo la perdono». Y así, de sopetón, noté un inmenso alivio.

Nora asintió con la cabeza y puso el intermitente antes de girar.

—En fin, no sé, ¿quién puede interpretar esas cosas? —preguntó Denny a la hilera de casas que pasaban por la ventanilla.

—Creo que lo has interpretado perfectamente —le dijo Nora.

Giró para dirigirse a la estación de ferrocarril.

Nora aparcó en el carril reservado para dejar viajeros y abrió el maletero.

—No te olvides de dar señales de vida —le dijo.

—Pues claro, no se me ocurriría desaparecer sin más; me necesitan para la función.

Nora sonrió y se le acentuaron los hoyuelos de las mejillas.

—Supongo que sí —comentó—. Sí, estoy convencida.

Y aceptó el beso apresurado que Denny le dio en la mejilla. Cuando este salió del coche, se despidió de él con un gesto lánguido de la mano.

Las nubes tenían un tono gris oscuro, agitadas como las aguas turbias del fondo de un lago cuando algo las remueve, y dentro de la estación, el tragaluz, que solía ser un caleidoscopio de aguas pálidas y traslúcidas, tenía un aspecto opaco. Denny pasó por delante de las máquinas expendedoras de billetes, en las que había colas que daban la vuelta al vestíbulo de la estación, y se dirigió a las taquillas atendidas por personal. Incluso en estas había diez o doce personas esperando delante de él, así que dejó las bolsas en el suelo y las fue arrastrando con los pies conforme avanzaba la cola. Notaba la ansiedad en los gestos de la multitud. Tenía una pareja de mediana edad detrás a quienes, al parecer, no se les había ocurrido reservar con antelación. Y la mujer no paraba de repetir:

—Ay, Dios mío. Ay, Dios mío. ¿A que no quedan plazas libres?

—Claro que quedarán —le respondió su marido—. Deja de agobiarte.

—Sabía que teníamos que llamar para reservar. Todo el mundo quiere adelantarse al huracán.

—Si no quedan asientos en este tren, ya cogeremos el siguiente —le dijo su marido.

—¡El siguiente! Pero fíjate, si no van a salir más. Dejan de dar servicio después de este.

El marido soltó un bufido exasperado, pero Denny se congració con la mujer. A pesar de que él sí tenía el asiento reservado, no estaba del todo tranquilo. ¿Qué pasaba si cancelaban los trenes antes de que llegara el suyo? ¿Qué pasaba si tenía que darse la vuelta y volver a Bouton Road? Atrapado con su familia, enjaulado. Constreñido, como las uñas de los pies.

Le tocó el turno al hombre que tenía delante, así que Denny adelantó las bolsas un poco más. Era una única cola para varias taquillas. Seguro que le tocaba la empleada mayor con cara de pocos amigos; lo sabía. «Lo siento, caballero...», le diría la taquillera, sin sentirlo ni un gramo.

Pero no, le tocó la señora afroamericana de cara sonriente, y sus primeras palabras cuando le dio el número de confirmación de la reserva fueron:

—¡Vaya, qué suerte tiene!

Denny firmó encantado el recibo de la tarjeta de crédito, sin mascullar su habitual queja sobre el precio. Le dio las gracias a la empleada y cargó con los bártulos hasta el Dunkin' Donuts para tomar un café y, tras pensarlo dos veces, también un pastelillo para celebrarlo. Por fin iba a largarse de allí.

Las pocas mesas que había fuera del Dunkin' Donuts estaban ocupadas, igual que los bancos de la sala de espera de la estación. Tuvo que comer de pie apoyado contra una columna, con las bolsas apiladas a los pies. Había más viajeros pululando que en Navidad o el día de Acción de Gracias incluso, y todos tenían expresión de fatiga.

—No, no te puedes comprar un bastón de caramelo —le espetó una madre a su hijo—. Y pégate a mí si no quieres perderte.

Una voz femenina y melodiosa anunció por el altavoz la llegada de un tren en dirección sur por el andén B. «B de Bubba», dijo la voz, y a Denny le sonó un poco raro. Le dio la impresión de que también le parecía extraño a la joven que había junto a él: una pelirroja atractiva con esa piel dorada y bronceada que siempre resultaba un placer en una mujer pelirroja. La chica enarcó las cejas mientras lo miraba, invitándolo a compartir el momento divertido.

Algunas veces, miras a una mujer y ella te devuelve la mirada y se produce ese sutil reconocimiento, ese momento de complicidad, y después podría ocurrir cualquier cosa. O no. Denny se dio la vuelta y tiró el vaso de plástico a la papelera.

El tren del andén B de Bubba viajaba a Washington D. C., donde parecía que no quería ir nadie, pero cuando anunciaron el tren con dirección norte en el que tenía que montarse Denny, se produjo un tropel repentino hacia las escaleras. Denny pensó en lo que había dicho el Hugh de Jeannie la noche anterior; ¿no deberían ir todas esas personas en dirección opuesta al huracán? Pero Denny estaba seguro de que el hogar de esas personas estaba en el norte: los atraía de forma irremediable, como si fueran aves migratorias. La gente lo empujó escaleras abajo, y cuando llegó al andén, notó una punzada de vértigo porque lo apretujaron hasta quedar muy cerca de las vías. Se abrió paso y avanzó para colocarse en la parte de la vía en la que tenían que parar los primeros vagones. No obstante, no quería un vagón silencioso. Los vagones silenciosos le ponían nervioso. Le gustaba sentarse rodeado de un mar de voces anónimas; le gustaba la sensación acogedora, como de salita de estar, que provocaba la algarabía de conversaciones entrecruzadas por el móvil.

El tren tomó una curva para acercarse a la estación, era casi del mismo tono de gris que el aire oscurecido por el que se desplazaba, y varios vagones pasaron como un fogonazo por delante de Denny antes de que el tren frenara del todo con un chirrido. Por lo que vio Denny, no parecía que hubiese ningún vagón silencioso. Se montó por la puerta que le quedaba más cerca y eligió el primer asiento libre que encontró, junto a un adolescente con cazadora de cuero, porque sabía que sería imposible sentarse solo en un asiento doble. Primero subió el equipaje a la bandeja superior y, una vez hecho eso, y solo entonces, fue cuando preguntó:

—¿Está libre?

El chico se encogió de hombros y apartó la mirada hacia la ventanilla. Denny se dejó caer en el asiento y sacó el billete que llevaba en el bolsillo interior de la pechera.

Siempre se experimenta esa agradable sensación de «¡Aaah!» cuando por fin te acomodas en el asiento. Siempre seguida, en cuestión de minutos, de «¿Cuándo voy a poder salir de aquí?». Pero por el momento, Denny se sintió agradecido y completamente en paz.

A la gente le costaba encontrar sitio libre. Se habían acumulado en el pasillo y avanzaban a trompicones con las voluminosas maletas; se llamaban unos a otros con voces frenéticas.

—¿Dina? ¿Dónde te has metido?

—Estoy aquí, mamá.

—¡Hay más sitio en los vagones delanteros, señores! —gritó un revisor desde el otro extremo del vagón.

El tren se puso en marcha y quienes todavía estaban de pie se agarraron donde pudieron para no caerse. Una mujer con edad suficiente para que le cedieran el asiento merodeó junto a Denny durante un minuto entero mirándolo fijamente, pero él se dedicó a escudriñar el billete con suma atención hasta que otra mujer le ofreció el asiento a la anciana y esta se apartó.

Las hileras de casas transcurrían como un río lento y lánguido: las ventanas posteriores tenían cortinas de colores apagados o persianas de acordeón, mientras que los porches traseros estaban abarrotados con barbacoas y cubos de basura. Los patios eran un amasijo de aparatos oxidados que irían directos al vertedero. Dentro del vagón, el murmullo fue remitiendo gradualmente. El compañero de asiento de Denny apoyó la cabeza contra el cristal y miró el paisaje. De la manera más imperceptible que pudo, Denny sacó el teléfono del bolsillo. Marcó un número memorizado y después se inclinó hacia delante hasta quedar casi doblado por la mitad. No quería que nadie oyera la conversación.

—Hola, ¿qué tal? Soy Alison —dijo la grabación del contestador—. He salido o no puedo atenderte, pero puedes dejarme un mensaje.

—Cógelo, Allie. Soy yo —dijo Denny.

Se produjo una pausa y luego se oyó un clic.

—Te comportas como si diciendo «Soy yo» fuese a olvidarme de todo para salir corriendo a tu encuentro —dijo la chica.

En otro momento, Denny habría preguntado: «¿Y no es así?». Tres meses antes quizá lo hubiera preguntado. Pero ahora no.

—Bueno, nunca se pierde la esperanza —dijo.

Ella no contestó.

—¿Qué hacías? —pregunto al fin Denny.

—Intentaba prepararme para el Sandy.

—¿Quién es Sandy?

—«Qué» es Sandy, cabeza hueca. Sandy, el huracán. ¿Dónde te has metido?

—Ah.

—En las noticias he visto gente que coloca sacos terreros delante de la puerta de casa, pero ¿dónde demonios los compran?

—Yo me encargaré —dijo él—. Ya estoy montado en el tren.

Otra pausa, durante la cual Denny permaneció inmóvil. Sin embargo, al final la chica dijo una única palabra:

—Denny.

—¿Qué?

—Todavía no te he dicho que sí a eso.

—Ya me he dado cuenta —contestó él. Lo dijo muy rápido, para que Alice no tuviera tiempo de retirar ese «todavía»—. Pero confiaba en que, cuando vieras mi ser irresistible, surgiera la magia.

—Sí, claro —dijo ella en tono neutro.

Denny achinó tanto los ojos que casi los cerró mientras aguardaba.

—Ya lo hemos hablado —dijo la chica—. No ha cambiado nada. Ni en sueños voy a dejar que las cosas sigan como eran antes.

—Ya lo sé.

—Estoy cansada. Estoy agotada. Tengo treinta y tres años.

Tenía al revisor plantado delante. Denny se incorporó y le tendió el billete sin mirarlo.

—Necesito estar con alguien en quien pueda confiar —dijo ella—. Necesito a un tío que no cambie de trabajo con más frecuencia de la que la mayoría de la gente cambia de gimnasio, o que se va de viaje sin decir ni pío, o que se pasa el día sentado en chándal fumando hierba. Y sobre todo, necesito a alguien que no esté todo el día mosqueado, mosqueado y mosqueado. ¡Mosqueado sin motivo! ¡Sí, mosqueado!

Denny volvió a inclinarse hacia delante.

—Escúchame —le dijo—. Allie. Siempre me preguntas qué carajo me ocurre, pero ¿no crees que yo también me lo pregunto? Llevo preguntándomelo toda la vida; me despierto en mitad de la noche y me pregunto: «Pero ¿qué pasa conmigo? ¿Cómo puedo haberla cagado tanto?». Veo cómo me comporto a veces y, de verdad, no me lo explico.

El silencio al otro lado de la línea fue tan profundo que Denny se preguntó si Alice habría colgado.

—¿Allie? —le preguntó.

—Qué.

—¿Estás ahí?

—Claro que estoy.

—Mi padre dice que se acuerda de que mi madre ya no está incluso cuando duerme —dijo Denny.

—Qué triste —contestó Alice al cabo de unos segundos.

—Pero yo también —dijo él—. Me acuerdo de que te has marchado. Me he acordado todos los segundos que he pasado fuera.

Solo oyó el silencio.

—Por eso quiero volver —le dijo—. Y esta vez, quiero hacer las cosas de otra manera.

Más silencio.

—¿Allie?

—Bueno, supongo que primero habrá que ver cómo funciona. Paso a paso.

Denny soltó el aire.

—No te arrepentirás —le dijo a Alice.

—En realidad, es probable que sí.

—No te arrepentirás, te lo juro por Dios.

—Pero estás en período de prueba, ¿eh? Aún no es definitivo.

—Por supuesto. Nada que objetar —contestó Denny—. Puedes echarme en cuanto cometa la menor equivocación.

—Dios mío, no sé cómo puedo ser tan blanda.

—¿Siguen mis cosas en el garaje? —le preguntó Denny.

—Allí estaban la última vez que miré.

—Entonces… ¿Podría volver a llevarlas a la casa?

Al ver que ella no contestaba de inmediato, agarró el teléfono con más fuerza.

—No digo que sea imprescindible —añadió Denny—. Me refiero a que si me dijeras que tengo que volver a vivir en el altillo del garaje, para empezar desde cero, lo entendería.

—Bueno, no veo la necesidad de llevarlo a tal extremo —dijo Alice.

Denny relajó la mano con la que sujetaba el móvil.

Las dos adolescentes que tenía sentadas detrás no paraban de reírse. Soltaban una cascada interminable de risitas, chillidos y carcajadas. ¿Qué les parecía tan gracioso a las chicas de esa edad? Los otros pasajeros iban leyendo, o escuchando música, o escribían en el portátil, pero esas dos no paraban de decir: «Ah, mira, mira» y tomaban aliento para volver a soltar millones de risas.

Denny miró a su compañero de asiento, con la leve esperanza de intercambiar una mirada de asombro, pero para su desgracia descubrió que el chico estaba llorando. No era que tuviese los ojos llorosos, sino que se sacudía entre sollozos, tenía la boca torcida por la angustia, las manos, convulsas, se aferraban a las rodillas. Denny no sabía qué hacer. ¿Le ofrecía consuelo? ¿Cerraba los ojos? Pero cerrar los ojos a lo que veía le pareció cruel. Y cuando alguien mostraba su dolor de una forma tan patente, ¿acaso no lo hacía para pedir auxilio? Denny miró a su alrededor, pero ningún otro pasajero parecía al tanto de la situación. Desvió la mirada hacia la parte posterior del asiento que tenía delante y deseó con todas sus fuerzas que pasase el mal trago.

Era como la noche en que Brote llegó a su casa, cuando dormía en la habitación de Denny y lloraba y lloraba hasta quedarse dormido todas las noches y Denny permanecía tumbado en silencio, rígido, mirando la oscuridad, e intentaba no oírlo.

O como cuando él mismo, años después en el internado, se pasaba el día deseando que llegase la hora de dormir solo para poder soltar las lágrimas en secreto y que le resbalaran por la cara hasta la almohada, aunque sin ningún motivo aparente, porque bien sabía Dios que se alegraba de alejarse de su familia y que ellos se alegraban de verlo marchar. Gracias a Dios, los otros chicos nunca se habían dado cuenta.

Fue ese último pensamiento el que le dictó qué debía hacer con su compañero de viaje: nada. Fingir no haberse dado cuenta. Mirar por la ventana salpicada de gotas de lluvia que había delante de él. Concentrarse únicamente en el paisaje, que se había transformado en campo abierto. Ya había dejado atrás la marea de hileras de casas, había dejado atrás la estación bajo el peso de las ominosas nubes oscuras, junto con las calles vacías que la rodeaban y las callecitas más estrechas del norte de la ciudad, con los árboles que se sacudían a causa del viento, y la casa de Bouton Road, donde los fantasmas con faldones traslúcidos jugueteaban y bailaban en el porche sin que quedase nadie para contemplarlos.

Índice